COLLECTION
FOLIO ESSAIS

Trinh Xuan Thuan

Désir d'infini

Des chiffres, des univers et des hommes

Gallimard

Dans la même collection

LA MÉLODIE SECRÈTE. Et l'homme créa l'univers, n° 160.

LE CHAOS ET L'HARMONIE. La fabrication du Réel, n° 366.

ORIGINES. La nostalgie des commencements, n° 468.

LES VOIES DE LA LUMIÈRE. Physique et métaphysique du clair-obscur, n° 507.

Cet ouvrage a originellement paru aux Éditions Fayard.

Trinh Xuan Thuan est né à Hanoi, au Vietnam. Il a étudié au California Institute of Technology (Caltech) et à l'université de Princeton aux États-Unis où il a obtenu un doctorat en astrophysique. Depuis 1976, il est professeur à l'université de Virginie. Il a reçu en 2009 le prix Kalinga de l'Unesco, et, en 2012, le prix mondial de la fondation Simone et Cino del Duca pour l'ensemble de son œuvre de vulgarisation scientifique en langue française.

À ma femme
et à tous ceux en quête d'infini

Ce n'est pas dans le firmament étoilé ni dans la splendeur des corolles que se voit dans toute sa perfection la révélation de l'infini dans le fini — motif de toute création —, c'est dans l'âme de l'homme.

RABINDRÂNATH TAGORE
Sâdhanâ

Avant-propos

J'ai longtemps voulu écrire un livre sur l'infini. Non seulement c'est le sujet le plus vaste que l'imagination puisse embrasser, mais c'est aussi une notion qui, de tout temps, a fasciné les hommes, qu'ils soient artistes, philosophes ou scientifiques.

L'infini touche chacun d'entre nous au plus profond de notre être. Qui de nous n'a pas en mémoire ce premier choc métaphysique quand nous avons appris à compter et que nous nous sommes rendu compte qu'il n'existe pas un nombre plus grand que tous les autres, qu'il y en aura toujours un plus grand que n'importe lequel surgissant de notre esprit ? Dans la vie de tous les jours, il est souvent des situations qui nous suggèrent l'idée d'infini : un ciel bleu qui s'étend à perte de vue, l'immensité de la voûte étoilée, les multiples réflexions d'un jeu de miroirs, une série de poupées russes emboîtées les unes dans les autres, ou bien le dessin « fractal » des feuilles d'un arbre dont le même motif semble se répéter, sans cesse sur des échelles différentes...

Le premier chapitre de ce livre montre comment les artistes musulmans et d'autres, tel Maurits Escher, ont tenté de représenter ce sentiment d'infini dans leur art. Mais l'infini se manifeste-t-il vraiment dans la réalité physique, ou est-il seulement un concept né de notre imagination ? En d'autres termes, l'infini est-il actuel ou seulement potentiel ? Ces pages racontent le débat entre les deux camps, depuis les philosophes grecs jusqu'aux mathématiciens du XXe siècle en passant par Thomas d'Aquin, Galilée, Pascal et Descartes. Dans la mesure où l'infini présente des paradoxes apparemment insurmontables, comme ceux de Zénon selon lesquels le mouvement s'avérerait impossible — un coureur ne pouvant jamais arriver à destination, et Achille ne pouvant jamais rattraper une tortue —, Aristote campait fermement du côté de l'infini potentiel.

Mais c'est dans le domaine des mathématiques — les séries infinies, un polygone régulier inscrit dans un cercle et dont le nombre des côtés peut augmenter indéfiniment — que l'infini va donner toute sa mesure. Dans la seconde moitié du XIXe siècle, le mathématicien Georg Cantor envoie l'infini potentiel aux oubliettes et ancre fermement l'infini actuel dans le paysage des mathématiques ; il démontre de manière magistrale qu'il existe une hiérarchie sans fin d'infinis, avec des différents degrés d'infinité, et cela en dépit d'une résistance acharnée de la part de certains de ses collègues qui firent tout pour entraver son avancement professionnel, le conduisant à la dépression et à la folie. Le deuxième chapitre montre comment Cantor sut dompter l'infini et nous révéler quelques-unes de ses magiques et étranges propriétés. Il raconte aussi sa lente descente aux enfers pour avoir osé braver l'interdit de l'infini actuel.

S'il est une entité où la notion d'infini revient avec insistance, c'est bien l'univers. La question de sa taille s'est sans cesse posée à travers les âges. Est-il fini ou infini ? Et, s'il est fini, possède-t-il des limites ? S'il possède des limites, qu'y a-t-il au-delà ? Si je lance une pierre franchissant ces limites, reviendra-t-elle ou se perdra-t-elle dans une région inconnue ? Le troisième chapitre décrit les péripéties de cette valse-hésitation de l'univers entre fini et infini. Les fondateurs de l'école atomiste, Leucippe et Démocrite, pensaient que l'univers était composé d'un nombre infini d'atomes évoluant dans un espace infini. Aristote pensait au contraire qu'il était fini, avec un centre bien déterminé ; sa pensée « finitiste » allait supplanter la pensée « infinitiste » des atomistes pendant quelque deux mille ans, jusqu'à ce que Thomas Digges et Giordano Bruno fassent éclater les limites de l'univers. Au XVIIIe siècle, Newton conféra à l'univers infini un statut scientifique, le dotant d'un espace plat et statique décrit par la géométrie euclidienne. Au début du XXe siècle, Einstein libéra l'espace de sa rigidité par sa théorie de la relativité générale : avec lui, l'espace devient dynamique et courbé par la matière, cette courbure étant décrite par des géométries dites non euclidiennes. La découverte de l'expansion de l'univers par Hubble, en 1929, donne naissance à la théorie du big bang selon laquelle l'univers a eu un début et est en perpétuelle évolution. En fonction de la courbure de l'espace, l'univers peut être fini ou infini.

Cette courbure dépend du contenu en matière et énergie de l'univers. Le quatrième chapitre décrit les vaillants efforts des astronomes pour en dresser l'inventaire. Tâche compliquée, car la majeure partie de ce contenu n'émet aucune sorte de lumière et est donc invisible. Nous vivons dans un univers-iceberg dont la presque totalité du contenu n'est pas directement accessible à nos instruments. La matière lumineuse dans les cent milliards de galaxies de l'univers observable, chacune contenant cent milliards de Soleils, ne représente que 0,5 % de ce contenu. Le reste est constitué de matière noire et d'énergie noire, cette dernière étant responsable de l'accélération de l'univers. Au terme d'efforts prodigieux, les chercheurs ont pu déterminer que l'univers possède une courbure nulle, ce qui, malheureusement, n'apporte pas de réponse définitive à la question de sa taille. En effet, tout dépend de sa topologie qui, pour l'instant, nous reste inconnue.

À supposer que l'univers soit infini, nous nous retrouvons face au paradoxe de l'éternel retour, soulevé, entre autres, par Nietzsche : parce qu'il existe un nombre infini de régions semblables à celle où nous habitons, et parce que le nombre de particules élémentaires dans chacune de ces régions est fini, ces particules ne peuvent être arrangées qu'en un nombre fini de combinaisons. Les conditions et le contenu de ces régions doivent donc nécessairement se répéter. En d'autres termes, il existerait pour chacun de nous un nombre infini de sosies dans l'univers. Le paradoxe de l'éternelle répétition est discuté au cinquième chapitre où nous voyons comment il est utilisé par Borges, avec le « théorème du singe savant dactylographe », pour imaginer sa « Bibliothèque de Babel ».

Dans un passé encore récent, le mot « univers » signifiait « l'ensemble de tout ce qui existe ». Mais les avancées opérées en physique au cours des dernières décennies ont graduellement contraint les scientifiques à envisager, en sus de notre univers, des « univers parallèles ». Le mot « infini » prend ici un sens nouveau : il se réfère non seulement à notre univers, mais aussi à une infinité d'autres, le tout formant un vaste et fantastique « multivers ». Le sixième chapitre décrit diverses théories scientifiques ayant mis en avant cette notion. C'est d'abord le cas d'une interprétation toute particulière de la mécanique quantique qui, pour éviter de voir des chats suspendus entre la vie et la mort, stipule que l'univers se divise en deux copies presque semblables chaque fois qu'il y a alternative de choix ou d'action. C'est la théorie des « univers qui bifurquent », pour employer l'heureuse expression de Borges. Vient ensuite le scénario du multivers inflationnaire dans lequel une vertigineuse expansion de l'espace en une minuscule fraction de seconde ne s'est pas produite seulement une seule fois, en un seul endroit, dans l'espace primordial, mais une infinité de fois en une infinité de points. Notre univers ne serait donc qu'une « bulle-univers » parmi une infinité d'autres dans un vaste méta-univers. La théorie des cordes a par ailleurs fait son apparition, qui dit que les particules élémentaires ne sont pas des objets ponctuels, mais résultent de vibrations de cordes incommensurablement petites, de 10^{-33} centimètre. Cette théorie introduit dans le paysage de la physique non seulement la notion d'un vaste multivers d'« univers-branes », mais aussi celle d'univers parallèles holographiques.

Le septième chapitre considère l'extraordinaire et étrange situation dans laquelle se trouve la cosmologie actuelle du fait de ce concept de « multivers ». En effet, celui-ci souffre du plus grave défaut qui puisse se concevoir en science : il ne peut être directement vérifié par l'expérience et l'observation. Or un concept qui n'est ni testable ni falsifiable peut-il être considéré comme scientifique ?

Ce chapitre explore aussi les questions morales, éthiques et théologiques qui se posent inévitablement dans un univers infini. Y aurait-il encore une quelconque motivation à poursuivre le bien dans un univers infini ? Un tel univers ne saperait-il pas les bases de l'éthique ? Quel sens donner au bien et au mal dans un monde où tout ce qui peut arriver arrive ? Et, à supposer que nous puissions vivre infiniment dans le temps, comment fonctionnerait une société d'immortels ? Quelle serait la sociologie de l'immortalité ? Une vie éternelle ici-bas constituerait-elle vraiment la panacée ? N'irait-elle pas à l'encontre de certaines traditions spirituelles ?

Cet ouvrage s'adresse à l'« honnête homme » non nécessairement pourvu d'un bagage technique. Il devrait être parfaitement accessible à tout bachelier intéressé par la philosophie, les sciences et les mathématiques. Dans la rédaction de ces pages, je me suis efforcé, dans la mesure du possible, d'éviter toute formule comme tout jargon scientifique, sans pour autant perdre de la rigueur et de la précision dans l'exposé. J'ai particulièrement veillé à ce que la forme soit la plus limpide et la plus agréable possible. J'ai aussi ajouté des figures et un cahier d'illustrations en couleurs, non seulement pour éclairer mes propos, mais aussi pour en égayer la lecture.

Mes remerciements vont à Claude Durand, qui a bien voulu relire attentivement le manuscrit et pour ses commentaires toujours judicieux.

TRINH XUAN THUAN
Charlottesville, janvier 2013

I

L'INSOUTENABLE ÉTRANGETÉ DE L'INFINI

L'OBSESSION DE L'INFINI

L'infini a hanté l'imaginaire de l'homme dès qu'il a levé les yeux vers le ciel et contemplé la nuit noire. Devant le spectacle magnifique de la voûte céleste parsemée de milliers de points lumineux, nous ressentons instinctivement notre petitesse et notre finitude, et nous avons l'impression que l'univers ne peut avoir de limites, qu'il s'étend à l'infini[1]. « Le silence éternel de ces espaces infinis m'effraie[2] ! » s'exclame Pascal (1623-1662). Ce que le philosophe appelle l'« égarement » et l'« effroi » de l'homme résulte de sa finitude, de sa place entre les deux infinis, l'infiniment grand et l'infiniment petit : « Qu'est-ce

1. Dans un site sans lumière artificielle, l'œil nu peut discerner environ 3 000 étoiles. Si nous prenons aussi en compte la vue du ciel aux antipodes, environ 6 000 étoiles peuvent être perçues à l'œil nu.

2. Blaise Pascal, *Pensées*, Gallimard, Folio classique, 2004.

que l'homme dans la nature ? Un néant à l'égard de l'infini, un tout à l'égard du néant, un milieu entre rien et tout, infiniment éloigné de comprendre les extrêmes. »

L'idée d'infini ne répond pas à une nécessité évolutionniste. La lutte pour la survie ne requiert pas la considération d'une entité sans fin, mais une décision rapide et une action immédiate. Pourtant, le concept d'infini a surgi dès que l'homme a eu la capacité d'organiser son expérience de la réalité en un ensemble cohérent, dès qu'il a pu concevoir que certains systèmes peuvent s'étendre par la pensée au-delà de toute limite.

L'infini présente de multiples visages. Pour le non-mathématicien, c'est un « nombre » qui est beaucoup plus grand que tous les autres. Quand nous comptons 1, 2, 3..., nous pensons instinctivement qu'il n'existe pas de limite, qu'il n'y a pas de dernier nombre, car il en existe toujours un autre plus grand qui suit. Pour certaines tribus « primitives », l'infini commence au nombre 3, car tout ce qui est plus grand n'est déjà plus concevable. Pour un photographe, l'infini commence à 10 mètres devant la lentille de sa caméra. Pour un enfant, nous pouvons imaginer qu'un très grand nombre serait par exemple composé du chiffre 1 suivi de 100 zéros (10^{100}). C'est d'ailleurs en vue d'éveiller la curiosité des enfants pour les mathématiques qu'un jour, lors d'une visite à l'école maternelle de son neveu, le mathématicien américain Edward Kasner (1878-1955) inscrivit au tableau noir précisément ce nombre : il aligna 100 zéros après le chiffre 1 ! Un nombre gigantesque qu'il demanda à son neveu de neuf ans de nommer. Celui-ci n'hésita pas : un « googol » ! Quand les fondateurs de la firme Google, qui actionne le plus populaire des moteurs de recherche, lequel nous permet d'accéder comme par magie aux informations les plus diverses sur le Web, ont voulu choisir un nom pour leur entreprise, ils ont pensé à « googol », afin d'évoquer la quantité quasi infinie d'informations qui se trouvent sur la Toile. Mais ils ont mal épelé « googol », qui est devenu « google » — d'où le nom de la célèbre compagnie. Quant à Kasner, il ne s'est pas arrêté en si bon chemin. Il a aussi inventé le « googolplex », qui est un nombre considérablement plus grand qu'un « googol », égal à 10^{googol}, soit $10^{10^{100}}$. Pour vous rendre compte de la grandeur de ce nombre et de sa longueur au cas où vous l'écririez en entier, songez que si vous aligniez après le chiffre 1 un zéro tous les demi-centimètres, la longueur du googolplex serait amplement supérieure au rayon de l'univers observable (qui est de 47 milliards d'années-lumière) ! L'infini de l'astronome, lui, est l'univers tout entier. Quant au symbole de l'infini, une sorte de 8 couché, il a été conçu en 1655 par le mathématicien anglais John Wallis (1616-1703), s'inspirant du numéral romain du « très grand nombre » 1 000 (fig.[1]).

1. La mention « fig. » correspond aux figures dans le texte.

ↀ ∞

= 1 000

Le symbole de l'infini fut introduit par John Wallis dans son ouvrage *De Sectionibus Conicis* (1655) d'après la représentation romaine du nombre 1 000, utilisée occasionnellement en lieu du M habituel.

Pour l'artiste, l'infini qualifie une imagination sans bornes s'employant à représenter le réel : « Je peins l'infini », lance Vincent Van Gogh (1853-1890). Ce qui pousse Antonin Artaud à écrire[1] : « Et il avait raison, Van Gogh. On peut vivre pour l'infini, ne se satisfaire que d'infini, il y a assez d'infini sur la terre et dans les sphères pour rassasier mille grands génies, et si Van Gogh n'a pu combler son désir d'en irradier sa vie entière, c'est que la société le lui a interdit. » L'amour d'une femme peut ainsi donner à un homme la sensation de l'infini, comme l'exprime Van Gogh dans une lettre à son frère Théo : « Toute femme à tout âge, si elle aime et si elle est bonne, peut donner à l'homme non l'infini du moment, mais le moment de l'infini. »

1. Dans *Van Gogh, le suicidé de la société*, Gallimard, 2001.

LES MIROIRS ET L'INFINI

À part l'infini de l'espace, il est d'autres objets, dans la vie quotidienne, qui peuvent nous rapprocher de l'idée d'infini. Les miroirs sont de tels objets. Depuis toujours, ils exercent une fascination sans fin sur l'imaginaire des hommes. Même les animaux sont subjugués par leur reflet dans un miroir, bien qu'il ne soit pas certain qu'ils comprennent qu'il s'agit de leur propre image. Les primatologues étudient d'ailleurs la réaction des primates (des chimpanzés, par exemple) devant un miroir afin de savoir s'ils possèdent une conscience de soi.

Depuis l'aube de l'humanité, les miroirs ont joué un rôle important dans la vie des hommes. Les Égyptiens en plaçaient dans les tombeaux des rois dans l'espoir de préserver la beauté du défunt pour l'éternité. De nos jours, les miroirs sont souvent utilisés dans les appartements, les restaurants et les magasins pour créer la sensation d'un espace illimité.

Le sentiment d'infini est produit non par un miroir unique, mais par plusieurs miroirs engendrant de multiples réflexions. Les cinéastes ont souvent exploité à bon escient l'effet fantasmagorique et désorientant qui résulte de ces réflexions en chaîne. Vers la fin du film *La Dame de Shanghai* (fig.), d'Orson Welles, une scène se passe dans une attraction foraine où se trouve un labyrinthe de miroirs. Une fusillade s'y déroule, et

Dans une des scènes les plus mémorables du thriller américain d'Orson Welles, *La Dame de Shanghai* (1947), les images du couple Welles – Rita Hayworth semblent se multiplier à l'infini dans un labyrinthe de miroirs à l'intérieur d'un palais de mirages cauchemardesques.

nous voyons s'effondrer à plusieurs reprises des images des personnages avec les bris de glace. Certains miroirs, dans le labyrinthe, n'ont pas une surface plane, mais sont concaves ou convexes. D'où une déformation des images démultipliées des protagonistes, qui accentue le sentiment de désorientation et sécrète une atmosphère insoutenable, faite de peur et d'angoisse. Des plans identiques seront repris, en hommage à Orson Welles, par Woody Allen à la fin de son film *Meurtre mystérieux à Manhattan*.

Les miroirs servent aussi à décorer les immenses salles des palais royaux en Europe. La sensation d'infinité qu'ils créent et le pouvoir de fascination qu'ils exercent flattaient la vanité des souverains. La plus célèbre chambre des miroirs au monde est sans doute la galerie des Glaces (illustr. 1[1]), édifiée au XVIIe siècle par l'architecte Jules Mansart au château de Versailles, qui doit son nom aux 357 miroirs ornant ses 17 arcades. L'image d'un visiteur se démultiplie autour de lui, en même temps que celle des parterres et du jardin. C'est sans doute la galerie des Glaces qui a inspiré les labyrinthes de miroirs qu'on trouve dans les fêtes foraines.

À l'aide de miroirs, chacun de nous peut recréer un semblant d'infini en sa demeure. Il suffit d'en prendre deux et de les disposer suivant un certain angle, puis de placer un objet entre les deux miroirs : il y aura deux réflexions. Chacune de ces deux réflexions aura deux autres réflexions, qui auront chacune deux autres réflexions, et ainsi de suite… Les images peuvent de cette manière se multiplier à l'infini. Mais il arrive que deux images secondaires coïncident, ce qui arrête net le processus. Le nombre d'images dépend en fait de l'angle entre les deux miroirs. Ainsi, par exemple, si cet angle est de 60 degrés, il n'y aura que cinq images. Avec l'objet original, ces images forment trois paires distinctes qui constituent les sommets d'un triangle équilatéral, figure géométrique qui

1. La mention « illustr. » renvoie aux différentes illustrations du cahier central d'illustrations.

possède un très haut degré de symétrie : vous pouvez réfléchir le triangle équilatéral par rapport à chacune de ses hauteurs, ou lui faire subir une rotation d'un angle de 120, 240 ou 360 degrés, il vous apparaîtra exactement le même.

En fait, créer un motif hautement symétrique à partir des images d'un objet placé entre deux miroirs formant entre eux un certain angle est précisément le principe d'un jouet qui a fait les délices de notre enfance : le kaléidoscope (du grec *kalos*, « beau », *eidos*, « aspect », et *scope*, « regarder »). En collant notre œil à l'extrémité d'un tube cylindrique, nous pouvons admirer les multiples reflets de plusieurs petits morceaux de verre colorés dans deux miroirs, engendrant des figures hautement symétriques (illustr. 2). Dans un kaléidoscope, l'angle entre les deux miroirs est en général fixé à 60 degrés. Mais si vous variiez cet angle, vous verriez le degré de symétrie diminuer, et le nombre d'images s'accroître. En fait, si l'angle tend vers 0, le nombre d'images devient infini. Mais cet infini n'est pas actuel, il est potentiel : car, avec un angle égal à 0, les deux miroirs sont apposés l'un contre l'autre, et nous ne pouvons ni glisser un objet entre les deux, ni voir ses multiples réflexions. C'est la façon qu'a la nature de nous interdire l'accès à l'infini actuel !

Mais que se passerait-il si les deux miroirs, au lieu de former un angle, étaient parallèles ? C'est le cas à la galerie des Glaces de Versailles et, dans un cadre plus modeste, chez votre coiffeur : vous verrez d'innombrables reflets de vous-même, montrant alternativement votre visage et votre nuque, dans le miroir qui vous fait face et dans celui situé derrière, de l'autre côté de la salle. Mais, dans cette situation aussi, la nature nous interdit l'accès à l'infini actuel : la moindre déviation d'un parallélisme parfait transformerait les miroirs en un kaléidoscope géant avec un nombre fini d'images. Il existe, par ailleurs, deux autres facteurs qui limitent le nombre d'images possibles : d'une part, la réflectivité des miroirs n'est pas parfaite, ce qui rend les images floues ; d'autre part, les rayons lumineux ne se propagent pas dans un vide parfait, mais dans l'atmosphère terrestre, ce qui fait que leurs trajectoires sont déviées. Enfin, la propagation de la lumière n'est pas instantanée : elle se déplace à la vitesse finie de 300 000 kilomètres par seconde. Ainsi, même si les conditions étaient parfaites, un nombre infini de réflexions requerrait un temps infini, ce dont vous ne disposez pas !

L'INFINI DANS L'ART

Mais il n'est pas que l'espace et les miroirs qui peuvent nous donner le sentiment de l'infini. L'art peut aussi nous y faire accéder, grâce en particulier au stratagème de la répétition à l'infini d'un même motif. Le vide de l'espace constitue en effet un véritable défi lancé à l'imagination de l'artiste pour le remplir de motifs et de dessins dont la reproduction ne semble jamais devoir s'arrêter. Ainsi, à travers l'histoire, de l'Antiquité jusqu'à nos jours, et dans toutes les cultures, pour dissiper son « horreur du vide », l'homme a constamment cherché à s'entourer d'ornements dont les motifs sont reproduits en d'innombrables copies identiques, dans une ou deux directions spatiales, que ce soit dans la décoration des murs d'une chambre ou dans le pavement des sols d'une demeure.

Cet art de l'ornementation qui permet d'évoquer l'infini a été porté au plus haut degré par les Arabes. L'art islamique est justement célèbre pour sa régularité géométrique, sa répétition périodique, sa rythmique spatiale sans égales. Un même motif, représentant par exemple des fleurs, des arabesques, ou encore des figures géométriques de polygones entrelacés, est répété d'innombrables fois (illustr. 3). Parce que leur croyance religieuse leur interdit de représenter Dieu en images, les artistes arabes ont mis toute leur énergie à créer des motifs géométriques d'une beauté sans pareille afin d'évoquer la divinité. Les couleurs ajoutent ici à la magnificence : l'or glorifie Allah, alors que le bleu se rattache à l'infini du ciel. Deux sortes d'infinis entrent ici en ligne de compte : l'infiniment grand, qui se traduit par la répétition régulière d'un même motif, suggère une continuation vers un infini bien au-delà des limites physiques ; et l'infiniment petit se manifeste par un désir quasi obsessionnel de remplir le moindre espace par un détail ornemental. Alors que les Grecs cherchaient à éviter à tout prix l'infini (leur *horror infiniti*), les Arabes l'ont au contraire exalté au plus haut point (leur *amor infiniti*) et, ce faisant, ont magnifié leur art.

Dans le cas des miroirs et des kaléidoscopes, nous avons vu que c'est la symétrie des images qui génère la meilleure impression d'harmonie et de beauté. Nous avons aussi appris que les réflexions réitérées d'un même objet dans deux miroirs faisant entre eux un certain angle peuvent produire des motifs montrant un extraordinaire degré de symétrie, alors que l'objet lui-même peut en être totalement dépourvu. Ce sont les mêmes principes de symétrie qui confèrent leur beauté aux fresques ornementales de l'art islamique, bien que les artistes qui les ont créées n'aient certainement pas été versés dans les mathématiques. Mais ils ont su intuitivement et expérimentalement utiliser les principes de la symétrie pour exalter leur art[1].

1. Les mathématiciens ont pu déterminer qu'il existe en tout et pour tout sept types de symétrie pour une seule dimension spatiale (comme celle d'une ligne droite). Parmi ces sept types figurent les transformations de symétrie bien connues de réflexion, de rotation et de translation. Pour deux dimensions spatiales (comme celles d'un plan), le nombre de types de symétrie augmente, mais reste fini : il passe à dix-sept. Il est extraordinaire de constater que les Anciens avaient déjà découvert expérimentalement la totalité de ces types de symétrie. Dans l'art ornemental égyptien, on peut ainsi trouver des exemples de chacun de ces dix-sept types.

LE PEINTRE MATHÉMATICIEN MALGRÉ LUI

Plus proche de notre époque, il est un artiste qui n'a cessé d'être fasciné par l'infini et l'a exprimé d'innombrables manières dans son œuvre. C'est le peintre hollandais Maurits Escher (1898-1972). Ses œuvres ne sont généralement pas exposées dans les grands musées du monde, et son nom n'est pas souvent mentionné dans les encyclopédies et les manuels d'histoire de l'art. En fait, de son vivant, il fut presque totalement ignoré de la communauté artistique. En revanche, vous aurez souvent l'occasion d'admirer une ou plusieurs reproductions de ses travaux dans des manuels… de mathématiques ou de physique ! Méconnu de son vivant, son génie ne fut reconnu qu'après sa mort[1].

Escher a commencé sa carrière comme peintre paysagiste. Mais son œuvre prit une direction radicalement nouvelle et différente après une visite qu'il fit durant l'été 1936 à l'Alhambra de Grenade. Fasciné par les motifs géométriques qui décorent ce magnifique palais du XIVe siècle édifié par les Maures en Espagne, Escher délaissa dès lors les paysages pour la géométrie (illustr. 4). Bien plus tard, il dira de cette visite décisive à l'Alham-

1. Voir une discussion originale de l'œuvre d'Escher dans Douglas Hofstader, *Gödel, Escher, Bach. Les brins d'une guirlande éternelle*, Dunod, 2008.

bra : « C'est la source d'inspiration la plus riche qui m'ait été donnée, et elle continue encore à nourrir mon œuvre. » Après ce choc esthétique, le travail du peintre va devenir de plus en plus géométrique, et maints concepts mathématiques — en particulier celui d'infini, la notion de symétrie et la relation entre un objet à trois dimensions et sa représentation sur une surface à deux dimensions — vont accaparer l'attention de l'artiste. Mais, comme les artistes arabes, sa compréhension des principes mathématiques est surtout intuitive, sa formation dans cette discipline n'ayant jamais dépassé le stade du lycée. Comme il le dit lui-même, il ne savait pas qu'il utilisait des principes mathématiques dans son œuvre, pas plus que Monsieur Jourdain ne savait qu'en parlant il pratiquait l'art de la prose :

> Je n'ai jamais obtenu de note décente en mathématiques. La chose amusante est que je me suis servi de théories mathématiques sans me rendre compte que je le faisais. Alors que j'étais un élève bien médiocre à l'école, imaginez que les mathématiciens utilisent aujourd'hui mes lithographies pour illustrer leurs livres ! Pensez que je suis maintenant en compagnie de personnes bien érudites qui me traitent comme leur frère perdu ! Je suppose qu'ils ne se rendent pas compte que je ne connais rien à tout cela… En examinant à la loupe les énigmes qui nous entourent et en considérant et analysant les observations que j'ai faites, je me suis retrouvé sur le territoire des mathématiques. Alors que je ne possède aucune formation en sciences exactes, j'ai souvent plus d'affinités avec les mathématiciens qu'avec mes collègues artistes.

Escher évoque l'infini de trois façons. D'abord, par des cycles sans fin : en jouant avec les lois de la physique et de la perspective, il crée des situations où l'on a l'impression que le mouvement perpétuel, interdit par la physique, prend vie : « Je ne peux m'empêcher de me moquer de nos certitudes les plus inébranlables. Je m'amuse beaucoup à rendre confuses les notions de deux et trois dimensions, de plan et d'espace, et à jouer avec la gravité. » (Illustr. 4.)

Ensuite, par la division du plan en motifs qui se répètent de façon régulière sans jamais laisser de vide, leçon qu'il a apprise de l'art islamique lors de sa visite à l'Alhambra. Mais, au contraire des motifs arabes qui l'ont tant inspiré, ceux d'Escher sont très rarement des entités abstraites ; au lieu d'arabesques ou autres figures géométriques entrelacées, il met en scène des motifs invariablement liés à la vie courante. Sont représentés des hommes, des poissons, des oiseaux, des chevaux ou encore des objets inanimés (illustr. 5). Il évoque ainsi son aversion pour les figures abstraites : « Les Maures sont passés maîtres dans l'art de remplir une surface avec des figures congruentes… Quel dommage que l'islam interdise la représentation en images ! Ce qui fait qu'ils doivent se limiter à des figures géométriques abstraites… Je trouve cette restriction inacceptable… »

Enfin et surtout, dans la dernière partie de sa vie, soit à partir de 1955, Escher a tenté de représenter l'infini en abandonnant le principe sacro-saint qui présidait à l'œuvre des artistes arabes, selon lequel une figure reproduite indéfiniment devait conserver non seulement sa forme, mais aussi sa taille. En conservant la forme, mais en laissant la taille d'un motif se réduire progressivement du centre vers le bord (ou *vice versa*), Escher peut ainsi évoquer l'infini (illustr. 6). Les lithographies où cette technique est mise en œuvre sont appelées par lui des « lithographies limites », peut-être pour rappeler les séries mathématiques infinies dont la somme peut tendre vers une limite finie (dans le cas d'une série convergente) ou infinie (dans le cas d'une série divergente).

LES STRUCTURES FRACTALES ET L'INFINI

Nous avons vu que, à l'*horror infiniti* des Grecs, les Arabes ont substitué l'*horror vacui*. Tout espace vide leur apparaît comme une véritable provocation qu'il faut à tout prix combler. L'art islamique l'a fait en utilisant des principes de symétrie pour répéter à l'identique des motifs à l'infini. Mais il est une autre manière plus subtile de remplir l'espace vide. Comme Escher s'en est rendu compte, les motifs n'ont nul besoin de conserver leur taille en se répétant. Ils peuvent garder leur forme, mais devenir plus petits à chaque répétition. En acquérant une base mathématique, ces constructions ont été baptisées

« fractales » (du latin *fractus*, « irrégulier, cassé ») par leur inventeur, le mathématicien franco-américain Benoît Mandelbrot (1924-2010)[1]. Un objet fractal offre la même apparence, qu'on le regarde de près ou de loin. Quand vous l'approchez, les menus détails se précisent, mais l'objet présente autant d'irrégularités que quand il est vu en son entier de loin. Il a le même aspect quel que soit son grossissement. Un motif se répète à l'intérieur d'un même motif plus grand, lui-même inclus dans un motif semblable encore plus grand, à l'instar d'une série sans fin de poupées russes emboîtées les unes dans les autres. La même irrégularité se répète à toutes les échelles. Cette répétition sans fin du même motif à des échelles de plus en plus petites nous ouvre aussi la porte donnant sur l'infini.

La nature semble montrer une grande affinité pour les structures fractales. Ainsi, quand nous contemplons les ramifications des branches d'un arbre, la structure des feuilles d'une plante (illustr. 7), la forme des nuages dans le ciel, nous avons affaire à des structures fractales. En fait, la nature se sert des fractales chaque fois qu'elle a besoin d'empaqueter la plus grande surface possible dans le plus petit volume possible. En multipliant les bifurcations et autres ramifications, il devient possible d'élargir la surface et d'accroître ainsi son aptitude à se refroidir, à absorber de

1. Voir une description détaillée des fractales dans mon ouvrage *Le Chaos et l'Harmonie*, Fayard, 1998 ; Folio-Gallimard, 2000.

la nourriture, à interagir avec des structures annexes, sans pour autant augmenter de manière proportionnelle le volume ou le poids.

Les structures fractales se retrouvent dans le corps humain. La structure en ramification des vaisseaux sanguins, de l'aorte aux capillaires, est de nature fractale. Les grosses artères se ramifient en artères moyennes qui se ramifient à leur tour en artérioles. C'est la solution la plus efficace que la nature ait trouvée pour emmagasiner l'énorme surface des vaisseaux sanguins à l'intérieur du volume limité du corps humain. L'empaquetage est des plus efficaces : bien que le réseau sanguin n'occupe qu'environ 5 % du volume du corps humain, sa structure fractale fait que, dans la plupart des tissus, aucune cellule n'est jamais très éloignée d'un vaisseau.

Le réseau sanguin n'est pas le seul, dans le corps humain, à posséder une structure fractale. D'autres parties du corps en sont dotées, toujours afin d'empaqueter la plus grande surface dans le plus petit volume possible. Ainsi, la surface déployée des poumons d'un être humain serait supérieure à celle d'un court de tennis ! Pourtant, toute cette surface tient miraculeusement à l'intérieur de la cage thoracique. À nouveau, le système des ramifications est mis à contribution : les bronches se ramifient en sous-bronches qui se ramifient à leur tour en bronchioles (illustr. 8). Le système urinaire, le canal biliaire dans le foie, les fibres qui transmettent les impulsions électriques au muscle cardiaque : autant d'autres systèmes qui tous se révèlent avoir une organisation fractale — des structures qui se ramifient en sous-structures qui se ramifient encore en sous-sous-structures, et un même motif qui se répète d'une échelle à l'autre. Des ramifications pulmonaires aux ramifications botaniques, il n'y a qu'un petit pas à franchir : la prochaine fois que vous contemplerez les ramifications des branches d'un arbre, les dessins délicats d'une feuille, ou encore les motifs complexes d'une écorce, dites-vous bien que ces structures fractales vous ouvrent les portes de l'infini. Il faut se rendre compte toutefois qu'une itération infinie n'est pas possible dans la nature : la structure fractale des objets naturels n'est donc qu'approximative.

ÉTRANGES ÉVÉNEMENTS À L'HÔTEL *INFINITÉ*

L'infini n'est pas facile à cerner. Il soulève toutes sortes de paradoxes dès qu'on se penche pour l'examiner plus en détail. Afin d'illustrer ces paradoxes qui défient la logique et bafouent le bon sens, le mathématicien allemand David Hilbert (1862-1943) (fig.) a imaginé l'histoire d'un fameux hôtel nommé *Infinité*. Quelle est la particularité de cet hôtel ? Comme son nom l'indique, il possède non pas un nombre fini de chambres, comme tous les autres hôtels, mais un nombre infini. Vous partez en week-end et vous vous faites une joie de découvrir cet hôtel dont vous avez tant entendu parler. Mais vous avez oublié de faire votre réservation. Une fois sur place, le réceptionniste vous apprend la mauvaise nouvelle : tout est complet ! Déçu, vous vous apprêtez à partir à la recherche d'un autre hôtel. Mais, à ce moment précis, le gérant arrive et vous retient : « Attendez ! Je pense que je peux quand même vous trouver une chambre, même si l'hôtel est archi-complet ! » Sous vos yeux éberlués, il se met à réveiller tous ses clients et à leur demander de changer de chambre : l'occupant de la chambre 1 va dans la chambre 2, celui de la chambre 2 dans la chambre 3, celui de la chambre 3 dans la chambre 4, et ainsi de suite. De la sorte, vous pouvez emménager en toute tranquillité dans la chambre 1 qui a été libérée ! Mais, avant de tomber dans les bras de Morphée, vous ne pouvez vous empêcher de ressasser cette pensée lancinante : si toutes les chambres étaient occupées, comment le propriétaire a-t-il réussi à libérer une chambre en se bornant à déplacer les occupants d'une chambre à une autre ? Cela n'a aucun sens !

Mais l'histoire n'est pas finie. Le gérant peut encore faire plus fort. Vous êtes si content de l'accueil qu'on vous a réservé à l'hôtel *Infinité* que vous décidez d'y retourner, cette fois avec un nombre infini de vos amis, pour de grandes retrouvailles. De nouveau, on vous annonce à la réception que l'hôtel affiche complet. De nouveau, le gérant, imperturbable, vous dit qu'il va trouver une solution pour loger tous vos amis et vous-même, quoiqu'il s'agisse d'un nombre infini de personnes. Il demande au locataire de la chambre 1 d'aller dans la chambre 2, à celui de la chambre 2 d'aller dans la chambre 4, à celui de la chambre 3 d'aller dans la chambre 6, et ainsi de suite. Une infinité de chambres aux numéros impairs sont ainsi libérées. Bien que l'hôtel ait été de prime abord plein à craquer, le gérant a pu trouver une chambre pour chacun de vos amis, alors même qu'ils sont en nombre infini. Comment cela est-il possible ?

Hilbert, qui était bien conscient de ces paradoxes de l'infini, a exprimé ses sentiments en ces termes éloquents : « L'infini ! Plus qu'aucune autre question, celle de l'infini a tourmenté l'esprit des hommes ; plus qu'aucune autre idée, celle de l'infini a stimulé et fécondé son intellect ; mais, plus qu'aucun autre concept, celui de l'infini demande à être élucidé. » Il savait que la résolution de ces paradoxes de l'infini devait passer par les mathématiques. Il fallut attendre jusqu'au XIXe siècle pour que le génial mathématicien Georg Cantor (1845-1918) mette un peu d'ordre dans le monde de l'infini et que les paradoxes de l'hôtel *Infinité* soient enfin compris !

LES PARADOXES DE ZÉNON : L'INFINI FAIT QUE LE MOUVEMENT EST IMPOSSIBLE

Comme pour tant d'autres domaines de la pensée, l'infini mathématique est entré dans la conscience des hommes grâce aux Grecs vers le VIe siècle av. J.-C. Bien sûr, la pensée mathématique avait vu le jour bien avant, avec les civilisations indienne, chinoise, babylonienne et égyptienne. Mais ces civilisations antiques utilisaient surtout les mathématiques à des fins pratiques : compter la monnaie, évaluer une surface ou un volume (pour édifier les pyramides, par exemple), peser des objets ou mesurer le temps qui passe. Elles n'avaient que faire d'un concept aussi abstrait que l'infini. Il a fallu attendre que la discipline mathématique passe d'un plan strictement pratique à un plan considérablement plus conceptuel pour que la notion d'infini, avec les innombrables paradoxes qui s'y rattachent, soit enfin explorée et reconnue comme un concept à part entière, central dans le domaine des mathématiques.

Le Grec Zénon d'Élée (495-435 av. J.-C.) fut le premier penseur à mettre en évidence les paradoxes de l'infini. Il était membre de l'école de philosophie fondée par le philosophe Parménide (v. 515-v. 440 av. J.-C.), qui prônait une philosophie de la permanence et rejetait toute notion d'évolution. D'après Parménide, le monde a été, est et sera toujours le même : il ne peut y avoir aucun changement. Tout ce qui est transformation et mouvement n'est donc qu'illusion. En fidèle disciple de son maître, Zénon s'attacha donc à établir cette dernière proposition par une quarantaine de démonstrations, dont deux en particulier ont frappé l'imagination des hommes et ont traversé les siècles.

La grande majorité des écrits de Zénon d'Élée a été perdue, si bien que nous disposons de très peu d'informations directes sur sa pensée. Ce que nous en savons vient des commentaires de Platon (v. 424-348 av. J.-C.) et d'Aristote (384-322 av. J.-C.). Les arguments du disciple de Parménide — ce que la postérité appellera les « paradoxes de Zénon » — reposent sur les mystères de l'infini. Ils ne furent jamais réfutés de son vivant et frappent toujours autant l'imagination contemporaine.

Dans son premier paradoxe, Zénon se propose de démontrer que le mouvement est impossible. Il imagine un coureur qui va d'un point A à un point B. Il analyse en détail les mouvements du coureur : celui-ci doit d'abord parcourir la moitié de la distance qui sépare les deux points, puis la moitié de la distance restante, puis encore la moitié de la distance restante, et ainsi de suite, *ad infinitum*. Parce que le coureur doit ainsi accomplir un nombre infini d'étapes, Zénon en conclut qu'il ne pourra jamais arriver à destination, et que le mouvement est donc impossible.

Prenons un exemple simple. Supposons que les deux points A et B soient séparés par une distance d'un kilomètre. Le coureur va d'abord franchir 1/2 km, puis (1/2 + 1/4 =) 3/4 km, puis (3/4 + 1/8 =) 7/8 km, etc. Après avoir fait N pas, il aura couvert une distance égale à $1 - (1/2)^N$ km. Zénon en déduit que, même si N devient extrêmement grand, la distance parcourue sera toujours inférieure à un kilomètre, et le coureur ne franchira jamais la ligne d'arrivée (fig.) !

En usant du même genre de raisonnement, nous

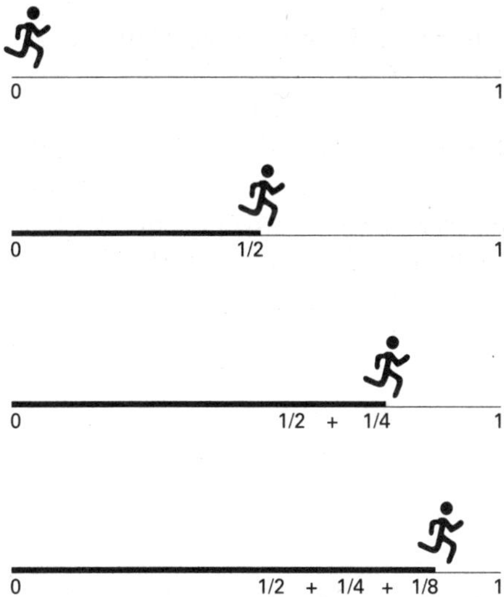

Le paradoxe de Zénon concernant le coureur qui n'arrive jamais à son but. Afin d'aller d'un point à un autre, il doit d'abord parcourir la moitié de la distance entre les deux points, puis la moitié de la distance restante, puis encore la moitié de ce qui reste, et ainsi de suite à l'infini. Parce qu'il lui faudra faire un nombre infini de pas, le coureur ne parviendra jamais à destination !

conclurons que nous ne pourrons jamais traverser une rue, ou qu'une balle tirée d'un fusil n'atteindra jamais sa cible. À partir d'arguments si simples qu'ils semblent irréfutables, Zénon est parvenu à une conclusion qui ne tient pas debout ! Nous savons bien que le coureur arrivera à destination en un temps fini, que nous traversons une rue quand nous le voulons, et qu'une balle atteint sa cible sans aucun problème. Le mystère des paradoxes de Zénon ne sera résolu qu'avec l'étude des séries infinies, ainsi que nous le verrons plus tard.

L'argumentation présentée dans le deuxième paradoxe de Zénon paraît de prime abord tout aussi convaincante. Aristote l'exprime ainsi : « Le second argument de Zénon est celui qui a pour titre "Achille et la tortue". Il explique que le plus lent ne sera jamais rattrapé par le plus rapide, car le poursuivant doit d'abord atteindre le lieu que le poursuivi vient de quitter, de sorte que le plus lent a toujours sur l'autre une avance déterminée. » Fasciné par les paradoxes de l'infini, l'écrivain argentin Jorge Luis Borges (1899-1986) décrit l'histoire d'Achille et de la tortue en ces termes : « Achille court dix fois plus vite que la tortue, et il lui accorde une avance de dix mètres. Achille parcourt ces dix mètres, la tortue en parcourt un ; Achille parcourt ce mètre, la tortue un décimètre ; Achille parcourt ce décimètre, la tortue un centimètre ; Achille parcourt ce centimètre, la tortue un millimètre ; Achille aux pieds légers, le millimètre, la tortue un dixième de millimètre ; et ainsi de suite, à l'infini, sans qu'il puisse jamais la rattraper… » À nouveau, des arguments qui semblent inattaquables débouchent sur des conclusions intenables.

Prenons un autre exemple simple. Supposons qu'Achille parte de la borne 0 km, alors que la tortue, qui va à la moitié de la vitesse d'Achille, possède une avance et parte de la borne 1 km. Quand Achille atteint la borne 1 km, la tortue est à la distance de 1 + 1/2 km ; quand Achille atteint cette dernière, la tortue est maintenant à la distance 1 + 1/2 + 1/4 km, et ainsi de suite. Après N pas, Achille a parcouru la distance $2 - (1/2)^N$, mais la tortue possède toujours une faible avance, car elle a parcouru une plus grande distance, de $2 - (1/2)^{(N+1)}$. Nous arrivons à cette conclusion absurde : si grand que soit N, Achille ne parvient jamais à dépasser la tortue !

Le poète français Paul Valéry (1871-1945) est lui aussi captivé par l'analyse zénonienne du mouvement d'Achille qui ne parvient jamais à rattraper la tortue, ou, de manière équivalente, de celui d'une flèche tirée qui n'atteint jamais sa cible. Dans *Le Cimetière marin* (1920), il exprime ainsi ses sentiments vis-à-vis de l'homme qui entend démontrer que tout mouvement n'est que non-mouvement :

Zénon ! Cruel Zénon ! Zénon d'Élée !
M'as-tu percé de cette flèche ailée
Qui vibre, vole, et qui ne vole pas !
Le son m'enfante et la flèche me tue !
Ah ! le soleil... Quelle ombre de tortue
Pour l'âme, Achille immobile à grands pas !

ARISTOTE ET L'INFINI POTENTIEL

Les paradoxes de Zénon avaient mis au grand jour les étrangetés de l'infini. Ils semèrent dans l'esprit des Grecs appréhension et méfiance vis-à-vis de celui-ci, ce qui suscita chez eux une certaine répugnance à l'affronter. L'infini était tabou, il dérangeait l'imagination, il fallait coûte que coûte le tenir à distance. Aristote (fig.) a exprimé de manière succincte, dans son traité de *Physique*, cette répugnance des Grecs à se colleter avec l'infini : « L'existence de l'infini est potentielle... Il n'existe pas en réalité. » D'après le philosophe, l'infini « actuel » n'est pas « réel ». Il ne peut se manifester dans la nature. Seul un infini « potentiel » existe, en puissance dans l'imagination des hommes. Physiciens et mathématiciens s'en servent pour extrapoler par la pensée le déroulement de certaines situations et résoudre certains problèmes mathématiques. Ainsi, quand nous marchons, nous faisons un pas, puis un autre, et encore un autre. Par la pensée, nous savons qu'en principe nous pouvons poursuivre indéfiniment notre marche, nous pouvons toujours aller un peu plus loin en faisant un pas de plus. Mais nous n'allons pas jusqu'au bout de ce parcours infini, nous ne l'effectuons que mentalement : c'est cela, l'essence de l'infini potentiel.

De même, en mathématiques, nous sommes tous familiers de séquences de nombres sans début ni fin. Considérons par exemple la suite des nombres entiers : 1, 2, 3, 4, 5... Il n'existe pas de nombre entier plus grand que tous les autres, car il suffirait d'ajouter 1 à tout nombre pour en obtenir un qui lui soit supérieur. Il n'y a donc pas de fin. De même, la séquence des nombres entiers négatifs n'a pas de début : ... – 5, – 4, – 3, – 2, – 1. Il n'existe pas de nombre entier plus négatif que tous les autres. L'infini « actuel » n'est pas. Il n'est jamais réalisé. Toutefois, les deux séquences de nombres entiers positifs et négatifs sont « potentiellement » infinies, car chacune met en jeu un processus (ajouter ou soustraire 1) qui peut être répété indéfiniment, bien qu'à chaque étape le nombre d'opérations déjà répétées reste toujours fini.

ARCHIMÈDE ET LE CALCUL DE Π

L'infini « potentiel » se manifeste encore sous d'autres formes. Considérons par exemple ce nombre extraordinaire que nous exprimons par le symbole π et qui n'a cessé depuis l'aube des temps d'intriguer aussi bien les mathématiciens que les non-initiés. Nous savons tous que π est le rapport de la circonférence d'un cercle à son diamètre. Par des mesures empiriques de circonférences et de diamètres de figures circulaires, les Anciens savaient que ce rapport était environ égal à 3. Mais les Grecs furent les premiers à proposer une méthode mathématique rigoureuse pour calculer, et non pas simplement mesurer, la valeur de π. Ce faisant, ils se retrouvèrent à nouveau confrontés à l'infini.

Le mathématicien Archimède (287-212 av. J.-C.) de Syracuse, fameux pour ses études des corps flottants (c'est lui qui poussa le cri *Eurêka !* dans sa baignoire quand il découvrit la « poussée » qui porte aujourd'hui son nom et qui fait que tous les corps de densité inférieure à celle de l'eau flottent), fut à l'origine de cette méthode. Prenez un cercle, expliqua-t-il, et imaginez un polygone régulier, inscrit dans le cercle, dont tous les sommets sont sur le cercle et dont tous les côtés et les angles sont égaux. Ce polygone possède un périmètre inférieur à celui du cercle. Mais, au fur et à mesure que vous augmentez le nombre de ses côtés, le polygone va embrasser le cercle de plus en plus étroitement, et son périmètre va tendre vers celui du cercle. Il suffit ensuite de calculer le périmètre du polygone et de diviser par le diamètre du cercle pour obtenir une valeur de π très légèrement inférieure à sa vraie valeur. Répétez maintenant la procédure avec un polygone régulier non plus inscrit dans le cercle, mais qui, à l'inverse, le circonscrit. Le cercle est désormais à l'intérieur du polygone, et ses côtés sont tangents au cercle. De nouveau, augmentez le nombre de côtés du polygone : comme avant, celui-ci embrassera le cercle de façon de plus en plus étroite. Cette fois, quand vous divisez le périmètre du polygone par le diamètre du cercle, vous obtiendrez une valeur de π légèrement supérieure à sa vraie valeur (fig.). En utilisant un polygone régulier de 96 côtés dont il savait comment calculer le périmètre, Archimède obtint pour résultat que la vraie valeur de π devait se situer quelque part entre 3,14103 et 3,14271. Approximation remarquable, puisque la valeur de π est, comme on sait, de 3,14159...

Mais il faut bien comprendre que ce qui est nouveau et révolutionnaire n'est pas tant ici le fait qu'Archimède ait pu estimer la valeur de π de façon considérablement plus précise que ses prédécesseurs ; c'est le fait qu'il ait inventé une méthode permettant de calculer ce nombre avec une précision aussi grande que désirée, simplement en tendant à faire coïncider le cercle et des polygones dont le nombre de côtés peut augmenter indéfiniment. En langage mathématique moderne, celui du calcul infinitésimal mis en place au XIXe siècle, π est la limite de la série des périmètres obtenue en faisant tendre le nombre de côtés des polygones vers l'infini. Archimède avait ainsi utilisé le concept d'infini potentiel pour résoudre un problème fondamental, celui du calcul de π.

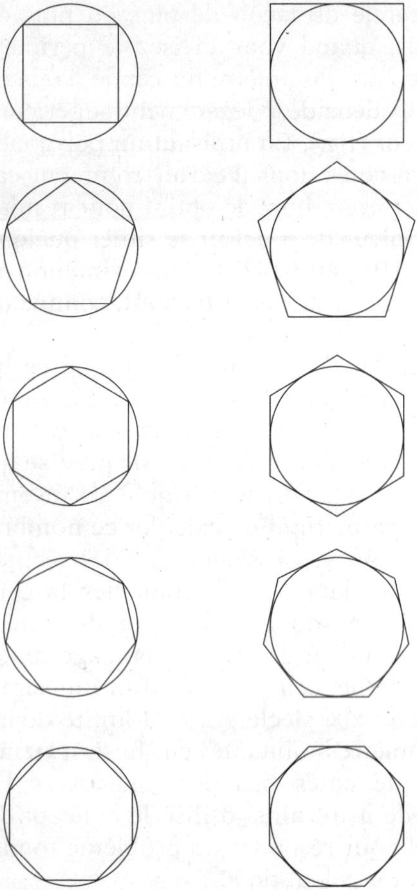

En augmentant de plus en plus le nombre de côtés des polygones réguliers inscrits dans un cercle (colonne de gauche) et circonscrits à un cercle (colonne de droite), Archimède put encadrer précisément la valeur du nombre irrationnel π.

DIEU ET L'INFINI

Pendant les quelque deux millénaires qui suivirent l'âge d'or de la pensée grecque, il y eut peu de nouvelles découvertes concernant le concept d'infini. Maints événements étaient advenus. La Grèce avait été annexée à l'Empire romain vers la fin du IIe siècle av. J.-C. L'éclat de la pensée grecque déclina au cours de cette période. Les Romains n'étaient guère intéressés par les spéculations abstraites. Les invasions répétées des hordes barbares, Goths et Huns venus de l'est, pendant les Ve et VIe siècles, donnèrent le coup de grâce à l'Empire romain déjà considérablement affaibli par la corruption politique et le chaos économique. Le savoir grec disparut de l'Occident. Parallèlement au déclin et à la chute de l'Empire romain, l'Empire arabe, qui s'étendait de l'Espagne à l'Inde, prit son essor. Le flambeau de la civilisation et des sciences passa aux mains des califes de Bagdad. Dès l'an mil, l'Espagne était devenue le grand centre intellectuel du monde musulman et, à travers elle, l'Europe chrétienne redécouvrit la pensée grecque. Le concept d'infini refit surface au Moyen Âge, mais dans un nouveau contexte : celui de la religion.

La quête de l'infini est souvent liée à une recherche de transcendance, de quelque chose qui dépasse l'expérience ordinaire, qui est au-delà de ce qui peut être vu et ressenti dans la vie de tous les jours. Cette transcendance est souvent associée à Dieu, et l'Infini est l'un des attributs principaux de Dieu. Une question se pose alors : si Dieu est infini, peut-Il concevoir l'infini actuel ou, comme l'humain, est-Il aussi limité à l'infini potentiel ?

Reprenons la suite des nombres entiers. Parce qu'il n'y a pas de fin à leur processus d'énumération et qu'il n'existe pas de nombre entier plus grand que tous les autres, nous ne pouvons parler d'un nombre total de tous les entiers : à nouveau, l'infini ne peut être que potentiel, et non actuel. Mais qu'en est-il de Dieu ? Peut-Il avoir accès à l'infini actuel, ou existe-t-il également des limites à Sa connaissance ? Saint Augustin (354-430) a apporté une réponse catégorique à ces questions : « Il est certainement vrai qu'il existe une infinité de nombres. Cela signifie-t-il qu'à cause de leur infinité Dieu ne peut pas tous les connaître ?... Personne ne saurait être assez dément pour proclamer une telle contre-vérité... Il ne fait aucun doute que chaque nombre est connu de Lui. Pour Dieu, l'infinité devient finie, car rien n'est au-delà de Sa connaissance. » Pour l'intelligence divine, l'infini devient fini et, pour Dieu, l'infini n'est plus potentiel, mais actuel.

Au Moyen Âge, saint Thomas d'Aquin (1225-1274) utilise l'argument de l'enchaînement des causes pour démontrer l'existence divine : toute chose a une cause, or il ne peut y avoir une chaîne infinie de causes. Cela veut dire que, tôt ou tard, on doit aboutir à une cause première, responsable de tout le contenu de l'univers. Cette cause première est Dieu. Selon saint Thomas d'Aquin, seul un être infini comme Dieu peut penser l'infini actuel. Tout homme qui tenterait d'appréhender l'infini serait coupable d'un abominable péché d'orgueil. Quant au cardinal allemand Nicolas de

Cues (1401-1464), qui a étudié les mathématiques antiques, il compare le savoir de Dieu à un cercle, et celui des hommes à un polygone inscrit dans ce cercle. En marchant dans les pas d'Archimède, il forge un argument selon lequel, au fur et à mesure que le savoir humain augmente, le polygone possède de plus en plus de côtés, leur nombre tendant vers l'infini. Mais le savoir des hommes ne pourra jamais égaler celui de Dieu, de même qu'un polygone inscrit dans un cercle ne pourra jamais devenir un cercle, même si le nombre de ses côtés tend vers l'infini. En cosmologie, Nicolas de Cues se fait le défenseur de l'idée d'un univers infini dans son traité *La docte ignorance* (1440), car Dieu ne saurait être limité dans Ses œuvres : le « principe de plénitude » implique que le monde qu'Il crée ne possède pas de limites.

LES DEUX INFINIS DE PASCAL ET SON PARI

Au XVIIe siècle, le mathématicien et philosophe français Blaise Pascal (1623-1662) (fig.) a utilisé la notion d'infini à propos de son pari sur l'existence de Dieu. Il table sur le fait qu'une quantité finie, si petite soit-elle, multipliée par l'infini, donne toujours un résultat infini.

Pionnier de la théorie moderne des probabilités, Pascal, ardent janséniste, aimait à employer des arguments probabilistes pour convaincre les athées de parier sur l'existence de Dieu. Il raisonnait comme suit : nous avons deux cas de figure possibles, soit Dieu existe, soit Il n'existe pas ; puisque la raison ne peut nous aider à décider, nous devons faire un pari ; deux choix sont alors possibles : soit nous croyons en l'existence de Dieu, soit nous n'y croyons pas. Pascal explique que le meilleur pari à faire est de croire en Dieu, car s'Il existe vraiment, le gain sera infini, alors que s'Il n'existe pas, la perte sera finie et minimale. Le pire choix serait de parier sur l'athéisme, car si Dieu existe, la perte sera infinie, alors que s'Il n'existe pas, le gain ne sera que fini.

Pascal se penche aussi sur les « deux infinis ». Pour lui, l'infini est partout dans le monde, mais il est impossible à l'esprit humain de concevoir une telle notion : « Il existe des propriétés communes à toute chose, qui ouvrent l'esprit aux plus grandes merveilles de la Nature. La principale propriété inclut les deux infinis qui se retrouvent dans toute chose, l'infiniment grand et l'infiniment petit[1]. » Le philosophe pense que l'espace, le temps et le mouvement peuvent augmenter indéfiniment. (En cela, il se trompe. L'espace n'est pas nécessairement infini. Il existe aussi, nous le verrons, des modèles d'univers finis. Quant au mouvement, la théorie de la relativité

1. Blaise Pascal, *De l'esprit géométrique*, Flammarion, 1993.

d'Einstein interdit à tout objet de se déplacer plus vite que la lumière.) Pour lui, l'espace et le temps sont divisibles à l'infini. (De nouveau, les théories physiques modernes suggèrent que ce n'est pas le cas, qu'il existe des intervalles de temps et d'espace minimums, ce qu'on appelle le temps de Planck [10^{-43} seconde] et la longueur de Planck [10^{-33} centimètre].) Comme Aristote, Pascal est d'avis que les deux infinis ne peuvent être appréhendés par la raison humaine, qu'ils sont donc potentiels plutôt qu'actuels. Son contemporain le philosophe et mathématicien René Descartes (1596-1650) professe la même opinion, préconisant lui aussi l'élimination de toute discussion sur l'infini actuel : « Parce que nous sommes finis, il serait absurde de notre part de vouloir discuter de l'infini... Ainsi, nous ne devrions pas essayer de répondre à des questions telles que : la moitié d'une ligne infinie est-elle elle-même infinie, ou un nombre infini est-il pair ou impair, etc. ? Il me semble que personne ne devrait se préoccuper de ces problèmes, à moins que son esprit ne soit lui-même infini[1]. »

GALILÉE ET LES PARADOXES DE L'INFINI

Toujours au XVIIe siècle, le physicien, astronome et mathématicien Galilée (1564-1642) s'est pen-

1. René Descartes, *Principes de la philosophie*, Vrin, 2009.

ché sur la question de l'infini. Parmi ses nombreux apports scientifiques, il faut mentionner en particulier ses contributions astronomiques : il a été le premier à braquer un télescope vers le ciel en l'an 1609. Ce faisant, l'astronome découvrit monts et merveilles, comme les quatre plus gros satellites de Jupiter, aujourd'hui connus sous le nom de « lunes galiléennes ». Il constata aussi que la planète Vénus, à l'instar de la Lune, connaît des phases allant de la pleine Vénus à la nouvelle Vénus, en passant par les croissants et les quartiers de Vénus. Toutes ces observations allaient dans le sens de l'univers héliocentrique avancé par le chanoine polonais Nicolas Copernic en 1543 : le Soleil en occupait la place centrale, et non plus la Terre. Celle-ci tournait, comme les autres planètes, autour de notre astre, et non l'inverse. En effet, l'existence des satellites de Jupiter mettait à mal l'idée que la Terre était au centre de l'univers, et que tout tournait autour d'elle. Les phases de Vénus, résultant des variations d'éclairage de la planète par le Soleil, ne pouvaient s'expliquer que si Vénus était en orbite autour du Soleil, et non autour de la Terre. Galilée se fit ainsi le champion de l'univers héliocentrique dans son ouvrage *Dialogue sur les grands systèmes du monde*, publié en 1632, dans lequel il démontrait que les défenseurs de l'univers géocentrique, où la Terre occupait la place centrale, étaient des « simples d'esprit » (le personnage défendant ce point de vue s'appelait Simplicio). C'en était trop pour l'Église, qui le traduisit devant l'Inquisition (fig.), mit toute son œuvre à l'Index et le fit placer en résidence surveillée jusqu'à sa mort. C'est pendant cette période difficile que Galilée rédigea son nouvel ouvrage, *Deux nouvelles sciences*, dans lequel Salviati, parlant pour Galilée, explique à Simplicio les mystères de l'infini.

Galilée fut contraint, en 1633, par l'Inquisition, de renier publiquement son soutien au système héliocentrique de Copernic. « Et pourtant elle tourne », est-il réputé pour avoir dit, à l'issue de son procès, à propos de la révolution de la Terre autour du Soleil. Ce n'est que trois siècles et demi plus tard, en 1992, que l'Église, en la personne du pape Jean-Paul II, reconnut publiquement ses erreurs dans l'affaire Galilée.

La discussion entre Salviati et Simplicio se déroule comme suit : considérons la liste des nombres entiers positifs : 1, 2, 3, 4, 5... Cette liste est infinie, car nous pouvons toujours ajouter 1 au dernier nombre et en obtenir un qui lui est supérieur. Élevons au carré chaque nombre de cette liste. Nous obtenons : 1, 4, 9, 16, 25... De nouveau, cette liste est infinie, car à chaque entier positif est associé son carré (en termes mathématiques, on dit qu'il existe une correspondance biunivoque entre les deux listes). Les deux listes doivent donc posséder le même nombre d'éléments. Or — et c'est là que le bât blesse et que le paradoxe surgit —, chaque élément dans la liste des carrés est aussi inclus dans la liste des entiers positifs. Cette dernière doit donc contenir un plus grand nombre d'éléments que la liste des carrés, puisqu'elle inclut aussi tous les nombres entiers qui ne sont pas des carrés ! Ainsi, le premier raisonnement (celui de la correspondance biunivoque) nous conduit à la conclusion que les deux listes ont le même nombre d'éléments, alors que le second nous dit que la liste infinie des entiers positifs contient plus d'éléments que la liste infinie des carrés. Galilée a ainsi découvert ce fait étrange que, quand il s'agit d'un ensemble infini, un sous-ensemble de celui-ci peut contenir autant d'éléments que l'ensemble tout entier.

Comment expliquer ce bizarre résultat qui bafoue le bon sens ? Galilée ne s'y hasarde pas, se contentant de remarquer : « Quand il s'agit de quantités infinies, il est impossible de dire qu'une quantité est plus grande ou plus petite qu'une autre. »

Galilée a utilisé la liste des carrés pour mettre en évidence les paradoxes de l'infini. Mais il aurait pu tout aussi bien le faire en prenant d'autres exemples. Il aurait pu considérer la liste des nombres pairs obtenus en multipliant par 2 chaque nombre de la liste infinie des nombres entiers positifs. Par cette procédure, une correspondance biunivoque est établie entre chaque nombre entier et un nombre pair : 1 correspond à 2, 2 à 4, 3 à 6, 4 à 8, etc. Ainsi, la liste des nombres pairs devrait être aussi grande que celle des nombres entiers. Or cette dernière contient aussi, en sus des nombres pairs, tous les nombres impairs. Le bon sens nous dit que le nombre total d'éléments dans la liste des nombres pairs devrait être seulement la moitié du nombre d'éléments dans la liste des nombres entiers positifs. Or l'argument de la correspondance biunivoque implique que les deux listes doivent être strictement égales en nombres d'éléments ! À nouveau, nous nous retrouvons dans cette situation paradoxale qui veut que, s'agissant d'un ensemble infini, un de ses sous-ensembles peut contenir autant d'éléments que l'ensemble lui-même ! Le tout n'est pas plus grand que la partie !

Le bon sens nous dit que ce ne peut être le cas. Nous savons bien que, quand nous examinons, par exemple, une liste de couples mariés, le nombre d'hommes est exactement égal à celui des femmes, et que le nombre serait inférieur si nous considérions une sous-liste ! Le tout doit être plus grand que la partie. Cela est certes vrai si les listes sont finies, comme c'est le cas dans la vie courante. Mais ce n'est plus le cas quand il s'agit de listes infinies : les sous-ensembles sont alors aussi « grands » que l'ensemble. Galilée avait soulevé là un sacré lièvre !

Ces paradoxes de l'infini qui défient le bon sens nous remettent à l'esprit l'histoire de l'hôtel *Infinité* du mathématicien David Hilbert. Vous vous souvenez de cet hôtel qui possède un nombre infini de chambres. Toutes les chambres sont occupées à votre arrivée. Pourtant, le gérant, en faisant changer de chambre à tout le monde, parvient toujours à en faire libérer une sans avoir à congédier qui que ce soit. Et il peut le faire non seulement pour vous, mais aussi pour un nombre infini de vos amis ! À l'évidence, il s'agit là du même paradoxe de l'infini perçu par Galilée : non seulement les ensembles infinis semblent pouvoir contenir des sous-ensembles qui sont eux-mêmes infinis, mais ils peuvent aussi inclure, en prime, une infinité d'autres éléments.

LES ÉTONNANTES PROPRIÉTÉS DES SÉRIES INFINIES

De tout temps, les suites de nombres sans fin ont exercé une fascination sans bornes sur l'imagination des mathématiciens. Une suite est définie par un processus qui permet de déterminer à partir d'un élément celui qui suit. Ainsi, chaque nombre dans la suite des nombres entiers positifs est obtenu en ajoutant 1 à celui qui le précède.

Ce processus n'ayant pas de fin, la suite est infinie. Les mathématiciens se sont alors posé la question suivante : si l'on fait la somme de tous les nombres d'une suite infinie (cette suite est appelée dans le jargon mathématique une *série*), cette somme est-elle finie ou infinie ? *A priori*, vous pourriez penser qu'une suite infinie de nombres ne pourrait en l'occurrence déboucher que sur un résultat infini. Mais ce serait vous tromper lourdement. En fait, en fonction de la nature des éléments composant la série (par exemple, des nombres positifs ou négatifs, des nombres croissants ou décroissants), cette somme peut être soit infinie (on dit alors que la série est divergente), soit finie (la série est convergente). Ainsi, dans certains cas, le fini peut naître de l'infini, et la série opère une sorte de jonction entre les deux.

Pour mieux nous fixer les idées, examinons quelques séries. Considérons d'abord la série des nombres entiers positifs. Sa somme est à l'évidence infinie, puisque chaque nombre qui suit est plus grand (de 1) que celui qui le précède. Cette série diverge. Vous sentez intuitivement qu'il y a plus de chances pour qu'une série converge si ses éléments successifs, au lieu de croître, comme c'est le cas dans la série des nombres entiers positifs, décroissent. Et vous avez raison ! Ainsi, prenons la série qui se rattache au paradoxe de Zénon sur le coureur qui n'arrive jamais au but. En parcourant d'abord la moitié de la distance qui sépare son point de départ de son point d'arrivée, puis la moitié de la distance restante, et puis encore la moitié de la distance restante, et ainsi de suite, le coureur de Zénon franchit une distance donnée par la somme :

$$1/2 + 1/4 + 1/8 + 1/16 + 1/32 + \ldots$$

La somme infinie ci-dessus possède la remarquable propriété de ne jamais atteindre la valeur 1, quel que soit le nombre de termes que nous y incluions. Mais nous pouvons nous rapprocher le plus possible de cette limite en incluant de plus en plus de termes. Autrement dit, la somme tend vers une limite finie égale à 1 au fur et à mesure que le nombre de termes inclus tend vers l'infini. C'est cette interaction entre le fini et l'infini qui nous donne la clé du paradoxe du coureur de Zénon. En effet, si le coureur conserve une vitesse à peu près constante, les intervalles de temps mis pour parcourir ces distances successives sont aussi décrits par la même série. Ce qui veut dire qu'il accomplira tout son trajet et parviendra à son point d'arrivée en un temps fini, et non infini, comme le pensaient les Grecs. Si les paradoxes de l'infini, tels ceux de Zénon, ont vu le jour, c'est parce que les Grecs n'ont pas envisagé la possibilité que la somme d'un nombre infini de termes puisse avoir une valeur finie. Si nous acceptons le fait que le fini peut découler de l'infini, les paradoxes ne sont plus de mise : nous pouvons traverser la rue en un temps fini, et Achille peut rattraper et dépasser aisément la tortue. Le bon sens est sauf !

Mais il ne faut pas non plus croire que toutes les séries comprenant une suite de fractions de valeur décroissante convergent inéluctablement vers une limite finie. Le fini ne naît pas toujours de l'infini. Considérons par exemple la série suivante, dite harmonique, composée de l'inverse de tous les nombres entiers positifs :

1/1 + 1/2 + 1/3 + 1/4 + 1/5 + 1/6 + 1/7 + 1/8 + …

Grâce à un raisonnement ingénieux, l'évêque et mathématicien français Nicole Oresme (1325-1382) a pu démontrer que la somme précédente est infinie. Il a raisonné comme suit : dans un premier temps, délaissons les deux premiers termes de la série ; la somme des deux termes suivants (1/3 + 1/4) est supérieure à 1/2, et de même celles des quatre termes suivants (1/5 + 1/6 + 1/7 + 1/8), des huit termes suivants, des seize termes suivants, et ainsi de suite, *ad infinitum*. À chaque étape, le nombre de termes de chaque sous-somme double, donnant une sous-somme toujours supérieure à 1/2. La somme de la série consiste donc en une somme infinie de termes supérieurs à 1/2, et doit par conséquent être infinie. La série harmonique est divergente.

Les séries divergentes possèdent d'étonnantes propriétés. Car, quand il s'agit de l'infini, les choses ne sont jamais ce qu'elles semblent être de prime abord. Ainsi, la somme d'une série infinie peut différer selon la méthode par laquelle elle est calculée ! Considérons par exemple la somme S de la série infinie consistant en des 1 et des – 1 alternant successivement[1] :

1. Voir John Barrow, *Une brève histoire de l'infini*, Fayard/Pluriel, 2012.

$$S = 1 - 1 + 1 - 1 + 1 - 1 + 1 - 1 + 1 - 1 + 1 - 1 + 1 - 1 + 1 - 1 \ldots$$

Pour évaluer S, nous pouvons grouper les nombres 1 et – 1 en paires :

$$S = (1 - 1) + (1 - 1) + (1 - 1) + (1 - 1) + \ldots = 0 + 0 + 0 + 0 + \ldots$$

La somme de chaque paire étant 0, nous obtenons une série infinie de 0, et donc S = 0.

Mais nous pouvons calculer S en regroupant les termes de façon différente, par exemple en mettant les deuxième et troisième termes ensemble, les quatrième et cinquième termes ensemble, et ainsi de suite :

$$S = 1 + (-1 + 1) + (-1 + 1) + (-1 + 1) + \ldots = 1 + 0 + 0 + 0 + \ldots$$

Cette fois, nous avons S = 1 ! Nous avons donc obtenu le résultat absurde que 0 = 1 !

Mais ce n'est pas terminé. Nous pouvons aussi rassembler les termes de la série S de la façon suivante :

$$S = 1 - (1 - 1 + 1 - 1 + 1 - 1 + 1 - 1 + 1 - 1 \ldots)$$

Mais la série entre les parenthèses n'est autre que S. Nous avons alors :

$$S = 1 - S$$

Ce qui donne S = 1/2 ! C'est à perdre la tête ! Nous venons de démontrer que, selon la façon dont nous rassemblons les termes de la série, S peut être égal soit à 0, soit à 1, soit à 1/2 ! C'est comme si, d'un coup de baguette magique, nous pouvions doubler l'argent figurant sur notre compte en banque simplement en le comptant de façon différente ! Plus bizarre encore : nous pouvons démontrer que S peut prendre n'importe quelle valeur voulue. Bien sûr, cette étrange propriété vient du fait que la série est infinie. Si elle était finie et que le nombre de termes soit impair, la seule valeur possible de S serait 1. Si le nombre de termes était pair, la seule valeur possible serait 0. Ce n'est que quand vous êtes infiniment riche que les paradoxes de l'infini se manifestent et que le montant de votre fortune dépend de la façon dont vous la comptez !

L'infini continue donc à défier le bon sens. Il n'est pas surprenant que, pendant des siècles, nombre de mathématiciens, même parmi les plus doués, n'aient pas pu souffrir d'entendre parler de l'infini. Ils le reléguèrent dans une sorte de *no man's land* mathématique, avec un avertissement sévère à l'oreille de leurs collègues de ne pas s'y aventurer sous peine de perdre la raison. Pour eux, le concept d'infini, si on le laissait batifoler en toute liberté dans le paysage mathématique, risquait de ruiner toute logique et donc de saper les bases mêmes des mathématiques.

Le mathématicien allemand Carl Friedrich Gauss (1777-1855), l'un des plus créatifs de sa génération, réprimanda en ces termes un de ses collègues qui avait osé parler de l'infini : « Je dois protester contre votre utilisation de l'infini comme si c'était un concept acquis. Une telle utilisation est interdite en mathématiques. L'infini n'est qu'une façon de parler... » S'il arrivait aux mathématiciens d'évoquer l'infini, comme dans le calcul des limites ou des séries infinies, ils se référaient invariablement à un infini potentiel. Pour eux, une quantité pouvait tendre vers l'infini — par exemple, le périmètre d'un polygone inscrit dans un cercle tend vers celui du cercle quand le nombre de ses côtés tend vers l'infini —, mais elle ne pouvait jamais l'atteindre. L'infini actuel était à éviter comme la peste.

JETER AU VENT LES CONCEPTS DU TOUT ET DE LA PARTIE

Malgré ces sévères mises en garde, quelques esprits aventureux prirent leur courage à deux mains et s'attaquèrent à la forteresse de l'infini. Ce fut le cas du philosophe et mathématicien tchèque Bernhard Bolzano (1781-1848) (fig.) qui, le premier, tenta, au début du XIXe siècle, de donner à l'infini un statut équivalant à celui du fini dans son ouvrage *Les Paradoxes de l'infini*, publié en 1851, après sa mort (il ne s'était penché sur les problèmes de l'infini qu'à l'âge de soixante-sept ans !). On peut dire que Bolzano

fut le premier à frayer les voies de l'infini et à faire fleurir sur le sol mathématique la métaphysique de l'infini. Il décida de combler le grand fossé séparant l'infini actuel de l'infini potentiel avec la ferme volonté de considérer « les ensembles infinis comme des totalités achevées, et non plus comme des successions non finies ». Il caressait ainsi l'espoir de rendre l'infini quantitatif et de pouvoir le manier avec le calcul comme on le ferait avec des quantités finies.

Le mathématicien tchèque se pencha d'abord sur les paradoxes de l'infini soulevés par Galilée. Il comprit que, si ces paradoxes surgissent, c'est parce que nous nous obstinons à appliquer à l'infini des concepts qui ne sont valables qu'avec le fini. Ils n'ont plus lieu d'être dès lors que nous sommes disposés, quand il s'agit d'infini, à réviser nos concepts habituels tels que ceux de « tout » ou de « partie ». Bolzano nous adjure ainsi de ne pas confondre, dans le paysage de l'infini, le concept d'« est contenu dans » avec celui d'« a une taille plus petite que ». Ainsi, comme Galilée l'a remarqué, les nombres carrés sont contenus dans les nombres entiers, mais il ne faut pas en conclure que la taille de l'ensemble A des nombres carrés est inférieure à celle de l'ensemble B des nombres entiers. Cela est vrai si A et B sont finis, mais si A et B sont infinis, A et B peuvent tout à fait posséder une taille identique, même si A est contenu dans B. Bolzano est arrivé à cette extraordinaire conclusion par le raisonnement suivant. Considérons, dit-il, un demi-cercle constituant la moitié inférieure d'un cercle. Traçons au-dessous de ce demi-cercle une droite parallèle au diamètre du demi-cercle s'étendant à l'infini dans les deux directions. Si nous joignons le centre du demi-cercle à un point quelconque de la droite infinie par une ligne droite, celle-ci doit obligatoirement couper le demi-cercle en un point. Il existe ainsi une ligne droite qui relie chaque point du demi-cercle à un point unique de la ligne parallèle infinie (fig.). En d'autres termes, le demi-cercle doit contenir, comme la droite infinie, un nombre infini de points. Le même raisonnement peut s'appliquer à n'importe quel demi-cercle de n'importe quel rayon. Bolzano en conclut que toutes les circonférences des cercles contiennent un nombre infini de points, et que ce nombre infini est le même pour tous, puisqu'on peut toujours mettre en correspondance un point quelconque de la circonférence avec un point de la ligne droite infinie. Il estime ainsi que tous les infinis sont égaux, qu'il n'existe pas d'infini plus grand ou plus petit qu'un autre.

Mais, en cela, Bolzano se trompait. Il revint à un autre mathématicien, l'Allemand Georg Cantor (1845-1918), de démontrer que tous les infinis ne sont pas égaux et qu'il existe au contraire une étonnante hiérarchie d'infinités. Ce faisant, Cantor a révélé la richesse et la beauté inouïes du paysage de l'infini et introduit ordre et clarté dans ce qui n'était auparavant que désordre et confusion. Cantor a lutté vaillamment contre l'*establishment* scientifique pour imposer l'infini actuel et, grâce à lui, l'infini est finalement devenu partie intégrante des mathématiques modernes.

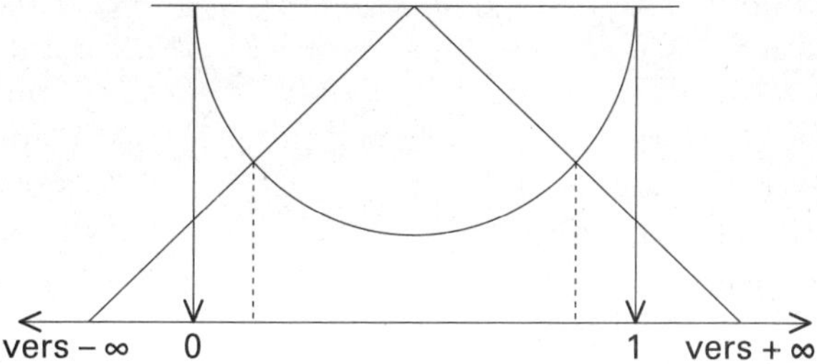

Par ce dessin, Bolzano démontre qu'il existe une correspondance biunivoque entre les points d'un demi-cercle et une ligne droite allant de - ∞ à + ∞. Parce que le nombre de points d'une droite est infini, Bolzano conclut correctement que le nombre des points d'un cercle de rayon quelconque doit l'être aussi. Il postule également que tous les infinis sont égaux, ce qui n'est pas le cas, comme le démontrera plus tard Georg Cantor.

La peur irraisonnée de l'infini a pu enfin se dissiper. Cantor parvint à ce résultat au prix d'efforts titanesques, travaillant seul et à contre-courant de mathématiciens puissants et influents, jusqu'à en perdre la raison.

II

LA QUÊTE DE L'INFINI MATHÉMATIQUE

CANTOR, LE DOMPTEUR DE L'INFINI

Issu d'une famille juive aisée (son père était dans les affaires) qui avait émigré de Russie pour s'installer en Allemagne, le jeune Georg Cantor fréquenta les lycées privés de Francfort, où il montra un intérêt et un talent précoces pour les mathématiques. Avec l'encouragement de son père, il s'inscrivit à l'École polytechnique de Zurich, puis à l'université de Berlin, l'un des principaux centres mondiaux d'études des mathématiques en ce milieu du XIXe siècle. Il y rencontra quelques-uns des plus grands mathématiciens de l'heure, tel Karl Weierstrass (1815-1897), considéré comme le père de l'analyse mathématique moderne. Il eut aussi pour professeur Leopold Kronecker (1823-1891) qui, nous le verrons, joua plus tard un rôle néfaste dans sa carrière et jusque dans sa vie. Après son doctorat à Berlin en 1867, le jeune mathématicien obtint un poste d'enseignant à l'université de Halle, cité médiévale surtout connue comme lieu de naissance du grand compositeur Georg Friedrich Haendel (1685-1759). Située géographiquement à mi-chemin entre celles de Göttingen et de Berlin, l'université de Halle n'avait certes pas la renommée ni l'éclat académiques de ses voisines. Aussi Cantor considéra-t-il son poste comme un havre provisoire où se poser pour réfléchir aux problèmes de l'infini et asseoir sa réputation de mathématicien, dans l'espoir de se voir proposer plus tard un poste de professeur dans l'une de ces universités plus prestigieuses. Mais l'appel ne vint jamais et, à son grand désespoir, le temporaire devint permanent. Toute la carrière du mathématicien se déroula ainsi dans la relative obscurité du département de mathématiques de Halle. Pourtant, c'est de cette obscurité qu'émergea la lumière sur l'infini.

Comme son prédécesseur Bolzano, Cantor (fig.) avait la ferme intention de reléguer aux oubliettes l'infini potentiel et d'asseoir l'infini actuel comme entité à part entière dans le paysage des mathématiques. Tous les travaux du mathématicien sur l'infini reposèrent en fin de compte sur deux concepts remarquablement simples. Le premier est le concept d'« ensemble ». Un ensemble n'est autre qu'une collection d'objets, par exemple une collection de tableaux, de timbres ou de nombres

entiers. Si les deux premières collections sont des ensembles finis, la dernière est infinie. Le second concept est celui de correspondance biunivoque, que nous avons déjà rencontré. Si nous considérons deux ensembles finis, nous pouvons dire avec une certitude absolue que ces deux ensembles sont égaux, c'est-à-dire qu'ils contiennent exactement le même nombre d'éléments, dès lors que nous pouvons associer tout élément du premier à un seul élément du deuxième. Prenons, par exemple, un ensemble de quatre filles et un autre de quatre garçons. Nous pouvons associer chaque fille avec un garçon et former quatre couples. La façon précise dont nous les accouplons n'a aucune importance. Parce qu'il existe une correspondance biunivoque entre l'ensemble des garçons et celui des filles, les deux ensembles sont égaux. Jusqu'ici, rien d'étonnant.

Mais les choses se corsent dès qu'il s'agit d'ensembles infinis. Considérons ainsi les deux ensembles infinis mentionnés par Galilée, lors de la discussion de Salviati avec Simplicio sur les mystères de l'infini, dans son ouvrage *Deux nouvelles sciences* : l'ensemble des nombres entiers et celui des nombres entiers portés au carré. Chaque carré peut être associé à un nombre entier. Ainsi, les carrés 1, 4, 9, 16, 25… peuvent être respectivement couplés aux nombres entiers positifs 1, 2, 3, 4, 5… *A priori*, les deux ensembles paraissent être égaux, bien qu'il semble y avoir beaucoup plus de nombres entiers que de carrés. En effet, l'ensemble des nombres entiers contient non seulement ceux qui sont des carrés, mais aussi ceux qui ne le sont pas. Mais, alors que Galilée se contente de souligner le paradoxe, Cantor retourne de façon géniale l'argument cul par-dessus tête. Il va se servir de la notion même de correspondance biunivoque pour définir la « taille » (ou le nombre d'éléments) d'un ensemble (les mathématiciens appellent cela le « cardinal » d'un ensemble). Le mathématicien déclare hardiment que quand deux ensembles, qu'ils soient finis ou infinis, peuvent être mis en correspondance biunivoque, ils doivent comporter le même nombre d'éléments. Selon cette règle, il existerait autant de nombres pairs que de nombres impairs, et autant de carrés que de nombres entiers. Cela semble heurter le bon sens qui nous dit que « le tout doit être plus grand que la partie », mais nos expériences sont par nécessité confinées au monde fini. Elles ne sont plus un bon guide dès lors que nous avons affaire à l'infini. Il n'existe aucune raison *a priori* pour que les ensembles infinis obéissent aux mêmes lois que les ensembles finis. Nous avons déjà vu que, pour des séries infinies, les règles habituelles de l'arithmétique ne s'appliquent plus. Cantor a eu le génie de le reconnaître et le courage de déclarer haut et fort que la propriété la plus fondamentale d'un ensemble infini est qu'il peut être mis en correspondance biunivoque avec une partie de lui-même. C'est cette propriété bizarre qui fait que, quand vous vous arrêtez à l'hôtel *Infinité*, vous trouverez toujours une chambre disponible, même si toutes les chambres sont occupées à votre arrivée !

LA MUSIQUE ET LES NOMBRES RATIONNELS

Mettre en correspondance biunivoque les membres d'un ensemble avec l'ensemble des nombres entiers positifs, c'est-à-dire les associer respectivement à 1, 2, 3, 4, 5, 6..., n'est rien faire d'autre que les compter. Cantor nous révèle donc que les ensembles composés des nombres pairs, des nombres impairs ou des carrés sont dénombrables. Pour la première fois dans l'histoire de la pensée mathématique, un homme ose donner une définition stricte et rigoureuse, et non plus vague et mystique, de l'infini. Mais vous pourriez objecter à juste raison que si ces ensembles sont dénombrables, c'est parce qu'il existe de grands « vides » entre leurs composants : des vides d'une unité entre les nombres entiers, de deux unités entre les nombres pairs et impairs, des vides qui ne cessent de s'accroître entre les carrés successifs. Pourtant, disant cela, vous feriez fausse route.

Pour voir en quoi vous vous tromperiez lourdement, examinons un ensemble de nombres qui est considérablement plus « dense », où les vides entre les éléments successifs sont beaucoup moins grands : celui des nombres « rationnels ». Ceux-ci s'écrivent tous sous la forme de fractions a/b, où a et b sont des nombres entiers (b ne doit pas prendre la valeur 0), tels 1/2, 4/5 ou 7/8, mais aussi bien 2 ou 5, car ceux-ci peuvent s'écrire 2/1 ou 5/1 : les nombres entiers forment un sous-ensemble de l'ensemble des nombres rationnels. Les fractions ont été connues de l'homme sitôt qu'il a su compter. En effet, chaque mesure qui ne consiste pas en un nombre entier nécessite leur utilisation. Les Grecs, en particulier Pythagore au VIe siècle av. J.-C., pensaient que tout, dans la nature, pouvait être exprimé en termes de rapports de nombres entiers. Cette pensée a très probablement trouvé son origine dans la musique. Pythagore avait découvert que les notes produites par une corde qui vibre obéissent à des rapports de longueur. Ainsi, de deux notes séparées par une octave, l'une est produite par une corde vibrant sur toute sa longueur, l'autre par une corde vibrant seulement sur la moitié de sa longueur. En d'autres termes, une octave correspond à un rapport de 2 à 1 en longueur. Les nombres rationnels dominèrent la pensée grecque, tout comme la raison domina leur philosophie.

Puisqu'il existe une infinité de nombres entiers, il doit exister une infinité de fractions. Mais avec cette différence fondamentale : les « vides » entre les fractions sont considérablement plus petits qu'entre les nombres entiers. Ainsi, même si deux fractions sont extrêmement rapprochées l'une de l'autre, nous pouvons toujours en trouver une autre qui peut être intercalée entre les deux.

Prenons, par exemple, les fractions 1/10 001 et 1/10 000. Elles sont extrêmement rapprochées l'une de l'autre, ne différant que d'un dix-millième. Malgré cela, nous pouvons toujours caler entre les deux la fraction 2/20 001. Nous pouvons répéter le processus et caler une autre fraction, par exemple 4/40 001, entre 2/20 001 et 2/20 000, et ainsi de suite. En fait, nous pouvons caler une infinité de fractions entre deux fractions quelconques (fig.). Les intervalles séparant deux fractions peuvent être divisés à l'infini. Au contraire de la matière qui n'est pas divisible à l'infini (la théorie « standard » de la matière dit que celle-ci ne possède pas de constituants plus élémentaires que des entités appelées « quarks »), il n'existe pas d'entité mathématique élémentaire.

L'ensemble des nombres rationnels, beaucoup plus dense et comportant des vides beaucoup plus petits, est-il alors indénombrable ? Non, répond Cantor. En 1874, il démontre par une méthode ingénieuse qu'on peut tout aussi bien ranger, ordonner et numéroter la totalité des nombres rationnels. En d'autres termes, l'ensemble des nombres rationnels peut être mis en correspondance biunivoque avec l'ensemble des nombres entiers positifs. Malgré leur grande différence de « densité », les deux ensembles possèdent la même taille. Décidément, notre intuition est un bien pauvre guide, quand il s'agit de l'infini ! Le mathématicien donne à tous les ensembles infinis dénombrables la désignation de $\aleph_0$ (Aleph 0, $\aleph$ étant la première lettre de l'alphabet hébreu et le symbole de l'infini dans la Cabale).

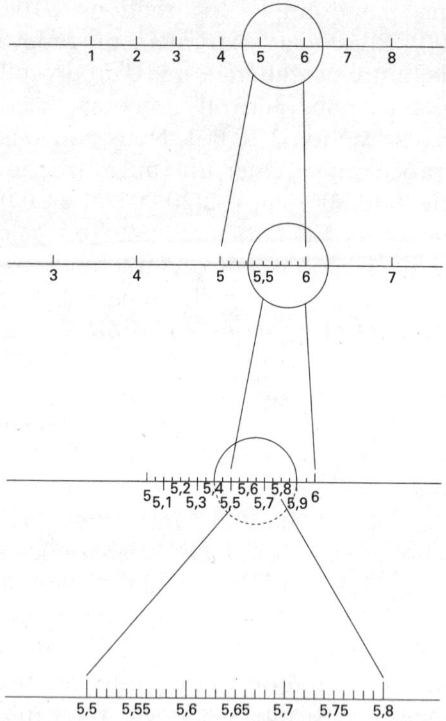

La densité des nombres rationnels (ceux qui peuvent être écrits sous forme de fractions ; par exemple, 5 = 5/1, 5,5 = 55/10, 5,55 = 555/100) est très grande. Le dessin montre qu'entre deux nombres rationnels, arbitrairement proches l'un de l'autre, il est toujours possible d'en insérer une infinité d'autres.

LES NOMBRES IRRATIONNELS PEUVENT SEMER LA PANIQUE PARMI LA POPULATION

À ce point, vous devez penser, comme Cantor le pensait lui-même au début, que tous les ensembles infinis sont dénombrables. À nouveau, vous faites fausse route ! Nous avons vu que les nombres rationnels forment un vaste ensemble très densément peuplé. Mais cela veut-il dire que tous les vides entre deux nombres quelconques peuvent être comblés par des nombres rationnels ? En d'autres termes, est-ce que chaque point d'une ligne droite continue peut être associé à un nombre rationnel ? Une nouvelle fois, la réponse est catégoriquement non ! En dépit de leur grande densité, les nombres rationnels sont loin de pouvoir représenter chaque point d'une ligne droite. Il en existera toujours qui ne seront associés à aucun nombre rationnel.

Ces vides n'ont été comblés que par la découverte de ce que les mathématiciens appellent des nombres non rationnels, dits « irrationnels ». C'est l'examen de deux problèmes de géométrie — le calcul de la diagonale d'un carré de côté 1 et celui de la circonférence d'un cercle — qui révéla l'existence de ces nombres bizarres et précipita la première crise grave de l'histoire des mathématiques. La résolution de cette crise ne se fit qu'au prix de l'introduction de nouvelles entités dans le paysage mathématique. La découverte du premier nombre irrationnel, la racine carrée de 2 ($\sqrt{2}$), est attribuée à Pythagore. Selon son fameux théorème — peut-être le plus connu et le plus utilisé de toutes les mathématiques —, l'hypoténuse c d'un triangle isocèle droit de côté 1 (ou, de manière équivalente, la diagonale d'un carré de côté 1) est telle que $c^2 = 1^2 + 1^2 = 2$; ce qui donne $c = \sqrt{2}$ (fig.). À leur grande stupéfaction, Pythagore et ses disciples découvrirent que $\sqrt{2}$ ne pouvait être ni un nombre entier ni le rapport de deux nombres entiers. Horrifiés, les pythagoriciens refusèrent même initialement d'accorder à $\sqrt{2}$ le statut de nombre ! La légende dit qu'ils furent si abasourdis par leur découverte qu'ils firent tous le serment de la tenir secrète, de peur de semer une panique générale parmi la population. Néanmoins, l'un d'eux, du nom de Hippase, passa outre et révéla le secret. Il le paya de sa vie : lors d'un voyage en mer, il fut jeté par-dessus bord par ses camarades.

Les pythagoriciens furent si ahuris par leur découverte qu'ils qualifièrent les nouveaux nombres d'« irrationnels ». Mais il faut être bien conscient qu'il s'agit là d'un abus de langage : il ne faut pas penser que les nombres irrationnels échappent à la raison, qu'ils n'ont aucune signification. Le terme « irrationnel » veut seulement dire qu'ils ne peuvent être exprimés comme le rapport de deux nombres entiers. Si vous demandez à votre calculatrice la valeur de $\sqrt{2}$, elle vous donnera la valeur approximative de 1,41421. Cette valeur ne peut qu'être approximative, car une des propriétés particulières d'un nombre

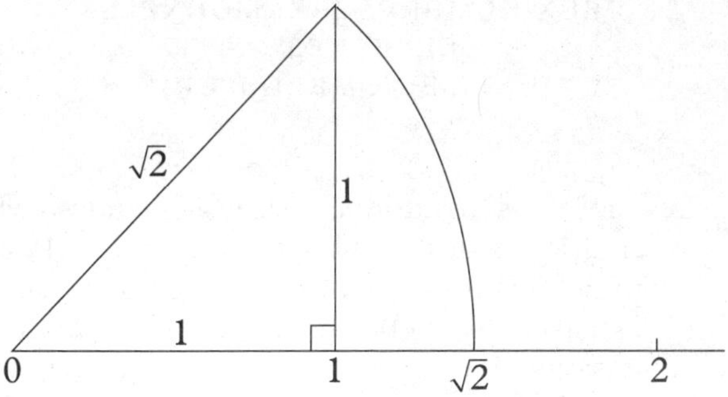

La racine carrée de 2, la longueur de l'hypoténuse d'un triangle isocèle droit de côté 1, est un nombre irrationnel, qui ne peut être exprimé comme le rapport de deux nombres entiers. Ci-dessus, la construction géométrique de $\sqrt{2}$ avec une règle et un compas.

irrationnel est qu'on ne peut l'écrire avec un nombre fini de décimales. Seule une infinité de chiffres après la décimale pourrait exprimer sa « vraie » valeur. Outre $\sqrt{2}$, il existe une cohorte d'autres nombres irrationnels. En fait, la racine carrée de tout nombre premier (un nombre qui n'est divisible que par 1 et par lui-même), comme $\sqrt{3}$, $\sqrt{5}$, $\sqrt{7}$, $\sqrt{11}$, $\sqrt{13}$, etc., est aussi un nombre irrationnel. Et la racine carrée de la plupart des nombres non premiers, comme $\sqrt{6}$, $\sqrt{8}$, etc., l'est aussi.

DEUX NOMBRES IRRATIONNELS CÉLÈBRES : Π ET LE NOMBRE D'OR

Les nombres irrationnels surgissent aussi en mathématiques dans un autre contexte. Cela a de nouveau à voir avec l'infini : il s'agit des séries infinies, avec lesquelles nous avons déjà fait connaissance. Les règles de l'algèbre nous disent que, quand nous additionnons, soustrayons, multiplions ou divisons deux fractions, le résultat est encore une fraction. Mais c'est seulement vrai quand il s'agit d'une somme ou d'un produit fini de fractions. Ce ne l'est plus quand ces sommes ou ces produits deviennent infinis, comme dans le cas des séries infinies. Considérons, par exemple, la série infinie des inverses des carrés des nombres entiers :

$$1/1 + 1/2^2 + 1/3^2 + 1/4^2 + \ldots$$

Le mathématicien suisse Leonhard Euler (1707-1783) a démontré qu'elle est convergente, c'est-à-dire que sa somme est un nombre fini. Ce dernier ne peut être exprimé par une fraction, mais en termes du fameux nombre irrationnel π, cette somme étant égale à $\pi^2/6$. La leçon à retenir est donc ici : quand l'infini se manifeste, π fait son apparition. Le nombre π est, nous l'avons vu, le rapport de la circonférence d'un cercle à son diamètre. Bien qu'il eût été déjà connu des Babyloniens et des Égyptiens, il y a quelque vingt siècles, son statut de nombre irrationnel n'a été établi qu'en 1761 par le mathématicien suisse Joseph Heinrich Lambert (1728-1777). Nous avons vu qu'Archimède fut le premier à calculer sa valeur en inventant la méthode des polygones inscrits dans un cercle ou qui le circonscrivent. Il démontra que π devait se situer quelque part entre 3 + 10/71e et 3 + 1/7e. Au cours des siècles suivants, les mathématiciens découvrirent des séries infinies remarquables qui leur permirent de calculer de plus en plus précisément la valeur de π[1]. Ainsi, le mathématicien français François Viète (1540-1603) démontra que π pouvait être évalué, en se servant uniquement du chiffre 2, par une succession infinie d'additions, de multiplications, de divisions et de racines carrées, par le produit infini suivant :

$$2/\pi = \sqrt{2}/2 \;.\; (\sqrt{2 + \sqrt{2}})/2 \;.\; (\sqrt{2 + \sqrt{2 + \sqrt{2}}})/2 \;\ldots$$

Le mathématicien anglais John Wallis (1616-1703), inventeur du symbole ∞ pour désigner l'infini, découvrit en 1650 le produit infini suivant :

$$\pi/2 = (2 \;.\; 2 \;.\; 4 \;.\; 4 \;.\; 6 \;.\; 6 \;\ldots)/(1 \;.\; 3 \;.\; 3 \;.\; 5 \;.\; 5 \;.\; 7 \;\ldots)$$

En 1671, c'est au tour du mathématicien écossais James Gregory (1638-1675) de trouver une autre série infinie pour calculer la valeur de π :

$$\pi/4 = 1/1 - 1/3 + 1/5 - 1/7 + \ldots$$

1. Eli Maor, *To Infinity and Beyond : A Cultural History of the Infinite*, Birkhaüser, 1987.

En nous servant de ces séries et produits infinis, et en évaluant la valeur d'un nombre croissant de termes, nous pouvons en principe calculer la valeur de π aussi précisément que nous le désirons, avec autant de décimales après la virgule que nous le voulons. Mais, tout comme dans le cas de $\sqrt{2}$, parce que π est un nombre irrationnel, nous ne pourrons jamais connaître sa valeur « exacte », car il nous est impossible de calculer une infinité de termes. Bien sûr, les ordinateurs modernes peuvent en calculer un très grand nombre à une vitesse qui ne cesse d'augmenter au fil du temps, et les mathématiciens ne se privent pas de les appeler à la rescousse. Jusqu'ici, les ordinateurs ont ainsi pu calculer plus de 10 000 milliards (10^{13}) de décimales (fig.). Pour la vaste majorité des applications scientifiques, la connaissance de π à plus de 40 décimales n'est à l'évidence pas nécessaire. La motivation principale pour calculer un nombre croissant de décimales est surtout le désir de l'homme d'aller toujours plus loin et de battre les records déjà établis en vue de satisfaire son ego. Mais il est aussi des motivations plus scientifiques : calculer un très grand nombre de décimales de π permet d'en connaître la répartition statistique et de voir s'il existe des répétitions ou des cycles de chiffres. Jusqu'ici, aucune régularité n'a pu être trouvée. Ces calculs intensifs des décimales de π permettent également de tester le fonctionnement des superordinateurs et de vérifier la précision des algorithmes de multiplication. Pour nous, pauvres non-mathématiciens, connaître la valeur de π à 5 décimales près (3,14159) est plus que suffisant pour toute utilisation que nous désirons en faire dans la vie de tous les jours.

3.141592653589793238462643
383279502884197169399375l
058209749445923078164062\8
620899862803482534211706\7
982148086513282306647093\8
446095505822317253594081\2
848111745028410270193852\1
105559644622948954930381\9
644288109756659334461284\7

Le nombre π, comme tous les nombres irrationnels, possède un nombre infini de décimales. Les 224 premières sont ici représentées.

Un autre nombre irrationnel qui a fasciné l'imagination des hommes, qu'ils soient mathématiciens ou non, est le « nombre d'or », désigné par le symbole φ. Considéré comme le nombre associé à la beauté et à l'harmonie, celui qui sert à définir les canons de l'esthétique, il a joué un rôle important dans l'architecture grecque (fig.). Les Égyptiens l'ont utilisé dans la construction de certaines de leurs pyramides, comme celle de Khéops (vers 2520 av. J.-C.). Plus près de nous, l'architecte Le Corbusier (1887-1965) l'incorpora dans quelques-unes de ses œuvres. Il se retrouve aussi dans la nature : les feuilles de certaines plantes (comme le tournesol) sont disposées selon le nombre d'or.

Il a été dit que le nombre d'or a joué un rôle important dans la construction du Parthénon, en Grèce. Ainsi, sa façade est inscrite dans un « rectangle d'or » (voir la figure suivante).

Ce dernier correspond au partage d'un segment de longueur 1 en sa « juste » proportion, définie de telle façon que le rapport de la plus grande partie (de longueur x) à la plus petite partie (de longueur 1 – x) soit égal au rapport du tout (de longueur 1) à la plus grande partie (de longueur x). Autrement dit, $\varphi = x/(1 - x) = 1/x$. Ce qui donne l'équation $x^2 + x - 1 = 0$, dont la solution positive est $x = (1 + \sqrt{5})/2$ (fig.). La valeur approximative du nombre d'or est 1,61803... Comme $\sqrt{2}$, il contient une infinité de décimales dont l'ordre ne se répète jamais.

Les nombres irrationnels tels que $\sqrt{2}$, π ou φ se divisent en deux catégories : ceux qui sont la solution d'une équation algébrique — c'est le cas de $\sqrt{2}$ (l'équation est $x^2 - 2 = 0$) et de φ (l'équation est donnée au paragraphe précédent) — et ceux qui ne le sont pas, comme π. Ces derniers sont appelés nombres irrationnels « transcendants ». De même que la désignation d'« irrationnel » n'implique aucunement l'absence de raison, le mot « transcendant » n'a ici aucune connotation mystique. Il exprime simplement le fait qu'un tel nombre ne peut être calculé à partir d'une équation.

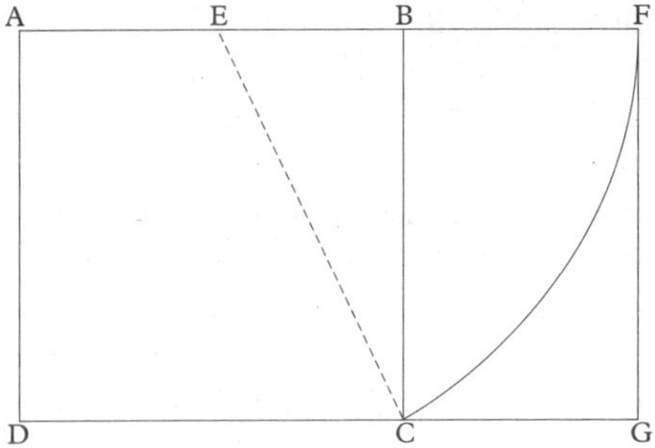

Pour construire géométriquement le nombre d'or φ, commencer par dessiner un carré de côté 1. Le point E est équidistant des points A et B. Avec E comme centre, tracer un arc de cercle de rayon EC qui coupe le prolongement de la ligne AB au point F. Le rapport de la longueur à la largeur du rectangle AFGD, appelé « rectangle d'or », est égal au nombre d'or $\varphi = (1+\sqrt{5})/2$.

Au terme de ces réflexions, nous pouvons ainsi dire qu'il y a quelque chose d'infini dans un cercle (se manifestant par π), dans un segment de droite (se manifestant par φ) et, en fait, dans tout nombre irrationnel.

TOUS LES INFINIS NE SONT PAS ÉGAUX

Nous l'avons vu, bien que les nombres rationnels constituent un vaste ensemble très densément peuplé, ils sont incapables de combler tous les vides entre deux nombres quelconques. Ils sont incapables de représenter tous les points d'une ligne droite continue. Maintenant que nous avons établi l'existence des nombres irrationnels et qu'ils ne nous font plus peur comme au temps des Grecs, pouvons-nous les utiliser pour combler tous les vides ? La réponse est oui. Si nous assemblons tous les nombres rationnels et irrationnels, nous obtenons ce que les mathématiciens appellent l'« ensemble des nombres réels ». Mais, derechef, le langage courant est ici trompeur : le qualificatif « réel » ne veut pas dire que ces nombres ont une existence plus authentique que les autres ! Les nombres réels ne sont pas plus « réels » que les nombres entiers ou rationnels.

Tout nombre réel peut être écrit en termes de suites de décimales, par exemple 0,1, ou 0,124124…, ou encore 0,2020020002… Ces suites peuvent être de trois types. Elles sont soit finies (0,1), soit infinies avec des chiffres dont l'ordre se répète (0,124124…), soit infinies avec des chiffres dont l'ordre ne se répète jamais. Les deux premiers types sont associés à des nombres rationnels (ainsi, 0,1 = 1/10), alors que le troisième type l'est à des nombres irrationnels. Les nombres réels remplissent ainsi tous les espaces d'une ligne continue.

Quelle est la taille de l'ensemble des nombres réels ? se demande Cantor. Manifestement, elle est infinie puisque cet ensemble contient celui des nombres entiers et celui des nombres rationnels, lesquels sont l'un et l'autre, nous l'avons vu, infinis. Ces deux derniers infinis sont dénombrables : on peut les mettre en correspondance biunivoque avec les nombres entiers, donc les compter. Mais l'ensemble des nombres réels contient en plus l'ensemble des nombres irrationnels. Est-il lui aussi dénombrable ? Il faut se souvenir que « dénombrable » ne veut pas dire « comptable », car comment compter quelque chose qui est infini ? Un ensemble est dit dénombrable quand chacun de ses éléments peut être mis en correspondance biunivoque avec un nombre entier. Vous ne pourrez jamais arriver à la fin d'un tel processus, mais l'essentiel est ici que ce soit possible. Cantor démontre l'impossibilité de mettre en correspondance biunivoque les nombres réels avec les nombres entiers : l'infini des nombres réels est infiniment plus grand que les infinis dénombrables baptisés $\aleph_0$ par Cantor. Force est ainsi de constater que tous les infinis ne sont pas égaux, que certains infinis sont dénombrables alors que d'autres ne le sont pas !

UNE SURFACE NE CONTIENT PAS PLUS DE POINTS QU'UNE LIGNE DROITE

Ayant démontré l'existence de différents types d'infinités, Cantor s'est penché sur la notion de dimension. Après tout, considérer des ensembles de nombres avec des degrés d'infinité différents revient un peu à considérer des objets de dimensions différentes. La notion de dimension est en effet fondamentale en science. Le mathématicien grec Euclide (v. 330-375 av. J.-C.) disait qu'un point n'a pas de longueur, une ligne pas d'épaisseur, une surface pas de profondeur. Ainsi, la dimension d'un point est 0, celle d'une ligne 1, celle d'une surface 2 et celle d'un volume 3. Einstein nous a appris que nous évoluons dans un espace-temps à quatre dimensions, avec trois dimensions spatiales et une dimension temporelle. La théorie des cordes (celle qui stipule que les particules élémentaires de la matière ne sont pas des points, mais le résultat de vibrations de cordes infinitésimales) avance même que l'espace a dix dimensions (les sept autres étant si bien enroulées sur elles-mêmes qu'elles ne sont pas perceptibles). Cantor s'est posé la question suivante : comment le degré d'infinité d'une entité mathématique varie-t-il avec sa dimension ? Par exemple, le degré d'infinité d'une surface est-il supérieur à celui d'une ligne droite ? Le bon sens nous dit que ce devrait être le cas, puisqu'une surface est bien plus étendue qu'une ligne droite.

Pour répondre à cette question, Cantor se tourne du côté du mathématicien, physicien et philosophe français René Descartes (1596-1650) (fig.). Celui-ci avait inventé ce qu'on appelle aujourd'hui la « géométrie analytique », exposée dans son ouvrage *La Géométrie*[1], publié en 1637 en annexe à son fameux *Discours de la méthode*. Dans cet ouvrage, Descartes réussit à faire une remarquable synthèse entre l'algèbre et la géométrie. Autrement dit, il a pu établir une relation entre les mathématiques spatiales de la géométrie et les formules de l'algèbre. Descartes ne fut certes pas le premier à se pencher sur le problème. Les Grecs savaient qu'il existait une connexion entre les nombres et les points d'un plan ou de toute autre figure géométrique, mais ils n'étaient jamais parvenus à exploiter cette idée. Le génie de Descartes fit le reste : il proposa de diviser un plan (à deux dimensions) en quatre quadrants, établissant ce que l'on appelle un système de coordonnées X-Y[2]. À l'origine de ce système, X et Y ont tous deux la valeur 0. Aller vers

1. René Descartes, *Œuvres complètes*, t. III, Gallimard, Bibliothèque de la Pléiade, 2009.

2. La convention inventée par Descartes, selon laquelle les quantités connues sont désignées par les premières lettres de l'alphabet, et les inconnues par les dernières, est restée.

la droite augmente la valeur de X, tandis qu'aller vers la gauche la diminue. De même, aller vers le haut augmente la valeur de Y, tandis qu'aller vers le bas la diminue. En utilisant le système de Descartes, appelé aujourd'hui « système de coordonnées cartésiennes », nous pouvons définir exactement la position de chaque point d'un plan infini en effectuant des mesures le long des axes X et Y, ce qui donne une paire de nombres représentant les coordonnées X et Y de ce point (fig.).

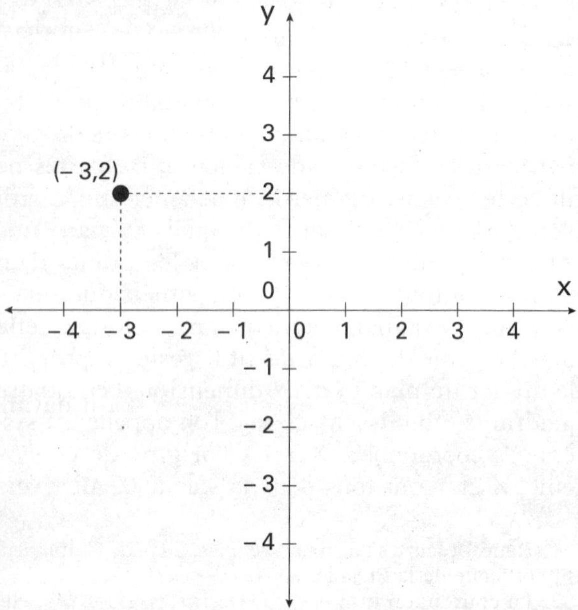

En coordonnées cartésiennes, la position d'un point dans un plan est donnée par une paire de nombres.

Le système de coordonnées cartésiennes s'est révélé si utile et a connu tant d'applications pratiques que nous ne nous rendons même pas compte de son omniprésence dans notre vie quotidienne. Ainsi, les cartes géographiques ne sont rien d'autre que des projections de la surface du globe sur un plan, sauf que X et Y y ont été remplacés par les coordonnées nord-sud et est-ouest. Les pixels de l'écran de votre ordinateur ou de votre appareil photographique sont numérisés selon un système de coordonnées cartésiennes : des électrons sont projetés sur un écran à deux dimensions avec des positions spécifiées par des coordonnées X et Y. Les idées de Descartes concernant un plan à deux dimensions ont été généralisées à des objets à trois dimensions ou plus. Ainsi, pour visualiser grâce à un ordinateur le bâtiment qu'il veut construire, un architecte utilisera un logiciel fondé sur un système de coordonnées à trois dimensions : aux coordonnées X et Y s'ajoutera la coordonnée Z mesurant la profondeur.

Pour répondre à la question : « Y a-t-il davantage de points dans un plan que sur une ligne droite ? », Cantor fit appel aux coordonnées cartésiennes. Descartes nous apprend que la localisation de chaque point dans un plan peut être déterminée par une paire de nombres X et Y, par exemple la paire 0,4325134 et 0,8436321 (sans que sa démonstration perde en généralité, Cantor a choisi de se concentrer sur les nombres compris entre 0 et 1). De manière plus générale, ces deux nombres ont la forme $0{,}a_1a_2a_3$... et $0{,}b_1b_2b_3$..., où les chiffres a_n et b_n prennent des valeurs comprises entre 0 et 9. Cantor a découvert une façon ingénieuse de transformer chaque paire de coordonnées en un seul et unique nombre : ce dernier est composé de tous les chiffres des deux nombres originaux, mais de manière telle que les chiffres du premier nombre alternent avec ceux du second : $0{,}a_1b_1a_2b_2a_3b_3$... Ainsi, la paire de coordonnées ci-dessus sera associée au nombre 0,48342356133241... Cantor a ainsi démontré que chaque point d'un plan (défini par une paire de nombres) correspond à un point unique d'un segment de droite. En d'autres termes, un plan à deux dimensions possède exactement le même nombre de points qu'une ligne droite à une seule dimension !

Par un raisonnement similaire, Cantor démontre que le nombre de points d'un espace tridimensionnel (celui d'un cube, par exemple) ou de n'importe quel espace multidimensionnel est le même que celui d'une ligne droite. Un résultat qui défie le bon sens : « Je le vois, mais je n'arrive pas à y croire ! » écrivit Cantor à l'un de ses amis, le mathématicien Richard Dedekind (1831-1916). Celui-ci le félicita pour son travail, mais lui conseilla de se montrer plus réservé et de ne pas s'attaquer trop brutalement aux idées reçues sur la dimensionnalité, car cela ne pouvait que lui attirer des ennuis du côté de l'*establishment* scientifique. Malheureusement pour Cantor, la suite des événements ne devait donner que trop raison à Dedekind. Certains mathématiciens éminents rejetèrent les résultats sur l'infini de Cantor, car, selon eux, ils remettaient trop en cause la géométrie telle qu'on la connaissait jusque-là. Un rejet qui aurait de graves conséquences sur la vie et la carrière de Cantor, et allait l'amener jusqu'à la folie.

C'est Dedekind qui, en fin de compte, montra que la théorie des infinis de Cantor était parfaitement compatible et cohérente avec le reste des mathématiques. Nous l'avons vu et revu : le bon sens est un bien mauvais guide quand il s'agit de l'infini ! Quand nous nous aventurons dans ce domaine, nous ne pouvons pas nous fier à notre intuition ordinaire. Le philosophe français Emmanuel Levinas exprime ainsi cette inadéquation de l'expérience de tous les jours à l'appréhension de l'infini[1] : « Le rapport avec l'infini ne peut certes pas se dire en termes d'expérience — car l'infini déborde la pensée qui le pense. »

1. Emmanuel Levinas, *Totalité et infini. Essai sur l'extériorité*, Le Livre de poche, 1994.

BORGES ET LE LIVRE INFINI

Les résultats de Cantor ont trouvé un écho dans l'œuvre de l'écrivain argentin Jorge Luis Borges (1899-1986) (fig.), qui est sans doute l'auteur qui a le mieux exprimé la relation obsessionnelle de l'homme avec l'infini. Dans l'un de ses contes fantastiques, *Le Livre de sable*[1], il raconte l'histoire d'un homme qui entre en possession d'un livre fabuleux comportant un nombre infini de pages. Il commence ainsi son récit :

> La ligne est composée d'un nombre infini de points ; le plan, d'un nombre infini de lignes ; le volume, d'un nombre infini de plans ; l'hypervolume, d'un nombre infini de volumes… Non, décidément, ce n'est pas là, *more geometrico*, la meilleure façon de commencer mon récit.

Peut-être Borges a-t-il fait allusion ici à l'extraordinaire résultat de Cantor selon lequel l'infini

1. Jorge Luis Borges, *Le Livre de sable*, Folio-Gallimard, 1983.

d'une ligne droite est égal à l'infini d'un plan ou de n'importe quel autre espace multidimensionnel.

Le livre contient tout le savoir de l'humanité. Il est infini, ne possédant ni début ni fin. Malgré tous ses efforts pour trouver la première page, en pressant aussi fort que possible le pouce et l'index contre la couverture, l'homme constate qu'il reste invariablement une infinité de feuillets entre la couverture et le pouce. Et, une fois qu'une page est tournée, on ne peut plus jamais la retrouver :

> Il me dit que son livre s'appelait le Livre de sable, parce que ni ce livre ni le sable n'ont de commencement ni de fin.
>
> Il me demanda de chercher la première page.
>
> Je posai ma main gauche sur la couverture et ouvris le volume de mon pouce serré contre l'index. Je m'efforçai en vain : il restait toujours des feuilles entre la couverture et mon pouce. Elles semblaient sourdre du livre.
>
> — Maintenant, cherchez la dernière.
>
> Mes tentatives échouèrent de même ; à peine pus-je balbutier d'une voix qui n'était plus ma voix :
>
> — Cela n'est pas possible.
>
> Toujours à voix basse, le vendeur de bibles me dit :
>
> — Cela n'est pas possible et pourtant cela est. Le nombre de pages de ce livre est exactement infini. Aucune n'est la première, aucune n'est la dernière. Je ne sais pourquoi elles sont numérotées de cette façon arbitraire. Peut-être pour laisser entendre que les composants d'une série infinie peuvent être numérotés de façon absolument quelconque.
>
> Puis, comme s'il pensait à voix haute, il ajouta :

> — Si l'espace est infini, nous sommes dans n'importe quel point de l'espace. Si le temps est infini, nous sommes dans n'importe quel point du temps.

À l'évidence, Borges était au courant des propriétés des séries infinies et des résultats de Cantor sur les nombres réels : entre deux nombres réels quelconques, exprimés par un nombre illimité de chiffres après la virgule, il existe une infinité d'autres nombres réels. L'infini des nombres réels est infiniment plus grand que l'infini des nombres entiers ou que celui des nombres rationnels.

L'homme comprit que « ce livre était monstrueux », qu'il était « un objet de cauchemar, une chose obscène qui diffamait et corrompait la réalité ». Il voulut s'en débarrasser, mais même cela posait problème : brûler un livre infini n'entraînerait-il pas des conséquences environnementales infinies pour la planète ? Ne valait-il pas mieux l'« oublier » quelque part sur une des nombreuses étagères de la Bibliothèque nationale où il travaillait ?

> Je pensai au feu, mais je craignis que la combustion d'un livre infini ne soit pareillement infinie et n'asphyxie la planète par sa fumée.
>
> Je me souvins d'avoir lu quelque part que le meilleur endroit où cacher une feuille, c'est une forêt. Avant d'avoir pris ma retraite, je travaillais à la Bibliothèque nationale, qui abrite neuf cent mille livres ; je sais qu'à droite du vestibule un escalier en colimaçon descend dans les profondeurs d'un

sous-sol où sont gardés les périodiques et les cartes. Je profitai d'un moment d'inattention des employés pour oublier le Livre de sable sur l'un des rayons humides. J'essayai de ne pas regarder à quelle hauteur ni à quelle distance de la porte.

L'infini prend ici des allures de cauchemar…

UNE HIÉRARCHIE SANS FIN D'INFINIS

Cantor a donc démontré que le nombre de points de tout espace multidimensionnel est le même que celui d'une ligne droite, que ce nombre est infini et que cet infini est indénombrable. Mais le mathématicien ne s'est pas arrêté en si bon chemin. Non seulement il a prouvé l'existence d'infinis indénombrables, mais il est arrivé à la conclusion qu'il existe une hiérarchie sans fin d'infinis, et qu'il ne peut exister d'infini plus grand que tous les autres, capable de tous les contenir.

Pour parvenir à cette extraordinaire conclusion, Cantor fit appel cette fois à la théorie des ensembles. Un ensemble est, rappelons-le, une collection de personnes ou d'objets appelés « éléments ». Cantor démontre dans les années 1870 que, pour chaque ensemble, il est possible d'en générer un encore plus grand, composé de l'ensemble des parties ou sous-ensembles de cet ensemble. Prenons par exemple un ensemble de trois personnes, Bob, Alice et Françoise. Sa taille (ou son cardinal) est de 3. Nous pouvons former un total de 8 sous-ensembles différents à partir de cet ensemble : le sous-ensemble vide qui ne contient personne, les trois sous-ensembles contenant chacun une personne, les trois sous-ensembles contenant chacun deux personnes (Bob et Alice, Alice et Françoise, Bob et Françoise), et le sous-ensemble égal à l'ensemble des trois personnes. En d'autres termes, la taille de l'ensemble des parties d'un ensemble de taille 3 est égale à 2 élevé à la puissance 3 ($2^3 = 2 \times 2 \times 2$), soit 8. Plus généralement, Cantor démontre que l'ensemble des parties d'un ensemble (fini ou infini) de taille N est toujours de plus grande taille, et que cette taille est égale à 2^N (2 multiplié N fois par lui-même).

Nous avons vu que l'ensemble des nombres entiers a une taille infinie. Cantor a désigné cet infini par le symbole Aleph zéro ($\aleph_0$), qu'on peut considérer comme le premier niveau d'infini. Se fondant sur la théorie des ensembles et en s'appuyant sur le résultat précédent, Cantor peut ensuite construire une hiérarchie sans fin d'infinis de taille de plus en plus grande. En partant du premier infini $\aleph_0$, celui qui correspond à l'ensemble des nombres entiers (ou des carrés), il considère ensuite l'ensemble P ($\aleph_0$) des parties de l'ensemble des nombres entiers, dont la taille est égale à $2^{\aleph_0}$, et qui est donc beaucoup plus grand que $\aleph_0$. Il répète la procédure pour l'ensemble P ($\aleph_0$), ce qui donne pour l'ensemble de ses parties une taille immensément plus grande égale à $2^{2^{\aleph_0}}$, et ainsi de suite *ad infinitum*. Cantor obtient ainsi une hiérarchie sans fin d'infinis : $\aleph_0$, $2^{\aleph_0}$, $2^{2^{\aleph_0}}$..., ouvrant toutes grandes les portes du jardin enchanté des infinis. Tout comme il existe une hiérarchie dans toute organisation sociale, il existe aussi une hiérarchie dans le monde de l'infini, laquelle est sans fin (fig.).

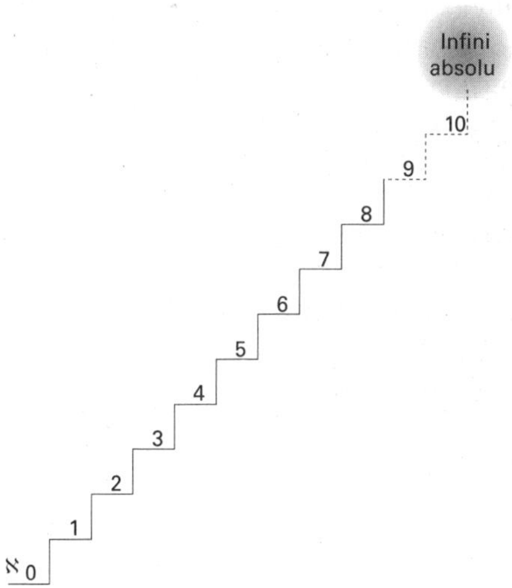

La hiérarchie d'infinis sans fin, de Georg Cantor.

L'HYPOTHÈSE DU CONTINU

Mais le mathématicien ne s'en tint pas là. Bien qu'il eût démontré l'incommensurable richesse des infinis et ouvert tout un nouveau pan des mathématiques, il n'était pas satisfait. Une question le tracassait : son recensement des infinis par la méthode des ensembles de sous-ensembles était-il exhaustif, ou existait-il encore, tapis dans l'ombre, d'autres sortes d'infinis que sa méthode de recensement n'avait pas mis en évidence ? Il avait démontré, nous l'avons vu, que le degré d'infinité des nombres réels est infiniment plus grand que celui des nombres entiers. En fait, il avait pu démontrer que l'ensemble des nombres réels a exactement pour taille $2^{\aleph_0}$. En d'autres termes, l'ensemble de tous les sous-ensembles des nombres entiers possède exactement le même nombre d'éléments que l'ensemble des nombres réels. Se posait donc la question : existe-t-il d'autres ensembles dont le degré d'infinité est intermédiaire entre $\aleph_0$ et $2^{\aleph_0}$?

Pour mieux comprendre le problème, prenons une situation analogue, mais concernant cette fois des ensembles finis, pour lesquels notre intuition est supposée être plus fiable. Considérons, par exemple, un ensemble de deux éléments. Les ensembles des sous-ensembles auront successivement des tailles de $2^2 = 4$, $2^4 = 16$, $2^{16} = 65\,536$, etc. Dans ce cas, nous sommes bien conscients que nous ne pourrons jamais insérer dans une telle séquence des ensembles de 3, 4, 5... éléments. Ils manqueront donc au recensement. À l'évidence, l'ensemble des sous-ensembles se révèle représenter seulement une toute petite fraction de la totalité des ensembles finis. Cantor a d'abord pensé qu'une situation analogue prévalait pour les ensembles infinis, qu'il existait des ensembles de taille intermédiaire entre $\aleph_0$ et $2^{\aleph_0}$. Mais tous ses efforts pour en trouver un demeurèrent vains. Après plusieurs années de labeur sans résultat, il en vint à se raviser et à estimer qu'un tel ensemble infini de taille intermédiaire n'existait pas. En d'autres termes, les ensembles de taille $\aleph_0$ et $2^{\aleph_0}$ se suivent de manière continue et il n'y a ni « vide » ni discontinuité entre les deux. C'est ce que les mathématiciens appellent l'« hypothèse du continu » de Cantor.

Ayant posé cette hypothèse du continu, Cantor s'attacha à la démontrer. Après s'être aventuré si loin dans les contrées de l'infini, on pouvait penser qu'atteindre cet objectif final serait chose facile. Il n'en fut rien. L'entreprise se révéla cauchemardesque. Pendant des années, Cantor oscilla entre euphorie et abattement : euphorie quand, après des semaines d'un labeur intensif, il croyait enfin détenir la preuve insaisissable de son hypothèse du continu ; abattement quand, après vérification de son travail, il trouvait des erreurs fatales à sa démonstration et voyait de nouveau la preuve lui glisser des mains. C'est ce caractère intraitable de l'hypothèse du continu en même temps que les attaques de plus en plus virulentes d'un de ses collègues influents qui le firent peu à peu basculer dans la folie.

QUAND PENSER L'IMPENSABLE CONDUIT À LA FOLIE

Cantor avait démontré que les degrés d'infinité augmentent sans limites. Ce résultat n'est pas sans rappeler les débats sur la nature infinie et indéfinissable de Dieu dans certains milieux théologiques ou philosophiques. Il n'est donc pas surprenant que les travaux de Cantor sur l'infini aient été plutôt bien accueillis dans ces cercles. Mais, malheureusement pour lui, il n'en alla pas de même du côté de certains de ses collègues. En particulier se dressa en travers de son chemin un ennemi acharné, son ancien professeur à Berlin, Leopold Kronecker, qui allait tout faire pour empêcher son avancement professionnel.

Pourtant, cet antagonisme n'avait pas toujours été de mise. Avant 1871, leurs relations étaient plutôt bonnes, et c'est grâce à l'aide de Kronecker que le jeune mathématicien avait pu mener à bien ses premiers articles et obtenir son poste à Halle. Mais, dès que Cantor commença à travailler sur l'infini, l'attitude de Kronecker changea. Du jour au lendemain, Cantor était devenu à ses yeux un « corrupteur de la jeunesse ». Kronecker était en effet le champion et le défenseur de ce que l'on appelle le courant « finitiste » en mathématiques : pour ce courant, toute définition et toute démonstration mathématique doivent être établies en un nombre fini d'étapes ; les preuves de l'existence d'une entité mathématique doivent être telles qu'elles permettent de la calculer exactement ; l'infini, ne pouvant être calculé explicitement, devait donc être exclu des mathématiques. Kronecker s'inscrivait par là dans la droite ligne de la pensée d'Aristote : l'infini devait rester potentiel. Or, grâce aux travaux de Cantor, il devenait bien trop « actuel » au goût du professeur berlinois. Voilà quelqu'un qui osait faire des calculs avec l'infini et l'utiliser pour démontrer qu'il existerait toute une hiérarchie d'infinis ! C'en était trop ! Kronecker proclama haut et fort : « Dieu a seulement créé les nombres entiers. Tout le reste n'est que l'œuvre des hommes ! » Par sa farouche opposition à l'infini actuel, il était prêt à nier l'existence des nombres irrationnels tels que $\sqrt{2}$ ou π, c'est-à-dire à rejeter tous les progrès accomplis en mathématiques depuis l'époque de Pythagore ! Les virulentes attaques de Kronecker à l'encontre de Cantor n'étaient probablement pas toutes motivées par des raisons d'ordre académique ; elles étaient très certainement dues aussi à un sentiment de jalousie de la part d'un professeur envers un ancien élève qui l'avait dépassé en notoriété.

Du fait de cette opposition farouche et dans la mesure où l'influence de Kronecker était considérable, l'espoir de Cantor de devenir professeur à l'université de Berlin ou à celle de Göttingen se trouvait réduit à néant. Chaque fois que son nom était cité comme celui d'un possible candidat à un poste de professeur dans l'une ou l'autre de ces prestigieuses universités, Kronecker y faisait barrage. À son vif désappointement, Cantor se vit ainsi bloqué dans une université de second rang, celle de Halle, pendant une carrière professionnelle de quarante-quatre ans, sans aucun espoir d'être promu dans une université plus renommée. Il dut même en appeler au ministre de l'Éducation, comme il le raconte dans une lettre à un ami mathématicien : « Mon devoir est d'attirer l'attention du ministre. Je sais exactement l'effet qu'aura mon action : Kronecker va bondir de colère comme s'il était piqué par un scorpion et, avec ses troupes, il va pousser des hurlements tels que Berlin va se croire transportée au milieu des sables d'Afrique avec leurs lions, leurs tigres et leurs hyènes. »

Mais l'histoire n'est pas terminée : en tant que membre influent des comités de lecture de prestigieuses revues de mathématiques, Kronecker essaya de bloquer ou retarder certaines publications de son ancien élève sur l'infini. Malgré cette opposition acharnée, Cantor réussit à publier ses travaux les plus importants réalisés entre 1874 et 1884. Ses idées sur l'infini se propagèrent comme un feu de forêt dans la communauté mathématique, surtout parmi ses jeunes collègues, non sans soulever parfois des controverses et des débats passionnés. C'est seulement dans les années 1900, longtemps après qu'il eut cessé de faire de la recherche, que leur importance fut enfin reconnue et que des prix de mathématiques et autres récompenses commencèrent à jalonner son parcours. Mais cette reconnaissance vint surtout de l'étranger, incitant Cantor à déplorer, en 1908, que « les mathématiciens allemands semblent m'ignorer alors que j'ai vécu et travaillé parmi eux pendant cinquante-deux ans ! »

Persécuté par Kronecker, frustré par ses échecs successifs à démontrer l'hypothèse du continu, Cantor sombra par intermittence dans la dépression à partir de 1884, au lendemain de son trente-neuvième anniversaire. Les années suivantes, ses crises de dépression devinrent de plus en plus fréquentes, ponctuées de périodes d'hospitalisation de plus en plus longues. Il mit alors fin à son enseignement à l'université de Halle. Dans ses phases de lucidité, il s'adonna à des études d'histoire (il cultivait l'idée saugrenue que le philosophe anglais Francis Bacon était le véritable auteur des pièces de Shakespeare et s'attachait à le démontrer) et de théologie. Cantor pensait que ses recherches mathématiques pouvaient aider l'Église à affiner ses doctrines sur l'infini : « J'ai offert à la philosophie chrétienne la vraie théorie de l'infini... La suprême perfection de Dieu a été la faculté de créer un ensemble infini, et Son immense bonté L'a conduit à le créer », écrivit-il. Il tenta même de se faire muter du département de mathématiques au département de philosophie de l'université de Halle — demande qui lui fut refusée. Pourtant, il n'abandonna jamais le problème du continu, même si y travailler le faisait inévitablement retomber dans la dépression. Le sort continua à s'acharner sur lui : en 1899, il perdit son plus jeune fils, âgé de treize ans. Cantor mourut dans un hôpital psychiatrique en 1918, vingt-sept ans après Kronecker, son tourmenteur.

PERSONNE NE NOUS CHASSERA DU PARADIS

Cantor est aujourd'hui considéré à juste titre comme le dompteur de l'infini. Ses conceptions ont envahi toutes les branches des mathématiques ; la plupart des mathématiciens sont convaincus de leur richesse et de leur fécondité, et, sans cette présence de l'infini, leur domaine de recherches se trouverait considérablement appauvri. L'ingénieur et peintre Leonardo Sinisgalli (1908-1981) a magnifiquement résumé l'immense contribution de Cantor dans son *Horror vacui*[1] : « C'est le mérite de Georg Cantor de nous avoir fait sentir l'épaisseur, la densité, la puissance du continu, la mesure de l'infini, l'ordre de l'ensemble des nombres. La route qui mène à l'unité, de l'unité au multiple, jusqu'à Dieu, nous pouvons aujourd'hui la parcourir pour la première fois sans risque d'y rencontrer des sauts ou des lacunes. Aucun nombre ne peut plus nous échapper. Cantor a trouvé la place qui convient à chacun. Il a ordonné les points d'un segment, d'une ligne, d'une surface, d'un espace, et il a trouvé par voie de correspondance la mesure, le terme de comparaison de ces infinis. »

Écoutons aussi quelques-uns des plus grands mathématiciens lui rendre postérieurement hom-

1. Leonardo Sinisgalli, *Horror vacui*, 1945, traduit par Jean-Yves Masson, Arfuyen, 1995.

mage. L'Anglais Bertrand Russell (1872-1970) déclare que « la résolution des difficultés attachées à l'infini mathématique est probablement le plus grand accomplissement de notre temps », tandis que l'Allemand David Hilbert (1862-1943) (fig. p. 38) lance ce cri du cœur : « Personne ne nous chassera du paradis que Cantor a créé à notre intention ! » Et il renchérit : « Plus qu'aucune autre question, celle de l'infini a depuis toujours tourmenté la sensibilité des hommes ; plus qu'aucune autre idée, celle de l'infini a stimulé et fécondé leur raison ; mais, plus qu'aucun autre concept, celui de l'infini demande à être élucidé. »

Dans une fameuse conférence prononcée lors du Congrès international de mathématiques réuni à Paris en 1900, Hilbert, pour marquer l'avènement du nouveau siècle et « soulever le voile qui dissimule le futur afin de prévoir les avancées mathématiques pour les siècles à venir », énuméra ce qu'il considérait comme les vingt-trois problèmes les plus importants à se poser en mathématiques. Celui consistant à démontrer si l'hypothèse du continu émise par Cantor était vraie ou fausse y figurait en première place. Il a persisté à hanter l'esprit des mathématiciens pendant les soixante années suivantes, tel un sombre nuage annonciateur d'orages dans le ciel bleu des mathématiques. La résolution du problème n'est venue qu'en 1963, et fut surprenante. Elle révéla que l'hypothèse du continu ne pouvait être démontrée, car elle était à la fois vraie et fausse selon la façon dont on la formulait. Cette découverte inattendue propagea dans le monde des mathématiques des ondes de choc dont les effets se font encore sentir aujourd'hui.

GÖDEL ET LES LIMITES DE LA PENSÉE

La démonstration que l'hypothèse du continu est indémontrable, ou, de façon plus générale, qu'il existe des limites à la pensée rationnelle et au raisonnement logique, vint d'un autre mathématicien de génie, l'Autrichien Kurt Gödel (1906-1978). Il la fit en réponse à un autre problème soulevé par Hilbert — le deuxième à figurer sur sa liste — lors de son allocution parisienne au début du siècle : démontrer la cohérence des mathématiques. Le défi lancé par Hilbert à ses collègues consistait à trouver une procédure générale permettant de dire de tout énoncé arithmétique s'il était vrai ou faux, et, ce faisant, d'asseoir l'ensemble des mathématiques sur un socle logique cohérent. Tous les problèmes mathématiques seraient ainsi résolus. La devise de Hilbert — qu'il fit graver en épitaphe sur sa tombe — était : « Nous devons savoir ! Et nous saurons ! »

Le jeune Gödel releva le défi de Hilbert de façon magistrale. Mais pas dans le sens souhaité par ce dernier ! Au lieu de trouver une procédure générale pour démontrer la véracité de tout énoncé mathématique, Gödel prouva qu'une telle procédure ne pouvait exister. Il proposa en 1931 un théorème qui est peut-être le plus extraordinaire et le plus magique de toutes les mathématiques, et qui est généralement considéré comme la découverte logique la plus importante du XXe siècle. Il montra qu'un système arithmétique cohérent et non contradictoire contient inévitablement des propositions « indécidables », c'est-à-dire des énoncés mathématiques dont on ne peut dire par le seul raisonnement logique s'ils sont vrais ou faux. D'autre part, il établit qu'on ne peut démontrer qu'un système est cohérent et non contradictoire sur la seule base des axiomes (propositions premières admises sans démonstration) qu'il contient ; pour ce faire, il faut sortir du système et imposer un ou des axiomes supplémentaires qui lui sont extérieurs, ce qui revient à dire que le système est incomplet en soi. Voilà pourquoi le théorème de Gödel est souvent appelé aussi « théorème d'incomplétude ».

Quoique Gödel n'ait abouti à ce résultat que pour un système arithmétique, les conséquences de ce coup de tonnerre dans le ciel serein des mathématiques ont été énormes. Bien au-delà des seules mathématiques, elles portent aujourd'hui encore sur des domaines de la pensée aussi divers que la philosophie ou l'informatique : en philosophie, parce que ce théorème a montré que le pouvoir de la pensée rationnelle n'est pas sans limites ; en informatique, parce qu'il révèle l'existence de problèmes mathématiques qui ne pourront jamais être résolus par un ordinateur.

L'HYPOTHÈSE DU CONTINU N'EST PAS DÉMONTRABLE

Ayant établi qu'en mathématiques certains résultats ne peuvent jamais être démontrés, Gödel commença à réfléchir au problème qui avait tant préoccupé Cantor et l'avait conduit à la démence : l'hypothèse du continu. Existait-il des infinis de taille intermédiaire entre $\aleph_0$ et $2^{\aleph_0}$? Mais bientôt, comme Cantor quelques décennies auparavant, le mathématicien se mit à montrer des signes de déséquilibre mental. Une fois de plus, la contemplation de l'infini actuel semblait mener sur le chemin de la folie. À la différence de Cantor, toutefois, Gödel n'avait pas d'ennemi puissant comme Kronecker pour le persécuter. Souffrant de maux d'estomac et de difficultés respiratoires (réelles ou psychosomatiques), il développa une paranoïa bizarre, pensant que des ennemis imaginaires cherchaient à l'empoisonner, et refusa d'absorber toute nourriture qui n'eût pas été au préalable contrôlée par sa femme. Ce complexe de persécution ne fit qu'empirer avec les années et Gödel en vint à s'alimenter de moins en moins, au point de mourir littéralement de faim près d'un demi-siècle plus tard !

Malgré d'intermittentes périodes de dépression,

Gödel put néanmoins accomplir des progrès dans la résolution du problème du continu. Le mathématicien ne parvint pas à démontrer que l'hypothèse du continu était vraie, mais il réussit à prouver en 1937 qu'il était impossible de démontrer sa fausseté. En d'autres termes, si vous supposez que l'hypothèse du contenu est vraie, elle ne fera pas violence et n'entrera pas en contradiction avec la théorie des ensembles utilisée par Cantor pour bâtir son hypothèse. Pour compléter le travail de Gödel, un jeune mathématicien américain nommé Paul Cohen, travaillant à l'université de Stanford, prouva en 1963 que démontrer la véracité de l'hypothèse du continu était également une tâche impossible ! La boucle était bouclée : l'hypothèse du continu est une proposition « indécidable » — elle peut être à la fois vraie et fausse, on ne pourra jamais la trancher. Ce qui veut dire qu'elle est totalement indépendante des axiomes de la théorie des ensembles : on peut aussi bien l'admettre que la rejeter sans jamais entrer en contradiction avec cette dernière.

Fuyant les atrocités nazies, Gödel quitta Vienne en 1940 pour les États-Unis, où il passa le reste de sa vie, travaillant à l'Institut des études avancées (Institute for Advanced Study) de Princeton, et se lia d'amitié avec Albert Einstein (fig.). Sa santé mentale continuait à se détériorer. Comme Cantor avant lui, sentant que la résolution du problème du continu lui échappait, il renonça à tout travail sur ce sujet (son dernier article scientifique remonte à 1958, alors qu'il a vécu jusqu'en 1978) et se tourna de manière obsessionnelle

Kurt Gödel et Albert Einstein (ici en 1950) étaient collègues et amis à l'Institute for Advanced Study à Princeton, aux États-Unis. Ils aimaient à discuter science et philosophie au cours de longues promenades.

vers d'autres problèmes. De même que Cantor passa les dernières années de sa vie à essayer de démontrer, en vain, que Shakespeare n'était pas l'auteur des pièces qui lui ont été attribuées, Gödel se mit dans la tête l'idée saugrenue que le philosophe et mathématicien Gottfried Leibniz (1646-1716) était l'auteur de travaux dont la postérité ne l'avait pas crédité, et qu'il lui appartenait, à lui, de le prouver et de rétablir la vérité historique. Gödel se pencha en outre sur le problème de la démonstration de l'existence de Dieu, comme Cantor s'était tourné vers les aspects théologiques de l'infini à la fin de sa vie. Il pensait pouvoir démontrer cette existence mathématiquement, par la seule logique. Nul besoin de préciser que ses efforts, en dépit de longues années de labeur, ne le menèrent nulle part. À l'occasion de sa naturalisation américaine, en 1948, il prétendit même avoir découvert une faute logique dans la Constitution des États-Unis, faute qui risquait de favoriser l'instauration d'une dictature dans son pays d'adoption ! Au grand dam d'Einstein, un de ses témoins, il ne se priva pas d'exposer avec force détails cette prétendue faute logique devant le juge qui devait décider de sa naturalisation. Heureusement, celui-ci n'en tint pas rigueur à Gödel, et il obtint malgré tout la nationalité américaine !

À la faveur de ses nombreuses conversations avec Einstein, Gödel montra un intérêt soutenu pour la théorie de la relativité de son ami. Se fondant sur les équations d'Einstein, il publia en 1949 un modèle d'univers statique (c'est-à-dire sans mouvement d'expansion spatiale) et en rotation. Ce modèle présente surtout un intérêt académique, car nous savons aujourd'hui qu'il ne correspond pas à l'univers observé, lequel est au contraire en expansion et non pas en rotation.

Ainsi, des hommes de génie comme Archimède, Galilée et surtout Cantor ont su entrouvrir la porte du paradis de l'infini et y pénétrer. Ils nous ont révélé quelques-unes de ses étranges et magiques propriétés. Mais, parce que Gödel nous a montré qu'il existe des limites au raisonnement rationnel, que le raisonnement logique ne peut à lui seul nous mener au bout du chemin, la nature fondamentale de l'infini nous échappera à jamais. Comme le mathématicien franco-américain André Weil (1906-1998) l'a formulé : « Dieu existe, parce que la structure des mathématiques est cohérente ; mais le Diable existe aussi, parce que nous ne pouvons le démontrer ! » Cantor nous a conduits dans les jardins de l'infini mathématique. Il nous a convaincus que cet infini n'est plus potentiel, mais actuel. Mais cet infini actuel existe-t-il seulement dans l'esprit des mathématiciens, ou y a-t-il aussi un infini physique ?

Quand nous songeons à l'infini physique, il nous vient tout de suite à l'esprit la plus grande entité de toutes, qui les contient toutes : l'univers. C'est vers lui que nous allons à présent tourner notre regard.

III

LA VALSE-HÉSITATION DE L'UNIVERS ENTRE LE FINI ET L'INFINI

L'ANGOISSE DES ESPACES INFINIS

Depuis qu'il a levé les yeux vers le ciel nocturne pour contempler la voûte étoilée, piquetée d'innombrables points de lumière, l'homme a ressenti l'immensité de l'univers. Pour dissiper son angoisse face aux espaces infinis, il n'a cessé d'organiser le monde qui l'entoure en schéma cohérent et unifié. En effet, la nature n'est pas muette : elle nous envoie en permanence des fragments de musique, des notes éparses. Mais la mélodie qui les unit fait défaut. Il revient à l'homme de percer les mystères de cette mélodie secrète afin de l'entendre dans toute sa radieuse beauté.

En essayant de reconstituer la mélodie de l'univers, l'homme s'est constamment heurté à la question du fini et de l'infini. La question de la taille de l'univers s'est en effet posée à lui avec insistance : est-il fini ou infini ? possède-t-il des limites, et, dans ce cas, jusqu'où s'étend-il ? ou bien est-il sans limites, s'étendant à l'infini dans toutes les directions ? Chacune de ces deux possibilités soulève d'autres questions qui remettent en cause nos notions habituelles d'espace et de temps. Si l'univers possède une limite, qu'existe-t-il au-delà ? De l'espace vide ? rien ? Elles modifient aussi la vision de notre place dans l'univers. Si l'univers est infini dans l'espace et le temps, la place de l'homme n'y serait-elle pas réduite à néant ? L'univers n'aurait-il que faire de notre présence ? L'homme a-t-il émergé par hasard dans un univers qui lui est totalement indifférent ?

Comme en tant d'autres domaines de la pensée, ce sont les Grecs qui firent les premiers pas. Ce sont eux qui introduisirent l'univers scientifique en cosmologie. Au lieu de s'abandonner aveuglément aux dieux et de se contenter d'observer les événements naturels sans les comprendre, comme faisaient leurs prédécesseurs, les hommes de l'ère mythique, les Grecs eurent l'intuition révolutionnaire que le monde pouvait être décomposé en ses différentes composantes et que la raison humaine était capable d'appréhender les lois régissant le comportement de celles-ci ainsi que leurs interactions. La nature pouvait être ainsi objet de réflexion et de spéculation. La compréhension des lois naturelles, réservée exclusivement aux dieux dans l'univers mythique, était partagée par l'homme dans l'univers scientifique. À partir du VIe siècle av. J.-C., et pendant les sept siècles suivants, maints modèles d'univers (ou cosmologies) furent élaborés, qui acquirent de plus en plus de sophistication. Ils aboutirent finalement à l'univers de Ptolémée (v. 90-168), qui allait prévaloir de manière souveraine durant les quinze siècles à venir, jusqu'à la Renaissance en Europe.

UN MONDE INFINI COMPOSÉ D'ATOMES

Les fondements de la méthode scientifique furent graduellement mis en place. Alors que les premières cosmologies dérivaient de spéculations purement philosophiques, les contraintes imposées par l'observation des mouvements des planètes prirent de plus en plus d'importance dans l'élaboration des théories. Au fil des siècles, la représentation du monde allait osciller entre l'idée d'un univers ouvert et infini, d'une part, et celle d'un monde clos et fini, d'autre part. Les premières cosmologies étaient encore teintées de résonances mythiques et décrivaient un univers infini. Ainsi, pour le mathématicien et philosophe Thalès (v. 624-548 av. J.-C.), l'eau était l'élément primitif qui animait le monde entier. La Terre, monde des phénomènes accessibles à nos sens, était plate et finie. Mais ce monde fini flottait sur un océan primordial surplombé par un ciel de vapeur, tous deux de dimension infinie. Les objets célestes — le Soleil, la Lune, les planètes, les étoiles fixes —, en suspension dans ce ciel, effectuaient un tour de la Terre toutes les vingt-quatre heures. Anaximandre (v. 610-546 av. J.-C.), l'élève de Thalès, rejeta l'idée d'un seul élément primitif. Pour lui, le monde résultait de l'interaction et du mélange des contraires : le chaud et le froid, la lumière et l'ombre, idée très semblable au concept chinois du Yin et du Yang. La Terre prit la forme d'une colonne aplatie flottant au milieu des anneaux de feu successifs qu'étaient le Soleil, la Lune et les planètes. À nouveau, le monde des phénomènes était fini, mais au sein d'un milieu infini.

Un autre courant de pensée, l'atomisme, prôna tout aussi haut et fort l'idée d'un univers infini. Pour Leucippe et Démocrite (v. 470-380 av. J.-C.), fondateurs de l'école atomiste, les « briques » fondamentales de l'univers étaient des atomes (du grec *atomos*, « qui ne peut être divisé »), particules de matière indivisibles et insécables. L'univers était composé d'un nombre infini de ces atomes évoluant dans un espace infini et sans limites. Parce que ces atomes de taille et de forme différentes peuvent se combiner d'une infinité de façons, l'atomisme prédit un nombre infini de mondes correspondant à toutes les combinaisons possibles. Épicure (341-270 av. J.-C.), l'un des grands défenseurs de l'atomisme, décrit ainsi l'infinité du cosmos : « Il existe des mondes infinis, à la fois semblables à notre monde et différents. Car les atomes, étant infinis en nombre, sont entraînés loin dans l'espace. Destinés par leur nature à créer ou à façonner des mondes, ils ne peuvent être épuisés ni sur un seul monde, ni sur un nombre limité de mondes… De sorte qu'il n'existe nulle part d'obstacle à un nombre infini de mondes. » Parce que l'univers est infini, il doit exister une infinité d'autres mondes en sus de la Terre.

Cette idée de la pluralité des mondes, avec en prime des réflexions sur les intelligences extraterrestres, est célébrée magnifiquement, trois siècles plus tard, par le poète latin Lucrèce (v. 98-55 av. J.-C.), grand vulgarisateur de l'atomisme, dans son poème cosmologique *De la nature des choses* : « Tout d'abord, nulle part, en aucun sens, à droite ni à gauche, en haut ni en bas, l'univers n'a de limite ; je te l'ai montré, l'évidence le crie, cela ressort clairement de la nature même du vide. Si donc, de toutes parts, s'étend un libre espace sans limites, si des germes innombrables multipliés à l'infini voltigent de mille façons et de toute éternité, est-il possible de croire que notre globe et notre firmament aient été seuls créés, et qu'au-delà il n'y ait qu'oisiveté pour la multitude des atomes ?… Si la même force subsiste et la même nature existe pour les rassembler en tous lieux et dans le même ordre que les atomes de notre monde, il faut admettre que les autres régions de l'espace connaissent aussi leur globe, leurs races d'hommes et leurs espèces sauvages[1]. » Mais, faute de preuve expérimentale (l'existence des atomes ne fut confirmée que quelque vingt-cinq siècles plus tard), la

1. Lucrèce, *De la nature des choses*, traduit par Henri Clouard, Flammarion, 1964.

pensée atomiste ne put s'imposer. Elle fut critiquée notamment par Platon (v. 424-348 av. J.-C.) et Aristote (384-322 av. J.-C.), qui proposèrent un autre modèle d'univers dans lequel les objets célestes étaient fixés sur des sphères concentriques autour d'une Terre immobile. Rejetant l'hypothèse d'un univers infini, Aristote pensait qu'il était au contraire fini, contenant une quantité finie de matière, avec un centre et une symétrie. Pour lui, un univers infini contenant un nombre infini de planètes comme la Terre n'aurait pas eu l'équilibre d'un univers doté d'un seul centre. La pensée « finitiste » aristotélicienne allait supplanter la pensée « infinitiste » des atomistes pendant quelque deux mille ans.

LA SPHÈRE EXTÉRIEURE DES ÉTOILES ET LES LIMITES DE L'UNIVERS

Au VIe siècle av. J.-C., Pythagore (v. 570-480) avait déjà introduit la rigueur mathématique dans la pensée cosmologique. La Terre acquit avec lui la forme mathématique la plus « parfaite », celle d'une sphère. À l'opposé des futurs univers géocentriques où la Terre immobile occupait la place centrale, l'univers pythagoricien plaçait au centre un grand feu invisible autour duquel l'anti-Terre, la Terre, la Lune, le Soleil, les cinq autres planètes connues — Mercure, Vénus, Mars, Jupiter et Saturne — et les étoiles, incrustés sur des sphères cristallines (celles-ci devaient être transparentes pour que les objets célestes soient visibles), décrivaient des cercles parfaits. En totale harmonie musicale, leurs mouvements engendraient la « musique des sphères ». L'existence d'une anti-Terre, protégeant la Terre de la chaleur intense du feu central, devait être postulée pour porter le nombre total d'objets à dix, nombre parfait.

Les univers suivants reprirent certaines des idées pythagoriciennes. Platon (fig.) proposa au IVe siècle av. J.-C. un univers où la Terre, de forme sphérique, occupait le centre d'une immense sphère extérieure sur laquelle étaient incrustées les planètes et les étoiles. Cette sphère, dotée d'un mouvement de rotation quotidien pour rendre compte du mouvement des objets célestes, délimitait l'univers, lequel avait donc une taille finie. Mais cet univers à deux sphères ne pouvait expliquer le singulier mouvement des planètes par rapport aux étoiles. En effet, quand elles sont visibles, les planètes traversent le ciel d'est en ouest pendant la nuit, comme toutes les étoiles. Mais, nuit après nuit, elles changent de position par rapport aux étoiles, progressant inexorablement d'ouest en est, ce qui leur a d'ailleurs valu leur désignation de « planètes », qui veut dire « vagabonds » en grec. Les étoiles, elles, sont fixes les unes par rapport aux autres. Fait encore plus étrange, de temps à autre, les planètes semblent s'arrêter dans leur trajectoire et rebrousser chemin par rapport aux étoiles ; elles effectuent alors un mouvement dit « rétrograde », d'est en ouest, pendant un certain temps, avant de reprendre leur mouvement habituel d'ouest en est.

Pour reproduire les mouvements des planètes et « sauver les apparences » coûte que coûte, Eudoxe (v. 406-355 av. J.-C.), contemporain de Platon, transforma l'univers à deux sphères de Platon en un univers à multiples sphères. À la Terre immobile au centre, et à la sphère extérieure des étoiles qui bornait l'univers, il ajouta des sphères concentriques pour chacune des planètes. Se fondant ensuite sur le principe que tout mouvement peut être expliqué par la superposition de plusieurs mouvements circulaires et uniformes, Eudoxe, pour rendre compte du mouvement rétrograde des planètes, postula que la rotation des sphères planétaires devait s'accompagner de la rotation de sphères supplémentaires attachées aux sphères planétaires et possédant des axes inclinés. Au total, il fallut trente-trois sphères à Eudoxe pour refléter les observations de son époque.

Le pas suivant fut accompli par Aristote qui, pour reproduire les observations devenues plus précises des mouvements des planètes, porta le nombre total de sphères à cinquante-cinq. L'univers platonicien et aristotélicien atteignit son apogée deux siècles plus tard avec l'astronome

Ptolémée, qui fit la synthèse des connaissances acquises au cours des siècles précédents et élabora un univers géocentrique qui allait être accepté sans réserve pendant plus de quinze cents ans (fig.).

Schema huius præmiſſæ diuiſionis Sphærarum.

Dans l'univers géocentrique d'Aristote et de Ptolémée, la Lune, Mercure, Vénus, le Soleil, Mars, Jupiter, Saturne (en plus de la Terre, seules cinq autres planètes étaient connues) et les étoiles sont fixés sur des sphères cristallines concentriques en rotation, centrées sur la Terre immobile.

Ptolémée retint dans son modèle les trois propriétés principales des univers précédents : la Terre était au centre de tout, les mouvements des planètes étaient circulaires et uniformes, la sphère extérieure des étoiles délimitait l'univers, lequel était donc fini. Quel était le rayon de cette sphère extérieure ? En général, les Grecs ne s'aventurèrent pas à évaluer la taille de l'univers. Les quelques esprits audacieux qui s'essayèrent à l'exercice sous-estimèrent sa vraie taille, et de très loin ! Par exemple, Empédocle (v. 490-430 av. J.-C.) estima le rayon de la sphère extérieure à seulement trois fois la distance Terre-Lune ! Un univers si petit ne pouvait contenir que des objets célestes encore plus petits ! Héraclite (v. 540-474 av. J.-C.) pensait que le disque solaire n'avait qu'une valeur absurde de... 30 centimètres de diamètre ! Plus tard, Aristarque (v. 320-250 av. J.-C.) révisa le diamètre de notre astre en le portant à une valeur éminemment plus raisonnable : environ sept fois le diamètre de la Terre, soit 90 000 kilomètres, mais c'était encore seize fois moins que sa vraie valeur !

LE PARADOXE D'UN UNIVERS FINI, OU PUIS-JE LANCER UN JAVELOT AU-DELÀ DE LA SPHÈRE EXTÉRIEURE DES ÉTOILES ?

Fixer une limite à l'univers pose problème et soulève des paradoxes : les Grecs de l'école « finitiste » en étaient bien conscients. Au IVe siècle av. J.-C., le philosophe grec Archytas de Tarente (428-347) formule ainsi le paradoxe de l'univers fini : « Supposons que l'univers possède un bord. Si je suis tout près de ce bord, puis-je allonger la main au-delà de ce bord ? Il est absurde de penser que je ne le peux pas. Et, si je le peux, il doit exister un espace au-delà des limites de l'univers. Il doit donc exister un nouvel espace, au-delà de la sphère extérieure des étoiles. Et, s'il existe toujours un nouvel espace au-delà du bord, l'espace doit s'étendre indéfiniment. » L'univers doit donc être infini. Il ne peut être borné sans qu'il y ait paradoxe (illustr. 9).

Ce paradoxe fut repris par la suite par maints auteurs remplaçant la main par un javelot ou une pierre qu'on lance depuis le bord de la sphère extérieure des étoiles. Le javelot reviendra-t-il dans l'univers ou ira-t-il se perdre dans l'au-delà ? Ce paradoxe n'a pas été résolu avant le XIXe siècle avec l'avènement des géométries dites non euclidiennes.

Aux fulgurances de la pensée grecque succédèrent quinze siècles fertiles en événements : l'annexion de la Grèce à l'Empire romain au IIe siècle av. J.-C., l'élévation du christianisme au statut de religion officielle de l'Empire vers l'an 300, la chute de l'Empire romain au VIe siècle, la reprise du flambeau de la civilisation et des sciences par le monde arabe islamique, la traduction en arabe des grands textes grecs pendant la période 750-1000, la redécouverte, dès l'an mil, de la pensée grecque par l'Occident. Dans le monde médiéval, le savoir passa entre les mains de l'Église. Le grand souci de celle-ci était de concilier l'univers grec antique avec l'univers chrétien. Chez Aristote, Dieu n'apparaissait pas de manière explicite. Une fois créées et en mouvement, les planètes tournaient éternellement. Il n'y avait ni début ni fin. Bien que l'univers d'Aristote fût fini du point de vue spatial (vue cohérente avec son horreur de l'infini actuel), il était infini du point de vue temporel. Dans la vision aristotélicienne, le temps, comme le mouvement, n'a ni commencement ni fin. Ce qui n'était pas sans soulever des difficultés théologiques dans l'univers chrétien, où le rôle de Dieu était beaucoup plus explicite : « Dieu créa le ciel et la terre. » L'univers avait donc un commencement. Il n'était pas éternel.

Avant l'an mil, des penseurs arabes tels qu'Al Kindi (v. 800-870) ou Avicenne (980-1037) s'étaient déjà élevés contre la notion aristotélicienne d'éternité du monde : si l'espace est fini, pourquoi le temps ne le serait-il pas, lui aussi ? Pourquoi n'y aurait-il pas eu un début à l'univers ?

La synthèse des univers aristotélicien et chrétien fut accomplie au XIIIe siècle par le moine dominicain Thomas d'Aquin (1225-1274). La Terre était toujours au centre de tout. La Lune, le Soleil, les planètes et les étoiles continuaient à tourner autour d'elle, incrustés sur des sphères cristallines. Il existait une sphère supplémentaire au-delà de la sphère des étoiles, introduite par les Arabes : la sphère dite primaire, dotée par Dieu d'un mouvement de rotation constant. Dieu était présent en personne et résidait dans l'empyrée, domaine éthéré des feux éternels, au-delà de la sphère primaire. Mais, dans l'univers de saint Thomas d'Aquin, l'empyrée restait à une distance limitée, et le cosmos était fini. Dans cette représentation du monde, le paradoxe du javelot qu'on jette depuis la bordure de l'univers était résolu de la façon suivante : soit le javelot, fait d'éléments terrestres, ne traverse pas la bordure du monde matériel, et il retombe sur Terre, son lieu naturel ; soit il franchit la frontière entre le monde matériel et le monde éthéré, auquel cas il n'est plus matériel et se transforme en élément éthéré.

SI DIEU EST INFINI, POURQUOI L'UNIVERS NE LE SERAIT-IL PAS AUSSI ?

Paradoxalement, c'est la réintroduction de la religion dans la cosmologie qui fit progresser l'élément scientifique dans les modèles d'univers qui suivirent. La théologie chrétienne fit voler en éclats les frontières d'un univers fini pour faire à nouveau pencher la balance en faveur d'un univers infini. Les hommes d'Église — en particulier Étienne Tempier, évêque de Paris au XIIIe siècle — qui se penchèrent sur l'univers de Thomas d'Aquin y découvrirent progressivement certains éléments en contradiction directe avec la théologie en vigueur. L'univers de saint Thomas d'Aquin était fini et limité par l'empyrée, lieu de séjour divin. Or le Dieu de la religion, infini et omniprésent, résidait en tout lieu. Le confiner en un seul endroit revenait à douter de Ses pouvoirs illimités. Si Dieu était infini, pourquoi l'univers n'aurait-il pas lui-même été infini ? D'autre part, n'était-il pas présomptueux, de la part de l'homme, de penser qu'il était, lui, au centre du monde ? Pourquoi Dieu, qui résidait partout, n'aurait-Il pas aussi occupé la place centrale ?

Mieux encore, le cardinal allemand Nicolas de Cues (1401-1464) (fig.) avança au XVe siècle l'argument suivant : puisque Dieu est infini, présent en tout lieu, et centre en tout endroit, tout lieu dans l'univers doit en être aussi le centre. Dans son traité *La docte ignorance*[1], publié en 1440, il écrit : « La fabrique du monde a son centre partout et sa circonférence nulle part. » Mais, puisque tout est centre, rien n'est centre : le firmament étoilé doit apparaître le même quel que soit le lieu d'observation dans l'univers. L'idée qu'aucun lieu dans l'univers n'est particulier, que ses propriétés sont en moyenne les mêmes partout, est connue aujourd'hui sous le nom de « principe cosmologique ». Elle sera utilisée cinq siècles plus tard par Einstein et d'autres cosmologues pour construire des modèles d'univers, et confirmée expérimentalement dans la seconde moitié du XXe siècle par

1. Nicolas de Cues, *La docte ignorance*, Rivages, 2008.

des observations précises du rayonnement fossile qui baigne tout l'univers.

Nicolas de Cues se fit aussi le défenseur de l'infinité de l'univers et de la pluralité des mondes : Dieu ne saurait être limité dans Son action ; le « principe de plénitude » veut que Sa création n'ait pas non plus de limites. Ainsi étaient remises en cause non seulement la place centrale de la Terre, mais aussi l'idée de son immobilité, jusqu'alors sacrée. N'était-il pas sacrilège de croire que Dieu, avec Ses pouvoirs illimités, ne pouvait vaincre l'immobilité de la Terre et la faire tourner ? Après tout, l'évêque français Nicole Oresme (v. 1320-1382) n'avait-il pas remarqué très justement que tout mouvement est relatif ? Les mouvements des astres dans la voûte céleste pouvaient être aussi bien dus à une rotation des objets célestes autour d'une Terre immobile qu'à une rotation de la Terre par rapport à des objets célestes immobiles. Le marin sur un bateau descendant une rivière et qui voit le rivage défiler de part et d'autre aura l'impression trompeuse que c'est le bateau qui est immobile et le rivage qui est en mouvement. Nous serions-nous trompés comme le marin à bord de son bateau ? demanda Nicole Oresme. Et si c'était la Terre qui bougeait, et non les étoiles ?

L'HOMME QUI DÉLOGEA LA TERRE DE SA PLACE CENTRALE DANS L'UNIVERS

C'est un autre homme d'Église, le chanoine polonais Nicolas Copernic (1473-1543) (fig.), qui délogea la Terre de sa place centrale dans l'univers et lui impulsa le mouvement, déclenchant une révolution intellectuelle dont nous ressentons encore les effets aujourd'hui. Dans l'univers héliocentrique de Copernic, le Soleil occupait le centre du monde, et la Terre n'était plus qu'une simple planète tournant autour de notre astre comme tous les autres corps planétaires (fig.). La Terre étant en mouvement, les mouvements rétrogrades des planètes pouvaient s'expliquer naturellement : ils résultaient du fait que nous observions les planètes d'un endroit, la Terre, lui-même en mouvement. Les mouvements rétrogrades des planètes se produisaient chaque fois que la Terre était dépassée par une autre planète ou en dépassait une. Ces mouvements n'étaient qu'apparents, les planètes ne rebroussant pas vraiment chemin.

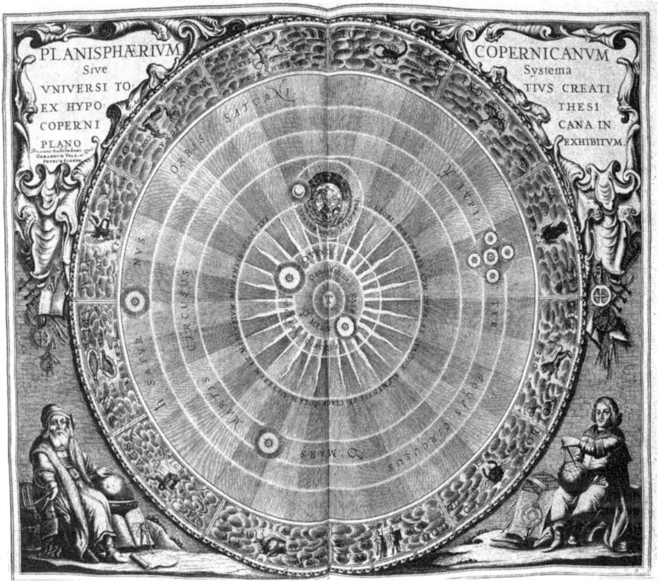

Dans l'univers héliocentrique de Copernic, certains concepts aristotéliciens persistent. Les planètes continuent à résider sur des « sphères cristallines » poussées par des anges. Elles gardent des orbites d'une parfaite circularité (la « forme parfaite ») et des mouvements parfaitement uniformes (le « mouvement parfait »).

Pourtant, Copernic ne pouvait faire table rase de tous les concepts aristotéliciens. Les orbites planétaires continuaient à garder la parfaite circularité si prisée des Grecs, et une parfaite uniformité de mouvement. L'univers héliocentrique assena un coup sévère à la psyché humaine.

L'homme avait perdu sa place centrale dans le cosmos et l'univers n'était plus créé pour ses seuls usage et bénéfice. D'autre part, dans le nouvel univers, la Terre était devenue une sphère céleste comme les autres planètes. D'après Aristote, tout ce qui relevait du domaine des sphères célestes devait être parfait, invariant, éternel, par contraste avec les objets terrestres, imparfaits, éphémères et changeants. La confiance en la perfection des cieux se trouva sérieusement ébranlée.

Dernier coup assené à la conscience humaine : l'univers s'était considérablement agrandi, réduisant d'autant l'importance de la Terre par rapport au reste de l'univers. Pourquoi Copernic s'est-il vu contraint d'accroître la taille de l'univers ? Comme Nicole Oresme l'avait pressenti, le mouvement apparent des étoiles était dû non à la rotation des cieux autour de la Terre, mais à la rotation journalière de la Terre sur elle-même. La sphère extérieure des étoiles était, dans l'univers aristotélicien, à peine plus éloignée que la sphère de Saturne. Or, même à cette distance relativement modeste, un problème se posait : le périmètre d'un grand cercle sur la sphère extérieure était déjà si énorme que les étoiles devaient tourner à une vitesse folle pour parcourir toute cette distance en une seule journée. Copernic résolut le problème en accordant à la Terre le mouvement, et aux étoiles l'immobilité. Mais, ce faisant, il fut obligé de repousser la sphère extérieure des étoiles à très grande distance de la

Terre, bien au-delà des sphères planétaires. Si les étoiles restaient obstinément fixes les unes par rapport aux autres, malgré la révolution annuelle autour du Soleil dont il avait doté la Terre, c'était parce que les étoiles étaient très éloignées. En effet, si une étoile est relativement proche et qu'elle est observée alors que la Terre occupe deux positions différentes (par exemple, à six mois d'intervalle) dans son périple annuel, elle doit paraître avoir changé de place par rapport aux étoiles plus éloignées (fig.), comme le montre la simple expérience que voici : pointez un doigt, bras tendu, et fixez-le d'un œil, puis de l'autre, en clignant rapidement des yeux. Votre doigt semblera bouger d'un petit angle (appelé « parallaxe ») par rapport aux objets plus éloignés. Ce phénomène est dû au fait que vos yeux sont à une certaine distance l'un de l'autre, tout comme les deux positions de la Terre au moment des deux observations successives ont été elles aussi séparées par une certaine distance (pour un intervalle de temps de six mois, cette distance est égale au diamètre de l'orbite de la Terre autour du Soleil). Cet angle est d'autant plus faible que la distance à l'étoile est grande. Les étoiles ayant des parallaxes trop petites pour être mesurées, Copernic en déduisit qu'elles devaient être très éloignées. En élargissant l'univers à une taille d'environ 2 000 fois supérieure à celle de l'univers de Ptolémée, il réduisit le système solaire, qui occupait jusque-là l'univers presque tout entier, à un petit canton de celui-ci. Mais l'univers copernicien n'en restait pas moins toujours fini, limité par la sphère extérieure des étoiles, rigide et qui ne tournait plus.

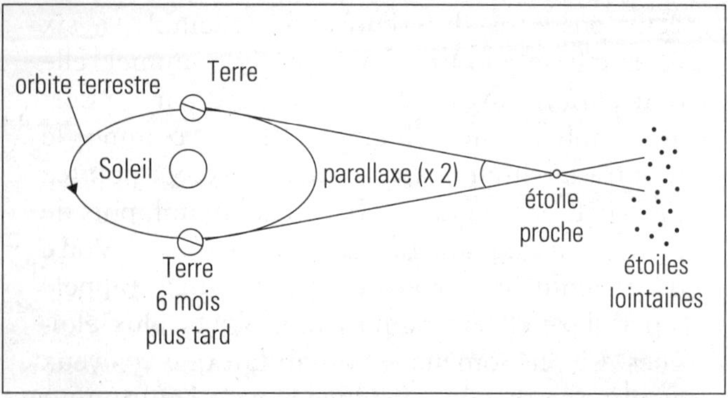

La position d'une étoile proche par rapport à celle des étoiles lointaines change quand elle est observée à différents moments de l'année. Ce changement n'est pas dû à un mouvement réel de l'étoile, mais à un effet optique lié au changement de perspective causé par la révolution annuelle de la Terre autour du Soleil. La parallaxe est la moitié de l'angle correspondant au changement de position de l'étoile observé après six mois d'intervalle, quand la Terre se retrouve, dans son orbite, diamétralement opposée à sa position initiale par rapport au Soleil.

LES SPHÈRES CRISTALLINES N'EXISTENT QUE DANS L'IMAGINATION DES HOMMES

Les grains semés par Copernic commencèrent à germer au cours des années qui suivirent. En repoussant la sphère extérieure des étoiles, il avait accompli un petit pas dans l'élargissement de l'univers, mais celui-ci restait bel et bien fini. L'idée même que les planètes étaient fixées sur des sphères cristallines allait être remise en cause. Un des coups les plus décisifs fut porté à cette idée par l'astronome danois Tycho Brahe (1546-1601) (fig.). Père de l'astronomie observationnelle moderne, il avait poussé la précision des observations astronomiques aussi loin qu'il était possible antérieurement à l'invention du télescope. Avant lui dominait l'idée platonicienne selon laquelle le monde sensible n'était que le reflet imparfait d'un monde idéal parfait, et que ce monde-là pouvait être compris par la seule raison. Brahe fut le premier scientifique à comprendre que seules des observations célestes d'une extrême précision pouvaient nous révéler la vraie nature de l'univers, et que celle-ci ne pouvait être appréhendée par le pur raisonnement.

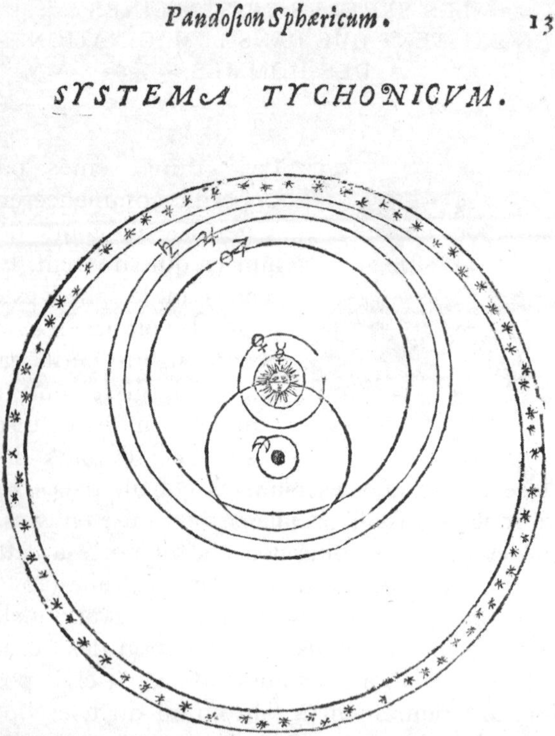

L'univers favorisé par Tycho Brahe est un compromis entre l'univers héliocentrique de Copernic et l'univers géocentrique de Ptolémée : les planètes tournent autour du Soleil, mais le Soleil, avec son cortège de planètes, tourne autour de la Terre, tout comme la Lune.

Ses observations de la grande comète de 1577 instillèrent des doutes dans son esprit sur l'existence des sphères cristallines. Jusqu'à son époque, les comètes étaient considérées comme des phénomènes atmosphériques terrestres, à l'instar des arcs-en-ciel. Brahe démontra que ce ne pouvait être le cas. La comète changeait de position par rapport aux lointaines étoiles fixes, ce qui la situait beaucoup plus près de la Terre que celles-ci. Mais ce mouvement était tellement plus faible que celui de la Lune que la comète devait être beaucoup plus éloignée de la Terre que cette dernière. Elle évoluait certainement quelque part dans la zone des sphères cristallines planétaires (fig.). Brahe put déterminer son orbite : elle était ovale et ne pouvait que traverser les sphères cristallines planétaires, ce qui était impossible si ces dernières existaient vraiment. Le Danois fut forcé d'en conclure qu'elles n'existaient que dans l'imagination des hommes.

LA HANTISE DE L'INFINI

Deux hommes reprirent à leur compte l'univers déjà très vaste de Copernic et en firent exploser les frontières. En 1576, dans son manifeste *A Perfit Description of the Cælestial Orbes* (*Une description parfaite des orbites célestes*), l'astronome anglais Thomas Digges (1546-1595) conserva le schéma des sphères cristallines planétaires, mais fut le premier à faire table rase de la frontière de la sphère extérieure des étoiles. Il proposa de la supprimer : les étoiles n'étaient plus incrustées à la surface de la plus haute sphère du cosmos, mais essaimées dans l'empyrée, le domaine de Dieu, qui devenait lui-même infini (fig.). Cette ivresse face à un univers infini, William Shakespeare (1564-1616), ami de Thomas Digges, au courant de ces débats autour de la taille de l'univers, l'a magnifiquement traduite en faisant dire à Hamlet cette phrase immortelle : « Je pourrais être enfermé dans une coquille de noix et me regarder comme le roi d'un espace infini... »

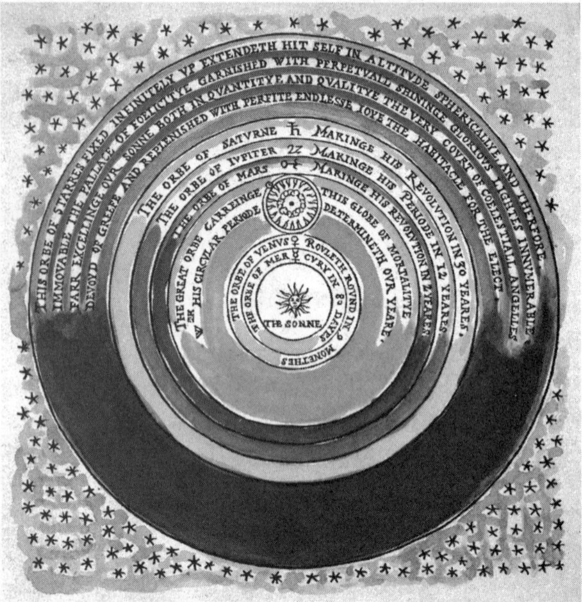

Dans l'univers infini de Thomas Digges, les sphères cristallines planétaires de l'univers copernicien demeurent, mais la sphère extérieure des étoiles est supprimée. Celles-ci sont réparties dans un espace infini.

L'idée d'un univers infini, non limité par la sphère extérieure des étoiles, a aussi été défendue haut et fort par le moine dominicain Giordano Bruno (1548-1600). Celui-ci devait payer de sa vie sa hantise de l'infini. Personnage flamboyant et pittoresque, se décrivant dans son ouvrage *Le Souper des Cendres*[1] comme « l'homme qui a franchi les airs, traversé le ciel, parcouru les étoiles, outrepassé les limites du monde, dissipé les murailles imaginaires des sphères [...] postulées par de vains calculs mathématiques ou par une aveugle et vulgaire philosophie », Bruno arguait que Dieu, doté de pouvoirs infinis, ne pouvait pas être l'auteur d'un univers fini. « Pourquoi voudrions-nous ou devrions-nous penser que l'efficacité divine soit oisive ? » plaidait-il dans *De l'infini, de l'univers et des mondes*[2], publié en 1584. Ayant abattu la « muraille imaginaire » de la sphère extérieure des étoiles, il ne s'arrêta pas en si bon chemin, mais peupla cet univers infini d'une infinité de mondes habités par une infinité de formes de vie, toutes célébrant la gloire de Dieu. Pour l'Église, cette dernière proposition fut la goutte qui fit déborder le vase, car l'existence de civilisations extraterrestres soulevait des questions théologiques épineuses pour la doctrine chrétienne. D'après celle-ci, les humains étaient censés avoir hérité le « péché originel » d'Adam et Ève ; une espèce extraterrestre qui se serait développée

1. Giordano Bruno, *Œuvres complètes*, t. II, traduit par Yves Hersant, Les Belles Lettres, 1994.
2. *Ibid.*, t. III, traduit par Jean-Pierre Cavaillé.

La statue de Giordano Bruno sur le Campo dei Fiori à Rome, où le moine fut condamné à mourir sur le bûcher pour avoir défendu l'idée d'un univers infini contenant une infinité de mondes habités par une infinité de formes de vie.

indépendamment sur une autre planète n'aurait pas reçu cet héritage : serait-elle alors exempte de péché ? D'autre part, Dieu avait envoyé Son fils Jésus-Christ sur Terre pour sauver l'espèce humaine. Y aurait-il eu une multitude de Jésus-Christ extraterrestres visitant chaque planète hébergeant la vie pour sauver les êtres qui s'y étaient développés ? Questions qui paraissaient absurdes au premier abord, mais auxquelles les théologiens devaient faire face ! proclamait Bruno. C'en était trop pour l'Église, qui l'accusa d'hérésie et le condamna en 1600 à mourir sur le bûcher sur le Campo dei Fiori (la place des Fleurs) à Rome. Sa statue, qui se dresse aujourd'hui au milieu de la place, nous rappelle ce tragique événement (fig.).

LE MYSTÈRE DE LA NUIT NOIRE

Les deux scientifiques à réfléchir ensuite sur la taille de l'univers furent l'Allemand Johannes Kepler (1571-1630) (fig.) et l'Italien Galilée (1564-1642). Se fondant sur le trésor d'observations, d'une précision inégalée, amassé pendant des dizaines d'années de patient et dur labeur par Tycho Brahe, Kepler put percer le secret des mouvements planétaires. À l'encontre de ses propres convictions métaphysiques (il pensait que Dieu était géomètre et que l'univers était régi par les mathématiques), il fit tomber les derniers bastions aristotéliciens du mouvement « parfait », c'est-à-dire les orbites circulaires et les mouvements uniformes des planètes. Kepler découvrit que celles-ci décrivaient non pas des cercles, mais des orbites elliptiques, avec le Soleil non pas en position centrale, mais à l'un des foyers de l'ellipse. Elles ne se déplaçaient pas à vitesse constante, mais accéléraient quand elles se rapprochaient du Soleil, et décéléraient quand elles s'en éloignaient. En revanche, Kepler se montra on ne peut plus prudent sur la question de l'infinité de l'univers. Il pensait que l'infini ne pouvait se prêter à l'observation. L'infinité de l'univers devait donc rester une notion métaphysique qui ne pouvait être abordée par la science, puisque cette dernière devait reposer sur la vérification expérimentale. Parce qu'il ne pouvait être mesuré, l'infini échappait à l'intellect. Nous voyons là des relents de l'idée aristotélicienne selon laquelle l'infini est potentiel, et non actuel. Pour Kepler, « un corps infini ne peut être compris par la pensée. En effet, les idées de l'infini qu'échafaude l'esprit humain renvoient ou bien à la signification du mot "infini", ou bien à quelque chose qui excède toute mesure numérique, visuelle ou tactile concevable ; c'est-à-dire à quelque chose qui n'est pas infini en acte, étant donné qu'une mesure infinie n'est pas concevable[1] ». Et, pour justifier sa préférence pour un univers fini, l'astronome avança un argument scientifique nouveau : le fait que la nuit soit noire.

Nous trouvons toute naturelle l'alternance du jour et de la nuit, due à la rotation de la Terre sur elle-même, qui rythme notre activité et notre

1. Johannes Kepler, *De stella nova*, 1606.

sommeil. Pourtant, le fait que la nuit soit noire pose problème. Si l'univers était infini, raisonnait Kepler, le ciel nocturne, quand le Soleil éclaire l'autre face de la Terre, devrait être aussi brillant que le jour. Nous n'aurions pas d'alternance du jour et de la nuit, car il ferait toujours jour. En effet, un univers infini devrait contenir une infinité d'étoiles aussi brillantes que le Soleil. Si c'était le cas, nous nous retrouverions dans une situation analogue à celle d'un individu au milieu d'une forêt touffue où la vue est inévitablement arrêtée par un tronc d'arbre. De même, depuis notre Terre, où que notre regard se porte vers le ciel, il devrait toujours rencontrer une étoile dans la « forêt stellaire » d'un univers infini, et le ciel nocturne devrait arborer la brillance du plein soleil (illutr. 10 et 11). Or la nuit est noire. Kepler en déduisit que l'univers n'était pas infini et qu'il ne contenait pas une infinité d'étoiles. Les événements les plus simples sont souvent les plus riches en informations : il suffit de les voir.

À l'instar de son contemporain Kepler, Galilée se montra lui aussi très prudent sur la question de l'infinité de l'univers. Nous avons vu que, réfléchissant sur l'infini mathématique, il avait découvert que les listes infinies de nombres (comme l'ensemble des nombres entiers) avaient l'étrange propriété que leurs sous-ensembles (comme la liste des carrés) sont aussi « grands » que l'ensemble. Pour ce qui est de l'infini spatial, dans son *Dialogue sur les deux grands systèmes du monde*[1],

1. Galilée, *Dialogue sur les deux grands systèmes du monde*, traduit par René Fréreux, Le Seuil, 1992.

Galilée revient sur les deux possibilités d'un univers soit infini, soit fini. Salviati (qui représente le point de vue de Galilée) explique à Simplicio : « Qu'allons-nous faire maintenant, signor Simplicio, des étoiles fixes ? Allons-nous les disperser dans les immenses abîmes de l'univers à différentes distances de n'importe quel point déterminé, ou bien allons-nous les situer sur une même surface sphériquement étendue autour de son centre, toutes étant alors à distance égale de ce centre ? » Comme Kepler, Galilée pense que la question relève de la métaphysique et ne peut être résolue par la science des hommes : « Ne savez-vous pas qu'il est encore non décidé (et je crois que cela le restera toujours pour la science humaine) si l'univers est fini ou infini ? »

LA GRAVITATION ET L'UNIVERS INFINI DE NEWTON

Si Kepler pouvait décrire les mouvements des planètes en recourant à des lois mathématiques, il n'existait encore aucune théorie physique pour expliquer leur comportement. Maintes questions restaient en suspens après la liquidation des sphères cristallines par Tycho Brahe. Si les planètes n'étaient pas attachées à des sphères, qu'est-ce qui les maintenait sur leurs orbites elliptiques ? Pourquoi ne tombaient-elles pas vers le Soleil ? Quelle était la cause de leurs mouvements, s'il n'y avait plus d'anges pour propulser les sphères cristallines, comme l'univers chrétien de saint Thomas d'Aquin le concevait ? Pourquoi accéléraient-elles à proximité du Soleil et décéléraient-elles loin de celui-ci ? C'est l'Anglais Isaac Newton (1642-1727) (fig.) qui, grâce à sa magistrale théorie de la gravitation universelle, opéra la grande synthèse des connaissances acquises par Kepler et Galilée. Ce faisant, il enterra une fois pour toutes la conception aristotélicienne de l'univers selon laquelle le ciel et la Terre étaient régis par des lois naturelles différentes, les mouvements étant circulaires dans le ciel et rectilinéaires sur Terre. Pour Newton, c'est la même et seule force de gravitation universelle qui est responsable de la chute d'une pomme dans le verger et du mouvement de la Lune autour de la Terre : toutes deux « tombent » vers la Terre.

Mais pourquoi une pomme lancée en l'air s'écrase-t-elle au sol au bout de quelques instants, alors que la Lune continue imperturbablement à tourner autour de la Terre ? C'est parce que la pomme n'a pas reçu de la main une impulsion assez forte au moment du lancer. Si elle était lancée de plus en plus fort, elle resterait de plus en plus longtemps en l'air et atterrirait de plus en plus loin, jusqu'à ce que la distance du point de chute de la pomme soit supérieure au diamètre de la Terre. Comme la Lune, la pomme continuerait alors à tourner indéfiniment autour de la Terre sur une orbite elliptique. Tout comme les planètes, elle n'aurait nul besoin d'être fixée à une sphère cristalline poussée par des anges pour poursuivre son mouvement ! La gravitation universelle fait que tout objet attire tout autre objet avec une force qui est proportionnelle au produit de leurs masses et inversement proportionnelle au carré de la distance qui les sépare. Une planète située près du Soleil est plus attirée par la force de gravité vers celui-ci, et son mouvement s'accélère. En revanche, quand elle en est éloignée, elle est freinée par l'attraction gravitationnelle du Soleil et décélère. Grâce à sa théorie de la gravitation universelle, Newton a pu ainsi expliciter les lois régissant les mouvements planétaires de Kepler.

L'univers infini, d'ordre philosophique et théologique avec Thomas Digges et Giordano Bruno, acquit un statut scientifique avec Newton. La portée de la force de gravitation étant infinie, l'univers devait l'être lui aussi. Si l'univers possédait des limites, raisonna Newton, il existerait en son sein une position centrale privilégiée. La gravité qui attire tout ferait que toutes les parties de l'univers s'effondreraient vers ce centre, y créant une grande masse centrale, ce qui ne serait pas conforme à l'univers observé. En fait, Newton pensait que les étoiles et les planètes étaient seulement réparties dans une région finie, mais que cette dernière était entourée d'un espace infini vide, dénué de toute matière. En cela, il différait de son contemporain René Descartes, pour qui l'espace ne pouvait exister sans la présence de matière. Le physicien anglais, profondément mystique, croyait que l'Esprit divin, de par Ses pouvoirs illimités, pouvait facilement créer un espace, « organe sensible de Dieu », dénué de toute matière. Un problème subsistait néanmoins : puisque la force de gravité est attractive et que tous les corps célestes s'attirent les uns les autres, cette configuration était on ne peut plus instable : tous les corps risquaient de tomber vers un centre unique à la moindre perturbation, au moindre mouvement. Pour qu'elle puisse perdurer dans le temps, il fallait par conséquent que l'espace newtonien soit fixe et rigide.

Avec Newton, le déterminisme a fait son entrée en force. Les mouvements terrestres et célestes étaient déterminés par des lois mathématiques rigoureuses et précises. Une fois déclenchés, les mouvements n'avaient plus besoin d'une intervention, divine ou autre. Tout était déterminé à l'avance.

À la fin du XVIIe siècle, l'homme se voyait perdu dans un univers infini, rempli uniformément d'étoiles et dont il n'était plus le centre. Juché sur une Terre minuscule, il vivait dans un univers déterministe et mécanique peuplé d'objets inertes qui se comportaient au gré de lois rigoureusement déterminées et que sa raison pouvait découvrir. Dieu était toujours présent, mais beaucoup plus distant. Après avoir créé l'univers et remonté son « ressort », Il assistait de loin à son évolution et n'intervenait plus dans les affaires humaines. L'angoisse de l'infini envahit alors certains. Blaise Pascal (1623-1662) poussa son fameux cri du cœur : « Le silence éternel de ces espaces infinis m'effraie ! » L'écrivain argentin Jorge Luis Borges résume ainsi cette évolution de la vision du monde : « L'espace absolu qui inspirait les hexamètres de Lucrèce, qui avait été une libération pour Bruno, fut un labyrinthe et un abîme pour Pascal[1]. » Mais, pour la plupart des gens instruits, l'idée que la raison humaine pouvait percer le secret de Dieu et comprendre les lois régissant l'univers était exaltante.

LA GÉOMÉTRIE DE L'ESPACE ET LA PERSPECTIVE EN ART

Ainsi, quelque vingt siècles après qu'Archytas eut soulevé le paradoxe d'un univers fini, Thomas Digges, Giordano Bruno et Newton avaient donné la seule réponse sensée possible. La situation décrite par le philosophe grec ne pouvait exister. L'univers ne pouvait avoir de limites. Il ne pouvait y avoir ni bord cosmique ni au-delà, et tout javelot lancé se retrouverait nécessairement dans l'univers où son mouvement pourrait être décrit. Mais est-ce qu'un univers sans limites voulait nécessairement dire un univers infini,

1. Jorge Luis Borges, *Enquêtes*, Gallimard, 1992.

comme le pensaient Digges, Bruno et Newton ? La question était plus complexe qu'il n'y paraissait de prime abord. Elle fait intervenir ce qu'on appelle la géométrie de l'espace.

La géométrie est l'étude des formes, des relations entre des points, des droites, des surfaces et des volumes. Nous faisons de la géométrie quand nous contemplons des figures, tels un triangle ou un carré, ou des solides, tels un cube ou une sphère. Ces figures et ces solides ont des tailles, des surfaces, des volumes qui sont finis. *A priori*, vous pensez que la géométrie n'a rien à voir avec l'infini ; vous vous trompez lourdement ! Il suffit de considérer la plus simple des figures géométriques : la ligne droite. Celle-ci se prolonge à l'infini dans les deux directions. Vient ensuite le cercle : voilà une figure de taille finie, mais que nous pouvons parcourir à l'envi, toujours en reparcourant le même chemin, sans jamais rencontrer de limites. La notion de « sans limites » n'équivaut pas nécessairement à celle de l'infini.

Qu'en est-il de la géométrie de l'univers ? Newton avait conçu son univers infini dans le cadre de la géométrie euclidienne. Au IIIe siècle av. J.-C., le mathématicien grec Euclide (v. 300) (fig.) avait rassemblé dans son chef-d'œuvre, les *Éléments*, la totalité du savoir géométrique connu. Cette œuvre monumentale, qui allait dominer la pensée géométrique pendant les vingt siècles à venir, reposait tout entière sur dix postulats (ou axiomes) énoncés au début des *Éléments*. Un postulat est une proposition dont la véracité est considérée comme évidente. Les axiomes furent considérés comme vrais et intouchables pendant deux millénaires. Cela valait en particulier pour le cinquième de ces postulats d'Euclide, dont l'énoncé nous est familier et que nous avons tous appris sur les bancs de l'école : par un point donné, nous pouvons tracer une parallèle, et une seule, à une droite donnée ne passant pas par ce point. Curieusement, c'est un développement intervenu non pas dans les sciences, mais dans les arts, qui va pour la première fois semer le doute dans les esprits quant à la véracité absolue de ce postulat. Il s'agit du problème de la perspective en peinture — autrement dit, de la façon de représenter un espace à trois dimensions sur la surface d'une toile à deux dimensions en tenant compte de l'éloignement et de la position des objets par rapport à l'observateur. Ce problème a obsédé les artistes à toutes les époques.

Il y a quelque quinze mille ans, les magnifiques fresques de la grotte de Lascaux, en Dordogne, attestent déjà un souci de la profondeur. Les animaux sont montrés se recoupant, les taureaux les plus éloignés étant partiellement cachés par les plus proches (illustr. 12). La perspective telle que nous la connaissons aujourd'hui est en revanche absente dans l'art égyptien, il y a quelque cinq mille ans. Les artistes de l'Égypte ancienne utilisent des lignes perpendiculaires, verticales et horizontales pour dessiner un quadrillage et obtenir les proportions voulues. L'art égyptien, caractérisé par la notion d'ordre, se veut avant tout un reflet de la hiérarchie sociale, politique et religieuse. Ainsi, la taille des personnages y est moins déterminée par leur distance par rapport à l'observateur que par leur rang social : les plus grandes figures ne sont pas nécessairement les plus proches, mais les plus élevées dans la hiérarchie. Le pharaon domine toujours de sa hauteur les autres personnages. Les femmes et les représentants des peuples conquis sont de moindre taille. Les dieux sont plus ou moins imposants selon leur puissance (illustr. 13). Chaque personnage (ou chose) n'est pas représenté d'un point de vue particulier et unique, mais de façon à le mettre en valeur et à le rendre le plus reconnaissable possible. Il n'existe ainsi pas d'unité de vue. Malgré ce manque de perspective, l'art égyptien est très réaliste, les artistes montrant un perfectionnisme du détail et une connaissance approfondie de l'anatomie humaine. Les animaux qui symbolisent les divinités sont eux aussi largement représentés.

Au fil des siècles suivants, pendant les périodes grecque et romaine, la technique pour créer l'impression de profondeur n'évolue guère, malgré les apports des Grecs (tel Euclide) à la géométrie. La profondeur continue à être suggérée par une méthode qui demeure essentiellement la même que celle appliquée dans les grottes de

Lascaux : plus un objet est loin, plus il est représenté petit[1].

L'absence de point de vue unique dans l'art égyptien se retrouve dans l'art oriental. Les artistes orientaux n'ont jamais développé la sacro-sainte perspective linéaire en vigueur dans l'art occidental. Cela ne veut pas dire pour autant qu'ils n'ont pas conçu un schéma cohérent d'organisation de l'espace. Mais, au lieu de séparer l'observateur subjectif du monde objectif, comme le fait l'art occidental, l'art oriental tient à insérer l'observateur dans la scène observée, à fondre l'homme dans la nature de telle façon que sujet et objet ne forment plus qu'un dans un tout holistique. Au lieu d'instaurer un point de vue extérieur quelque part devant la toile, le point central, dans l'art oriental, se situe à l'intérieur même du paysage observé. Les paysages chinois ou japonais ne comportent pas d'indices destinés à nous signaler l'emplacement de l'observateur, car il n'en est nul besoin. L'artiste comme le contemplateur de l'œuvre sont inclus dans le paysage. Cette intégration de l'observateur à la nature permet à l'artiste de ne plus présenter un seul et unique point de vue (celui du peintre et du spectateur immobiles devant une scène statique), mais plusieurs points de vue à la fois. Ainsi, les peintures chinoises et japonaises combinent souvent une vue de haut des paysages et des bâtiments avec

1. La taille angulaire d'un objet décroît comme l'inverse de sa distance à l'observateur. Ainsi, un objet dix fois plus éloigné paraîtra dix fois plus petit.

une vue latérale des personnages. Cette multiplicité de points de vue offre certains avantages : elle permet, par exemple, de représenter des montagnes dans la partie supérieure d'une peinture sans que celles-ci écrasent de leur présence la partie inférieure (illustr. 14).

DES LIGNES PARALLÈLES QUI CONVERGENT

Si les peintures égyptienne et orientale présentent une multiplicité de points de vue, c'est en revanche le point de vue unique qui est à la base de la perspective « linéaire » ou « centrale » en Occident[1]. Celle-ci fait son apparition à l'époque de la Renaissance. C'est l'architecte, ingénieur et sculpteur florentin Filippo Brunelleschi (1377-1446) qui, le premier, en démontre les principes lors d'une expérience célèbre réalisée en 1415 sur la place San Giovanni, à Florence, devant le baptistère du même nom. Cette expérience a changé le cours de l'histoire de l'art et est à l'origine d'une véritable révolution esthétique dans la figuration occidentale. Elle va aussi contribuer à semer le doute dans les esprits sur la véracité absolue du postulat des parallèles d'Euclide. Debout près de la porte centrale de la cathédrale de Florence, dos

1. Le mot « perspective » vient du latin *perspicere*, « voir au travers ».

à la nef et faisant face au baptistère, l'architecte tient d'une main un miroir et, de l'autre, appuie contre son œil une planchette sur le devant de laquelle a été monté un petit dessin du baptistère San Giovanni, reproduit fidèlement selon les lois de la perspective, en se servant d'une ligne d'horizon, d'un point central et de lignes droites convergentes. La planchette est percée d'un petit trou, « pas plus gros qu'une lentille », qui permet à l'architecte de voir l'image du dessin du baptistère réfléchie par le miroir. Brunelleschi démontre que, s'il se tient à un endroit précis, il peut exactement superposer le reflet de son dessin avec le vrai baptistère, créant de la sorte une parfaite illusion de la réalité. La perspective linéaire permet ainsi de créer avec une précision scientifique l'illusion de la profondeur. Elle offre la possibilité de représenter le monde sur une surface plane absolument tel que l'œil le voit. Brunelleschi découvre que, pour obtenir une coïncidence exacte entre le dessin et la réalité, il doit se tenir en un seul et unique endroit, là où le dessin du baptistère a été réalisé. Un seul point de vue est donc possible.

La perspective « linéaire » (ainsi appelée parce qu'elle repose sur le fait que la lumière se propage en ligne droite) ou « centrale » (il y a un point de vue unique) est aussi dite « géométrique ». Elle se fonde en effet sur la géométrisation de l'espace, laquelle admet que des lignes parallèles, dans la réalité, convergent en un point de fuite sur le dessin, et qu'il existe une relation étroite entre ce point de fuite et le point de vue unique et central du spectateur.

Mais Brunelleschi n'est pas versé dans les mathématiques et il revient à un autre architecte florentin, le peintre et humaniste Leon Alberti (1404-1472), de rédiger en 1435 le premier traité de perspective, intitulé *Della pittura*, et d'en exposer les fondements géométriques et mathématiques. Alberti explique que la perspective réduit l'homme à un œil, et l'œil lui-même à un unique point de vue. À partir de ce point de vue se construit une pyramide visuelle dont l'œil constitue le sommet, et la surface plane du tableau où se forme l'image, la base. « Le tableau est une intersection plane de la pyramide visuelle », écrit Alberti. L'architecte élabore ce qu'il appelle la *costruzione legittima*, méthode qui consiste à déterminer et à tracer tous les points d'intersection des rayons visuels avec le plan du tableau, ce qui permet une rigoureuse mise en perspective de n'importe quel paysage ou objet.

La perspective linéaire est une conséquence des progrès accomplis dans l'exploration des lois optiques régissant le comportement de la lumière, et d'une vision qui attribue à l'homme la place centrale dans l'univers. L'univers géocentrique règne en maître au XVe siècle et ne sera remplacé par l'univers héliocentrique de Nicolas Copernic qu'en 1543. Avec l'avènement de la perspective, le monde n'est plus considéré comme un simple reflet de la pensée divine, mais comme un monde physique doté d'un espace réel et humain, réglé par les lois rationnelles de l'optique. La perspective apporte la stabilité à l'expérience visuelle ; elle remplace le chaos par l'ordre et la cohérence. Jamais un outil aussi puissant destiné à mettre de l'ordre dans l'expérience de la vision par le moyen d'une illusion n'avait encore été inventé. On dirait presque de la magie : appliquez la méthode de la perspective centrale, et l'illusion de la réalité apparaît sur la toile comme par un coup de baguette magique !

UN ESPACE SANS LIMITES N'EST PAS NÉCESSAIREMENT UN ESPACE INFINI

La projection du réel à trois dimensions sur la surface d'une toile à deux dimensions a donc semé le doute dans les esprits sur la véracité du postulat des parallèles d'Euclide : deux lignes qui sont parallèles ne le sont plus dès lors qu'elles sont projetées sur une surface. Dans un croquis, nous représentons les deux rails parallèles d'un chemin de fer par deux lignes qui se rejoignent à l'horizon (fig.).

Vers la fin du XVIIe siècle, certains mathématiciens commencèrent à penser que le postulat des parallèles était redondant, qu'il pouvait être déduit des neuf autres postulats. Au cours des siècles suivants, maints efforts furent déployés pour vérifier cette hypothèse, mais toujours en vain : le postulat des parallèles ne pouvait être démontré à partir des autres axiomes euclidiens. Cet échec amena le mathématicien Carl Gauss

Un effet de perspective fait que deux lignes parallèles dans l'espace (ici des rails de chemin de fer) semblent se rejoindre à l'horizon quand elles sont projetées sur une surface.

(1777-1855) à subodorer que le postulat des parallèles était indépendant de tous les autres. Mais, si c'était le cas, cela voulait dire qu'on pouvait remplacer le postulat des parallèles par un autre qui lui était contradictoire, et toujours disposer d'une géométrie logiquement cohérente. Étaient semés les germes préludant à la naissance des géométries non euclidiennes.

L'honneur d'élaborer les premières géométries non euclidiennes revint à un triumvirat de hardis pionniers, le Russe Nicolaï Lobachevski (1793-1856), le Hongrois Janos Bolyai (1802-1860) et l'Allemand Bernhard Riemann (1826-1866). Au lieu du cinquième postulat d'Euclide (« À partir d'un point, on peut tracer une et une seule parallèle à une droite donnée ne passant pas par ce point ») (fig.a), Lobachevski et Bolyai postulèrent : « À partir d'un point, on peut tracer une infinité de parallèles à une droite donnée », bâtissant ce qu'on appelle de nos jours la géométrie de Lobachevski-Bolyai, cependant que Riemann proposait l'axiome suivant : « À partir d'un point, on ne peut tracer aucune parallèle à une droite donnée », pour édifier la géométrie portant aujourd'hui son nom. En particulier, le mathématicien allemand démontra qu'un espace sans limites n'est pas nécessairement infini. Dans ses *Œuvres mathématiques*[1], il écrit : « La propriété de l'espace d'être illimité possède une plus grande certitude empirique qu'aucune autre donnée externe de l'expérience. Mais l'infinitude de l'espace n'en est en aucune manière la conséquence ; au contraire, si on attribue à l'espace une mesure de courbure constante, l'espace serait nécessairement fini dès lors que cette mesure de courbure aurait une valeur positive, si petite qu'elle fût. »

Le mot est enfin lâché : « courbure de l'espace ». C'est avec ce concept que nous pouvons comprendre comment l'espace peut n'avoir aucune

1. Bernhard Riemann, *Œuvres mathématiques*, Jacques Gabay, 1990, p. 295.

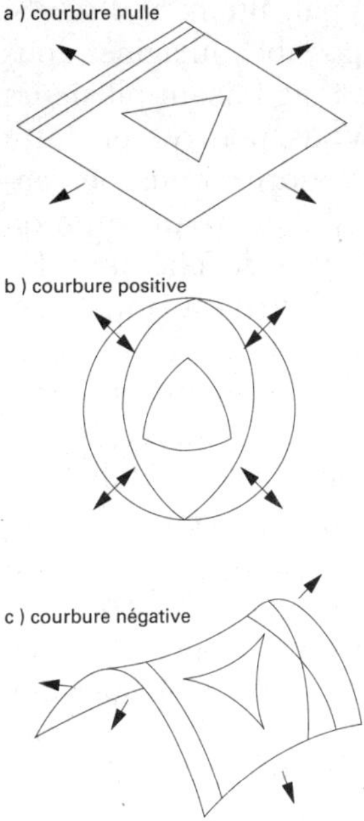

Ce schéma illustre par analogie les trois types de courbure possibles de l'univers. L'analogie n'est pas parfaite car l'espace à trois dimensions est illustré par des surfaces à deux dimensions. La figure (a) illustre la géométrie euclidienne d'un univers à courbure nulle par une surface plane : par un point, on ne peut tracer qu'une parallèle à une droite et la somme des angles d'un triangle est de 180 degrés. La figure (b) illustre la géométrie de Riemann d'un univers à courbure positive par la surface d'une sphère : aucune parallèle ne peut être tracée car toutes les droites se rencontrent aux pôles, et la somme des angles d'un triangle est supérieure à 180 degrés. La figure (c) illustre la géométrie de Lobachevski-Bolyai d'un univers à courbure négative par la surface d'une selle de cheval : par un point donné, on peut tracer une multitude de parallèles à une droite (une parallèle étant définie comme une ligne qui ne rencontre jamais la droite), et la somme des angles d'un triangle est inférieure à 180 degrés.

frontière, tout en restant parfaitement fini. Si cela vous paraît *a priori* impossible, imaginez-vous en Magellan ou en Phileas Fogg faisant plusieurs fois le tour de la Terre. Vous pourrez en faire autant de tours que vous voudrez, vous ne rencontrerez jamais de limites. Jamais un mur ou une bordure pour vous barrer le chemin ! Et, malgré cela, la surface de la Terre est finie. C'est possible parce que la Terre n'est pas plate, mais courbe. Euclide n'est plus d'aucun secours lorsqu'on a affaire à une surface courbe ; il faut appeler à la rescousse Lobachevski, Bolyai et Riemann. Sur Terre, des lignes qui semblent être initialement parallèles, tels les méridiens indiquant la longitude, convergent et se rencontrent aux pôles Nord et Sud. Il n'existe donc pas de « vraies » parallèles. La Terre a une courbure dite « positive » ou riemannienne (fig.b). Cette courbure ne caractérise pas toutes les surfaces. Ainsi, la surface des cols de montagne ou des selles de cheval a une courbure dite « négative ». Sur une telle surface, les lignes parallèles divergent et ne se rencontrent jamais : il y en a une infinité. Sa géométrie est dite de Lobachevski-Bolyai (fig.c).

Ces résultats s'appliquent également à l'espace à trois dimensions. L'univers peut être plat ou sans courbure, mais il peut aussi posséder une courbure positive ou négative. En pleine nuit, supposez que vous projetez un faisceau de lumière d'une puissance infinie. Si vous évoluez dans un univers plat, la lumière ira se perdre à l'infini dans le cas d'un univers infini, ou bien elle reviendra vers vous dans le cas d'un univers fini. Si votre univers a une courbure positive, vous le verrez revenir vers vous après avoir fait le tour de l'univers, comme Magellan revient à son point de départ après avoir fait le tour de la Terre ; dans ce cas, l'univers est fini ou « fermé ». Si votre univers est courbé négativement, la lumière se perdra dans l'infini ; dans ce cas, l'univers est infini ou « ouvert ». Dans les trois cas, l'univers est sans limites, le paradoxe du bord n'existe plus, et Archytas peut dormir sur ses deux oreilles.

L'ESPACE DYNAMIQUE D'EINSTEIN

En tant que mathématiciens, Riemann, Lobachevski et Bolyai n'étaient pas directement concernés par la question de savoir si les géométries nouvelles qu'ils avaient inventées en modifiant le postulat d'Euclide correspondaient ou non à la réalité physique. Ils voulaient seulement savoir si, avec le nouveau postulat, ils pouvaient bâtir une structure mathématique logique et cohérente incorporant les neuf autres axiomes euclidiens. En d'autres termes, ils étaient à la recherche d'une vérité logique et non pas physique. Mais, comme souvent pour ce qui a trait au comportement de la nature, la pensée mathématique devance la pensée physique. Quand un jeune physicien du nom d'Albert Einstein (1879-1955) découvrit dans les années 1920 que la gravité courbait l'espace, il ne pouvait plus recourir à la géométrie euclidienne, qui se borne à décrire un espace plat. Il fut alors tout heureux de découvrir les géométries non euclidiennes. La surprenante capacité des mathématiques à décrire la réalité constitue l'un des plus profonds mystères qui soient. C'est ce que le physicien hungaro-américain Eugene Wigner a appelé la « déraisonnable efficacité des mathématiques » à décrire le monde.

Dans l'univers de Newton, l'espace n'était pas seulement plat, il était aussi statique et immobile, rigide et éternel. Baigné d'une substance invisible appelée « éther » qui transmettait la force de la gravitation universelle, il n'était qu'une scène de théâtre où se déroulait le drame cosmique avec les acteurs planètes, étoiles et galaxies. Dans l'univers d'Einstein, l'espace abandonne son rôle passif. De spectateur, il se mue en acteur du drame cosmique. De statique, il devient dynamique.

Comment Einstein en est-il arrivé à déclencher cette révolution conceptuelle ? À l'été 1900, il termine ses études universitaires de physique au célèbre Polytechnicum de Zurich, en Suisse, mais ne peut décrocher un poste d'assistant à son ancienne université, où les professeurs n'apprécient pas son non-conformisme. Il vivote grâce à des emplois précaires de répétiteur dans de modestes écoles suisses. « Au seuil de la vie, je me sentais comme un paria tenu à l'écart, malaimé et abandonné par chacun », écrira-t-il plus tard. En 1902, grâce à l'intervention du père d'un ami, il est embauché comme « expert technique de troisième classe » au Bureau suisse des brevets, à Berne. C'est en travaillant là, hors de tout environnement universitaire, à mille lieues des injonctions à se conformer aux idées reçues et aux théories en vogue dans les milieux académiques pour faire carrière, qu'Einstein, le rebelle et le révolutionnaire, laisse éclater son génie. En 1905, il modifie le visage de l'univers par quatre articles fondamentaux dont chacun aurait suffi à le propulser au panthéon de la physique et au faîte de la gloire. Dans un de ces articles[1], il propose une nouvelle théorie du temps et de l'espace, la théorie de la relativité dite « restreinte », car elle concerne seulement des mouvements uniformes, sans accélération ni décélération. Dans cet article, il sape le dogme newtonien d'un temps et d'un espace universels et absolus qui seraient les mêmes pour toute personne. Le temps et l'espace deviennent élastiques et malléables. Tous deux peuvent se dilater, se contracter, s'étirer, rétrécir à souhait, en fonction du mouvement de l'observateur. Temps et espace ne sont plus dissociables, comme dans l'univers de Newton, mais forment un couple bien uni. L'univers a désormais quatre dimensions : la dimension temporelle s'ajoute aux trois dimensions de l'espace. Pour fournir vos coordonnées dans l'univers, il ne suffit plus d'indiquer votre position, il faut aussi préciser le temps mesuré à cette position.

Après la formulation de sa théorie de la relati-

1. Les autres articles portent sur le mouvement des atomes, la nature quantique de la lumière et l'équivalence entre matière et énergie.

vité restreinte en 1905, Einstein se rend compte que celle-ci est incomplète sur au moins deux points. D'abord, elle est en contradiction avec la théorie de Newton selon laquelle la gravité est une force qui agit instantanément entre deux objets ; en d'autres termes, cette force serait censée s'exercer à une vitesse infinie, ce qui viole la relativité restreinte, d'après laquelle aucune interaction physique ne peut se propager plus vite que la lumière. D'autre part, la relativité restreinte ne prend en compte que des mouvements uniformes, à vitesse constante. Au cours des dix années suivantes, Einstein va s'attacher à généraliser sa théorie pour aboutir à la relativité générale, qui vaut aussi pour des mouvements accélérés. Dans cette nouvelle théorie, le jeune physicien introduit un nouveau langage géométrique pour décrire le couple espace-temps qui va bouleverser complètement notre conception de la gravité. Pour échafauder sa théorie, il ne tient rien pour acquis et n'hésite pas à repenser les fondements mêmes de la physique. Il entend repartir des principes premiers. « Au début sont les principes ! » professe-t-il. Ce sont eux qui confèrent au monde sa cohérence et son harmonie. Ce sont donc eux qui doivent conduire à la vérité.

Einstein se pose une question qui paraît toute simple au premier abord : comment la gravité fonctionne-t-elle ? Tous les mois, la Lune décrit un tour autour de la Terre à une distance moyenne de 384 000 kilomètres, en étant liée à notre planète par la gravité. Pourtant, il n'existe ni chaîne ni corde reliant les deux corps célestes ! En 1915, Einstein propose une solution révolutionnaire au problème. Il avance l'idée que c'est l'espace lui-même qui permet à la force de gravité d'exercer son influence.

Pour bien comprendre, considérons la trajectoire d'une bille sur une nappe couvrant une table. Si la nappe est bien repassée, il n'y a ni plis ni irrégularités, une chiquenaude fera partir la bille en ligne droite. En revanche, si la nappe est froissée, avec des plis ici, des irrégularités là, la trajectoire de la bille ne sera plus droite, mais telle que la bille puisse contourner les plis et irrégularités. Autrement dit, la trajectoire de la bille est déterminée par la forme de la nappe. Einstein suggère que le même mécanisme vaut pour l'espace. Un espace vide de toute matière aura une géométrie plane, et le plus court chemin entre deux points de cet espace sera une ligne droite. En revanche, dès qu'il existe des objets matériels, ces derniers déforment l'espace, y créant « des plis et des irrégularités » qui modifient la trajectoire des corps. Ainsi, la Terre courbe l'espace autour d'elle, et la Lune suit le plus court chemin dans cet espace courbé qui est une ellipse.

Les points de vue de Newton et d'Einstein sont donc radicalement différents. Selon Newton, la Lune suit sagement son orbite autour de la Terre grâce à la force de gravité qui lie les deux corps ensemble. L'univers newtonien est un monde de forces transmises par une substance mystérieuse appelée éther, qui remplit l'espace passif. Dans le monde einsteinien, ces forces n'ont plus droit de cité, l'éther est envoyé aux oubliettes ; c'est l'espace, devenu actif, qui conduit le bal et dicte les mouvements. La Lune suit son orbite elliptique parce que c'est la trajectoire la plus courte (les physiciens l'appellent « géodésique ») dans l'espace courbé par la Terre. Einstein libère ainsi l'espace de sa rigidité. L'espace, devenu élastique, peut s'étirer, rétrécir, se déformer, se contorsionner au gré de la gravité. Et c'est la forme finale de cet espace qui dicte les mouvements des objets ou de la lumière qui le traversent. Le physicien américain John Wheeler (1911-2008) a résumé la relativité comme suit : « La matière dicte la courbure de l'espace, et l'espace dicte le mouvement de la matière. »

L'exemple le plus extrême d'un espace courbé est celui d'un trou noir. Celui-ci est le résultat de l'effondrement d'une étoile massive (d'une dizaine de fois la masse du Soleil, voire plus) qui passe d'un rayon de quelques centaines de millions de kilomètres à un rayon final d'une trentaine de kilomètres. Sa gravité est si grande que l'espace se replie sur lui-même, empêchant la lumière de sortir, ce qui fait que le « trou » dans l'espace apparaît noir.

EINSTEIN
ET VOTRE TÉLÉPHONE PORTABLE

La matière courbe l'espace : voilà une prédiction de la relativité générale qui défie le bon sens. Pourtant, elle a été vérifiée dès 1919 au cours d'une expédition dirigée par l'astronome britannique Arthur Eddington (1882-1944) (fig.) qui avait pour but d'observer une éclipse solaire et qui est restée fameuse dans les annales de la physique. L'idée, proposée par Einstein lui-même, était de profiter de l'absence de lumière solaire, masquée par la Lune, pour photographier les étoiles lointaines dont les positions, projetées dans le ciel, étaient très proches du Soleil. Si l'espace autour du Soleil est courbé par son champ de gravité, la trajectoire de la lumière doit être déviée quand elle passe près de notre astre (fig.). Cette déviation doit se traduire par un léger déplacement angulaire de leurs images par rapport aux images des mêmes étoiles prises six mois plus tard, quand la Terre se trouve de l'autre côté du Soleil et que la lumière de ces étoiles ne doit plus traverser le champ de gravité solaire pour nous parvenir (fig.). Le déplacement angulaire prédit par Einstein était minuscule (mais néanmoins deux fois plus grand que celui prédit par Newton) : égal à l'angle sous-tendu par votre pouce si celui-ci était à un kilomètre de distance. Mais il put être mesuré et était en accord avec la relativité.

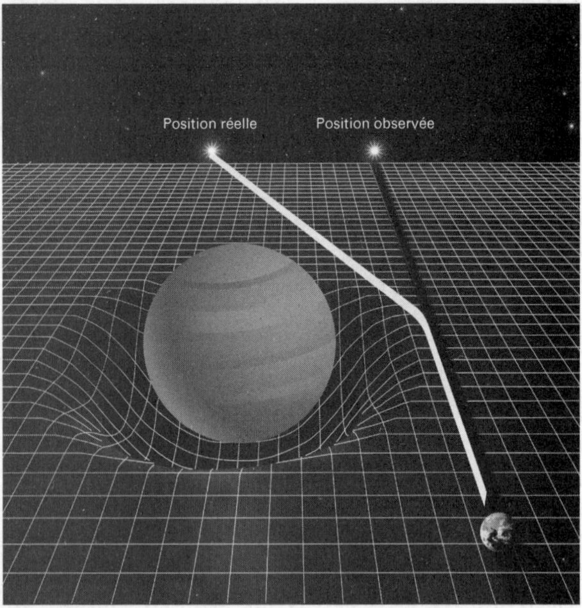

Parce que la gravité d'un objet massif courbe l'espace autour de lui (la courbure est illustrée par le creux dans l'espace plat) et que la trajectoire de la lumière est déviée par cette courbure, la position observée d'une étoile ou galaxie est légèrement déplacée par rapport à sa position réelle.

Cette vérification spectaculaire de la théorie d'Einstein fit la une des journaux du monde entier. Un monde meurtri, tout juste sorti d'un conflit mondial dévastateur, las de n'entendre parler que de bolchevisme, de dommages de guerre, de famines, fut subjugué par cette nouvelle scientifique. Einstein se trouva propulsé au faîte de la gloire.

Depuis lors, la déviation de la lumière par le Soleil a été mesurée maintes fois, avec toujours plus de précision, et chaque fois la relativité s'est révélée exacte. En 2003, la trajectoire d'ondes radio passant à proximité de notre astre a été mesurée par la sonde Cassini-Huygens, et les résultats se sont montrés conformes aux prédictions de la relativité à une précision de 0,002 %. Plus proches de nous, le téléphone portable qui nous relie instantanément au reste du monde ou le GPS qui nous indique la position de notre voiture sur une route quelconque sont venus enrichir (certains diront perturber) notre vie quotidienne. Or, pour que ces engins marchent, il faut que les satellites de communication en orbite autour de la Terre et auxquels votre téléphone portable ou votre GPS sont reliés par des ondes radio tiennent compte de la trajectoire courbe de ces ondes radio, due à la gravité de notre planète. Autrement dit, une théorie révolutionnaire de l'espace-temps proposée au début du XXe siècle est en partie responsable du fonctionnement d'appareils qui tiennent aujourd'hui dans votre poche ou dans la paume de votre main !

LE PRINCIPE COSMOLOGIQUE

La relativité générale n'a pas seulement bouleversé entièrement notre conception de l'espace-temps, elle a aussi permis à Einstein et à ses collègues physiciens de décrire, pour la première fois dans l'histoire de la pensée humaine, l'évolution de l'univers dans son ensemble en termes d'équations mathématiques, c'est-à-dire de construire ce qu'on appelle des « modèles cosmologiques ». Mais comment peut-on décrire l'univers dans sa totalité grâce à une ou à quelques équations ? Vous devez penser que c'est là une tâche impossible ! Mais tel n'est pas le cas, car l'art des grands physiciens consiste justement à savoir simplifier et à négliger tout ce qui n'est pas nécessaire. Il est bien évident que, en pratique, nous ne pouvons dresser une liste du contenu de *tout* l'univers : des vies entières n'y suffiraient pas. Einstein se rendit compte qu'il lui fallait adopter un principe simplificateur qui lui faciliterait la tâche. En 1543, le chanoine polonais Nicolas Copernic nous avait appris que nous n'occupions pas une place privilégiée dans l'univers : la Terre n'occupe pas la place centrale dans le système solaire. Depuis lors, son fantôme n'a pas cessé de nous hanter. Ni la Terre, ni le Soleil, ni la Voie lactée, ni le Groupe local (groupement de galaxies qui inclut la Voie lactée et sa compagne Andromède) ne sont des endroits singuliers. Ces mêmes structures sont reproduites à des milliards d'exemplaires dans l'immensité de l'univers. Notre coin d'univers n'a rien de particulier. Alors, pourquoi ne pas parier que tous les autres coins sont pareils ? Par un coup de génie, Einstein postule ainsi ce que les cosmologues appellent le « principe cosmologique » : l'univers est semblable à lui-même en tout lieu (il est homogène) et dans toutes les directions (il est isotrope).

Une fois postulé le principe cosmologique, l'évolution de l'univers ne dépend plus que de son contenu en matière et énergie, plus précisément de sa densité (ou masse par unité de volume). Les équations de la relativité générale qui décrivent comment cette densité évolue en fonction du temps sont au nombre de dix. Elles sont si imbriquées les unes dans les autres, et de manière si complexe, qu'elles ne peuvent être facilement résolues. C'est comme si nous avions en face de nous un nœud gordien qui ne saurait être défait. Le principe cosmologique est l'épée qui permet de trancher ce nœud. Son introduction fait que les dix équations se réduisent comme par magie à une seule, ce qui permet de la résoudre.

Comment expliquer ce tour de passe-passe ? Imaginons une plage de sable au bord de l'océan. Si je vous demande de décrire la plage dans ses moindres détails, un petit monticule de sable par-ci, une petite dénivellation par-là, vous serez bien en peine de le faire. Mais si je désire seulement connaître les propriétés moyennes de la plage (par exemple sa couleur, la quantité de sable par mètre cube, son étendue, etc.), la tâche est beaucoup plus aisée. De même, parce que Einstein voulait connaître seulement les propriétés moyennes de l'univers (et le principe cosmologique dit que l'univers est en moyenne partout le même), il put résoudre ses équations.

À l'époque où le physicien postula son principe cosmologique, il n'existait encore aucune preuve observationnelle de l'uniformité de l'univers. Depuis lors, la découverte en 1965 du rayonnement fossile qui baigne tout l'univers — cette lumière issue de l'instant de sa création — a complètement changé la donne. Les observations des satellites COBE et WMAP et Planck ont montré que la température de ce rayonnement (– 270,3 degrés Celsius) est extrêmement uniforme, ne variant pas de plus de 0,001 % d'un coin du ciel à l'autre, confirmant de manière spectaculaire l'intuition géniale d'Einstein.

Il faut mesurer à quel point l'apport d'Einstein est immense. L'homme s'est posé des questions sur la structure de l'univers depuis des temps immémoriaux. Les descriptions d'univers se sont succédé et ont revêtu des formes multiples à travers les époques. Le premier univers a émergé il y a peut-être quelques centaines de milliers d'années, en même temps que le langage. Les univers magiques et mythiques sont ensuite apparus, souvent sous-tendus par des considérations religieuses, artistiques ou nationalistes. L'univers scientifique est né avec les Grecs il y a quelque vingt siècles. Il s'est ensuite développé au fil du temps, propulsé par des découvertes géniales telles que la théorie de la gravitation universelle de Newton. Mais c'est seulement au XXe siècle qu'Einstein, pour la première fois dans l'histoire de la pensée humaine, nous donne les moyens d'élaborer des modèles mathématiques de la totalité des univers scientifiquement possibles qui soient conformes aux lois de la physique connue, et nous permettent à la fois de reconstituer leurs passés et de prédire leurs futurs.

UNE FORCE RÉPULSIVE DANS L'UNIVERS

Ayant tranché le nœud gordien des équations de la relativité générale, Einstein avait la voie libre pour construire un modèle cosmologique de l'évolution de l'univers. Ce faisant, le physicien fut confronté à une surprise de taille : le modèle d'univers qu'il obtint n'était pas statique, comme il s'y attendait, mais dynamique. Son modèle lui disait que l'univers doit ou bien être en expansion, ou bien s'effondrer sur lui-même, tout comme un ballon qu'on jette en l'air doit monter ou descendre. Parler d'un univers statique revenait à dire que le ballon peut rester immobilisé, suspendu en l'air. L'espace de l'univers n'est plus passif, mais actif ; il acquiert le mouvement et devient dynamique. Or, tout dans les observations de l'univers à l'époque indiquait un univers statique. Einstein n'eut pas assez confiance en sa chère théorie de la relativité pour proclamer que les observations devaient être erronées et que l'univers devait être dynamique, et non statique : il se plia à l'opinion générale et modifia ses équations en introduisant, en 1917, un extra-terme appelé « constante cosmologique », représentant une sorte de force répulsive censée contrebalancer exactement la force attractive de la matière, ce qui lui permettait de construire un modèle d'univers statique.

Einstein n'a jamais précisé l'origine de cette force répulsive, sauf pour dire qu'elle ne peut être produite ni par la matière, ni par la lumière. L'existence d'une force répulsive n'est pas exclue par les équations de la relativité générale. En effet, dans la théorie d'Einstein, la gravité dépend non seulement de la masse de matière, ou, de manière équivalente, de sa densité (la densité étant égale à la masse de l'univers divisée par son volume), mais aussi de la pression. Or, s'il existait dans l'univers une large pression négative supérieure à la densité de matière, on pourrait aboutir à une situation où la gravité nette serait négative, c'est-à-dire qu'elle repousserait au lieu d'attirer. Mais comment créer cette ample pression négative ? Einstein n'en avait pas la moindre idée. Parce que la constante cosmologique n'avait pas d'explication physique évidente, le physicien fut plus que ravi de la rayer de ses équations, en 1929, quand l'astronome américain Edwin Hubble (1889-1953) (fig.) fit part de sa découverte de l'expansion de l'univers — une galaxie s'éloigne d'autant plus vite d'une autre qu'elle en est plus distante —, rendant caduc l'univers statique. Einstein alla jusqu'à dire que l'introduction de la constante cosmologique avait été « la plus grosse erreur » de sa vie. Le physicien regretta certainement de n'avoir pas eu assez confiance en sa chère relativité, ce qui lui aurait permis d'ajouter un autre titre de gloire à ceux qu'il avait déjà accumulés : celui de « découvreur » de l'expansion de l'univers. Mais, nous le verrons, l'histoire de la constante cosmologique est loin d'être terminée et connaîtra encore maints rebondissements.

Edwin Hubble, qui élucida la nature des galaxies et découvrit l'expansion de l'univers est généralement considéré comme le fondateur de la cosmologie observationnelle moderne.

L'UNIVERS SERAIT-IL PARTI DE RIEN ?

Si, dans les années qui suivirent la publication de la théorie de la relativité en 1915, Einstein voulait à tout prix construire un modèle d'univers statique, d'autres scientifiques ne se privèrent pas, en revanche, d'utiliser sa théorie afin de construire des modèles d'univers dynamiques dans lesquels l'espace se diluerait ou se contracterait au fil du temps. Le premier à entrer en lice fut le mathématicien et météorologue russe Alexandre Friedmann (1888-1925) (fig.). Succombant à la magie des équations de la relativité générale, il entreprit d'en chercher les solutions exactes dans le cas où l'univers serait homogène et isotrope. En 1922, il découvrit que les équations d'Einstein permettaient la description d'un univers non statique, en expansion ou en contraction. Dans son ouvrage *Le Monde dans l'espace et le temps*, Friedmann extrapole le comportement de l'univers dans le temps, vers le passé et le futur, en imaginant un univers cyclique, doté d'une série infinie de cycles d'expansion et de contraction. Le physicien russe écrit : « Il existe des cas où le rayon de courbure de l'univers change de manière périodique. L'univers se contracte en un point, puis son rayon augmente à nouveau, puis de nouveau il se contracte, et ainsi de suite. On ne peut s'empêcher de penser à l'univers cyclique de la mythologie hindoue. La possibilité existe aussi que l'univers soit parti de rien. Mais tout cela n'est pour l'heure qu'une curiosité qui ne peut être vérifiée par les observations astronomiques d'aujourd'hui. »

En apprenant les résultats de Friedmann, la première réaction d'Einstein fut de dire que celui-là s'était trompé dans ses calculs. Mais il admit en 1923 que c'était lui qui était dans l'erreur et que, « outre des modèles d'univers statiques, les équations de la relativité permettaient aussi de construire des modèles d'univers qui évoluaient en fonction du temps ». Emporté à trente-sept ans par la fièvre typhoïde, le fondateur de la cosmologie non statique n'eut jamais le bonheur de voir son travail confirmé de façon spectaculaire par la découverte de l'expansion de l'univers par Edwin Hubble en 1929. De toute manière, l'intérêt de Friedmann pour la cosmologie était plus d'ordre mathématique qu'astronomique : « Ma tâche est de trouver les solutions possibles aux équations d'Einstein. Ensuite, les physiciens en feront ce qu'ils voudront. »

LE CHANOINE BELGE
ET L'ATOME PRIMITIF

Le deuxième bâtisseur d'univers non statiques à entrer en scène fut le chanoine catholique et astrophysicien belge Georges Lemaître (1894-1966). Formé à l'université catholique de Louvain, puis dans les plus grandes universités britanniques (il travailla avec l'astrophysicien Arthur Eddington à Cambridge) et américaines (Harvard et MIT), Lemaître était au courant des travaux d'Einstein sur l'univers statique. Travaillant à l'observatoire de Harvard, le Belge était aussi familier avec les résultats de l'astronome américain Vesto Slipher, qui avait découvert en 1923 un fait étrange : la lumière des quelques galaxies proches étudiées par ce dernier semblait être systématiquement décalée vers le rouge.

Ce rougissement pouvait se comprendre par un mouvement d'éloignement des galaxies, grâce à une découverte du physicien autrichien Johann Christian Doppler (1803-1853) : en 1842, celui-ci avait en effet remarqué que le son émis par un objet en mouvement se faisait plus aigu quand l'objet se rapprochait de l'observateur, et plus grave quand il s'en éloignait. Cet « effet Doppler », nous le ressentons tous quand, debout sur un trottoir, nous prêtons attention au son d'une sirène d'ambulance : il est aigu quand l'ambulance se rapproche de nous, mais devient plus grave quand elle s'éloigne. Tout comme le son, la lumière subit un « effet Doppler ». Quand un objet lumineux s'éloigne de nous, sa lumière devient plus « grave », elle perd de l'énergie et est décalée vers le rouge, tandis que, si l'objet lumineux vient vers nous, sa lumière devient plus « aiguë », elle acquiert de l'énergie et est décalée vers le bleu. Le changement de couleur est d'autant plus grand que la vitesse d'éloignement ou d'approche augmente. Lemaître comprit que le mouvement d'éloignement des galaxies pouvait s'expliquer naturellement par un univers en expansion.

Ordonné prêtre dans l'ordre des jésuites en 1923, Lemaître publia en 1927 un article magistral dans lequel il fut le premier non seulement à présenter des modèles mathématiques d'univers en expansion, conformes aux équations de la relativité générale, ainsi que l'avait déjà fait Friedmann (Lemaître n'était cependant pas au courant des travaux de ce dernier), mais aussi à intégrer les observations astronomiques de Slipher sur le mouvement d'éloignement des galaxies, ce que ni Einstein ni Friedmann n'avaient fait. Son raisonnement était limpide : si l'univers est actuellement en expansion et que son espace se dilue en permanence, il a dû commencer son existence à partir d'un état extrêmement petit, chaud et dense, ce que Lemaître appela l'« atome primitif ». Depuis, par son expansion, l'univers n'a cessé de devenir plus grand, moins chaud, moins dense, jusqu'à être le vaste cosmos que nous contemplons aujourd'hui.

Dans son article, Lemaître fut aussi le premier à décrire le mouvement d'expansion de l'univers.

En effet, le physicien belge se rendit compte que, si l'univers était parti d'un état très petit, très chaud et très dense, le mouvement d'éloignement des galaxies ne pouvait être aléatoire. Il devait être tel que la vitesse d'éloignement d'une galaxie serait proportionnelle à sa distance. Par exemple, une galaxie vingt fois plus éloignée de la Voie lactée qu'une autre galaxie s'en éloignerait vingt fois plus vite que cette dernière. Conséquence fondamentale de cette proportionnalité entre distance et vitesse : chaque galaxie a mis exactement le même temps pour parvenir de son point d'origine à son emplacement actuel, puisque ce temps est précisément le rapport de la distance à la vitesse. Inversons maintenant le déroulement des événements. Toutes les galaxies se retrouvent au même endroit au même instant : de là découle l'idée d'un état original extrêmement condensé et d'une explosion de l'espace, le fameux « big bang » qui donna naissance à l'univers et dont l'effet se perpétue aujourd'hui par le mouvement d'expansion qui fait que les galaxies se fuient les unes les autres[1].

1. L'expression « big bang » ne fut inventée que bien plus tard, dans les années 1950, par l'astronome britannique Fred Hoyle (1915-2001), au cours d'une interview radio à la BBC. Auteur d'une théorie cosmologique rivale, la théorie de l'« univers stationnaire », qui stipule en gros que l'univers ne change pas au fil du temps, l'astronome créa cette expression pour se moquer de l'idée d'une déflagration primordiale. Il ne se doutait pas que cette trouvaille frapperait si bien l'imagination des scientifiques et des foules qu'elle perdurerait !

Quand Einstein prit connaissance des résultats de Lemaître, l'inventeur de la relativité, qui croyait encore en un univers statique, se montra de nouveau réticent. Lors du cinquième congrès Solvay, réuni en 1927 à Bruxelles (Solvay est le nom de l'industriel belge qui finança ces congrès rassemblant l'élite des physiciens et chimistes du monde entier), Einstein confia à Lemaître : « Vos mathématiques sont superbes, mais votre physique est abominable ! », mots qu'il regretta certainement par la suite, dès l'annonce par Hubble de sa découverte, en 1929, que la vitesse d'éloignement d'une galaxie varie bel et bien en fonction de sa distance par rapport à la Voie lactée[1].

Les chemins d'Einstein et de Lemaître se croisèrent à nouveau, cinq ans après leur premier face-à-face au congrès Solvay (fig.). Cette fois, la rencontre se déroula dans la salle de séminaires de l'observatoire du mont Wilson, en Californie, site où Hubble effectua toutes les observations qui menèrent à sa grande découverte. Lemaître exposait sa théorie de l'« atome primitif », et Einstein se trouvait dans le public. À la fin de l'intervention du chanoine belge, le père de la relativité se leva pour déclarer que la théorie de Lemaître était « l'explication de la Création la plus belle et la plus satisfaisante » qu'il eût jamais entendue. Quoique beaucoup moins connu du grand public qu'Einstein, Lemaître se voit aujourd'hui généra-

1. Cette proportionnalité entre la distance d'une galaxie et sa vitesse d'éloignement est appelée aujourd'hui « loi de Hubble ».

lement reconnaître par la communauté scientifique la paternité de la théorie du big bang.

L'abbé Georges Lemaître (ici à côté d'Einstein en 1932, à Pasadena, en Californie) fut, avec Alexandre Friedmann, l'un des premiers à développer un modèle d'univers en expansion. Il est généralement considéré comme le père de l'idée que l'univers est parti d'un état initial extrêmement petit, chaud et dense, qu'il appelait l'« atome primitif ».

LE PAPE ET LE BIG BANG

La découverte que l'univers n'est pas statique, mais en expansion, et que cette expansion implique un début dans le temps, ne peut pas ne pas avoir de profondes répercussions philosophiques et théologiques. L'idée d'un commencement du temps n'est pas sans rappeler la Création (« *Fiat lux !* ») telle que décrite dans la Genèse. En tant que chanoine catholique, Lemaître a souvent été accusé de « concordisme », c'est-à-dire d'avoir été influencé par ses convictions religieuses dans l'élaboration de son travail scientifique. Or c'est loin d'avoir été le cas, comme Lemaître lui-même le précise : « Pour autant que je puisse le discerner, la théorie [du big bang] se situe hors de tout questionnement métaphysique ou religieux. » Pour le physicien, la vocation de la cosmologie en particulier et de la science en général n'est pas de confirmer ou d'infirmer ce qui relève des domaines religieux ou philosophique. Elle se contente de proposer un scénario cohérent, obtenu selon une démarche bien établie qu'on appelle « méthode scientifique », qui permet de décrire de façon cohérente l'ensemble des observations de l'univers dont on dispose à un moment donné.

Pourtant, il ne fallut pas attendre très longtemps pour que l'Église mette à profit la théorie cosmologique pour justifier scientifiquement la Genèse.

En 1951, bien avant que la théorie du big bang ne soit généralement admise par la communauté scientifique (cette acceptation ne vint qu'en 1965, à la suite de la découverte du rayonnement fossile qui baigne tout l'univers), le pape Pie XII (1876-1958) prononça un discours resté célèbre à l'Académie pontificale des sciences, très explicitement intitulé *Les Preuves de l'existence de Dieu à la lumière de la science actuelle de la nature*. Dans ce discours, le pape fit le point sur les dernières découvertes en astrophysique, en physique nucléaire et en cosmologie : « Il semble, en vérité, que la science d'aujourd'hui, remontant d'un trait des millions de siècles, ait réussi à se faire témoin de ce *Fiat lux* initial, de cet instant où surgit du néant, avec la matière, un océan de lumière et de radiation, tandis que les particules des éléments chimiques se séparaient et s'assemblaient en millions de galaxies. » Et le souverain pontife de conclure sans laisser planer aucune ambiguïté : « Ainsi, Création dans le temps ; et, pour cela, un Créateur ; et, par conséquent, Dieu ! »

Choqué par une telle interprétation de découvertes scientifiques dans lesquelles il était directement impliqué, Lemaître demanda audience à Pie XII pour lui faire part de son point de vue selon lequel science et foi ne devaient pas être mêlées. Apparemment, Pie XII l'écouta, car l'année suivante, dans un discours devant un auditoire d'astronomes, le pape n'évoqua plus la création de l'univers, invitant simplement les savants à « acquérir un perfectionnement plus profond de l'image astronomique de l'univers ».

Je suis tout à fait en accord avec la position de Lemaître. Science et foi relèvent de magistères totalement différents, et il ne faut surtout pas mélanger les genres et faire preuve de « concordisme ». La science fonctionne parfaitement bien et atteint le but qu'elle s'est fixé — la connaissance des phénomènes, la découverte des lois physiques qui régissent leur déroulement — sans aucun besoin d'un support philosophique ou spirituel. Les religions, elles, n'ont nul besoin de la science pour exister et prospérer. Toutefois, je suis d'avis que la science et la religion[1] sont des fenêtres différentes et complémentaires d'où contempler la réalité ultime. Parce que l'une comme l'autre constituent une quête de la vérité, leurs manières d'envisager le réel ne devraient pas déboucher sur une opposition irréductible, mais, au contraire, sur une harmonieuse complémentarité. Comme le physicien allemand Werner Heisenberg (1901-1976) l'a écrit : « Je considère que l'ambition de dépasser les contraires, incluant une synthèse qui embrasse la compréhension rationnelle et l'expérience mystique de l'unité, est le *mythos*, la quête, exprimée ou inexprimée, de notre époque[2]. »

1. De tradition bouddhiste, je préfère le mot « spiritualité » au mot « religion », car le concept d'un Dieu créateur n'existe pas dans le bouddhisme !

2. Werner Heisenberg, *Across the Frontiers*, Harper and Row, 1974, chap. 3, « Wolfgang Pauli's Philosophical Outlook ».

L'UNIVERS N'A PAS DE CENTRE

Avant d'aller plus loin, il nous faut tordre le cou à un mythe persistant à propos de la théorie du big bang. L'expression « big bang » évoque la notion d'une « déflagration » ou d'une « explosion », laquelle est trompeuse : nous songeons à l'éclatement d'une boule de matière très compacte dans un espace préexistant, les galaxies se comportant comme des fragments de matière fuyant le centre de l'explosion, ce qui nous amène inévitablement à nous demander : « Où est le centre de l'univers ? » En fait, la phrase « l'univers est en expansion » ne veut nullement dire qu'il existerait des milliards de galaxies lancées à toute vitesse dans un espace vide, immobile et immuable, qui aurait existé de tout temps et dont la présence aurait précédé le big bang. En effet, il nous faut nous rappeler que, dans l'univers d'Einstein, l'espace n'est plus statique, immobile et passif, comme il l'était dans l'univers de Newton. Il devient dynamique, malléable et actif. Dans l'univers du big bang, ce ne sont pas les galaxies qui sont en mouvement dans un espace immobile, mais un espace en expansion qui entraîne des galaxies au repos avec lui.

Imaginez que vous cuisiez au four un gâteau aux raisins. Au fur et à mesure que la pâte gonfle, la surface du gâteau augmente, et les raisins incrustés dans la pâte s'éloignent les uns des autres. Ou bien soufflez dans un ballon décoré d'étoiles en papier. La surface du ballon qui se gonfle croît, et toutes les étoiles qui y figurent s'éloignent les unes des autres. De la même manière que la surface du gâteau ou du ballon augmente, de l'espace nouveau est constamment créé dans l'univers, et les distances entre les galaxies croissent au fur et à mesure que le temps passe. De la même façon que les raisins sont immobiles dans le gâteau et que les étoiles de papier sont fixes à la surface du ballon, les galaxies sont immobiles dans l'espace. Tout le mouvement vient de la surface du gâteau ou de celle du ballon, tout comme c'est l'espace lui-même qui est en expansion. De même que la vitesse des galaxies augmente proportionnellement à leurs distances les unes par rapport aux autres, les raisins ou les étoiles de papier verront leurs homologues s'éloigner d'autant plus vite qu'ils sont plus distants les uns des autres.

Ainsi, les galaxies ne « fuient » pas la Voie lactée. Elles se fuient les unes les autres. Le mouvement d'expansion de l'univers est tel que les habitants de chaque galaxie, s'ils existaient, verraient exactement le même paysage que nous. Eux aussi verraient les galaxies les fuir, et eux aussi auraient l'illusion d'être au centre du monde. Parce que tout est centre, rien n'est centre ! Si le big bang avait vraiment été une concentration de matière ayant explosé depuis un centre, il y aurait des galaxies près du point central, et d'autres situées près du bord. Un habitant vivant dans une des galaxies situées près du bord verrait un ciel radicalement différent selon la direction vers laquelle il pointerait son télescope : en direction du centre il verrait une grande densité de galaxies, et dans la direction opposée un vide total. Or, cela est totalement contraire à l'aspect du ciel : l'univers apparaît le même quelle que soit la direction dans laquelle on regarde. Ainsi, il ne faut plus se demander où, dans l'univers, nous pouvons trouver ce fameux « point » où tout a commencé, l'emplacement de l'explosion originelle. Cette question-là n'a pas de sens.

LE PÈRE DU ROMAN POLICIER ET LE PARADOXE DE LA NUIT NOIRE

L'avènement de la théorie du big bang fournit aussi la clé d'un paradoxe que nous avons déjà rencontré et qui occupa l'esprit des hommes pendant des siècles : celui de la nuit noire.

Nous avons vu que, en 1610, c'est parce que la nuit est noire que Kepler avait opté pour un univers fini, et ce malgré le dérangeant paradoxe que constituait l'idée du « bord » d'un univers fini (les géométries non euclidiennes, avec des espaces courbes permettant de résoudre ce paradoxe, n'avaient pas encore vu le jour). Si l'astronome allemand rejetait l'hypothèse d'un univers infini, c'est qu'il en avait déduit très justement qu'un tel univers aurait contenu une infinité d'étoiles aussi brillantes que le Soleil. Où qu'il se portât dans le ciel, le regard aurait toujours rencontré la surface d'une étoile, comme la vue est inévitablement arrêtée par un tronc d'arbre au beau milieu d'une forêt (illustr. 10-11). Le ciel aurait donc dû être aussi brillant la nuit que le jour. Or il n'en est rien, et l'univers devait donc être fini.

La thèse d'un univers infini refit surface en 1687 avec Newton, qui cherchait à éviter que la gravitation universelle ne fasse s'effondrer tout le contenu de l'univers en une grande masse centrale. Ce qui remit le paradoxe de la nuit noire sur le tapis. Plusieurs explications furent alors avancées pour expliquer le fait que la nuit n'est pas aussi lumineuse que le jour. Entre autres, le médecin et astronome amateur allemand Heinrich Olbers (1758-1840), reprenant une idée du Suisse Jean-Philippe de Chéseaux, suggéra en 1823 que la lumière des étoiles devait être absorbée au cours de sa trajectoire dans l'espace. Le ciel était noir parce que la lumière des étoiles était en somme atténuée. Cette explication ne pouvait être la bonne, car tout ce qui est absorbé doit être réémis ; la lumière ne se perd pas. L'énigme, aujourd'hui connue sous le nom de « paradoxe d'Olbers », demeurait entière.

En 1848, l'écrivain et poète américain Edgar Allan Poe (1809-1849) (fig.), père du roman policier, a une intuition fulgurante. Dans son poème en prose « Eurêka[1] », il avance une

1. Edgar Allan Poe, « Eurêka », dans *Contes, essais, poèmes*, Laffont, traduit par Charles Baudelaire, Bouquins, 1989.

solution radicalement nouvelle au paradoxe de la nuit noire. La nuit n'est pas aussi brillante que le jour non parce que l'univers est limité dans l'espace, comme le pensait Kepler, mais parce qu'il l'est dans le temps. En d'autres termes, il n'est pas éternel et a eu un commencement dans le passé. Et, parce qu'il est limité dans le temps, la lumière des objets célestes les plus lointains n'a pas eu le temps de nous parvenir, et nous ne voyons que de l'espace noir dans leur direction. « La seule manière de rendre compte des vides que trouvent nos télescopes dans d'innombrables directions est de supposer cet arrière-plan invisible placé à une distance si prodigieuse qu'aucun rayon n'ait jamais pu parvenir jusqu'à nous », écrit Poe. Le poète avait compris que la lumière, quoique voyageant à la plus grande vitesse possible dans l'univers — 300 000 kilomètres par seconde —, met du temps pour nous parvenir, et que nous voyons toujours les objets célestes avec retard. Par exemple, la lumière de la galaxie Andromède, compagne de la Voie lactée, qui nous parvient maintenant, en est partie il y a plus de deux millions d'années, quand les premiers hommes arpentaient la brousse africaine. Poe avait ainsi trouvé la clé de l'énigme de la nuit noire. Mais les scientifiques n'ont pas pour habitude de s'inspirer des poètes pour élaborer leurs théories, et la proposition de l'écrivain resta lettre morte.

Il fallut attendre l'avènement de la théorie du big bang en 1965. Celle-ci confère un début à l'univers et étaie l'intuition prémonitoire de Poe par une base scientifique solide. La nuit est noire parce qu'il n'y a pas assez d'étoiles pour remplir le ciel de lumière. Le nombre d'étoiles est limité, non parce que l'univers est limité dans l'espace, mais parce que nous ne voyons pas tout l'univers. Parce que celui-ci a eu un début et parce que la propagation de la lumière n'est pas instantanée, seule nous parvient la lumière des étoiles et galaxies situées à l'intérieur d'une certaine sphère-horizon. Comme le marin à bord de son bateau ne voit plus rien au-delà de l'horizon, l'astronome ne peut plus rien voir au-delà d'une certaine distance. Par ailleurs, le nombre des étoiles est limité, car elles ne vivent pas éternellement. La vie des étoiles lumineuses est courte par rapport à l'âge de l'univers. L'espace de quelques millions d'années, voire de quelques milliards d'années, et les voilà qui s'en vont ! Enfin, l'expansion de l'univers ajoute à cela sa petite contribution : au fur et à mesure que les distances entre les galaxies augmentent, la lumière perd de plus en plus d'énergie pour nous parvenir, rendant les galaxies moins lumineuses. L'énergie lumineuse dans la sphère-horizon diminuant, l'opacité de la nuit s'accroît. Ainsi, nous devons le merveilleux spectacle du firmament étoilé par une belle nuit noire au fait que l'univers a eu un début et que les étoiles lumineuses ne vivent pas éternellement.

Quel est le rayon de la sphère-horizon au-delà de laquelle la lumière n'a plus le temps de nous parvenir ? L'âge de l'univers étant de 13,7 milliards d'années, nous pouvons penser que ce rayon est de 13,7 milliards d'années-lumière. En effet, la distance d'un objet céleste proche, exprimée en années-lumière, est numériquement égale au temps mis par sa lumière pour nous parvenir. Ainsi, la lumière que nous recevons aujourd'hui d'une galaxie située à 20 millions d'années-lumière est partie de cette galaxie il y a 20 millions d'années. Mais cette relation n'est exacte que si l'univers est statique. Elle ne l'est plus si l'univers est en expansion, ce qui est le cas. Pour une galaxie située à 20 millions d'années-lumière, la déviation est très faible, dans la mesure où la distance dont l'a éloignée l'expansion de l'univers est négligeable, le temps de 20 millions d'années étant relativement court par rapport à l'âge de l'univers. Mais, pour des objets éloignés de plus de quelque 200 millions d'années-lumière, la distance supplémentaire due à l'expansion de l'univers doit être prise en compte. Ce qui fait que la lumière d'une galaxie située aujourd'hui à une distance de 47 milliards d'années-lumière de la Terre a été émise alors qu'elle était située à 13,7 milliards d'années-lumière, distance maximale que la lumière a pu parcourir pendant l'existence de l'univers. La lumière d'étoiles et de galaxies plus lointaines n'a pas eu le temps de nous parvenir. Le rayon de l'univers observable est donc de 47 milliards d'années-lumière.

IV

L'INFINITÉ DE L'UNIVERS DÉPEND DE SON CONTENU : MATIÈRE LUMINEUSE, MATIÈRE NOIRE ET ÉNERGIE NOIRE

LA COURBURE DE L'UNIVERS ET SON DESTIN

Ayant établi que l'univers a eu un commencement dans le temps, que ce temps est fini et mesurable, en d'autres termes qu'il possède un passé qui n'est pas infini, il est normal que nous nous penchions à présent sur son futur. Ce futur sera-t-il fini ou infini ? L'univers aura-t-il une vie éternelle ou bien une fin ? Et, si fin il y a, de quelle sorte de fin s'agira-t-il ? L'univers mourra-t-il dans un brasier infernal ou dans une froideur de glace ?

Le principe cosmologique a éliminé, nous l'avons vu, toute une variété d'univers possibles, ceux qui ne sont ni homogènes ni isotropes. Malgré cette grande simplification, plusieurs scénarios cosmologiques demeurent néanmoins possibles. Tous sont caractérisés par un univers en expansion parti d'un état extrêmement petit, chaud et dense. Toutefois, ils diffèrent par la courbure de leur espace.

Lors de notre incursion dans le monde des géométries non euclidiennes, nous avons déjà fait connaissance avec les différentes formes que l'espace peut prendre. Rappelons que l'univers peut avoir une courbure positive comme celle de la surface d'une sphère (l'analogie n'est pas rigoureusement exacte, car la surface d'une sphère est à deux dimensions, alors que l'espace est à trois dimensions, mais elle permet de stimuler notre intuition), négative comme celle de la surface d'une selle de cheval, ou nulle comme celle de la surface d'une nappe de table. La réponse à notre question du début — l'univers est-il fini ou infini ? — est simple et directe si l'univers a une courbure positive : un univers courbé positivement (celui décrit par la géométrie riemannienne) est fini, tout comme la surface d'une sphère est finie. En revanche, la réponse pour un univers de courbure négative (celui décrit par la géométrie de Lobachevski-Bolyai) ou nulle (celui décrit par la géométrie euclidienne) n'est pas si simple. Dans ce cas, les deux réponses sont possibles. Ainsi, un univers de courbure nulle peut être infini, à l'instar d'une nappe qui s'étendrait indéfiniment dans toutes les directions. Mais il peut aussi bien être fini. Pour comprendre, imaginons que nous joignions les deux bouts d'une nappe : celle-ci prend alors la forme d'un cylindre. En procédant à cette opération, nous n'avons en rien changé la courbure de la nappe, nous avons seulement changé sa « topologie », c'est-à-dire que nous l'avons fait passer d'une forme à une autre sans découpage ni déchirure. En fait, la surface d'un cylindre possède elle aussi une géométrie euclidienne, c'est-à-dire qu'elle a une courbure nulle, tout comme une surface plane. Nous pouvons continuer à modifier la forme du cylindre : nous pouvons décider de coller ensemble ses deux extrémités. Nous obtenons alors un objet de la forme d'une bouée ou d'une chambre à air, ce qu'on appelle un « tore », lui aussi de courbure nulle (fig.). La surface du tore est finie, mais, pour autant, elle ne possède pas de bord. Une fourmi qui ferait le tour du tore se retrouverait à son point de départ, ce qui veut dire qu'un espace de courbure nulle peut aussi être fini. La leçon à retenir de cet exercice est donc : un univers de courbure négative ou nulle peut être fini ou infini ; tout dépend de sa topologie[1].

Le destin d'un univers dont le contenu est dominé par la matière ne se lit ni dans les cartes ni dans une boule de cristal. Il est lié à sa courbure.

La relativité générale nous dit sans ambiguïté qu'un univers fermé, de courbure positive, dont la densité est dominée par la matière, aura une expansion qui décélérera de plus en plus dans le futur. Il atteindra un jour un rayon maximum, puis s'effondrera sur lui-même. En se contractant, l'univers deviendra de plus en plus chaud et dense. Les galaxies, au lieu de s'éloigner les unes des autres, se rapprocheront de plus en plus, fusionneront et perdront leur identité. Les étoiles

1. Jean-Pierre Luminet et Marc Lachièze-Rey, *De l'infini… mystères et limites de l'univers*, Dunod, 2005.

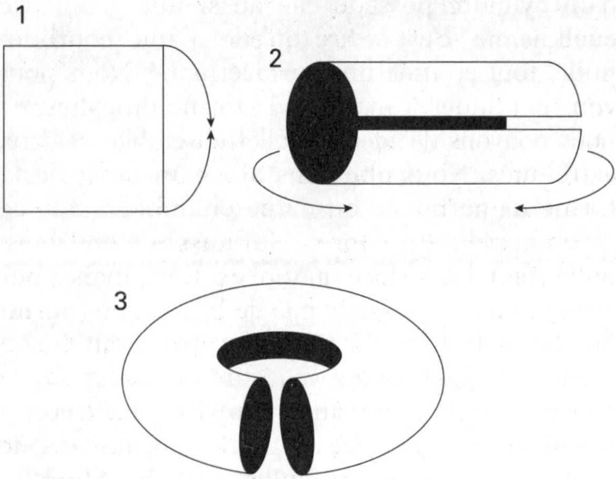

Une feuille de papier plane a une courbure nulle, et sa surface peut s'étendre à l'infini. (1) Collons ensemble les deux bords opposés. (2) Nous obtenons un cylindre, de topologie autre, mais toujours de courbure nulle. (3) Joignons maintenant les deux bouts du cylindre ; nous obtenons un tore, de topologie autre encore, mais toujours de courbure nulle. Bien que n'ayant pas de limites, la surface du tore est finie. De même, un univers de courbure nulle peut être infini comme un plan ou fini comme un tore : tout dépend de sa topologie.

se volatiliseront en gerbes de protons, de neutrons, d'électrons et de photons. L'univers retrouvera presque son visage d'enfant : océan de lumière et de particules, comme jadis, mais parsemé de nombreux trous noirs, cadavres des étoiles d'antan. L'univers mourra dans un brasier infernal, une sorte de big bang à l'envers appelé « big crunch » (grand écrasement).

En revanche, un univers ouvert, de courbure

négative, connaîtra une expansion éternelle : il continuera à se diluer et à se refroidir de plus en plus, toutes les étoiles s'éteindront, et il mourra dans des ténèbres glacées. À la fantastique apothéose de lumière et de chaleur et au feu de l'enfer d'un univers fermé se substituera la froideur désolée d'un univers ouvert.

Enfin, un univers plat, de courbure nulle, est intermédiaire entre un univers fermé et un univers ouvert : son expansion décélérera de plus en plus et ne s'arrêtera qu'après un temps infini. Lui aussi mourra dans une froideur de glace.

C'était le paradigme qui régnait en cosmologie jusqu'en 1998, quand un coup de tonnerre vint troubler le ciel de la cosmologie : on découvrit alors que l'expansion de l'univers était en accélération et qu'environ 70 % de son contenu sont constitués non pas de matière, mais d'une mystérieuse « énergie noire » qui n'est ni matière ni lumière, et dont la nature reste totalement inconnue. Je décrirai plus tard comment certaines des conclusions précédentes vont être modifiées par cette extraordinaire découverte.

DRESSER L'INVENTAIRE DE L'UNIVERS

Mais, pour l'instant, reprenons le cours de l'histoire. On pensait donc que, pour connaître le destin de l'univers, il nous fallait mesurer la courbure de son espace. Mais comment procéder ? Les équations de la relativité générale viennent ici à la rescousse. Elles nous disent que la courbure de l'espace dépend du contenu total de matière et d'énergie de l'univers. Elles nous révèlent qu'il existe une densité critique de matière et d'énergie égale à environ la masse de cinq atomes d'hydrogène, soit seulement 10^{-23} gramme par mètre cube, qui départage les différents types d'univers. Cette densité critique est extrêmement faible. Elle est des centaines de milliards de milliards de milliards de fois inférieure à celle de l'eau. Vous obtiendriez cette densité si vous répartissiez la quantité de matière d'une goutte d'eau de manière uniforme dans un volume égal à celui de la Terre ! Ainsi, la relativité nous apprend qu'il suffit qu'un univers contienne en moyenne plus de cinq atomes par mètre cube pour être courbé positivement. Qu'il en contienne moins, et il est courbé négativement. Qu'il ait juste la densité critique, et sa courbure est nulle.

Vous vous dites qu'avec les centaines de milliards de galaxies peuplant l'univers observable, chacune contenant des centaines de milliards de Soleils, l'univers doit certainement posséder en moyenne plus de cinq atomes par mètre cube, qu'il est donc courbé positivement et qu'il est fini. Mais la réponse n'est pas si évidente, car même si la quantité de matière lumineuse que nous détectons avec nos télescopes est énorme, le volume d'espace de l'univers est lui aussi colossal !

Pour en avoir le cœur net, il nous faut donc

dresser soigneusement l'inventaire du contenu de l'univers. S'il nous fallait compter étoiles et galaxies une à une, des vies entières n'y suffiraient pas. Heureusement, le principe cosmologique vient à notre secours. Puisque l'univers est uniforme, il nous suffit de faire l'inventaire de la masse et de mesurer la densité moyenne de matière autour de nous. Ni la Terre, ni le Soleil, ni la Voie lactée, ni le Groupe local de galaxies (incluant la Voie lactée, Andromède et une quarantaine de galaxies naines) ne constituent des endroits privilégiés ou spéciaux. Ces mêmes structures sont reproduites à des milliards d'exemplaires dans l'immensité de l'univers. Notre canton d'univers n'a rien de particulier. La densité moyenne de matière dans le reste de l'univers doit être la même que celle de notre proche voisinage. Il n'en faut pas moins veiller à répertorier le contenu d'un volume assez représentatif du reste de l'univers, volume qui devrait s'étendre à des centaines de millions d'années-lumière.

QUELQUE CHOSE D'OBSCUR DANS L'UNIVERS

Par une belle nuit claire, en rase campagne, loin du bruit et de la fureur des hommes et de la pollution lumineuse des villes, étendez-vous sur le doux lit d'une prairie et levez vos yeux vers le ciel. Vous serez éblouis par la magnificence du spectacle. Des milliers de points lumineux, disséminés sur la voûte céleste d'un noir d'encre, brillent de tous leurs feux. Vous avez l'impression que l'univers doit être rempli de matière lumineuse. Et pourtant, cette impression est bien trompeuse ! C'est en étudiant les mouvements des étoiles et des galaxies que les astrophysiciens ont découvert l'envers de la lumière : les ténèbres. Ils se sont aperçus que la matière lumineuse ne constitue qu'une fraction infime du contenu total, en masse et énergie, de l'univers, et que nous vivons dans un univers dominé par les ténèbres. Ils ont montré que nous vivons dans un « univers-iceberg » dont la partie émergée ne représente qu'une très faible partie du tout.

Commençons notre inventaire du contenu en matière lumineuse de l'univers. Viennent d'abord les étoiles et les galaxies, faites de matière ordinaire, c'est-à-dire de protons, de neutrons et d'électrons, comme vous et moi. Elles sont faciles à recenser, car nous les voyons de nos yeux et grâce à nos télescopes. L'univers observable contient quelque 400 milliards de galaxies, chacune contenant des centaines de milliards de Soleils. Malgré ces chiffres... astronomiques, la matière lumineuse des étoiles et des galaxies ne contribue que pour un minuscule 0,5 % à la densité critique de l'univers (celle qui correspond à un univers de courbure nulle) ! Cela veut-il dire que l'univers est ouvert, qu'il n'existe pas assez de matière pour que la gravité freine son expansion et le fasse s'effondrer sur lui-même ? En fait, la situation n'est pas si simple, car les astrophysiciens ont découvert qu'il existe beaucoup plus de matière que nous n'en voyons !

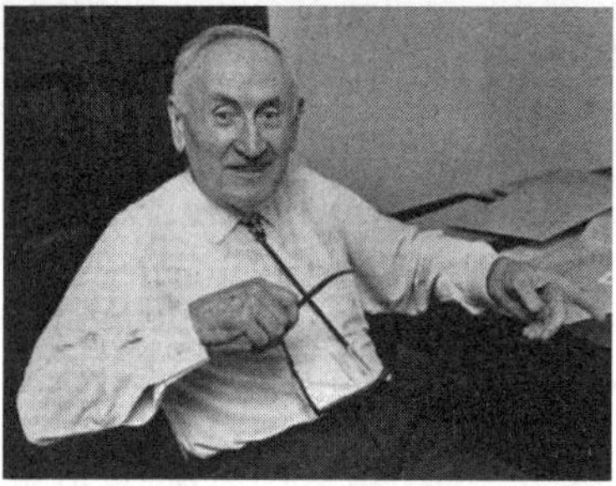

L'histoire commence en 1933 quand l'astronome américano-suisse Fritz Zwicky (1898-1974) (fig.), travaillant au California Institute of Technology (Caltech), se penche sur l'étude des mouvements des galaxies dans l'amas de Coma (illustr. 15), ensemble de plus d'un millier de galaxies liées par la gravité. Les galaxies se déplacent à une vitesse d'un millier de kilomètres par seconde au sein de cet amas, et Zwicky s'aperçoit que ces mouvements ne tarderaient pas à les faire se disperser dans l'espace intergalactique, et que l'amas aurait tôt fait de se désagréger s'il n'y avait, en dehors de la masse lumineuse des galaxies, une source additionnelle de gravité exercée par une masse noire de nature inconnue, qui n'émet aucune lumière visible, mais aide à retenir les galaxies dans l'amas.

Depuis la découverte de Zwicky, la matière noire n'a cessé de se manifester dans toutes les structures connues de l'univers. On la rencontre aussi bien dans les chétives galaxies naines que dans la Voie lactée ou dans les amas de galaxies. Son omniprésence obsède les astrophysiciens. La raison de sa présence est toujours la même : elle doit exister pour empêcher la dislocation des majestueuses structures de l'univers telles que galaxies ou amas de galaxies. Ainsi, dans les galaxies spirales, les étoiles et le gaz tournent vite (à plus de 200 kilomètres par seconde) dans le plan galactique, et la force centrifuge aurait dû les éjecter, faisant se désagréger la galaxie. Or les galaxies spirales continuent à orner la voûte céleste, nous ravissant par leur splendeur. Il faut donc de la matière noire, qui n'émette aucun rayonnement et se manifeste seulement par sa gravité, pour que la galaxie ait assez de gravité pour retenir ses étoiles. De même, la présence d'une masse noire est nécessaire pour que les amas de galaxies ne se désagrègent pas. Pour que galaxies et amas ne se disloquent pas, il faut que cette masse noire soit environ cinquante fois plus importante que la masse lumineuse !

DES MIRAGES COSMIQUES ET UN UNIVERS DOMINÉ PAR LA MATIÈRE NOIRE

Mais la masse noire se limite-t-elle aux galaxies de 100 000 années-lumière de diamètre et aux amas de galaxies d'une dizaine de millions d'années-lumière de diamètre ? Existe-t-elle à de plus grandes échelles ? Les plus vastes structures de matière de l'univers liées par la gravité sont les superamas de galaxies, qui contiennent des dizaines de milliers de galaxies et s'étendent sur des centaines de millions d'années-lumière. La majorité des galaxies se retrouvent dans ces superamas. Ainsi, notre Voie lactée fait partie du superamas de la Vierge, dont le centre se situe à quelque 60 millions d'années-lumière de nous. Comment traquer la masse noire à de telles échelles ? La relativité vient de nouveau à notre secours.

Une des révélations les plus extraordinaires de la théorie d'Einstein est assurément le fait que la matière courbe l'espace. Einstein s'est rendu compte dès 1936 que si la lumière suit les courbures de l'espace, elles-mêmes dictées par le champ de gravité d'objets célestes, comme les étoiles, il doit exister des « mirages gravitationnels » : le physicien démontre que, si deux étoiles sont alignées avec la Terre, la lumière de l'étoile la plus éloignée doit, pour nous parvenir, traverser le champ de gravité de l'étoile la plus proche, donc l'espace courbe qui l'entoure ; ce faisant, sa lumière est déviée. Cette déviation entraîne une démultiplication de l'image de l'étoile éloignée : outre son image habituelle de point lumineux, il doit exister une seconde image, en forme d'anneau lumineux, entourant ce point de lumière. Cette seconde image serait une sorte de mirage de la première « vraie » image, tout comme la belle oasis où le voyageur assoiffé espère se désaltérer n'est, à son grand désespoir, que le mirage d'une vraie oasis éloignée de centaines de kilomètres. L'anneau lumineux, en réalité, n'existe pas. Comme le mirage de l'oasis résulte de la déviation de la lumière de la vraie oasis par l'atmosphère surchauffée planant au-dessus du désert, le mirage de l'anneau résulte de la déviation de la lumière de l'étoile éloignée par le champ de gravité de l'étoile plus proche : d'où son nom de « mirage gravitationnel ». L'étoile proche est une « lentille gravitationnelle » : comme les lentilles de vos lunettes, elle dévie et focalise la lumière.

Einstein estima qu'un tel alignement de deux étoiles avec la Terre était par trop improbable, que les mirages gravitationnels n'existaient que dans son imagination fertile et qu'ils resteraient toujours à l'état d'entités théoriques. C'était oublier la merveilleuse inventivité de la nature. En 1937, Fritz Zwicky, encore lui, se rend compte que les galaxies et amas de galaxies constitueraient de bien meilleures lentilles gravitationnelles que les étoiles, et ce pour deux raisons. D'une part, comme ils sont beaucoup plus étendus, la lumière des objets lointains a davantage de chances d'être interceptée et déviée par ces objets. D'autre part, parce qu'ils sont plus massifs (les galaxies ont une masse de quelque 1 000 milliards de masses solaires, en comptant la masse noire, et les amas de galaxies sont encore environ 1 000 fois plus massifs), leur champ de gravité est autrement plus intense que celui d'une étoile. L'espace est ainsi plus courbé, et la lumière plus déviée.

Zwicky était sur la bonne voie. Aujourd'hui, les astronomes ont répertorié maints mirages cosmiques de divers objets dans l'espace, avec des galaxies ou des amas de galaxies agissant comme lentilles gravitationnelles (illustr. 16-17). L'intuition d'Einstein s'est donc révélée juste. De nos jours, l'étude des lentilles gravitationnelles est devenue un domaine florissant des recherches en astrophysique. Leur découverte a donné un sérieux coup de fouet à la traque de la masse noire sur très grande échelle. La raison en est que la trajectoire de la lumière des astres lointains est influencée non seulement par le champ de gravité de la lentille, mais également par celui de toute matière intergalactique invisible susceptible de s'interposer entre l'astre et la lentille, d'une part, entre la lentille et la Terre, d'autre part. En analysant par des méthodes statistiques la forme de dizaines de milliers de galaxies lointaines, les astrophysiciens ont pu confirmer que la matière visible et invisible de l'univers est répartie en une immense toile cosmique dotée de structures gigantesques en forme de crêpe, de filaments et de murs de galaxies s'étendant sur des centaines de millions d'années-lumière et entourant des espaces vides tout aussi gigantesques. De nouveau, le verdict est sans appel : la matière noire est environ cinquante fois plus abondante que la matière lumineuse. Elle constitue en tout et pour tout 28,5 % de la densité critique, soit la très grande part (environ 98 %) du contenu matériel de l'univers.

Fritz Zwicky avait soulevé là un sacré lièvre ! J'ai connu Zwicky quand je faisais mes études de *bachelor* (équivalant à la licence française) au Caltech, à la fin des années 1960. C'était à coup sûr un scientifique de très haut niveau, dont les travaux ont eu un impact considérable en astronomie. Outre la découverte de la masse noire, on lui doit l'annonce en 1933 (avec l'astronome germano-américain Walter Baade) de l'existence des étoiles à neutrons, lesquelles ne furent aperçues sous la forme de pulsars qu'en 1967, ou encore la découverte de nombreuses supernovæ (morts explosives d'étoiles massives) et de galaxies (en particulier les galaxies naines bleues compactes qui constituent aujourd'hui mon principal sujet de recherches). C'était aussi un personnage haut en couleur, de caractère pas toujours facile. Il était brusque avec les étudiants, et je l'ai vu démolir en public des collègues par des propos enflammés (il ne se privait pas de les attaquer aussi violemment par écrit), affirmant de manière péremptoire que leurs travaux ne valaient rien, qu'ils ne faisaient que ressasser ou recopier ses propres travaux ! Ce qui ne le faisait guère aimer de ses collègues et des étudiants : il était relégué dans un bureau au dernier sous-sol du bâtiment qui abritait le département d'astronomie au Caltech, le plus à l'écart possible de tous les autres professeurs. Zwicky le leur rendait bien : il aimait à qualifier ses collègues de « salauds sphériques », ceux-ci restant des « salauds » quel que fût l'angle sous lequel on les considérait !

DE LA MATIÈRE NOIRE ORDINAIRE

Nous vivons donc dans un univers-iceberg dont la quasi-totalité de la matière n'est pas directement accessible à nos instruments. Mais il existe une différence fondamentale entre l'iceberg et l'univers : nous savons de quoi est faite la masse immergée de l'iceberg, alors que la nature de la matière noire reste un formidable défi pour l'esprit humain. Le vertige dissipé, nous devons nous ressaisir pour essayer d'en savoir plus long sur cette mystérieuse substance noire.

Cerner la nature de la masse noire n'est certes pas chose aisée. Privé de lumière, l'astronome est littéralement... dans le noir ! Par chance, la nature nous fournit un moyen totalement indépendant pour mesurer le contenu de l'univers en matière ordinaire, celle qui est composée de protons et de neutrons, et qui constitue les hommes, les pétales de rose et les tableaux de Monet. Pendant les trois premières minutes de son existence, l'univers s'est servi des briques de matière que sont les protons et les neutrons pour fabriquer les noyaux atomiques des trois éléments chimiques les plus légers de l'univers : des noyaux d'hydrogène composés d'un seul proton, des noyaux de deutérium composés d'un proton et d'un neutron, des noyaux d'hélium (le gaz qui fait monter les ballons des enfants haut dans le ciel et qui, inhalé, vous donne une voix nasillarde) composés de deux protons et de deux neutrons. Il suffit de mesurer les quantités totales de deutérium et d'hélium par rapport à celle d'hydrogène pour connaître la quantité totale de matière ordinaire que contient l'univers. C'est comme si vous concoctiez une omelette : de la taille de l'omelette (l'abondance des éléments légers, dans notre cas), vous pouvez déduire la quantité d'œufs (ici, la quantité de protons et de neutrons) qui a été nécessaire à sa fabrication. J'ai passé de longues années de ma vie professionnelle à déterminer l'abondance primordiale de l'hélium. La mesure de l'abondance des éléments légers nés dans les premières minutes de l'univers nous dit que la matière « ordinaire » — celle qui est faite de protons et de neutrons — ne représente en tout et pour tout que 5 % de la densité critique. Or nous avons vu que la matière lumineuse dans les étoiles et les galaxies n'y contribue que pour 0,5 %. Qu'est-ce qui peut constituer les 4,5 % restants ?

Les astrophysiciens ont découvert que l'espace entre les galaxies assemblées en groupes de dizaines ou en amas de milliers de galaxies regorge de gaz (composé en grande partie d'hydrogène et d'hélium) chaud, porté à des températures d'environ un million de degrés, et qui émet de copieuses doses de rayons X (illustr. 18). En dehors des groupes et des amas de galaxies, il existe aussi dans l'espace intergalactique de nombreux nuages d'hydrogène et d'hélium, considérablement plus froids, atteignant la température frigorifique de quelque – 170 degrés Celsius. En additionnant tout le gaz chaud présent dans les groupes et les amas, et tout le gaz froid présent dans l'espace intergalactique, nous arrivons bien à un total de l'ordre de 4,5 % de matière noire ordinaire.

DE LA MATIÈRE NOIRE EXOTIQUE

Les abondances en éléments légers nous disent que la matière ordinaire — celle faite de protons et de neutrons — constitue en tout et pour tout 5 % du contenu matériel de l'univers. Ce constat pose problème. En effet, les mouvements des galaxies au sein des amas et les mirages cosmiques nous disent que la matière (visible et invisible) constitue non pas 5 %, mais (0,5 % + 28,5 % =) 29 % du contenu de l'univers ! Comment concilier ces deux observations apparemment contradictoires ? Nous sommes bien obligés de recourir à une solution radicale : il nous faut postuler que 24 % du contenu de l'univers ne sont pas constitués par de la matière ordinaire, celle que nous pouvons détecter grâce à nos instruments actuels, mais par une nouvelle forme de matière — dite « exotique » — qui n'a jamais été détectée à l'aide de ces instruments. Cette matière exotique n'existerait ni en vous, ni en moi, ni dans les pots de fleurs, ni dans le livre que vous tenez entre vos mains, ni dans aucune des choses de la vie. Elle n'entrerait pas dans l'élaboration de l'hydrogène, de l'hélium et du deutérium, et n'affecterait donc pas leurs abondances primordiales.

Nous n'avons pour l'instant aucune idée de la nature précise de cette matière noire exotique. Pourtant, l'astronome n'est pas totalement dépourvu d'informations à son sujet. Il est arrivé malgré tout à cerner certaines des propriétés de cette mystérieuse matière. Et cela en concoctant des univers virtuels grâce à des ordinateurs. L'astronome s'est rendu compte que, afin de reproduire l'architecture cosmique — de grands murs de galaxies qui s'étendent sur des centaines de millions d'années-lumière, bordant des vides tout aussi vastes dans l'espace —, les univers virtuels doivent contenir de la matière exotique sous la forme de particules subatomiques très massives, se déplaçant lentement (on dit que c'est de la matière « froide », la température étant liée au mouvement), interagissant très faiblement avec la matière ordinaire, et aucunement avec la lumière. Les physiciens ont baptisé ces particules hypothétiques de noms plus étranges et poétiques les uns que les autres : axion, squark, photino, neutralino, zino, higgsino, etc. Elles sont désignées sous le terme générique de WIMP, acronyme de *Weakly Interacting Massive Particles*, « particules massives interagissant très faiblement ». D'après certaines théories dites de « grande unification », qui essaient de fondre les quatre forces fondamentales de la nature en une seule, ces particules seraient nées dès les premières fractions de seconde après le big bang. Elles seraient partout dans l'univers, aussi bien dans la pièce où vous lisez ce livre que dans les immenses espaces intergalactiques.

Les physiciens se sont mis fébrilement à traquer ces particules. Ils ont construit des détecteurs qu'ils ont installés profondément sous terre, dans des mines ou des tunnels. Pourquoi sous terre ? Pour filtrer les rayons cosmiques composés de protons et d'électrons provenant du Soleil et d'autres objets célestes, qui viennent bombarder en permanence notre planète et rendent difficile la détection des WIMPs. Ces rayons cosmiques sont absorbés par la croûte terrestre, alors que les WIMPs, interagissant fort peu avec la matière ordinaire, la traversent allégrement.

Malheureusement, jusqu'ici, ces efforts n'ont pas été récompensés et aucun WIMP n'a jamais été détecté, malgré un travail acharné. Pour l'heure, les WIMPs n'existent que dans l'imagination fertile des physiciens. Mais un espoir se profile à l'horizon : le plus grand et le plus puissant accélérateur de particules du monde actuel, le Large Hadron Collider (LHC), à Genève, est entré en action en 2009 (illustr. 19-20) ; quand il sera au maximum de sa puissance, il pourra reproduire la fantastique énergie de l'univers à un millième de milliardième (10^{-12}) de seconde après le big bang. Puisqu'une grande énergie équivaut à une grande masse (selon la formule $E = mc^2$ d'Einstein), le LHC pourra peut-être mettre en évidence ces WIMPs ultra-massifs, s'ils existent, et dissiper le mystère de la matière noire exotique.

Au terme de notre inventaire du contenu matériel de l'univers, il convient de faire le point : nous vivons dans un monde où la matière lumineuse des étoiles et des galaxies contribue pour 0,5 % à la densité critique ; la matière noire ordinaire, faite de protons et de neutrons, pour 4,5 % ; et la matière noire exotique, dont la nature nous reste inconnue, pour 24 % supplémentaires. Le total de ces diverses composantes s'élève à 29 %, soit moins d'un tiers de la densité critique. Ce qui semble vouloir dire que la quantité totale de matière dans l'univers serait très loin de suffire à ce que sa gravité renverse le cours de l'expansion universelle. Notre univers devrait donc être ouvert, et il n'y aurait pas de big crunch en perspective. Son expansion serait éternelle, et il serait infini.

Telle était la situation observationnelle qui prévalait au début des années 1990. Les cosmologues semblaient avoir enfin percé le secret du destin de l'univers, et déterminé son infinitude.

Mais est-ce bien le cas ? En fait, la réponse n'est pas aussi certaine qu'on a bien voulu le dire. En effet, comment être sûr que notre inventaire de la matière de l'univers est complet ? Pour dresser notre inventaire des matières lumineuse et noire, nous nous sommes toujours servis de la lumière des étoiles et des galaxies. Cette lumière nous permet non seulement de décompter leurs populations, et donc de recenser la matière lumineuse, mais aussi de mesurer les mouvements des étoiles et des galaxies, et d'étudier la forme et la brillance des mirages cosmiques, afin de déduire la quantité de matière noire. Mais qu'en serait-il si nous étions bernés par les galaxies ? S'il existait une composante massive, invisible, répartie uniformément dans l'univers, qui ne suivrait pas la distribution des galaxies, qui aurait échappé à toute méthode utilisant le mouvement des galaxies pour mesurer la masse ? Nous nous retrouverions alors dans la situation de l'homme qui, une nuit, perd sa clé quelque part dans la rue, mais s'obstine à ne chercher que sous les réverbères parce que ce sont les seuls endroits éclairés !

POURQUOI L'UNIVERS EST-IL SI HOMOGÈNE ?

C'était sans compter que des nuages noirs à l'horizon assombrissaient le ciel de la cosmologie et jetaient l'ombre d'un doute sur la validité de la théorie du big bang.

Le premier nuage noir concerne une propriété remarquable de l'univers : son extrême homogénéité. Cette propriété, nous l'avons vu, est à la base du principe cosmologique. En quelque direction que vous regardiez, en haut ou en bas, à droite ou à gauche, en avant ou en arrière, les propriétés de l'univers, en particulier sa température, sont les mêmes. On le sait parce qu'il existe un rayonnement fossile apparu quand l'univers était encore tout jeune (380 000 ans), et qui baigne l'univers entier. C'est en quelque sorte la chaleur qui reste du feu primordial. Ce rayonnement fossile nous renseigne sur les propriétés de l'univers à ses débuts. Il possède aujourd'hui la température frigorifique de 3 degrés Kelvin[1], soit – 270 degrés centigrades. Les observations montrent que cette température est d'une extrême homogénéité. Elle ne varie pas de plus de 0,001 % d'un point du ciel à un autre. Comment expliquer cette extraordinaire uniformité de l'univers à ses premiers instants ?

Afin d'homogénéiser leurs températures, les diverses régions de l'espace ont dû échanger des informations par la lumière, le plus rapide moyen de communication dans l'univers. Mais — c'est là le hic ! — il existe une sphère-horizon au-delà de laquelle une région ne peut plus communiquer avec une autre par la lumière, tout comme un marin debout sur le pont du navire ne peut voir au-delà de l'horizon sur l'océan. Le rayon de cette sphère-horizon est égal à la distance que la lumière a eu le temps de parcourir depuis qu'elle a été émise. En d'autres termes, au moment de la naissance du rayonnement fossile, en l'an 380 000, seules des régions séparées de moins de 380 000 années-lumière ont pu échanger des informations et homogénéiser leurs températures. Mais — c'est là le problème — il y avait à cet instant-là des régions de l'espace séparées par bien plus que 380 000 années-lumière, et leurs températures restent toujours les mêmes ! Comment diable des régions si éloignées les unes des autres ont-elles pu coordonner leurs températures sans aucun échange de signaux lumineux ?

1. Sa valeur exacte est 2,725 degrés Kelvin.

La théorie du big bang dans sa version première n'offre aucune explication possible. C'est ce qu'on appelle le problème de l'homogénéité de l'univers, ou de l'horizon cosmique.

POURQUOI L'UNIVERS EST-IL SI « PLAT » ?

Le deuxième nuage noir à envahir le ciel de la cosmologie concerne la géométrie de l'univers. Notre inventaire du contenu matériel de l'univers nous a montré qu'en additionnant toute la matière lumineuse, la matière noire ordinaire et la matière noire exotique nous arrivons à un grand total de 29 % de la densité critique. En d'autres termes, il suffirait que l'univers contienne environ 3,5 fois plus de matière pour qu'il possède une géométrie plate. C'est ce facteur 3,5 qui pose problème : il n'est ni tout petit ni démesurément grand, mais assez proche de 1. L'univers aurait pu avoir une densité des millions ou des milliards de fois plus petite ou plus grande que la densité critique. Mais non ! Il appert que sa densité est plutôt proche de la densité critique. Nous vivons dans un univers qui est « presque » plat.

Pourquoi cela pose-t-il problème ? C'est que la relativité générale nous dit que, si la densité de matière de l'univers à ses débuts est exactement égale à la densité critique, cette égalité parfaite sera maintenue tout au long de l'expansion de l'univers, les deux densités diminuant très précisément au même rythme. En revanche, s'il existe une différence, si minime soit-elle, elle se trouvera amplifiée en un rien de temps par l'expansion de l'univers dans d'énormes proportions. Un univers qui n'est pas absolument plat devient de moins en moins plat au fur et à mesure de son expansion.

Illustrons ceci par un exemple : si la densité de l'univers à ses débuts est très légèrement inférieure à la densité critique, par exemple si elle en représente 99,99 %, la différence entre les deux densités croît si vite que la densité de l'univers ne sera plus que de 0,000000001 % (10^{-11}) de la densité critique après une seconde d'expansion. Au contraire, si elle est très légèrement supérieure à la densité critique, l'expansion va l'amplifier et la portera en un rien de temps à des milliards de fois la valeur de la densité critique. L'équilibre est donc extrêmement délicat, pareil à celui d'un funambule sur une corde raide. Que son corps penche un peu plus d'un côté ou de l'autre, et c'est la chute !

Comment l'univers a-t-il pu accomplir cette prouesse d'équilibriste ? Comment a-t-il pu ajuster si précisément sa densité initiale pour que sa densité actuelle soit si proche de la densité critique ? À nouveau, la théorie standard du big bang n'offre aucune explication. L'astrophysicien lève les bras au ciel en avouant son ignorance. C'est ce qu'on appelle le problème de la platitude de l'univers.

POURQUOI L'UNIVERS EST-IL SI STRUCTURÉ ?

Le troisième nuage noir à assombrir le ciel des scientifiques constitue en quelque sorte le pendant du problème de l'homogénéité de l'univers. Au lieu de se demander pourquoi l'univers est si régulier, l'astrophysicien se demande pourquoi il est si structuré. Tout comme une immense toile pointilliste de Georges Seurat, l'univers nous apparaît différemment suivant la distance à laquelle nous nous plaçons. De loin, nous voyons l'ensemble du tableau de Seurat avec ses couleurs, ses thèmes, ses motifs — les baigneurs à Asnières, les promeneurs du dimanche sur l'île de la Grande-Jatte. C'est seulement en nous rapprochant que nous voyons les personnages et le paysage se décomposer en une multitude de points multicolores. De même, à très grande échelle, sur des zones de l'espace s'étendant sur des milliards d'années-lumière, l'univers nous apparaît comme extraordinairement uniforme, tel que les observations du rayonnement fossile nous l'indiquent. Tous les détails sont abolis. C'est seulement en scrutant l'univers à des échelles moindres que nous voyons apparaître une variété de structures. Heureusement pour nous, car un univers parfaitement uniforme et homogène serait stérile, incapable d'héberger la vie et la conscience, et nous ne serions pas là pour en parler !

Comme pour la toile de Seurat, en nous rapprochant de plus en plus, nous voyons le paysage cosmique se décomposer successivement en détails de plus en plus fins. Tout d'abord surgit une immense tapisserie cosmique faite de murs de galaxies s'étendant sur des centaines de millions d'années-lumière et délimitant des espaces vides tout aussi vastes (illustr. 21). Les murs de galaxies se décomposent ensuite en amas de galaxies de dizaines de millions d'années-lumière, lesquels se décomposent en milliers de galaxies d'une centaine de milliers d'années-lumière de diamètre. Celles-ci se décomposent à leur tour en centaines de milliards d'étoiles de plusieurs millions de kilomètres de diamètre. Chaque étoile trône elle-même au milieu d'un système planétaire d'une dizaine de milliards de kilomètres de diamètre.

Comment l'univers a-t-il pu développer une structure si riche à petite échelle, à partir d'un état initial si uniforme à grande échelle ? Comment la complexité a-t-elle pu émerger de la simplicité ? À nouveau, la théorie du big bang dans sa version la plus sommaire se révèle impuissante à apporter une réponse. C'est ce qu'on appelle le « problème des structures » de l'univers.

UNE VERTIGINEUSE INFLATION DE L'UNIVERS

Ainsi, au début des années 1970, acculée dans ses derniers retranchements, la version standard de la théorie du big bang a commencé à révéler des failles qui menaçaient de faire s'écrouler tout l'édifice. Une solution fut trouvée en 1981 grâce à l'inspiration brillante d'un jeune physicien américain travaillant à l'université de Stanford, Alan Guth (né en 1947). Celui-ci comprit que les problèmes dont pâtissait la théorie du big bang pouvaient être résolus si l'univers avait subi dès les premières fractions de seconde de son existence une expansion vertigineuse qu'il appela « inflation ». Tout comme l'inflation économique d'un pays entraîne la perte de valeur de sa monnaie et une hausse effrénée des prix en un temps limité, l'inflation de l'univers entraîne une formidable dilatation de son volume en un temps incommensurablement court. Selon Guth, au cours de la période inflationnaire qui dure une minuscule fraction de seconde — de 10^{-34} à 10^{-32} seconde —, l'univers va doubler de dimension chaque 10^{-34} seconde. Comme il y a cent intervalles de 10^{-34} seconde dans 10^{-32} seconde, chaque région de l'univers va doubler de taille cent fois de suite. Multipliez 2 × 2 × 2… cent fois, et vous obtiendrez comme résultat que l'univers a vu sa taille croître du facteur inimaginablement élevé d'environ 10^{30} (et son volume, qui est proportionnel au cube du rayon, d'environ un facteur 10^{90} ; les chiffres exacts dépendent des valeurs précises des conditions initiales, lesquelles ne sont pas très bien connues).

Autrement dit, la taille de l'univers croît de façon exponentielle avec le temps. En une minuscule fraction de seconde ($1,1 \times 10^{-32}$ seconde), l'univers passe d'une taille infinitésimalement petite (10^{20} fois inférieure à celle d'un proton) à celle d'une sphère d'environ 10 centimètres de diamètre. Durant cette phase inflationnaire, la vitesse d'expansion de l'univers dépasse allégrement celle de la lumière, ce qui semble *a priori* violer la relativité qui stipule que rien ne peut aller plus vite que la lumière. En fait, la théorie d'Einstein dit que rien ne peut voyager *à travers l'espace* plus vite que la lumière, mais, dans un univers en expansion, nous l'avons vu, c'est l'espace lui-même qui est en mouvement, et rien, dans la relativité, n'interdit à l'espace d'avoir une vitesse d'expansion plus rapide que celle de la lumière. En se diluant, cet espace entraîne les galaxies, au repos par rapport à lui, en les faisant s'éloigner les unes des autres.

L'INFLATION DISSIPE LES NUAGES NOIRS DU BIG BANG

D'un coup de baguette magique, l'inflation va dissiper tous les nuages noirs qui assombrissaient le paysage du big bang, et lui redonner son lustre. Voyons comment.

Pourquoi l'univers est-il si uniforme ? Au début de la phase inflationnaire, à 10^{-34} seconde, l'univers était infinitésimalement petit, de l'ordre de 10^{-33} centimètre, soit des dizaines de millions de milliards de milliards de fois plus petit qu'un atome. Toutes les régions pouvaient communiquer facilement entre elles par la lumière, et coordonner leurs propriétés de manière à être exactement identiques. Cela était possible parce que la sphère-horizon avait à cet instant un rayon égal à 3×10^{-24} centimètre[1], considérablement plus grand que la taille de l'univers. À la fin de la phase inflationnaire, quand l'horloge cosmique sonne $1{,}1 \times 10^{-32}$ seconde, l'univers a enflé d'un facteur de 10^{34} pour atteindre la taille de 10 centimètres. De 10^{-35} seconde à $1{,}1 \times 10^{-32}$ seconde, l'univers a vieilli d'un facteur 1 100, ce qui veut dire que le rayon de la sphère-horizon a lui aussi augmenté de 1 100 fois, à $3{,}3 \times 10^{-21}$ centimètres. Ce rayon est considérablement (des milliers de milliards de milliards [10^{21}] de fois) plus petit que la taille de l'univers à $1{,}1 \times 10^{-32}$ seconde. Les différentes régions de l'univers ne sont plus en contact les unes avec les autres et ne peuvent donc plus coordonner leurs propriétés. Mais elles l'ont fait avant, et s'en souviennent !

Pourquoi l'univers est-il si plat ? Comment le cosmos a-t-il réussi cet exploit d'équilibriste si délicat : n'être courbé ni positivement ni négativement, mais posséder une courbure proche de zéro ? À nouveau, l'inflation l'aide à accomplir ce tour de passe-passe. Pour comprendre comment, reprenons l'analogie de l'univers à trois dimen-

1. Ce rayon s'obtient en multipliant la vitesse de la lumière (3×10^{10} centimètres par seconde) par l'âge de l'univers (10^{-34} seconde).

À mesure que le ballon gonfle, sa surface apparaît de plus en plus plate pour une fourmi sur le ballon. De même, l'inflation de l'univers, en agrandissant son volume de manière démesurée, lui confère une géométrie plate.

sions avec la surface d'un ballon à deux dimensions. Tout comme une petite région de la surface du ballon s'aplatit quand ce dernier est gonflé, la géométrie de l'espace s'aplatit pendant l'inflation. La courbure d'une sphère — la forme du ballon — est d'autant plus faible que son rayon est plus grand (fig.). Nous percevons la courbure d'un ballon de football parce que son rayon est petit (seulement une dizaine de centimètres). Mais elle est beaucoup moins évidente pour de très grandes sphères comme notre planète, dont le rayon est de 6 378 kilomètres à l'équateur : localement, sur de petites distances, le sol nous apparaît plat. C'est pourquoi l'humanité a très longtemps pensé qu'elle vivait sur une Terre plate, jusqu'à ce que le philosophe et physicien grec Ératosthène (276-194 av. J.-C.) démontre que ce ne pouvait être le cas. De même, en multipliant les dimensions de l'univers par le facteur fantastique de 10^{30}, voire plus, l'inflation lui confère une géométrie plate. Quelle que soit sa courbure initiale, la courbure finale de l'univers devrait être nulle. L'inflation doit nécessairement déboucher sur un univers plat.

Qu'en est-il du dernier nuage noir à planer sur le paysage du big bang ? Pourquoi l'univers est-il si structuré ? Là aussi, l'inflation va comme par magie nous fournir une clé permettant de comprendre pourquoi l'univers n'est pas parfaitement uniforme, mais héberge des structures de moindre échelle : galaxies, étoiles et autres planètes. Elle nous explique pourquoi, semblable à une toile pointilliste, l'univers se décompose en d'innombrables points de lumière quand on le regarde de plus près. Pour produire un univers à la fois uniforme à très grande échelle et structuré à très petite échelle, l'inflation va devoir travailler de concert avec un allié de choix : le principe d'incertitude du physicien allemand Werner Heisenberg (1901-1976). Ce principe régit le domaine quantique, le monde de l'infiniment petit. Il nous dit en substance qu'il existe une limite fondamentale à notre connaissance du monde physique atomique et subatomique, et qu'il nous faut renoncer au vieux rêve humain du savoir absolu. Ainsi, nous ne pouvons jamais mesurer avec précision à la fois la position d'une particule élémentaire et sa vitesse. Nous devons toujours exercer un choix : soit nous déterminons exactement la position de la particule, et nous renonçons à connaître sa vitesse de manière précise ; soit nous mesurons précisément sa vitesse, et nous renonçons à connaître sa position avec exactitude. C'est ce qu'on appelle le « flou quantique ».

Non seulement le flou quantique nous empêche de connaître simultanément la position et la vitesse d'une particule élémentaire, mais il rend également floue son énergie, et ce flou dépend de la durée de vie de la particule : plus sa durée de vie est courte, plus son énergie est incertaine. Ce flou de l'énergie permet au monde atomique et subatomique de faire des entorses au principe de la conservation d'énergie qui prévaut dans le monde macroscopique. « Rien n'est gratuit dans la vie, tout se paie », ou « On n'a rien sans rien » : ainsi pourrait-on résumer ce principe. Dans le monde quantique, grâce au flou de l'énergie, la nature peut en revanche créer des particules là où il n'y en avait pas. Elle peut prêter de l'énergie sans rien demander en retour, et cette énergie gratuite engendre une particule élémentaire (d'après la fameuse formule d'Einstein : $E = mc^2$, exprimant l'équivalence entre la masse et l'énergie). Mais les opérations de la « banque Nature » sont strictement régulées par le principe d'incertitude. Tous les prêts d'énergie doivent être tôt ou tard remboursés, et plus la somme d'énergie empruntée est grande, plus le remboursement doit s'effectuer rapidement. Quand celui-ci se fait, la « banque Nature » récupère son énergie, équilibre ses comptes, et la particule disparaît. Les particules ainsi nées du flou de l'énergie ont des existences fantomatiques. Une brève et furtive apparition, et elles s'en vont. On les appelle « particules virtuelles ».

L'espace n'est donc pas vide, inerte et lisse, mais une sorte de mousse quantique y fluctue en permanence. Dans l'espace de la pièce où vous lisez ce livre, d'innombrables particules virtuelles apparaissent et disparaissent au gré de cycles de vie et de mort incommensurablement courts (de l'ordre de 10^{-43} seconde). Seulement, vous n'en êtes pas conscients, car cette activité fébrile se déroule à des échelles infiniment petites, de l'ordre de 10^{-33} centimètre.

Or c'est justement là que l'inflation a eu son rôle à jouer. En gonflant l'espace du facteur fantastiquement élevé de 10^{34}, elle a agrandi les minuscules fluctuations quantiques de 10^{-33} centimètre de l'espace jusqu'à leur faire atteindre des tailles de l'ordre de 10 centimètres. Ce faisant, elle a permis aux fluctuations quantiques de quitter le monde subatomique pour entrer dans le monde macroscopique. Ces fluctuations dans le tissu de l'espace, amplifiées par l'inflation, ont été détectées grâce à l'observation du rayonnement fossile — la lumière résiduelle de l'univers primordial émise en l'an 380 000 après le big bang — par deux satellites de la NASA : COBE (Cosmic Background Explorer, « Explorateur du rayonnement fossile »), lancé en 1990, et WMAP (Wilkinson Microwave Anisotropy Probe, « Sonde de l'anisotropie du rayonnement fossile micro-onde », nommée ainsi en l'honneur du physicien américain David Wilkinson), mis en orbite en 2001, sans oublier la sonde Planck, mise en orbite en 2009 par l'ESA (European Spatial Agency, « Agence spatiale européenne »). Ces fluctuations se manifestent par d'infimes fluctuations de température du rayonnement fossile, de l'ordre de quelques centièmes de millième (10^{-5}) de degré Kelvin. Ces fluctuations ont joué un rôle extrêmement important dans l'histoire cosmique : elles ont servi de semences de galaxies. Au cours des centaines de millions d'années qui suivent, ces semences, en attirant la matière environnante par la gravité, vont s'accroître en masse et « germer » pour donner naissance aux centaines de milliards de galaxies de l'univers observable, majestueux écosystèmes de centaines de milliards de Soleils, liés ensemble par la gravité, qui ornent aujourd'hui la voûte céleste.

La prochaine fois que vous tomberez en admiration devant la structure spirale d'une belle galaxie, songez qu'elle est née d'une microscopique fluctuation quantique de l'espace de l'univers à ses débuts. Sachez qu'elle est l'enfant issu du mariage de l'infiniment petit et de l'infiniment grand, le fruit de l'union du flou quantique et de l'inflation. C'est parce que ces fluctuations quantiques ont existé que les galaxies et les étoiles ont pu voir le jour, et que ces dernières ont pu accomplir leur alchimie nucléaire et fabriquer les éléments chimiques lourds dont la vie et la conscience ont eu besoin pour apparaître. En d'autres termes, nous ne sommes pas seulement les enfants des étoiles, mais aussi les descendants de fluctuations quantiques primordiales !

L'ÉNERGIE DU VIDE

L'inflation accomplit donc des merveilles, et toute théorie cosmologique moderne s'est fait un devoir de l'intégrer, sous peine de voir à nouveau de gros nuages noirs assombrir le paysage du big bang. Mais d'où vient au juste ce remède magique ? Quelle est l'origine de cette inflation vertigineuse ?

Il faut savoir que, à ses débuts, l'univers est vide. Matière et lumière n'ont pas encore fait leur apparition. Planètes, étoiles et galaxies sont encore très éloignées dans le futur. Mais ce n'est pas un vide calme et tranquille, dépourvu de toute substance et exempt de toute activité, tel que nous l'avons tous à l'esprit ; c'est un vide quantique vivant, effervescent, bouillonnant d'énergie. L'univers est baigné dans un champ d'énergie que les physiciens appellent « champ de Higgs », du nom d'un des chercheurs à l'origine de ce concept, l'Écossais Peter Higgs (né en 1929). Aux températures inimaginables des débuts (10^{32} degrés Kelvin), le champ subit de violentes fluctuations, tout comme la surface de l'eau qui bout ondule intensément, parcourue de mouvements chaotiques et turbulents. Mais, pendant son expansion, alors que l'univers s'agrandit et se refroidit, les ondulations du champ de Higgs diminuent d'intensité, tout comme la surface de l'eau bouillante devient plus calme et plus lisse au fur et à mesure que la température décroît. Au cours du refroidissement de l'univers, l'énergie moyenne du champ d'énergie tend vers zéro, valeur que nous associons intuitivement à la notion de « vide », moyennant de petites fluctuations de part et d'autre du zéro.

Si, pendant le refroidissement de l'univers consécutif au big bang, le champ de Higgs avait évolué de façon continue vers l'énergie zéro, rien d'extraordinaire ne se serait passé. L'univers aurait continué tranquillement son petit bonhomme de chemin, poursuivant une expansion calme et sereine. Mais l'inventeur de l'inflation, Alan Guth, a eu une soudaine illumination. Le physicien a pris conscience que si, au cours de ce refroidissement, le champ de Higgs s'était trouvé bloqué pendant un très bref instant à une énergie légèrement positive, les conséquences auraient été considérables pour l'évolution ultérieure de l'univers. La situation est analogue à celle d'un rocher, au faîte d'une montagne, qui, au lieu de dévaler la pente d'une traite jusqu'en bas, où son énergie serait zéro, est temporairement bloqué pendant sa descente sur une sorte de plateau où son énergie est positive. Les physiciens appellent cet état temporaire d'énergie positive de l'univers un « faux vide » (fig.).

Que se serait-il passé si l'univers avait été bloqué dans un état de faux vide ? se demande Guth. Le flou quantique fait que l'énergie du champ de

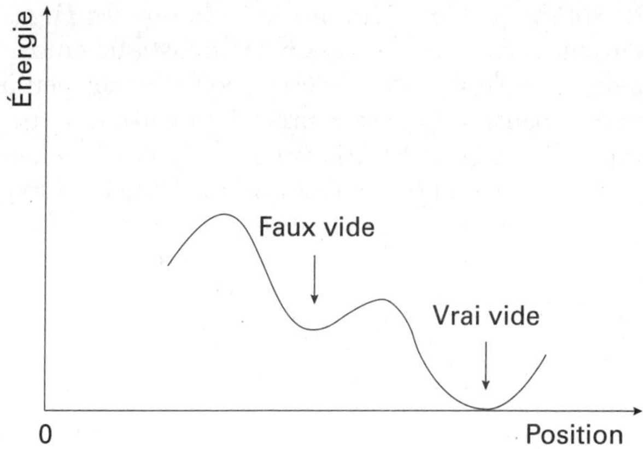

L'énergie de l'univers primordial (appelée « champ de Higgs ») peut rester bloquée dans un « faux vide », avec une énergie positive pendant un instant infinitésimal. Une fluctuation quantique va déloger l'univers de cet état de faux vide pour le faire évoluer vers le « vrai vide », caractérisé par une énergie nulle. Ce faisant, une énergie fantastique est libérée qui est responsable de l'inflation de l'univers.

Higgs ne cesse de fluctuer. Une fluctuation un peu plus grande que les autres aurait délogé, au bout de quelque 10^{-35} seconde, le champ de Higgs du « faux vide » où il était bloqué, et lui aurait fait dévaler la pente vers l'énergie zéro qui caractérise le « vrai vide ». L'énergie du « faux vide » aurait donc été libérée durant un laps de temps infinitésimalement court, de l'ordre de 10^{-32} seconde (un flash photographique durerait des centaines de milliers de milliards de milliards de milliards de fois plus longtemps). C'est cette énergie libérée par le faux vide qui a été responsable de la folle expansion de l'univers pendant la période inflationnaire. Quand l'énergie du champ de Higgs devient zéro, à 10^{-32} seconde, le fantastique emballement de l'univers s'arrête net pour donner lieu à une expansion plus mesurée. L'expansion frénétique des débuts de l'univers fait place à la « langueur monotone » de l'expansion actuelle : alors que l'univers a accru sa taille d'un facteur 10^{30} pendant l'ère inflationnaire, entre 10^{-34} et 10^{-32} seconde, il ne s'est agrandi que d'un facteur 1 000 pendant les 13,7 derniers milliards d'années de son histoire[1].

L'univers qui a résulté de cette folle période inflationnaire et de l'époque plus calme qui a suivi est si vaste que, même si nous disposions des télescopes les plus puissants, sur Terre et dans l'espace, nous ne pourrions jamais en embrasser qu'une infime partie. Son rayon actuel est de 10^{53} centimètres, mais une grande partie de cet univers nous est encore inaccessible. En effet, le rayon de l'univers observable — la partie de l'univers à l'intérieur de laquelle la lumière des objets célestes a eu le temps de nous parvenir pendant les 13,7 milliards d'années d'existence de l'univers, et qui est donc accessible à nos télescopes — n'est que, nous l'avons vu, de 47 milliards d'années-lumière, soit environ $4{,}7 \times 10^{28}$ centimètres. Autrement dit, l'univers observable a un rayon qui est deux millions de milliards de

1. Au lieu d'enfler de façon exponentielle au fil du temps comme à ses débuts, l'univers se dilate proportionnellement à la racine carrée du temps pendant ses 380 000 premières années, puis à la puissance 2/3 du temps. Voir la note quantitative n° 5 dans Trinh Xuan Thuan, *La Mélodie secrète*, Fayard, 1988, et Folio-Gallimard, 1991.

milliards de fois (2×10^{24}) inférieur au rayon de l'univers entier. Si ce dernier était rapporté à la taille de la Terre, la partie observable serait 200 fois plus petite que la taille d'un proton ! La plus grande partie de l'univers nous échappe.

LA PARTICULE DE HIGGS

Le processus inflationnaire de l'univers dépend, nous l'avons vu, de l'existence d'un champ d'énergie appelé « champ de Higgs ». Ce champ de Higgs joue un autre rôle fondamental : il est responsable des masses des particules élémentaires. En effet, les masses des particules subatomiques dont sont composés les objets de l'univers, des majestueuses galaxies aux délicats pétales de rose, sont d'une variété époustouflante. Les protons sont environ 2 000 fois plus massifs que les électrons, lesquels sont beaucoup plus massifs que les neutrinos. Le photon, lui, n'a aucune masse. Dans la théorie standard des particules élémentaires, le champ de Higgs, qui baigne l'univers entier, se comporte comme une sorte de mélasse cosmique qui interagit avec les diverses particules de l'univers. Cette interaction confère à chaque particule une masse, les particules les plus massives ayant une grande interaction, le photon n'en ayant aucune.

Existe-t-il une preuve expérimentale quelconque de l'existence de ce champ de Higgs, ou n'est-il que le produit de l'imagination échevelée des physiciens des particules ? Il faut savoir que tout champ d'énergie est associé à une particule. Par exemple, le champ des ondes lumineuses (ou électromagnétiques) est associé au photon, la particule de lumière. De même, le champ de Higgs devrait être associé à une particule que le physicien américain Leon Lederman a appelée de façon peut-être un peu trop emphatique la « particule-Dieu », car cette dernière est responsable des masses des étoiles, des planètes, des personnes, des fleurs et de tout autre objet présent dans l'univers, donc de la beauté et de la complexité du monde. Les physiciens traquent la particule de Higgs depuis plus de quarante-cinq ans. Elle est probablement très massive. Or, qui dit « grande masse » dit « grande énergie ». Ce qui signifie que nous devons disposer d'un accélérateur de particules ultra-puissant, pouvant atteindre des énergies colossales, pour être à même d'espérer détecter la particule de Higgs. Le grand accélérateur circulaire de 27 kilomètres de circonférence construit à 100 mètres sous terre à la frontière franco-suisse, le Large Hadron Collider (LHC ou « Grand Collisionneur de hadrons »), mis en action en 2009 par le CERN (Conseil européen pour la recherche nucléaire) à Genève, a répondu à l'appel (illustr. 19). En faisant entrer en collision frontale deux faisceaux de particules subatomiques de la famille des « hadrons » (des protons), le LHC pourra récréer, quand il sera pleinement opérationnel, l'énergie fantastique qui exista juste un millième de milliardième (10^{-12}) de seconde après le big bang (illustr. 20). Les premiers résultats annoncés en fanfare en juillet 2012 semblent confirmer l'existence d'une particule ayant les propriétés prédites par la théorie standard pour la particule de Higgs, avec une masse de l'ordre de 130 fois celle du proton, soit une énergie de l'ordre de 125 milliards d'électron-volts (illustr. 22). Voilà qui paraît assurer un grand triomphe à la théorie standard des particules élémentaires. Mais il convient de rester prudent : des études complémentaires sont encore nécessaires pour déterminer si cette particule possède bien l'ensemble des caractéristiques prévues pour la particule de Higgs. Il faudra poursuivre l'expérience pendant encore plusieurs années avant de pouvoir en avoir le cœur net.

Mes sentiments, devant cette découverte fantastique, sont partagés. D'un côté, je suis en admiration devant la magnifique collaboration internationale de milliers de chercheurs, issus de nombreux pays, qui a permis la construction d'un tel accélérateur, et la vérification expérimentale de la théorie standard de la physique des particules, conçue dès les années 1960 et améliorée sans relâche depuis lors. Si la particule de Higgs n'avait pas été trouvée, la théorie n'aurait pu tenir debout, et tout aurait été à refaire. La découverte de son existence est donc essentielle, et je rends hommage à l'imagination créatrice et au travail acharné des physiciens qui ont permis de construire cet édifice théorique qui épouse si bien les contours sinueux de la nature. Mais, d'un autre côté, je me dis que, si toute prédiction se voit vérifiée, s'il n'y a aucune surprise, si l'on ne découvre aucun fait ne cadrant pas avec la théorie existante, la science ne pourra pas progresser. Je souhaite donc que l'exploration des propriétés de la particule de Higgs nous apporte des surprises qui pourront propulser la physique des particules au-delà du modèle standard, et paver ainsi la voie à une nouvelle physique.

LA LUMIÈRE DE LA NUIT DES TEMPS

Nous avons vu que la « potion magique » de l'inflation, déclenchée par un champ de Higgs, guérissait la majorité des maux affectant la théorie du big bang. Nous avons également vu que, au début des années 1990, les cosmologues, en procédant à l'inventaire de son contenu, pensaient que notre univers était ouvert : la densité totale de matière n'était que moins du tiers de la densité critique. Il n'y aurait donc pas assez de matière pour que sa gravité freine l'expansion de l'univers. Celle-ci serait éternelle, il n'y aurait pas de big crunch, et l'univers serait infini. Tout semblait aller pour le mieux dans le meilleur des mondes.

Mais est-ce vraiment le cas ? En fait, il y avait là une contradiction flagrante entre les deux approches. Rappelons que l'inflation doit nécessairement déboucher sur un univers plat à courbure nulle, c'est-à-dire un univers avec exactement la densité critique de cinq atomes d'hydrogène par mètre cube. Or voilà qui pose problème ! En effet, l'inventaire du contenu matériel de notre univers — la matière lumineuse, la matière noire ordinaire et la matière noire exotique — ne donne en tout et pour tout que 29 % de la densité critique. Où sont donc passés les 71 % restants ? Malgré les éclatants titres de gloire de la théorie de l'inflation, ce désaccord avec le recensement de la matière a semé des doutes sur sa validité. La situation en était restée là quand de nouvelles observations astronomiques sont venues changer radicalement la donne.

Ces observations concernent la lumière fossile de l'univers, ce rayonnement qui nous vient de la nuit des temps, quand l'univers n'avait que 380 000 ans, et qui le baigne tout entier. Avec l'expansion de l'univers, la lumière fossile constitue l'une des deux pierres angulaires de la théorie du big bang. C'est sa découverte qui a rallié la majorité des scientifiques à l'idée d'une explosion primordiale de l'univers à partir d'un état extrêmement petit, chaud et dense. C'est aussi l'écueil sur lequel achoppent la plupart des théories cosmologiques rivales. Le rayonnement fossile de l'univers est la lumière la plus reculée dans le temps que nous puissions capter avec nos télescopes. Ceux-ci sont en effet de vraies machines à remonter le temps : ils permettent de voir faible, donc de voir loin. Or voir loin, c'est voir tôt, car la lumière met du temps à nous parvenir. Bien que sa vitesse soit la plus grande possible dans l'univers (elle franchit 300 000 kilomètres à la seconde), nous voyons toujours l'univers avec un certain retard. Ce retard est d'autant plus grand que l'objet céleste est plus éloigné. Ainsi, la lumière de la Lune nous parvient au bout d'un peu plus d'une seconde ; celle du Soleil, au bout de huit minutes ; la plus proche étoile, Proxima du Centaure, après 4,3 années ; la plus proche galaxie semblable à la Voie lactée, Andromède, après 2,3 millions d'années, et ainsi de suite. Suffit-il alors de construire des télescopes assez puissants pour remonter le temps jusqu'au big bang afin d'assister en direct à la naissance de l'univers ? Non ! Car devant nous se dresse un écran opaque qui nous empêche de remonter le temps jusqu'à l'instant initial. Pourquoi cet écran opaque ?

C'est que, avant l'an 380 000, l'univers était trop chaud pour que les atomes puissent exister. La lumière ambiante, née dans les premières fractions de seconde de l'univers, était si chargée d'énergie qu'elle cassait, sitôt formés, les atomes d'hydrogène et d'hélium (les seuls atomes à pouvoir se former dans le big bang en compagnie d'une pincée d'atomes de deutérium et de lithium), libérant protons et neutrons — les constituants des noyaux atomiques — et électrons. L'univers des débuts n'était donc qu'une immense soupe de particules élémentaires. Les électrons libres formaient une brousse compacte à travers laquelle la lumière ne pouvait se propager, ce qui rendait l'univers opaque, comme plongé dans un de ces épais brouillards où plus rien n'est visible. Pour que l'univers devienne transparent, il a fallu que les électrons soient emprisonnés dans des atomes et cessent d'entraver la libre circulation des particules de lumière. Comment faire pour les emprisonner ? Il suffit de prendre son mal en patience et d'attendre. En effet, du fait de son expansion, l'univers se dilue et se refroidit constamment. Quand l'horloge cosmique sonne la 380 000e année, l'univers s'est suffisamment refroidi (à environ 3 000 degrés Kelvin, soit un peu moins que la température régnant à la surface du Soleil) pour que les photons ne possèdent plus assez d'énergie pour casser les atomes. Mus par la force électromagnétique, les électrons se combinent avec les noyaux atomiques pour former des atomes d'hydrogène et d'hélium, et ceux-ci peuvent enfin apparaître de façon durable sur la scène cosmique. Parce que les électrons se retrouvent confinés dans des atomes-prisons, rien n'entrave plus la libre circulation des photons : le brouillard se dissipe et l'univers devient transparent. La lumière et la matière, jusque-là si intimement mêlées, vont se découpler et mener dorénavant des existences séparées. Les photons qui nous parviennent directement des premières fractions de seconde de l'univers, dont la dernière interaction avec la matière remonte à l'an 380 000, constituent ce fameux « rayonnement fossile » découvert par les radioastronomes américains Arno Penzias (né en 1933) et Robert Wilson (né en 1936) en 1965 (illustr. 23). De même que les fossiles permettent aux paléontologues de remonter le temps et de reconstituer l'histoire de la vie sur Terre, la lumière fossile permet aux astronomes de reconstituer l'histoire de l'univers à ses débuts.

La carte du rayonnement fossile est donc la plus vieille image que nous puissions obtenir de l'univers : elle nous permet de le contempler alors qu'il était encore dans sa prime jeunesse. Au fil du temps, la lumière fossile, très énergétique à l'origine, s'est progressivement affaiblie du fait de l'expansion de l'univers et de son refroidissement. Quittant la forme des rayons gamma à l'origine, elle s'est muée en rayons X, en rayons ultraviolets, puis en lumière visible en l'an 380 000. Aujourd'hui, après une expansion de quelque 13,7 milliards d'années, la lumière fossile s'est refroidie à la température frigorifique de 3 degrés Kelvin, soit – 270 degrés centigrades[1], et elle est de même nature que celle qu'émet votre four à micro-ondes. Elle est redevenue invisible à nos yeux et ne peut plus être détectée que par des instruments capables de capter des ondes radio, comme les radiotélescopes ou... votre téléviseur. Pour capter des photons appartenant à la lumière fossile, allumez votre poste après la fin de la diffusion des programmes : vous voyez des points blancs sautiller sur l'écran. Environ 1 % de ces parasites est causé par le rayonnement fossile ! Vous pouvez ainsi voir sur votre écran de télévision la manifestation des plus vieilles particules de lumière que nous puissions capter sur Terre. En les observant, vous faites un bond en arrière dans le temps de quelque 13,7 milliards d'années !

1. Pour convertir la température de degrés Kelvin en degrés centigrades, soustraire 273.

1. La galerie des Glaces, destinée à célébrer la gloire du Roi-Soleil et à éblouir ses visiteurs, est sans doute l'endroit le plus « magique » du château de Versailles. Elle tire son nom des 357 panneaux de glaces qui ornent les 17 arcades faisant face aux fenêtres. Le visiteur voit son image se démultiplier en même temps que celle des parterres et du jardin.

2. Le kaléidoscope, inventé par le physicien écossais David Brewster en 1816, est un tube cylindrique de miroirs produisant d'infinies combinaisons de jolies images de fragments mobiles de verres colorés. La figure montre une vue à travers un kaléidoscope.

3. L'art islamique évoque l'idée d'infini, et donc de Dieu, par la répétition du même motif.

4. Dans sa lithographie *Waterfall*, Escher joue avec les règles de la perspective pour nous présenter une situation absurde, défiant les lois de la physique : un courant d'eau qui circule en circuit fermé, faisant tourner une roue par son mouvement de chute. En d'autres termes, c'est un système au mouvement perpétuel, s'autoalimentant en énergie, ce qui est impossible dans le monde réel.

5. Dans *Two Birds, February*, Escher évoque ici l'idée d'infinité en répétant le motif d'un « oiseau » pour remplir tout le plan et en utilisant ingénieusement les principes de symétrie. Chaque oiseau blanc volant de gauche à droite est entouré de quatre oiseaux bleus identiques volant de droite à gauche, et *vice versa* ! Le tableau peut ainsi être vu de deux façons : des oiseaux blancs volant au-devant d'un fond bleu ou des oiseaux bleus volant au-devant d'un fond blanc.

6. Dans cette lithographie intitulée *Circlelimit*, Escher abandonne le principe selon lequel le motif répété pour remplir le plan doit conserver sa taille. L'artiste suggère ici l'infini inatteignable en diminuant progressivement la taille des poissons volant vers le bord.

3

4

5

6

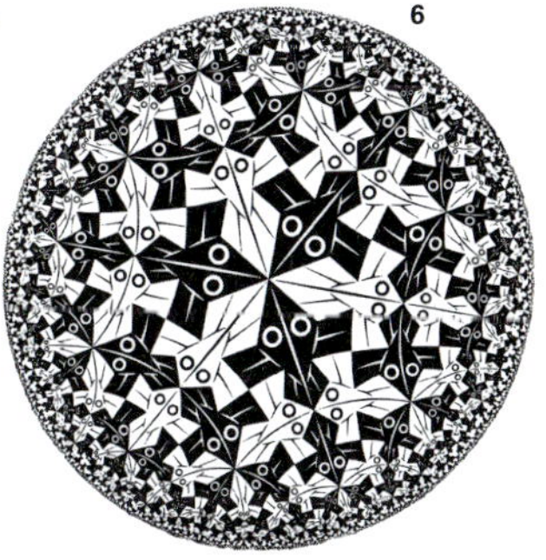

7

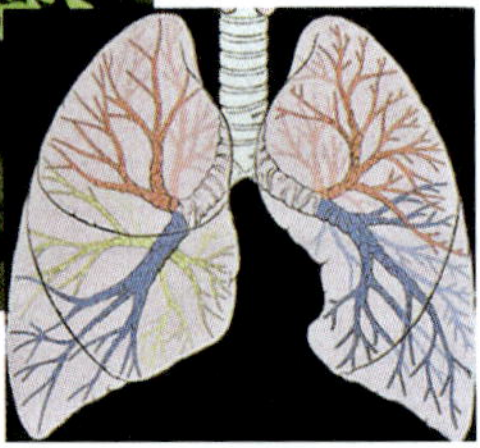

8

9

7-8. Les feuilles de certaines plantes, comme la fougère ici représentée, ou les ramifications pulmonaires possèdent une structure fractale.

9. Le paradoxe de l'univers fini : si l'univers possède un bord, qu'y a-t-il au-delà ? Puis-je allonger la main en dehors de cette frontière ?

10-11. Un univers infini contiendrait une infinité d'étoiles et le regard devrait toujours en rencontrer une, comme la vue est arrêtée par les troncs d'arbres d'une forêt (à gauche). La nuit devrait donc être aussi brillante que le jour, or elle est noire, même dans les clichés du ciel les plus profonds pris par le télescope spatial Hubble (à droite). Le paradoxe de la nuit noire ne fut résolu qu'avec l'avènement de la théorie du big bang.

12. Les peintures paléolithiques de la grotte de Lascaux en Dordogne, réalisées il y a quelque 17 000 ans, témoignent déjà d'un souci de perspective : les animaux les plus éloignés sont partiellement cachés par les plus proches.

13. La perspective est absente dans l'art égyptien. La taille des personnages n'y est pas déterminée par leurs distances vis-à-vis de l'observateur, mais par leur rang social.

14. Le point de vue unique et la perspective linéaire de l'art occidental sont absents dans la peinture chinoise. En effet, l'observateur n'est plus extérieur au paysage, il y est inclus, différents points de vue sont ainsi possibles.

15. L'amas de Coma, un agrégat de plus d'un millier de galaxies, est à une distance de 320 millions d'années-lumière de la Terre. C'est en mesurant les mouvements des galaxies dans cet amas que Zwicky a découvert la présence de la masse noire. Sans celle-ci, l'amas se serait désagrégé depuis belle lurette.

16. L'amas de galaxies Abell 2218, photographié par Hubble, à une distance d'environ 2 milliards d'années-lumière de la Terre, est un exemple d'une lentille gravitationnelle. Les arcs de cercle lumineux entourant la grosse galaxie à gauche sont des mirages de galaxies lointaines.

17. Ce cliché, pris par Hubble, montre un « anneau d'Einstein ». La galaxie jaune au centre agit comme une lentille gravitationnelle pour dévier la lumière d'une galaxie bleue plus lointaine, donnant une forme d'anneau incomplet à l'image-mirage.

18. L'amas dit « du Boulet » (sa forme rappelle celle d'un projectile fendant l'air), à une distance de quelque 3,8 milliards d'années-lumière, est le résultat de la gigantesque collision de deux amas de galaxies. Le gaz (en rouge) est chauffé à des millions de degrés et émet de copieuses quantités de lumière X.

19. Le LHC (*Large Hadron Collider*) est le plus puissant accélérateur de particules au monde. Il réside dans un tunnel circulaire de 27 kilomètres de circonférence, à une profondeur moyenne de 100 mètres sous la frontière franco-suisse près de Genève.

20. Dans le LHC, deux faisceaux de particules, composés de centaines de milliards de protons chacun, accélérés à une vitesse proche de la lumière et guidés par des milliers d'aimants vont en sens inverse l'un de l'autre, se heurtant avec une énergie équivalente à celle qui prévalait dans l'univers à un millième de milliardième de seconde après le big bang.

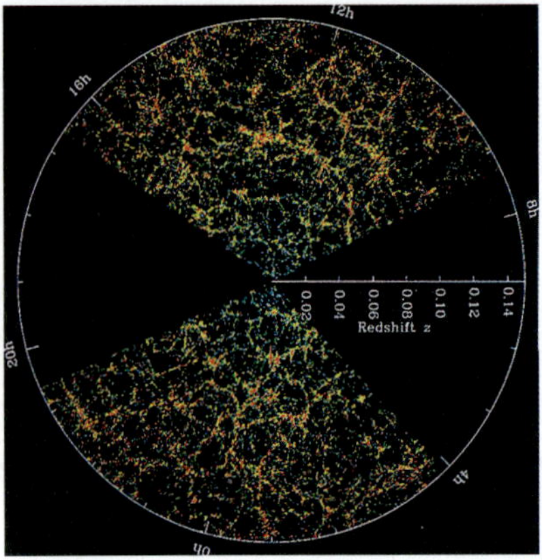

21. La gravité organise les galaxies en de vastes structures (« murs » et filaments) s'étendant sur des centaines de millions d'années-lumière, bordant des espaces vides de la même dimension. Dans cette carte du cosmos établie par l'équipe du *Sloan Digital Sky Survey* (Projet Sloan de l'arpentage du ciel avec une caméra numérique), la Terre est au centre du cercle et chaque point représente une galaxie.

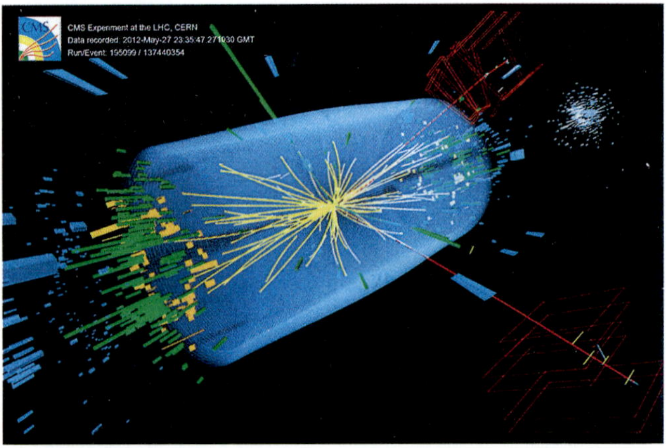

22. L'immense énergie générée au sein du LHC est convertie en une myriade de particules dont les trajectoires courbes (en jaune) sont scrutées par les physiciens pour déceler des événements extrêmement rares. C'est ainsi que le boson de Higgs a été détecté en 2012.

23. Arno Penzias (à gauche) et Robert Wilson (à droite) devant le radiotélescope qui leur permit de découvrir le rayonnement fossile de l'univers.

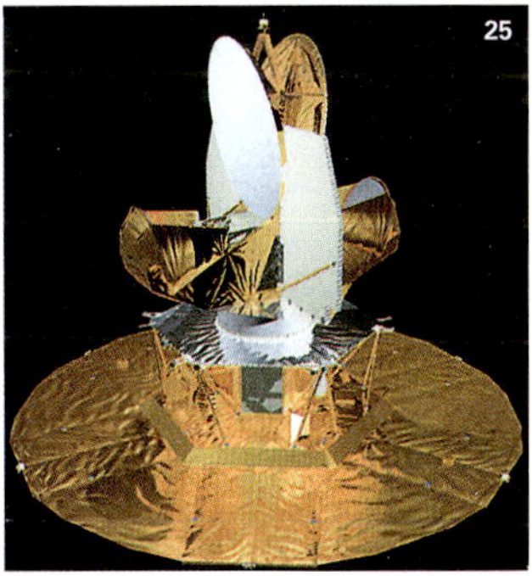

24-25-26. Les satellites COBE (milieu, gauche) et WMAP (milieu, droite), mis en orbite respectivement en 1989 et 2001 par la NASA, et celui de Planck (en bas), mis en orbite en 2009 par l'ESA (Agence spatiale européenne) pour étudier le rayonnement fossile, ont révolutionné la cosmologie.

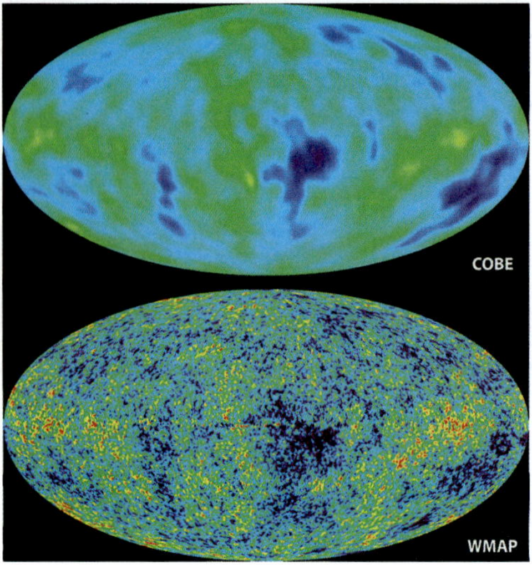

27

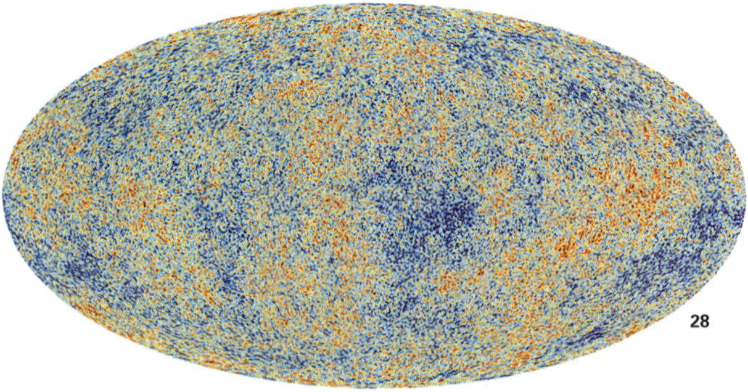
28

27. La cartographie du rayonnement fossile établie successivement par COBE, WMAP et Planck s'est affinée au fil du temps.

28. La carte du rayonnement fossile obtenue par Planck est plus sensible et plus précise que celle de WMAP. Selon Planck, l'univers est légèrement plus vieux de quelque 80 millions d'années (l'âge de l'univers déterminé par WMAP étant de 13,7 milliards d'années), la quantité de masse noire exotique est plus élevée (27 % comparés aux 24 % de WMAP), et la quantité d'énergie noire moindre (68 % comparés aux 71 % de WMAP).

29. Les supernovae de type Ia sont des explosions de naines blanches, cadavres stellaires. L'explosion est provoquée par l'accumulation à la surface de la naine blanche (le point lumineux en haut à droite) et le réchauffement (à une température de 600 millions de degrés) de la matière provenant de l'enveloppe d'une étoile (en bas) en paire avec la naine blanche.

30. Le cliché montre une supernova de type Ia découverte en 2011 dans la galaxie spirale Messier 101, à 23,6 millions d'années-lumière de la Terre. L'emplacement de la supernova (le point lumineux au-dessous du noyau de la galaxie) est indiqué par deux traits orthogonaux.

31. Le paradoxe du singe savant. Si un singe tapait au hasard sur le clavier d'une machine à écrire (ou d'un ordinateur) et qu'il disposait d'un temps infini, il pourrait en principe reproduire par hasard n'importe quel texte connu.

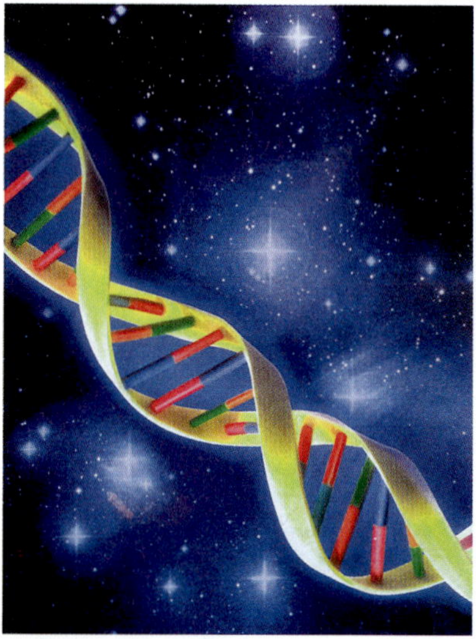

32. Peut-il exister une infinité de formes de vie différentes dans l'univers ? La nôtre est basée sur la molécule d'ADN, composée d'une double hélice d'atomes reliée par quatre types de molécules appelées « bases ». C'est la séquence précise de ces bases qui définit le code génétique.

33. Le multivers des branes comprend une infinité d'univers parallèles, ici représentés par des surfaces planes.

34. Dans la mythologie hindouiste, le dieu Brahma est représenté avec quatre têtes, symbolisant les quatre modes de fonctionnement de la pensée : l'esprit, l'intellect, l'ego et la conscience. C'est Brahma qui, en dormant et rêvant, crée le monde, chaque cycle du cosmos correspondant à une de ses respirations.

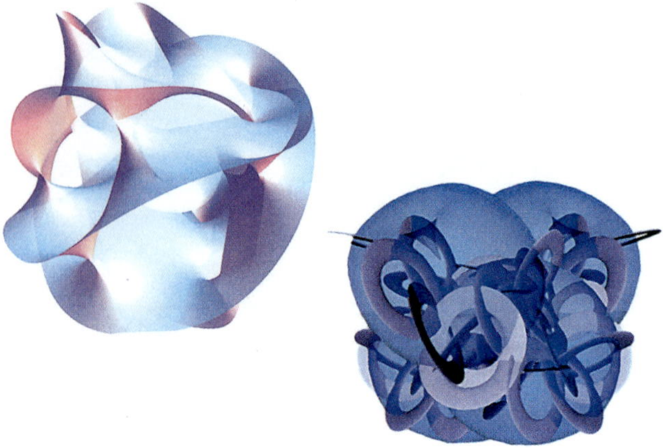

35-36. Les dimensions supplémentaires postulées par la théorie des cordes sont enroulées de façon extrêmement compacte sur elles-mêmes en chaque point de l'espace, épousant des formes géométriques particulières dites de Calabi-Yau. La figure montre deux de ces formes Calabi-Yau parmi les 10^{150} possibles.

37. Le centre de notre Voie lactée (photographiée ici du site du VLT [*Very Large Telescope*] à Paranal, au Chili), à quelque 26 000 années-lumière de la Terre, héberge un trou noir supermassif de 4 milliards de masses solaires. Le faisceau laser rouge pointe directement au centre galactique.

LE RAYONNEMENT FOSSILE INAUGURE L'ÈRE DE LA PRÉCISION EN COSMOLOGIE

La NASA ne s'y est d'ailleurs pas trompée : pour étudier dans toute sa gloire la lumière des premiers instants, elle a construit et envoyé des radiotélescopes dans l'espace, car l'atmosphère terrestre absorbe une grande partie de la lumière fossile. Des observations préliminaires ont été effectuées avec des télescopes juchés à bord de ballons, mais il a fallu patienter vingt-cinq ans après la découverte de Penzias et Wilson, jusqu'en 1990, pour que le satellite COBE (Cosmic Background Explorer), portant à son bord un radiotélescope à micro-ondes (illustr. 24), établisse une cartographie détaillée et exhaustive de cette lumière qui nous vient des premiers temps.

Les observations de COBE, rendues publiques en 1992, nous révèlent que la répartition en énergie du rayonnement fossile est exactement celle d'un univers qui, à l'origine, était extrêmement chaud et dense. Où que l'on regarde, sa température de 2,7 degrés Kelvin est d'une extraordinaire uniformité. Chaque mètre cube d'espace contient environ 400 millions de ces particules de lumière primordiales. Le rayonnement fossile possède (en convertissant l'énergie en masse par la formule $E = mc^2$ d'Einstein) une énergie totale de 5×10^{-31} kilogramme par mètre cube. C'est la plus grande source d'énergie lumineuse présente dans l'univers. Quoique les photons du rayonnement fossile aient été considérablement épuisés par l'expansion de l'univers, et que leur énergie d'antan ait bien diminué, l'énergie totale du rayonnement fossile est encore aujourd'hui quelque dix fois supérieure à l'énergie totale de la lumière émise par l'ensemble des étoiles et des galaxies de l'univers observable ! La raison en est que le rayonnement fossile baigne l'univers entier, alors qu'étoiles et galaxies n'occupent qu'une toute petite portion de l'espace. Les photons dominent aussi par leur nombre la population des particules présentes dans l'espace. Pour chaque proton présent dans l'univers, il existe un milliard de photons de rayonnement fossile.

Le rayonnement fossile est d'une extrême homogénéité, mais celle-ci, nous l'avons vu, n'est pas parfaite. Heureusement pour nous, car si l'univers était parfaitement homogène, nous ne serions pas là pour en parler ! Un univers sans structures, c'est comme un désert sans oasis : la vie ne peut s'y développer. Un univers d'une parfaite homogénéité serait stérile. Dans cet univers, il n'y aurait ni chant du rossignol, ni parfum de la rose. Les sourires d'enfants en seraient absents. Pour le plus grand bonheur des astrophysiciens, COBE découvrit d'infimes fluctuations de température du rayonnement fossile — nous savons aujourd'hui qu'elles sont de l'ordre de quelques centièmes de millième de degré Kelvin — d'une partie du ciel à l'autre. Ces fluctuations de température correspondent à des fluctuations de densité de la matière constituée de protons, de neutrons et autres particules massives invisibles. Aux endroits légèrement plus denses, la gravité est un peu plus forte, les photons du rayonnement fossile perdent un peu plus d'énergie pour échapper à cette gravité, et la température est un peu plus faible. En revanche, aux endroits un peu moins denses, la gravité est moindre, les photons perdent un peu moins de leur énergie pour s'échapper, et la température est légèrement supérieure. Ces fluctuations de densité vont se comporter comme des semences qui, par l'action du jardinier Gravité, vont grandir avec le temps et germer en de belles galaxies, étoiles et planètes, dont une au moins va héberger la vie. On pense, nous l'avons vu, que ces semences de galaxies résultent de minuscules fluctuations quantiques de l'univers primordial, amplifiées par des processus physiques durant les premières fractions de seconde de son existence, en l'occurrence l'inflation.

Les observations de COBE ont marqué un tournant décisif dans la recherche en cosmologie. Avant, les observations de l'univers primordial se comptaient sur les doigts d'une main et étaient des plus imprécises. Les théoriciens avaient beau jeu de faire travailler leur imagination fertile et de proposer une impressionnante variété de scénarios cosmologiques (généralement dans le cadre de la théorie du big bang). Mais, faute d'observations, ces diverses théories ne pouvaient être mises à l'épreuve, et les physiciens n'avaient pas la possibilité de trier le bon grain de l'ivraie. Mais COBE (et tous les ballons et satellites qui lui ont succédé) a bouleversé la donne. En nous dispensant une vue plus claire et précise de l'univers primordial, il a mis la barre très haut et inauguré une ère nouvelle où la cosmologie est devenue une véritable science, et où les divers scénarios peuvent être testés avec un très haut degré de précision. Les responsables des équipes de COBE ont été récompensés par le prix Nobel de physique en 2006.

LE RAYONNEMENT FOSSILE ET LA COURBURE DE L'UNIVERS

Mais la NASA ne s'en est pas tenue là. En 2001, elle a mis en orbite le successeur de COBE, appelé WMAP (Wilkinson Microwave Anisotropy Probe) (illustr. 25), capable d'étudier les fluctuations de température du rayonnement fossile avec environ quarante fois plus de précision et de sensibilité que son prédécesseur. Sa mission est de mesurer avec le plus de précision possible la dimension angulaire des régions froides et chaudes de la lumière primordiale. En effet, c'est en établissant la répartition de ces tailles que les astrophysiciens seront à même de déterminer la courbure de l'univers, et donc son destin. Voyons comment.

Il faut savoir que le rayonnement fossile porte en lui l'empreinte du temps. Puisqu'il date de l'an 380 000 et qu'Einstein nous dit qu'aucune information ne peut voyager à travers l'espace plus vite que la lumière, aucun signal n'a pu, à cette lointaine époque, parcourir une distance supérieure à 380 000 années-lumière. En d'autres termes, un agrégat de matière d'une taille inférieure à 380 000 années-lumière a pu commencer à s'effondrer en l'an 380 000 sous l'effet de la gravité. En revanche, un agrégat de taille supérieure ne l'a pas pu, car il n'aurait pas « su » le faire : des points situés à deux extrémités de cet agrégat n'auraient pas encore eu le temps de communiquer et de coordonner leurs mouvements. Il ne se « déciderait » à s'effondrer sous l'effet de la gravité que quand l'univers serait assez âgé pour que toutes ses parties puissent communiquer entre elles par la lumière. Ainsi, en l'an 380 000, les plus grands agrégats de matière, c'est-à-dire les plus grandes irrégularités observées dans la carte du rayonnement fossile, à avoir commencé à s'effondrer sous l'action de la gravité possédaient une taille de 380 000 années-lumière. Pour un observateur terrestre, cette taille correspond dans le ciel à un angle d'environ un degré (soit environ deux fois la dimension angulaire de la pleine Lune). Que cet angle soit d'un degré, ou plus, ou moins, dépend de la courbure de l'univers. En effet, rappelons que la lumière voyage en suivant la courbure de l'univers. Dans un univers plat, à courbure nulle, sa trajectoire est une ligne droite, et l'angle sous-tendu par les plus grandes irrégularités est d'environ un degré. En revanche, dans un univers ouvert à courbure négative, les trajectoires des rayons lumineux divergent en remontant le temps, et l'angle sous-tendu par les plus grandes structures apparaît inférieur à un degré. *A contrario*, dans un univers fermé à courbure positive, les trajets lumineux convergent en remontant le temps, et la dimension angulaire des plus grandes structures apparaît supérieure à un degré (fig.). Autrement dit, il suffit de mesurer la taille angulaire des plus grandes irrégularités dans la carte du rayonnement fossile, et le tour est joué ! La courbure et donc la géométrie de l'univers nous sont révélées !

Les astrophysiciens se sont donc mis à analyser avec passion la carte du rayonnement fossile obtenue par WMAP. Le verdict est sans appel : la taille des plus grandes structures dans cette carte est de l'ordre d'un degré. Ce qui veut dire que nous vivons dans un univers plat : un univers qui a dû passer par une phase inflationnaire, puisque l'inflation produit très précisément un univers plat. L'ESA s'est aussi mise de la partie. En 2009, elle a mis en orbite le satellite Planck (illustr. 26) (nommé d'après le physicien allemand Max Planck, l'un des pères fondateurs de la mécanique quantique), afin de cartographier le rayonnement fossile avec encore plus de précision. Grâce à une sensibilité de plus de trois fois supérieure à WMAP, Planck est capable de détecter des fluctuations de température du rayonnement fossile aussi petites qu'un millionième de degré Kelvin. La carte du rayonnement fossile produite par Planck (illustr. 28) est considérablement plus détaillée que celles obtenues auparavant par COBE et WMAP (illustr. 27). Elle montre égale-

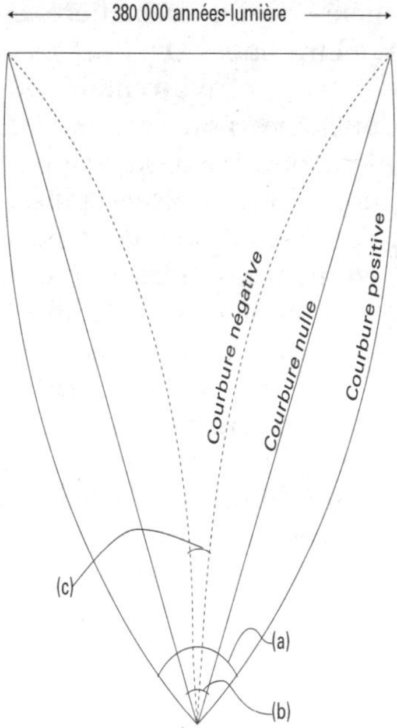

Pour déterminer la courbure de l'univers, on mesure la taille angulaire des plus grandes structures dans la carte du rayonnement fossile. Cet angle est de l'ordre d'un degré dans le cas d'un univers de courbure nulle (angle b), plus grand dans le cas d'un univers à courbure positive (angle a) ou plus petit dans le cas d'un univers à courbure négative (angle c). L'analyse de la carte de WMAP révèle que les plus grandes structures ont une taille angulaire de l'ordre d'un degré, ce qui implique que l'univers est plat, avec une courbure nulle.

ment que l'univers, à ses débuts, est passé par une phase inflationnaire et que sa géométrie est plate. Mais, si c'est le cas, il doit posséder exactement la densité critique de matière, égale à cinq atomes par mètre cube. Or — et c'est là que le bât blesse —, dans notre inventaire de la matière lumineuse et noire, nous avons seulement pu recenser un total de 29 % de la quantité de matière nécessaire pour que l'univers puisse atteindre une densité critique. Où sont donc passés les 71 % restants ? Comment résoudre les mesures contradictoires de la géométrie de l'univers obtenues d'une part en mesurant les masses des galaxies et des amas de galaxies, de l'autre en mesurant la courbure de l'univers par observation des fluctuations de température dans le rayonnement fossile ? La solution au puzzle n'est venue qu'en 1998, grâce à une découverte extraordinaire et tout à fait inattendue : celle de l'accélération de l'univers.

DES PHARES COSMIQUES POUR MESURER LA DÉCÉLÉRATION DE L'UNIVERS

Dans les années 1990, deux équipes internationales d'astronomes — l'une conduite par le physicien américain Saul Perlmutter (né en 1959), du Lawrence Berkeley National Laboratory de Californie, l'autre par l'astronome australien Brian Schmidt (né en 1967), travaillant à l'Australian National University de Canberra, Australie, et l'astronome américain Adam Riess (né en 1969), du Space Telescope Science Institute de Baltimore, dans le Maryland — ont entrepris de mesurer la décélération de l'expansion de l'univers. Le raisonnement était le suivant : l'évolution de l'univers dépend en principe de l'issue du combat titanesque entre la force d'expansion primordiale et la force de gravité exercée par tout son contenu matériel. Parce que cette dernière est attractive, elle est censée ralentir l'expansion de l'univers. En d'autres termes, l'univers doit décélérer. Plus la masse (ou la densité) de l'univers est élevée, plus la gravité qu'elle exerce est grande, et plus la décélération sera importante. Une mesure précise du taux de décélération de l'univers nous aiderait donc à cerner son contenu matériel total, que cette matière soit lumineuse et visible ou non. Cela nous permettrait de vérifier ou de réfuter le résultat obtenu en additionnant les masses des galaxies et des amas de galaxies. C'était là un problème qui avait absorbé les astronomes depuis des décennies. J'y ai moi-même travaillé pendant mes études post-doctorales au Caltech, au milieu des années 1970[1].

Mais comment s'y prendre ? Si nous voulons mesurer la décélération de notre voiture quand nous appuyons sur le frein, il nous suffit de mesurer sa vitesse à deux instants distincts. La décélération est obtenue en divisant la différence des vitesses par l'intervalle de temps séparant ces deux instants. De même, pour mesurer la décélé-

1. Voir Trinh Xuan Thuan, *Le Cosmos et le Lotus*, Albin Michel, 2011.

ration de l'univers, l'astrophysicien doit mesurer la vitesse d'expansion universelle à diverses époques. Bien sûr, les cent ans d'une vie humaine, les dizaines de milliers d'années de la civilisation humaine, voire les quatre ou cinq millions d'années écoulées depuis l'apparition de l'homme en Afrique sont des laps de temps beaucoup trop courts pour que la décélération de l'univers lui soit perceptible et mesurable. Il nous faut donc observer la décroissance de la vitesse d'expansion de l'univers sur un intervalle de temps qui s'étende au moins sur plusieurs milliards d'années. Cela veut dire que nous devons regarder très loin dans le passé. Est-ce possible ? Oui, car nous avons recours aux machines à remonter le temps que sont les télescopes, et nous appliquons le principe selon lequel « voir loin dans l'espace, c'est voir tôt dans le temps ». Pour obtenir la vitesse d'expansion de l'univers à différents instants de son existence, il nous suffit de mesurer la vitesse de fuite d'objets célestes situés à des distances différentes de la Terre. La vitesse de fuite d'objets éloignés nous donne la vitesse d'expansion de l'univers dans sa jeunesse, tandis que celle d'objets proches nous renseigne sur sa vitesse d'expansion actuelle. Si l'univers est en décélération, la seconde doit être inférieure à la première.

Quels objets célestes choisir pour nous servir de balises et mesurer l'évolution de la vitesse d'expansion de l'univers au fil du temps ? Pour remplir son rôle de balise, un objet doit nous fournir deux informations : sa vitesse de fuite et sa distance. La première quantité, la vitesse de fuite, n'est autre que la vitesse d'expansion de l'univers. Elle est relativement aisée à obtenir : l'effet Doppler fait que la lumière d'un objet qui s'éloigne de nous vire vers le rouge en proportion de sa vitesse de fuite. Il suffit donc de décomposer la lumière de l'objet en ses différentes composantes colorées grâce à un spectroscope, et de mesurer son déplacement vers le rouge pour déduire sa vitesse de fuite. Pour ce qui est de la seconde quantité, la distance de l'objet, c'est une autre paire de manches ! Elle est pourtant essentielle, car une simple division de cette distance par la vitesse de la lumière nous donnera le laps de temps que nous avons pu remonter dans le passé de l'univers, et donc l'âge de l'univers correspondant à la vitesse d'expansion mesurée.

La mesure de l'éloignement des balises n'est pas des plus faciles. Tous les objets célestes sont en effet projetés pêle-mêle sur la voûte céleste, qui nous apparaît en deux dimensions. Celle-ci ressemble à un vaste tableau où le peintre aurait oublié de respecter toute loi de la perspective. Il revient à l'astronome de rétablir la troisième dimension : la profondeur cosmique. Pour déterminer la distance des balises, l'astronome va procéder comme le navigateur qui, pour jauger la distance de son navire au rivage, compare la brillance apparente du phare à sa vraie brillance (ou brillance « intrinsèque »), celle qu'il percevrait s'il était sur place (la brillance apparente varie comme la brillance intrinsèque divisée par le carré de la distance ; la connaissance des brillances apparente et intrinsèque permet donc de calculer la distance). De même, pour connaître la distance d'un objet céleste, l'astronome doit connaître sa brillance intrinsèque ; la mesure de sa brillance apparente lui permettra ensuite de déduire sa distance. La stratégie consiste donc à isoler une classe d'objets dont la brillance intrinsèque ne varie ni dans le temps, ni dans l'espace (dans le jargon astronomique, on les appelle des « bougies standard »). Trouver une telle classe de phares cosmiques dont la brillance intrinsèque reste constante n'est pas chose aisée, car la plupart des objets astronomiques ont fâcheusement tendance à évoluer, donc à varier un tant soit peu en éclat au cours de leur vie. Néanmoins, à force d'acharnement, les astronomes ont pu isoler certaines classes d'objets dont la brillance intrinsèque varie relativement peu. Les phares cosmiques qui sont les plus en vogue à l'heure actuelle sont appelés « supernovæ de type Ia ». Ces dernières sont des explosions de cadavres d'étoiles — des naines blanches — qui se détruisent en de gigantesques événements thermonucléaires (illustr. 29-30).

L'UNIVERS EN ACCÉLÉRATION ET L'ÉNERGIE NOIRE

Les deux groupes d'astronomes se sont donc mis à traquer fébrilement des supernovæ de type Ia et à les utiliser comme phares cosmiques pour mesurer le taux de décélération de l'univers. En 1998, ils parvinrent, indépendamment l'un de l'autre, à une conclusion qui prit tout le monde (ou presque) de court : l'univers a bien été en décélération, mais seulement pendant les sept premiers milliards d'années de son existence ; ensuite, l'expansion de l'univers, au lieu de continuer à décélérer, s'est mise au contraire à accélérer, accélération qui se poursuit de nos jours ! Cette découverte extraordinaire fut récompensée par le prix Nobel de physique en 2011.

Comment l'univers a-t-il pu passer ainsi d'une décélération à une accélération ? S'il contenait exclusivement de la matière, qu'elle soit lumineuse ou noire, celle-ci exercerait inévitablement une gravité attractive, et il devrait toujours décélérer. Pour rendre compte de son accélération, force est donc de postuler l'existence dans l'univers de quelque chose d'autre que la matière ou la lumière, qui exercerait une force répulsive supérieure à la force attractive de la matière.

Dans nos pérégrinations précédentes, nous avons déjà rencontré le concept de force répulsive. Souvenez-vous : il a été introduit la première fois en 1917 par Einstein sous le nom de « constante cosmologique » pour construire un modèle d'univers statique, sans expansion, grâce à ses équations de la relativité générale, modèle favorisé par les observations astronomiques de l'époque. Mais, en 1929, dès l'annonce par Edwin Hubble de sa découverte de l'expansion de l'univers, Einstein supprima la constante cosmologique de ses équations. Cependant, la découverte de l'accélération de l'univers a ressuscité cette fameuse constante, et les cosmologues l'ont exhumée du cimetière des concepts morts plus de quatre-vingts ans après sa naissance ! La force de répulsion ou « énergie noire » (ainsi appelée parce que, comme la masse noire exotique, sa nature nous est totalement inconnue), associée à la constante cosmologique ressuscitée, doit bien sûr être de loin supérieure à celle calculée par Einstein. En effet, il ne s'agit plus, cette fois, de construire un univers statique, mais un univers qui soit en expansion accélérée. Les observations des supernovæ de type Ia montrent que, pour reproduire l'accélération universelle observée à partir de sept milliards d'années après le big bang, l'énergie noire doit contribuer pour environ... 71 % au contenu en masse et énergie de l'univers : exactement la quantité qui manquait dans notre précédent inventaire pour que l'univers ait une densité critique et une géométrie plate ! La boucle est bouclée...

Une question se pose pourtant : pourquoi l'accélération universelle ne s'est-elle manifestée qu'environ sept milliards d'années après le big bang ? Pourquoi l'énergie noire n'a-t-elle pas fait sentir plus tôt sa présence ? En fait, la force répulsive due à l'énergie noire a toujours été présente, tapie dans l'ombre, mais, pendant les sept premiers milliards d'années après le big bang, elle a été trop faible pour lutter contre la fantastique force de gravité attractive exercée par le contenu en matière (ordinaire et exotique) et énergie de l'univers. C'est la force attractive qui mène alors le bal, et elle décélère l'expansion de l'univers. Le temps joue néanmoins en faveur de la force répulsive. Au fur et à mesure que s'égrènent les milliards d'années, l'univers se dilue, les distances entre les galaxies augmentent et la force attractive, qui varie comme l'inverse du carré de la distance entre les galaxies, diminue d'intensité. En revanche, l'intensité de la force répulsive demeure constante. Au fil du temps, cette force répulsive prend de plus en plus d'importance par rapport à la force attractive. La passation des pouvoirs a lieu quand l'horloge cosmique sonne sept milliards d'années. La force répulsive est alors la plus forte, elle prend les choses en main et va dorénavant relancer, en l'accélérant, l'expansion universelle.

Comment la présence de cette mystérieuse énergie noire va-t-elle modifier le destin de l'univers ? Revenons sur les trois cas de figure possibles : l'univers peut être fermé, ouvert ou plat. Un univers fermé, avec une courbure positive et une densité de matière et d'énergie supérieure à la densité critique, ne terminera pas nécessairement son existence dans un « big crunch ». En fait, si la quantité d'énergie noire qu'il contient est assez grande, l'accélération de l'expansion universelle pourra se poursuivre pour l'éternité. L'univers, au lieu de terminer son existence dans un brasier infernal, continuera à se diluer et à se refroidir de plus en plus, et il mourra dans une obscurité glaciale. Quant à un univers ouvert, avec une courbure négative et une densité inférieure à la densité critique, l'accélération de l'expansion entraînera une dilution encore plus rapide, et lui aussi mourra dans une froidure désolée. Il se peut aussi que l'accélération de l'univers causée par l'énergie noire devienne si grande que les forces gravitationnelle, électromagnétique et nucléaire forte, qui sont attractives — elles lient les galaxies, les étoiles, les planètes et les hommes, et leur donnent une structure —, ne puissent plus résister à l'énorme force répulsive créée par l'expansion accélérée. Toutes les structures vont se « déchirer ». Alors, même les atomes ne pourront pas survivre, car la force de répulsion sera plus grande que la force électromagnétique qui lie les électrons au noyau atomique et la force nucléaire forte qui lie les protons et les neutrons dans le noyau. Seules subsisteront des particules élémentaires, emportées par l'expansion universelle, séparées par des distances sans cesse croissantes. C'est le « grand déchirement » ou le « grand éclatement » (*big rip* en anglais) (fig.). Ce sera la fin de toute structure et de toute vie. Qu'en est-il de l'univers plat, avec une courbure nulle et une densité égale à la densité critique, qui semble être favorisé par les observations ? Sans énergie noire, il connaîtra, nous l'avons vu, une expansion éternelle avec une décélération continue, avec une vitesse d'expansion qui s'approche asymptotiquement de zéro. Mais, avec la présence d'une énergie noire, après une période de décélération pendant les sept premiers milliards d'années, l'univers accélère, se diluant et se refroidissant de plus en plus. Son destin ultime sera similaire à celui d'un univers ouvert.

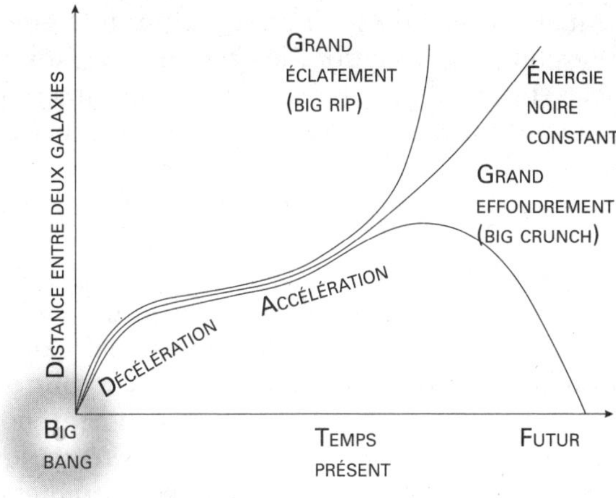

L'univers est parti d'un état extrêmement petit, chaud et dense. Depuis le big bang, sa taille n'a cessé de s'accroître. Son mouvement d'expansion a décéléré pendant les 7 premiers milliards d'années, puis s'est accéléré depuis, propulsé par l'énergie noire. Quel sera son destin ? Il ne terminera pas sa vie dans la chaleur infernale d'un big crunch (grand effondrement). Mais de deux choses l'une : dans le cas d'une énergie noire constante, il se diluera éternellement, finissant sa vie dans une obscurité et froideur glaciale. Si la quantité d'énergie noire n'est pas constante, mais croît avec le temps, toutes les galaxies, étoiles et planètes vont se « déchirer » : ce sera le grand éclatement (big rip).

ÉTRANGE ET MERVEILLEUX UNIVERS

Ainsi, trois voies d'investigation totalement différentes — l'inflation, le rayonnement fossile, l'accélération de l'univers — nous ont amenés à la même conclusion : notre univers possède exactement la densité critique, sa géométrie est plate, et sa courbure nulle. Cette remarquable convergence ne saurait être le fait du hasard.

Je me souviens qu'en 1981, quand Guth avait proposé sa théorie de l'inflation, je n'y croyais pas trop ; en effet, l'inventaire de la matière lumineuse et noire de l'univers disait obstinément qu'il n'y en avait pas suffisamment pour que l'univers puisse atteindre la densité critique d'un univers plat. Ce qui entrait en contradiction flagrante avec l'inflation, car celle-ci doit nécessairement produire un univers plat à courbure nulle. De même, lors de l'annonce de la découverte de l'accélération de l'univers en 1998, j'étais resté, en même temps que nombre de mes collègues, plutôt sceptique. J'avais des doutes quant à la fiabilité des supernovæ de type Ia comme balises du passé de l'univers : il pouvait y avoir de la poussière intergalactique et galactique qui absorbe la lumière des supernovæ de type Ia, ce qui aurait rendu suspecte la mesure de leurs distances. C'est la confirmation aussi inespérée qu'inattendue d'un univers plat par le satellite WMAP, grâce à sa cartographie minutieuse du rayonnement fossile, qui m'a fait accepter l'idée d'un univers ayant subi une phase inflationnaire à ses tout premiers débuts et se trouvant aujourd'hui en accélération.

À l'aube du XXIe siècle, voilà donc ce que nous pouvons dire à propos de notre étrange et merveilleux univers : tout ce que nous voyons briller dans le ciel — la matière lumineuse dans les cent milliards de galaxies de l'univers observable, contenant chacune cent milliards de Soleils — ne représente qu'une minuscule fraction (0,5 %) du contenu total de l'univers. La matière « ordinaire », faite d'atomes, ne représente que 5 %, dont 0,5 % de matière lumineuse et 4,5 % de matière noire, probablement de l'hydrogène froid dans l'espace intergalactique et de l'hydrogène chaud dans les amas de galaxies. Le reste n'émet aucune sorte de lumière et est constitué de matière noire « exotique » (24 %), de nature encore inconnue, et principalement d'énergie noire (71 %) dont l'identité est tout aussi mystérieuse. Les physiciens font l'hypothèse que la matière noire exotique est composée de particules massives nées dès les premières fractions de seconde du big bang. Peut-être le LHC, l'immense accélérateur de particules à Genève, en découvrira-t-il quelques-unes. Quoi qu'il en soit, nous n'avons pour l'instant aucune idée sur ce que sont 95 % du contenu de l'univers ! Le renard de Saint-Exupéry ne croyait pas si bien dire quand il confiait au Petit Prince : « L'essentiel est invisible pour les yeux. »

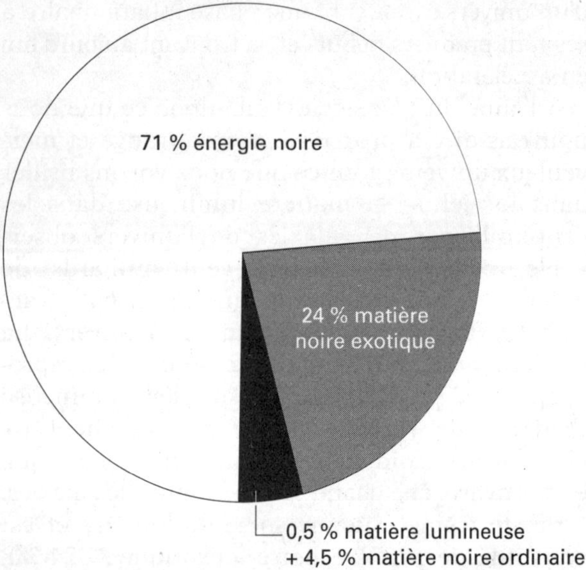

Nous vivons dans un univers-iceberg, connaissant seulement la nature de 5 % de l'univers (0,5 % de matière lumineuse plus 4,5 % de matière noire ordinaire). La nature des 95 % restants (24 % de matière noire exotique et 71 % d'énergie noire) nous reste totalement mystérieuse.

À cause de la force répulsive de l'énergie noire, l'univers connaîtra une expansion éternelle. L'humanité future — si tant est qu'elle puisse perdurer des milliards d'années, ce qui n'est pas le plus probable — échappera au sentiment de claustrophobie qu'engendrerait un univers fermé qui se contracterait sous son propre poids et se rétrécirait de plus en plus. Nos descendants ne verront pas les galaxies et les étoiles se rapprocher les unes des autres, fusionner, perdre leur identité et se volatiliser en lumière et en particules dans un fracas de déflagrations nucléaires. Ils ne verront pas disparaître la nuit, remplacée par la lumière aveuglante d'un univers trop chaud et trop dense. Ils ne périront pas dans un brasier infernal... En revanche, l'univers sera de plus en plus dilué par l'accélération cosmique. L'espace s'agrandira si vite que plus aucune particule ne pourra s'assembler à d'autres, ni aucune structure se former. Quand l'horloge cosmique sonnera quelques dizaines de milliards d'années (rappelons que l'univers actuel est âgé de 13,7 milliards d'années), la Voie lactée ne sera plus qu'un îlot perdu dans l'immensité du cosmos. Les centaines de milliards de galaxies maintenant accessibles à nos télescopes se seront tellement éloignées que nous ne pourrons plus les voir. Seules resteront visibles les centaines de galaxies appartenant au superamas de la Vierge, dont la Voie lactée fait partie. Et les études astronomiques que nos lointains descendants pourront alors entreprendre seront extrêmement limitées, car il y aura très peu d'objets à observer dans le ciel. Je m'estime chanceux de vivre à une époque où l'expansion de l'univers n'a pas encore éloigné la majorité des galaxies, où tant de mystères subsistent encore, et, surtout, d'avoir accès à des instruments sophistiqués et performants qui permettent de nous y attaquer !

UN UNIVERS FINI OU INFINI ?

Revenons à notre question du début : l'univers est-il fini ou infini ? En dépit de tous nos efforts, nous ne le savons toujours pas. Il se fait que l'univers a une courbure nulle. Ce qui veut dire que, selon sa topologie, il peut être aussi bien infini (comme dans le cas d'une nappe) que fini (comme dans le cas d'un « tore »). Les deux possibilités sont compatibles avec notre connaissance de l'univers. Les équations de la relativité ne nous disent rien sur la topologie de l'univers. Einstein a évoqué ainsi, de façon humoristique, notre ignorance de la taille de l'univers : « Deux choses sont infinies : l'univers et la stupidité humaine ; et je ne suis pas sûr de l'infinitude de l'univers. »

Saurons-nous jamais ? En principe, si l'univers était fini, la lumière de certaines étoiles et galaxies aurait fait plusieurs fois le tour de l'univers avant de parvenir jusqu'à nos télescopes. Nous devrions alors voir des images d'objets célestes qui se répètent. Or les astronomes n'ont jamais vu de telles images doublonnées (à part les mirages cosmiques créés par les lentilles gravitationnelles, phénomène tout à fait différent). Mais, même si nous n'observons pas d'images qui se répètent, nous ne pouvons pour autant en conclure que l'univers est infini. En effet, un univers fini pourrait être si vaste que, pendant les 13,7 milliards d'années de son existence, la lumière n'aurait pas eu le temps d'en faire le tour. Dans ce cas, il ressemblerait à s'y méprendre à un univers infini !

Nous ne pouvons donc pas faire le partage entre un univers fini et un univers infini par la seule absence d'images répliquées. À ce point, vous devez vous dire que la question de l'étendue de l'univers est une question bien académique. Après tout, l'espace est si immense, et nous n'avons accès qu'à une infime partie de lui par nos télescopes ; pourquoi devrions-nous nous échiner à savoir si l'univers s'étend à l'infini ou non, au-delà de notre horizon cosmologique ?

Si c'est nécessaire, c'est parce que le fait que l'univers soit fini ou infini détermine, nous l'allons voir, la nature même du réel.

V

L'INFINI ET L'ÉTERNEL RETOUR

L'ÉTERNELLE RÉPÉTITION

Bien que nous ne sachions pas, pour l'instant, si l'univers est fini ou infini, nous allons nous pencher ici sur le cas d'un univers infini. Cela, parce que cette hypothèse va nous amener à examiner une réalité aussi bizarre que fantastique, concernant ce qu'on appelle le « paradoxe de l'éternel retour » ou « paradoxe de l'éternelle répétition ».

Pour comprendre le paradoxe de l'éternelle répétition, imaginons la situation suivante qui met en scène la couturière Coco Chanel. Créatrice de mode et arbitre de l'élégance féminine, Mlle Chanel possède une garde-robe extrêmement fournie, composée de mille robes et de mille paires de chaussures. D'une sophistication extrême, elle se refuse à porter le même assortiment de robe et de chaussures plus d'une fois dans sa vie. Par conséquent, elle en change tous les jours. Avec sa garde-robe, le nombre total de combinaisons possibles est de 1 000 × 1 000 = un million. Coco Chanel a donc la possibilité de porter des combinaisons différentes de robes et de chaussures pendant un million de jours, soit 2 740 ans. Les combinaisons ne se répéteront que si elle vit plus de 2 740 ans, ce qui est peu probable ! Mais supposons que Coco Chanel ait découvert le secret de l'immortalité et vive éternellement. Au bout de 2 740 ans, elle devrait commencer à recycler chaque combinaison possible, et ce pour une infinité de fois. La leçon à retenir de cet exemple est donc : un nombre infini d'événements (ici, le port de vêtements par Coco Chanel) associé à un nombre fini de combinaisons d'objets (ici, les robes et les chaussures de la couturière) débouche nécessairement sur une éternelle répétition.

Appliquons la leçon à l'univers. Supposons qu'il soit infini. Nous avons déjà vu que nous ne pouvons regarder au-delà d'un horizon cosmique de 47 milliards d'années-lumière, la lumière de ces régions lointaines n'ayant pas eu le temps de nous parvenir. Réciproquement, la lumière de notre canton d'univers n'a pas eu le temps de parvenir à ces lointaines contrées. Nous pouvons ainsi nous représenter l'immensité de notre univers comme divisée en une infinité de sphères indépendantes, limitées chacune par leur horizon, et si éloignées les unes des autres qu'elles n'ont aucun contact entre elles (fig.). Chacune de ces sphères contient des particules de matière qui peuvent être arrangées en diverses combinaisons pour former des galaxies, des étoiles et des planètes. Mais, comme le nombre de robes et de chaussures de Coco Chanel, ces particules ne sont pas en nombre infini, mais fini. Et c'est par là que nous rejoignons l'histoire de Coco Chanel : ces particules en nombre fini ne peuvent être arrangées qu'en un nombre fini de combinaisons. Et parce qu'il existe un nombre infini de régions de l'espace semblables à celle que nous habitons, parce que le nombre de combinaisons des particules est fini, les conditions et le contenu de ces régions doivent nécessairement se répéter comme se répètent les combinaisons de robes et de chaussures portées par Coco Chanel, elle-même vivant et s'habillant pendant un temps infini alors que le nombre de ces combinaisons est fini. La juxtaposition de l'infini et du fini débouche invariablement sur l'éternelle répétition.

Vous pouvez vous demander pourquoi le nombre de particules élémentaires — protons, neutrons, électrons, photons et autres représentants de la faune des constituants de la matière et de l'énergie — doit être fini. Pourquoi ne pouvons-nous pas entasser autant de particules que nous en voulons dans un quelconque volume d'espace ? Après tout, si les particules n'ont pas d'extension spatiale, on pourrait penser qu'il serait loisible d'en mettre une infinité dans tout volume, tout comme nous pouvons aligner une infinité de points sans extension spatiale sur une ligne droite. Mais c'est loin d'être le cas : en effet, il ne faut pas oublier que chaque particule est un concentré d'énergie de par sa masse (Einstein nous a appris que masse et énergie sont des

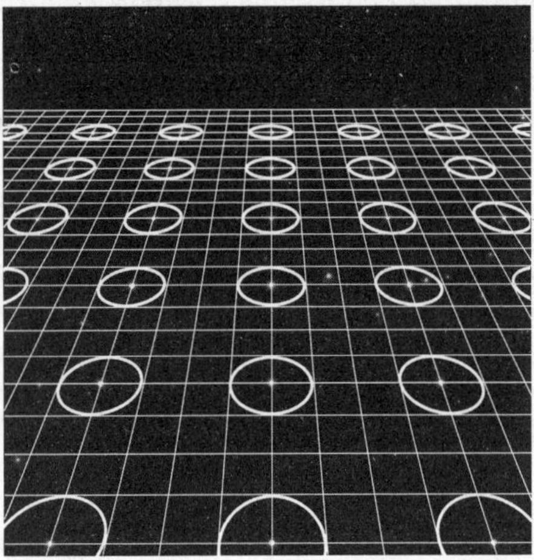

À cause de la vitesse finie de la lumière, un observateur au centre d'une région quelconque de l'univers ne peut pas entrer en contact avec d'autres régions de l'univers situées au-delà de son horizon cosmique (délimité par un cercle sur une surface plane). Ces régions sans contact évoluent indépendamment les unes des autres.

notions équivalentes) et son mouvement. Ce qui fait que nous ne pouvons arbitrairement bourrer autant d'énergie que nous le voulons dans un volume d'espace donné, car cette région d'espace s'effondrerait sous sa propre gravité et deviendrait un trou noir. Et si nous persistions à accumuler encore plus de matière et d'énergie dans le gouffre béant du trou noir après sa formation, la masse et donc le rayon du trou noir continueraient à augmenter (le rayon du trou noir croît en proportion de sa masse) jusqu'à engouffrer toute la région d'espace environnante. Il existe donc une limite bien finie à la quantité de matière et d'énergie que nous pouvons entasser dans une région d'espace donnée avant que celle-ci ne s'effondre pour devenir un trou noir. Ainsi, dans le cas de notre univers observable, avec son horizon cosmique de 47 milliards d'années-lumière, la masse qui y est contenue est de 10^{56} grammes. Ce nombre est fantastiquement élevé. Mais ce qui importe ici pour notre argumentation, ce n'est pas tant le nombre exact, si énorme soit-il, que le fait qu'il existe bel et bien une limite maximale à la quantité de matière et d'énergie que notre univers peut contenir sous peine de devenir un trou noir.

LE FLOU QUANTIQUE NE PERMET PAS À UNE PARTICULE UNE INFINITÉ DE POSITIONS ET DE VITESSES

Puisque le nombre de particules est limité, existe-t-il d'autres sources d'infinitude dans l'univers ? En effet, si nous réussissions à débusquer au moins une autre de ces sources, le paradoxe de l'éternelle répétition dans un univers infini pourrait être évité. Par exemple, pouvons-nous varier à l'infini les propriétés de chaque particule élémentaire dans l'univers ?

Considérons la position et la vitesse de chaque particule. Nous pouvons penser qu'il existe une infinité de valeurs que chacune de ces deux quantités peut prendre, puisqu'il existe — nous l'avons vu lors de nos pérégrinations dans le monde des mathématiques — une infinité de nombres réels. Mais la mécanique quantique interdit cette infinité-là. Le physicien allemand Werner Heisenberg (fig.) a découvert, nous l'avons vu, que la nature suit un « principe d'incertitude » à l'échelle atomique et subatomique : l'information que nous pourrons recueillir d'une particule élémentaire ne sera jamais complète. Soit nous mesurons la position d'un électron avec une grande précision et renonçons à connaître exactement sa vitesse, soit nous observons sa vitesse et acceptons que sa position demeure imprécise, mais nous ne pouvons jamais connaître avec exactitude à la fois sa vitesse et sa position. Cette indétermination ne vient pas de ce que nous manquons d'imagination dans nos calculs, ou de ce que nos appareils de mesure ne sont pas assez sophistiqués : c'est une propriété fondamentale de la nature.

La raison de cette indétermination vient de l'acte d'observation lui-même. Pour observer une particule élémentaire, par exemple un électron, je dois l'éclairer, c'est-à-dire lui envoyer des particules de lumière ou photons. Or, chaque photon possède une certaine quantité d'énergie qui est liée à sa longueur d'onde. Cette longueur d'onde détermine le degré de précision avec lequel la lumière peut cerner la réalité et localiser l'électron. Plus l'énergie est faible, plus la longueur d'onde est grande, et plus la réalité devient floue. Si l'énergie augmente, la longueur d'onde diminue et les contours se précisent. Vous objecterez que ce n'est pas un problème, qu'il suffit d'éclairer l'électron avec une lumière très énergétique pour le localiser avec autant de précision que souhaité. Mais, pour une parfaite localisation, il faut une lumière dotée d'une énergie infinie, ce qui est impossible. Ainsi, à cause du flou quantique, la position et la vitesse d'une particule élémentaire ne peuvent être connues avec une précision infinie. Ce qui veut dire que le nombre de positions et de vitesses distinctes que peut avoir toute particule est fini. Nous nous trouvons derechef confrontés à un nombre fini de possibilités. Cette finitude, combinée à l'infinité de l'univers, débouche inévitablement sur une répétition sans fin.

De combien de façons différentes pouvons-nous combiner le nombre fini de particules dans l'univers observable (limité par notre horizon cosmologique), dont les valeurs distinctes de position et de vitesse sont elles aussi en nombre fini ? La réponse est, bien sûr, un nombre astronomique[1]. Mais, de nouveau, l'essentiel n'est pas que ce chiffre passe notre imagination, c'est qu'il soit fini ! Parce que le nombre de combinaisons de particules est fini et que l'univers, lui, est infiniment vaste, il y aurait une infinité de répétitions de vous et de moi, comme de tout autre objet présent dans cet univers.

L'HOMME DEVIENT ÉTERNEL PAR LE BIAIS DU NOMBRE ILLIMITÉ DE SES SOSIES

La première discussion du paradoxe de la duplication des êtres est en général attribuée au philosophe allemand Friedrich Nietzsche (1844-1900) (fig.), qui écrit dans *La Volonté de puissance*[2] : « L'univers doit posséder un nombre calculable de

1. Ce nombre est égal à $10^{10^{122}}$, plus grand que le « googolplex » défini au chapitre I du présent ouvrage. Si vous l'écriviez en entier, sa longueur serait plus grande que le rayon de l'univers observable ! Cf. Brian Greene, *La Réalité cachée : les univers parallèles et les lois du Cosmos*, Laffont, 2012.

2. Friedrich Nietzsche, *La Volonté de puissance*, Gallimard, Tel, 1995.

combinaisons dans le grand jeu du hasard qui est à la base de son existence... Dans l'infinité, à un moment ou à un autre, chaque combinaison possible a dû être réalisée ; et non seulement une fois, mais une infinité de fois. » Nietzsche raconte qu'il a lui-même lu une discussion de ce paradoxe dans un essai du poète et essayiste allemand Heinrich Heine (1797-1856), fondé non pas sur l'infinitude de l'espace, mais sur celle du temps : « Le temps est infini, mais les corps concrets qui existent dans le temps sont finis... Quelle que soit la durée du temps qui passe, selon les lois éternelles qui gouvernent les combinaisons de ce jeu éternel de répétitions, toutes les configurations qui ont existé précédemment sur Terre doivent se rencontrer, s'attirer, se repousser ou s'embrasser... Ce qui fait qu'un jour un homme va naître qui me sera en tout point identique. »

L'homme politique français Louis Auguste Blanqui (1805-1881) (fig.), surtout connu pour son rôle dans la Commune et ses idées socialistes qui

inspirèrent le syndicalisme révolutionnaire à la fin du XIXe siècle, a lui aussi formulé de façon percutante ce « paradoxe de la duplication des êtres ». En 1871, pendant l'un de ses nombreux séjours en prison (il passa trente-six ans derrière les barreaux à cause de ses activités politiques), il rédigea l'ouvrage intitulé *L'Éternité par les astres : hypothèse astronomique*, dans lequel il livre ses réflexions philosophiques sur les conséquences d'un univers infini. Il note qu'il n'existe qu'un nombre fini d'éléments chimiques dans la nature — quatre-vingt-douze en tout et pour tout —, à partir desquels tout objet matériel est constitué. Malgré la quantité astronomique de leurs combinaisons possibles, le résultat final est forcément un nombre fini. Dès lors, pour remplir l'étendue infinie de l'univers, toute combinaison originale doit nécessairement se répéter à l'infini. Blanqui décrit avec éloquence l'éternité qui rejoue sans cesse les mêmes thèmes, et l'homme qui devient infini et éternel à travers le nombre illimité de ses sosies :

> Les corps célestes sont ainsi classés par originaux et par copies… Le nombre des types originaux est borné ; celui des copies ou répétitions, infini. Chaque type a derrière lui une armée de sosies dont le nombre est sans limites… Il s'ensuit que chaque terre, contenant une de ces collectivités humaines particulières, résultat de modifications incessantes, doit se répéter des milliards de fois pour faire face aux nécessités de l'infini. De là des milliards de terres absolument sosies, personnel et matériel, où pas un fétu ne varie soit en temps, soit en lieu, ni d'un millième de seconde, ni d'un fil d'araignée… Ainsi, par la grâce de sa planète, chaque homme possède dans l'étendue un nombre sans fin de doublures qui vivent sa vie absolument telle qu'il la vit lui-même. Il est infini et éternel dans la personne d'autres lui-même, non seulement de son âge actuel, mais de tous ses âges. Il a

> simultanément, par milliards, à chaque seconde présente, des sosies qui naissent, d'autres qui meurent, d'autres dont l'âge s'échelonne de seconde en seconde, depuis sa naissance jusqu'à sa mort.

Ainsi, si l'univers était infini, il existerait, au moment où j'écris ces lignes, un nombre infini de mes sosies dans cet univers, faisant exactement la même chose à cet instant précis : rédiger un livre. Mais il existerait aussi un nombre infini de mes copies identiques vaquant à d'autres occupations : les uns allant au cinéma, d'autres jouant au tennis, d'autres encore en train de dormir. Les variations seraient infinies. Il en irait de même pour vous. Il existerait une infinité de copies de vous, certaines en train de lire, d'autres de marcher, d'autres encore de jardiner, etc. En fait, il existerait une infinité de chacun de nous s'adonnant à toutes les activités possibles. Mais une question se pose : en admettant que vous vouliez rencontrer un de vos sosies, quelle distance devriez-vous couvrir pour aller lui serrer la main ? À supposer que les combinaisons des particules composant chacun de vos sosies et vous-même varient de manière aléatoire, selon les règles de la probabilité, d'un canton de l'univers à l'autre, il vous faudrait parcourir une distance de 10^N mètres où $N = 10^{27}$ (1 suivi de 27 zéros) avant de pouvoir rencontrer l'un de vos clones. C'est une distance fantastiquement élevée. Par comparaison, N = 7 pour la taille de la Terre, N = 16 pour parvenir jusqu'à la prochaine étoile (une distance de 4,3 années-lumière), N = 19 pour atteindre le bord de la Voie lactée, et N = 27 pour aller jusqu'à la limite de l'univers observable (celui-ci possède, nous l'avons vu, un rayon de 47 milliards d'années-lumière). La distance que vous devriez parcourir serait d'autant plus grande que le nombre de particules impliquées serait grand. Ainsi, pour rencontrer une parfaite copie de la Terre (qui nécessite 10^{23} fois plus de particules qu'une personne), N = 10^{50}. Quant à pouvoir contempler une reproduction de tout notre univers observable quelque part dans l'univers entier, il vous faudrait parcourir une distance de 10^N mètres où N = 10^{120}. En d'autres termes, dans chaque région d'espace de diamètre 10^N mètres où N = 10^{120}, il existe une exacte réplication de notre univers observable, avec les mêmes galaxies, les mêmes étoiles, les mêmes planètes, les mêmes vous et moi, et tout ce qui se trouve dans la région bordée par notre horizon cosmique[1].

Il existerait ainsi une infinité de copies de notre canton d'univers et de nous-mêmes disséminées dans l'infinité de l'univers entier. Dans cet ensemble d'univers semblables au nôtre, toutes les décisions, toutes les options possibles seront retenues. Dans cet univers-ci, je suis astrophysicien, mais dans un univers parallèle je serai philosophe ou neurobiologiste. Tous les rêves irréalisés, brisés dans cet univers-ci se concrétiseront dans un autre univers. Mais la

1. Les chiffres précédents sont tirés de John Barrow, *Une brève histoire de l'infini*, Fayard/Pluriel, 2012.

grande majorité des univers parallèles — ceux qui ne sont pas des univers sosies du nôtre — ne recèleront pas la nécessaire combinaison des constantes physiques et des conditions initiales pour que la vie et la conscience puissent s'y développer. Ils seront vides et stériles. Au fur et à mesure que le temps passe, l'horizon cosmique de chaque univers parallèle va par ailleurs s'accroître, et certains, qui étaient isolés et déconnectés les uns des autres, vont se chevaucher et entrer en contact avec leurs sosies : ils ne seront plus parallèles. Cela dit, si l'univers est infini, il continuera d'exister d'autres univers parallèles, de plus grande taille et plus éloignés, certes, mais qui resteront déconnectés et dont certains seront l'exacte duplication de notre univers observable, contenant donc des clones de vous et de moi.

UNE VUE MATÉRIALISTE ET RÉDUCTIONNISTE DU MONDE

La situation décrite précédemment est bien sombre. Dans cet univers, rien ne serait nouveau ni original. Il n'existerait pas de création nouvelle : tout n'y serait que copie, réduplication. Rien n'y serait fait pour la première fois, de même que rien n'y serait accompli pour la dernière fois. Rien n'y serait unique, tout ne serait que redite. Dans un univers infini par la taille et le contenu matériel, toute chose qui possède une probabilité non nulle de venir au monde et d'exister se doit de survenir une infinité de fois. Dans un univers infini où la probabilité que la vie se développe est non nulle, il est inéluctable que je possède un nombre illimité de copies de moi-même.

Une question philosophique se pose alors : un sosie constitué des mêmes particules que moi, agencées précisément selon le même arrangement, est-il exactement la même personne que moi ? D'après la mécanique quantique, les propriétés de chaque particule élémentaire sont identiques à celles de toute autre particule élémentaire. Un électron a la même masse, la même charge électrique, le même spin[1] total, etc., que tout autre électron. Ces propriétés définissent globalement la particule, et il n'en existe pas d'autres. Ce qui peut différer, entre deux particules de même espèce, c'est leur état quantique : elles peuvent, par exemple, avoir différentes probabilités de se trouver en tel ou tel endroit, d'être animées par telle ou telle vitesse, d'avoir leur spin pointé dans telle ou telle direction. La nature reproduisant à l'identique non seulement les particules, mais aussi leurs états quantiques au détail près, cela suffit-il à dire que mes sosies sont exactement les mêmes que moi ? Nous savons après tout que, dans le cours de notre existence,

1. Le spin est la propriété quantique d'une particule élémentaire décrivant le mouvement de rotation sur elle-même. Il ne peut prendre que des valeurs entières (0, 1…) ou demi-entières (1/2, 3/2…).

les cellules qui nous composent sont remplacées en permanence par de nouvelles cellules. Or, nous ne perdons pas pour autant notre personnalité. Si je troque tous mes atomes de carbone et d'oxygène contre d'autres atomes de carbone et d'oxygène, je suis encore moi. En définitive, ce qui importe, ce ne sont pas tant les atomes en eux-mêmes que la façon dont ils sont agencés. En d'autres termes, ce qui compte c'est moins le support matériel que les principes organisateurs. Serais-je la même personne si je troquais la totalité de mes atomes contre d'autres ? Mon sosie aurait la même taille, le même poids, la même couleur d'yeux et de cheveux, son corps dégagerait la même odeur naturelle, mais ses pensées, ses convictions religieuses, ses orientations philosophiques, son goût pour certains types de femmes, ses préférences gastronomiques, bref, tous ces attributs qui définissent ma personnalité, seraient-ils encore les mêmes que les miens ?

Si la réponse est oui, cela signifie que l'« esprit », c'est-à-dire l'âme, la conscience, le sentiment de transcendance, les émotions, les jugements moraux et esthétiques, est de nature exclusivement matérielle, et que l'amour ou la haine, la compassion ou la jalousie ne sont qu'affaire d'atomes et de molécules, de flux chimiques et d'impulsions électriques. Bien que cela puisse être le cas, cette conception purement matérialiste et réductionniste de l'esprit, qui conduit à la conclusion que mes sosies, constitués des mêmes particules et des mêmes états quantiques que moi, sont exactement moi, est pour l'heure fort loin d'avoir été démontrée par la biologie moderne. Certains neurobiologistes pensent que l'esprit peut émerger de la matière une fois que les réseaux de neurones du cerveau des êtres vivants ont dépassé un certain seuil de complexité. Le concept d'émergence serait ainsi lié à la notion de complexité : quand l'organisation de la matière devient suffisamment complexe, des propriétés nouvelles émergeraient au niveau supérieur de l'organisme, qui n'étaient pas présentes au niveau inférieur des particules élémentaires. En d'autres termes, le tout est ici plus grand que la somme des parties. De ce point de vue, la vie aurait émergé de poussières d'étoiles inanimées quand l'organisation des cellules est devenue assez complexe, et la conscience aurait surgi du cortex quand les connexions neuronales ont franchi un certain cap de complexité. Dans cette optique, la conscience, comme la vie elle-même, est issue de la matière inanimée. Elle n'est que le résultat de courants électrochimiques circulant dans les circuits neuronaux. Cette position matérialiste est bien résumée par le fameux aphorisme du médecin français Pierre Cabanis au XVIIIe siècle : « Le cerveau sécrète la pensée comme le foie sécrète la bile. »

L'ESPRIT N'EST-IL QUE MATIÈRE ?

Je préfère de loin la position bouddhiste selon laquelle l'esprit est distinct de la matière et n'en est pas issu. Cette position ne rejoint pas pour autant le dualisme corps-esprit cher à Descartes. Pour le philosophe français, la réalité épouse deux formes distinctes : celle de l'esprit, qui est pure conscience, ne s'étend pas dans l'espace et ne peut être subdivisée ; celle de la matière, dépourvue de conscience, possède une étendue et peut être divisée. Pour le bouddhisme, l'esprit et la matière ne diffèrent que dans la « vérité conventionnelle », car, dans la « vérité ultime », ni l'un ni l'autre n'ont d'existence propre, tous deux étant interdépendants et participant de la même globalité. Je m'insurge personnellement contre une description purement matérialiste de l'esprit, car si l'homme n'est qu'un « paquet de neurones », pour reprendre l'expression du biologiste Francis Crick[1], si la conscience n'est que le résultat d'événements neuronaux, qu'en est-il de mon libre arbitre ?

Le modèle de l'« homme neuronal[2] » implique que l'impression que j'ai de pouvoir choisir et décider — ce que nous appelons « libre arbitre » ou « responsabilité » — n'est que pure illusion. Prendre une décision n'est alors que le résultat du travail des neurones dans le cerveau, qui leur permet de définir la meilleure stratégie en tenant compte des stimuli extérieurs, de notre bagage génétique et de l'apprentissage acquis au fil de la

1. Francis Crick, *The Astonishing Hypothesis : The Scientific Search for the Soul*, Scribner, 1994.

2. Jean-Pierre Changeux, *L'Homme neuronal*, Fayard, 1983.

vie. Quand les divers circuits neuronaux se synchronisent, j'ai l'impression d'avoir pris une décision et j'en éprouve un vif sentiment de soulagement et de plaisir. Selon ce schéma, je ne décide pas plus d'aller au cinéma, de sauver une personne en détresse ou de tuer quelqu'un que je ne contrôle les battements de mon cœur. La théorie de l'évolution et de la sélection naturelle de Charles Darwin est appelée à la rescousse pour expliquer cet étrange état de fait : si j'ai le sentiment d'être maître à bord, de prendre des décisions et de disposer d'un libre arbitre, c'est que l'impression d'être aux commandes joue un rôle favorable dans l'adaptation de notre espèce au cours de son évolution. Cette thèse revient à dire que je ne suis qu'un automate qui se prend pour un être pensant, un robot auquel l'évolution aurait donné l'illusion du libre arbitre. Cette conscience dont je suis si fier ne serait qu'une simple fonction témoin, un voyant qui s'allume au bout d'une longue chaîne de processus électrochimiques à l'intérieur de mon cerveau. En somme, le libre arbitre n'existerait pas.

En poussant ce genre de raisonnement jusqu'à sa conclusion logique — ce que les partisans de cette thèse ne font pas —, on pourrait dire que, si le libre arbitre n'existe pas, les concepts de valeurs, de responsabilité, de morale, de justice et d'éthique, qui sont à la base des sociétés humaines et de la civilisation, n'ont pas plus lieu d'exister. Ceux qui nient l'existence du libre arbitre se contredisent chaque fois qu'ils prétendent se conduire et s'exprimer en êtres indépendants. Le fait même que j'essaie de démontrer la réalité du libre arbitre n'est-il pas un argument en faveur de son existence ? Car comment quelque chose qui n'existe pas pourrait-il désirer prouver qu'il existe ? Comment des neurobiologistes et des philosophes sans libre arbitre seraient-ils amenés à nier l'existence de ce même libre arbitre ?

Il est évident que la science est encore bien loin de comprendre comment nous pensons, aimons et créons. Pour ma part, j'ai le plus grand mal à croire que nous ne soyons que des « machines à propager des gènes », pour reprendre l'expression du biologiste anglais Richard Dawkins[1] ; que l'amour qui transfigure deux amants et enflamme leurs cœurs, que ce sentiment fulgurant qui a été chanté par les troubadours, qui a inspiré les plus grands poètes et les musiciens les plus sublimes, qui a été magnifié par les peintres les plus talentueux, qui a suscité les plus grands sacrifices comme les actes les plus héroïques, mais qui a aussi déclenché les guerres les plus meurtrières, soit le résultat de courants électrochimiques circulant dans des circuits neuronaux ! J'ai tout autant de mal à accepter que la tendresse d'une mère pour son enfant, la complicité qui unit un vieux couple au soir de sa vie, le sentiment de transcendance qui illumine l'existence humaine, l'extase face à la beauté, la répulsion devant la laideur, la joie et la tristesse, le

1. Richard Dawkins, *Le Gène égoïste*, traduit par Laura Ovion, Armand Colin, 1990.

chagrin et la pitié — que tout cela ne soit que le résultat de connexions neuronales dictées par les forces aveugles de l'évolution et de la sélection naturelles.

Alors, l'esprit n'est-il que matière ? Je me rendrais bien sûr à un verdict irréfutable des neurobiologistes, mais, en l'état actuel de nos connaissances, je préfère de loin répondre « non ». Quoi qu'il en soit, le paradoxe de la duplication des êtres n'a lieu d'être que si l'esprit n'est qu'un produit de la matière et si nous ne sommes que des machines à propager des gènes et des paquets de neurones !

BORGES ET LES AVATARS DE L'INFINI

Le paradoxe de l'éternelle réplication a été source de fascination non seulement pour les scientifiques et les philosophes, mais aussi pour les écrivains. L'écrivain argentin Jorge Luis Borges est peut-être celui qui a le mieux exprimé l'indicible tension et le permanent effroi qu'inspirent les rapports du fini avec l'infini. Il s'est aussi penché sur le paradoxe de l'éternelle réplication, qu'il appelle la « doctrine des cycles », ou, en suivant Nietzsche, la « doctrine de l'éternel retour ». Il écrit dans son *Histoire de l'éternité*[1] : « Le nombre

1. Jorge Luis Borges, *Histoire de l'éternité,* Union générale d'éditions, 1994.

des atomes qui composent le monde est, bien que démesuré, limité et susceptible, en tant que tel, d'un nombre limité (bien que démesuré lui aussi) de combinaisons. En un temps infini, le nombre des combinaisons possibles doit être atteint et l'univers doit forcément se répéter. À nouveau tu naîtras d'un ventre, à nouveau ton squelette grandira, à nouveau cette même page arrivera entre tes mains identiques, à nouveau tu vivras toutes les heures jusqu'à celle de ta mort impensable. »

Borges s'est servi de ce paradoxe de l'éternel retour pour bâtir la trame de plusieurs de ses contes fantastiques. Ainsi, dans « La Bibliothèque de Babel[1] », l'Argentin imagine un vaste bâtiment avec un dédale de couloirs qui bifurquent sans cesse, menant à des chambres identiques d'où partent d'autres couloirs semblables menant à d'autres chambres identiques, le tout produisant d'infinies duplications, enfermant le bibliothécaire aveugle (Borges se réfère ici à lui-même, car il était frappé de cécité) et le lecteur dans un immense labyrinthe sans issue (fig.). La Bibliothèque est ici identifiée à l'univers :

> L'univers (que d'autres appellent la Bibliothèque) se compose d'un nombre indéfini, et peut-être infini, de galeries hexagonales, avec au centre de vastes puits d'aération bordés par des balustrades basses. De chacun de ces hexagones, on aperçoit les étages inférieurs et supérieurs, interminablement. La dis-

1. Jorge Luis Borges, *Fictions*, Folio-Gallimard, 1974.

En 1745, le peintre italien Giovanni Battista Piranesi, dit Le Piranèse (1720-1778), commence, lors d'un accès de fièvre, une série de gravures appelée *Les Prisons imaginaires* (*Carceri d'Invenzione* en italien). Les interminables labyrinthes et l'absence de repères dans ces gravures (comme celle ci-dessus) donnent une sensation fantasmagorique et suggèrent la notion d'infini, rappelant « La Bibliothèque de Babel » de Borges.

tribution des galeries est invariable. Vingt longues étagères, à raison de cinq par côté, couvrent tous les murs, moins deux ; leur hauteur, qui est celle des étages eux-mêmes, ne dépasse guère la taille d'un bibliothécaire normalement constitué. Chacun des pans libres donne sur un couloir étroit, lequel débouche sur une autre galerie identique à la première et à toutes...

Pour Borges, le thème de l'éternel retour, dans lequel des enchaînements de causes et d'effets se subdivisent et se ramifient sans cesse, est étroitement lié à celui du labyrinthe où, malgré ses efforts, et si loin qu'il s'aventure, l'homme demeure toujours aussi éloigné de la sortie. Comme l'écrit Roger Caillois, l'éditeur et traducteur de Borges, dans son « avertissement » à *L'Aleph*[1] :

> Ces couloirs qui bifurquent et qui ne mènent à rien qu'à des salles identiques aux premières et d'où rayonnent ces couloirs homologues, ces répétitions oiseuses, ces duplications épuisantes enferment l'auteur dans un labyrinthe qu'il identifie volontiers avec l'univers. Où que l'homme se tienne, lui semble-t-il, il se trouve toujours au centre d'indiscernables reflets, d'inextricables correspondances… Dans un labyrinthe, tout se répète ou paraît se répéter : corridors, carrefours et chambres. L'esprit supérieur qui le conçoit — philosophe ou mathématicien — le connaît fini. Mais l'errant qui en cherche inutilement la sortie l'éprouve infini, comme le temps, l'espace, la causalité. Au moins lui est-il impossible de trancher dans un sens ou dans l'autre. Une expérience trop courte lui fait supposer unique ce qui est infiniment répété, ou tenir pour infiniment répété ce qui ne saurait exister deux fois absolument semblable à soi-même.

Comme l'univers, la Bibliothèque a un centre qui est partout (de manière équivalente, on peut aussi dire qu'elle n'a pas de centre) et une circon-

1. Jorge Luis Borges, *L'Aleph*, Gallimard, 1967.

férence qui n'est nulle part (c'est-à-dire qu'elle n'a pas de limites) :

> Car j'affirme que la Bibliothèque est interminable. Pour les idéalistes, les salles hexagonales sont une forme nécessaire de l'espace absolu, ou du moins de notre intuition de l'espace ; ils estiment qu'une salle triangulaire ou pentagonale serait inconcevable. Quant aux mystiques, ils prétendent que l'extase leur révèle une chambre circulaire avec un grand livre également circulaire à dos continu, qui fait le tour complet des murs ; mais leur témoignage est suspect, leurs paroles obscures : ce livre cyclique, c'est Dieu… Qu'il me suffise pour le moment de redire la sentence classique : la Bibliothèque est une sphère dont le centre véritable est un hexagone quelconque, et dont la circonférence est inaccessible.

La Bibliothèque est infinie non seulement dans l'espace, mais aussi dans le temps : « La Bibliothèque existe *ab æterno*. De cette vérité dont le corollaire immédiat est l'éternité future du monde, aucun esprit raisonnable ne peut douter. »

La Bibliothèque contient des livres dont un bibliothécaire de génie a découvert la loi fondamentale il y a environ cinq cents ans :

> Ce penseur observa que tous les livres, quelque divers qu'ils soient, comportent des éléments égaux : l'espace, le point, la virgule, les vingt-deux lettres de l'alphabet. Il fit également état d'un fait que tous les voyageurs ont confirmé : il n'y a pas, dans la vaste Bibliothèque, deux livres identiques. De ces prémisses incontroversables, il déduisit que la

> Bibliothèque est totale et que ses étagères consignent toutes les combinaisons possibles des vingt et quelques symboles orthographiques (nombre, quoique très vaste, non infini), c'est-à-dire tout ce qu'il est possible d'exprimer dans toutes les langues. Tout : l'histoire minutieuse de l'avenir, les autobiographies des archanges, le catalogue fidèle de la Bibliothèque, des milliers et des milliers de catalogues mensongers, la démonstration de la fausseté de ces catalogues, la démonstration de la fausseté du catalogue véritable, l'évangile gnostique de Basilide, le commentaire de cet évangile, le commentaire du commentaire de cet évangile, le fait véridique de ta mort, la traduction de chaque livre en toutes les langues, les interpolations de chaque livre dans tous les livres... Chacun des murs de chaque hexagone porte cinq étagères ; chaque étagère comprend trente-deux livres, tous de même format ; chaque livre a quatre cent dix pages ; chaque page, quarante lignes, et chaque ligne, environ quatre-vingts caractères noirs.

Cette Bibliothèque universelle, qui se confond avec l'univers lui-même, est complète, contenant tous les livres possibles (dans le cadre de certaines limites, comme l'exclusion des alphabets étrangers). Chaque livre compte le même nombre de pages et de signes agencés au hasard, résultant de toutes les combinaisons et permutations possibles de vingt-cinq caractères (l'espace, le point, la virgule et les vingt-deux lettres de l'alphabet[1]). Bien sûr, la très grande majorité de ces livres

1. Dans son conte, Borges parle d'un alphabet de vingt-deux lettres, différent de l'alphabet latin de vingt-six lettres couramment utilisé.

sont incohérents, sans aucun contenu lisible. Ils n'ont aucun sens, car ils sont faits d'une succession de lettres qui ne forment aucun mot dans aucune langue. Borges décrit comme suit ces livres de la Bibliothèque universelle :

> [...] la nature informe et chaotique de presque tous les livres. L'un de ceux-ci [...] comprenait les seules lettres M C V perversement répétées de la première à la dernière ligne. Un autre [...] est un pur labyrinthe de lettres, mais, à l'avant-dernière page, on trouve cette phrase : *Ô temps, tes pyramides*. Il n'est plus permis de l'ignorer : pour une ligne raisonnable, pour un renseignement exact, il y a des lieues et des lieues de cacophonies insensées, de galimatias et d'incohérences.

À partir de leur description, nous pouvons calculer le nombre total de livres dans la Bibliothèque universelle de Borges. Puisque chaque livre contient 410 pages, chaque page 40 lignes, et chaque ligne 80 caractères, le nombre total de caractères par livre est de (410 × 40 × 80 =) 1 312 000. Pour un seul caractère, il existe vingt-cinq possibilités (le point, la virgule et les vingt-deux lettres de l'alphabet) ; pour une combinaison de deux caractères, il en existe 25 × 25 ; pour une combinaison de trois caractères, il en existe 25 × 25 × 25, et ainsi de suite. Pour une combinaison de 1 312 000 caractères, il y aurait $25^{1\,312\,000}$ possibilités, ou environ $10^{1\,836\,800}$ livres. Un nombre à couper le souffle ! Comparez-le, par exemple, au nombre total d'atomes de l'univers observable, qui est « seulement » de 10^{80}. Il vous faudrait aligner près de deux millions de zéros de plus pour exprimer le nombre de livres potentiels contenus dans la Bibliothèque universelle ! Mais ce qui importe à nouveau ici, ce n'est pas tant le nombre exact de livres dans la Bibliothèque que le fait qu'il est bel et bien fini, et non pas infini.

La Bibliothèque universelle contient tous les livres possibles (il suffit qu'un ouvrage soit concevable pour qu'il s'y trouve), tous les chefs-d'œuvre potentiels de la littérature, et dans quelques-uns de ces livres résident les réponses à tous les secrets et mystères du monde. Dans le texte de Borges, cette pensée souleva au début un immense espoir chez les hommes. Mais ils se rendirent vite compte que ces quelques livres précieux entre tous étaient inaccessibles, car ils étaient introuvables, perdus parmi les innombrables livres qui n'avaient aucun sens et constituaient la majeure partie de la bibliothèque. À la formidable espérance succéda alors le désespoir. Certains tentèrent d'éliminer les ouvrages inutiles, mais sans grand effet, car le nombre total des livres était gigantesque :

> Quand on proclama que la Bibliothèque comprenait tous les livres, la première réaction fut un bonheur extravagant. Tous les hommes se sentirent maîtres d'un essor intact et secret. Il n'y avait pas de problème personnel ou mondial dont l'éloquente solution n'existât quelque part... L'univers se trouvait justifié, l'univers avait brusquement conquis les dimensions illimitées de l'espérance... On espérait aussi, vers la même époque, l'élucidation des mystères fondamentaux de l'humanité :

l'origine de la Bibliothèque et du Temps... À l'espoir éperdu succéda, comme il est naturel, une dépression excessive. La certitude que quelque étagère de quelque hexagone renfermait des livres précieux, et que ces livres précieux étaient inaccessibles, sembla presque intolérable.

D'autres, en revanche, estimèrent que l'essentiel était d'éliminer les œuvres inutiles. Ils envahissaient les hexagones, exhibant des permis quelquefois authentiques, feuilletaient avec ennui un volume et condamnaient des étagères entières : c'est à leur fureur hygiénique, ascétique, que l'on doit la perte insensée de millions de volumes. Leur nom est explicablement exécré, mais ceux qui pleurent sur les « trésors » anéantis par leur frénésie négligent deux faits notoires. En premier lieu, la Bibliothèque est si énorme que toute mutilation d'origine humaine ne saurait qu'être infinitésimale. En second lieu, si chaque exemplaire est unique et irremplaçable, il y a toujours, la Bibliothèque étant totale, plusieurs centaines de milliers de fac-similés presque parfaits qui ne diffèrent du livre correct que par une lettre ou une virgule.

LE SINGE DACTYLOGRAPHE ET SHAKESPEARE

Pour créer sa Bibliothèque universelle, Borges se sert ici de ce qui est connu comme le « théorème du singe savant dactylographe » : un chimpanzé qui tape au hasard sur le clavier d'un ordinateur pourra, s'il dispose d'un temps infini, recréer toutes les pièces de Shakespeare (illustr. 31). L'épithète « savant » est ici ironique : le singe n'a aucune idée du livre qu'il est en train d'écrire. L'immense majorité des textes ainsi produits n'auront bien sûr aucun sens. Ce sont de ces livres qui constituent l'essentiel de la Bibliothèque universelle. Mais, disposant d'un temps infini, le singe peut recréer fortuitement toutes les séquences de lettres possibles, et, tôt ou tard, il finira par reproduire toutes celles correspondant aux chefs-d'œuvre de la littérature mondiale, parmi lesquels les œuvres du Barde immortel. Certes, la probabilité qu'un singe puisse reproduire mot pour mot *Hamlet* ou *Roméo et Juliette* est extrêmement faible, même si l'animal dispose d'un temps des milliards de milliards de milliards... de fois plus long que l'âge de l'univers, mais elle est non nulle. Ce qui est probable devient certitude quand le temps devient infini.

Le théorème du singe savant — en d'autres termes, la thèse selon laquelle on peut créer au petit bonheur des textes cohérents, des chefs-d'œuvre immortels, pourvu que l'on dispose d'un temps infini — a souvent été utilisé en littérature. Ainsi, dans *Les Voyages de Gulliver* (1726), Jonathan Swift (1667-1745) raconte l'histoire du professeur de la Grande Académie de Lagado qui tente de produire toute la connaissance scientifique du monde en demandant à chacun de ses étudiants de taper au hasard sur une machine à écrire. Les singes dactylographes ont fait pour la première fois leur apparition en 1909 dans les

Éléments de la théorie des probabilités du mathématicien français Émile Borel (1871-1956). Celui-ci estima que ces animaux, tapant au hasard sur des machines à écrire, finiraient par reproduire chaque volume de la Bibliothèque nationale. Cette métaphore des singes dactylographes fut reprise par maints auteurs, chacun l'adaptant à ses propres situation et culture. L'astrophysicien britannique Arthur Eddington (1882-1944) écrit ainsi dans *La Nature du monde physique* (1928) : « Si je laisse mes doigts errer au hasard sur les touches d'une machine à écrire, il se peut que, par accident, je produise une phrase qui soit intelligible. Si une armée de singes tapaient sur des machines à écrire, ils pourraient écrire tous les livres de la British Library. » La métaphore du singe dactylographe ne nécessite en principe qu'un seul singe immortel disposant d'un temps infini pour écrire ses livres. Mais nombre d'auteurs l'ont élargie à un nombre infini de singes tapant sur une infinité de machines à écrire pendant un temps infini, reproduisant ainsi l'ensemble de l'œuvre de Shakespeare.

La métaphore du singe dactylographe a également frappé l'imagination populaire et plusieurs tentatives ont été faites pour vérifier dans la pratique le théorème du singe savant et réaliser de manière concrète ce qui était pour l'essentiel une figure théorique. Il existe sur Internet un site où l'internaute a pris l'initiative de programmer un ordinateur afin de tester si, vraiment, une armée de singes dactylographes peut reproduire l'œuvre de Shakespeare. Le programme simule l'action de millions de singes tapant au hasard des combinaisons de neuf lettres, et vérifie ensuite si les combinaisons ainsi obtenues correspondent à des passages des textes du Barde. Quand une combinaison de neuf lettres reproduit une suite de lettres écrites par le dramaturge anglais, ce passage est considéré comme acquis et décompté de ce qui reste à faire. Et ainsi de suite. Au bout de quelques mois, tous les passages d'une œuvre telle que *La Tempête* peuvent être en effet reproduits. Mais cela démontre-t-il que les singes ont vraiment récréé l'œuvre de Shakespeare ? Non, car, pour dupliquer vraiment *La Tempête*, l'ordinateur (ou les singes) devrait reproduire non pas des combinaisons de neuf lettres (le nombre maximum à avoir été essayé est d'une vingtaine) venant selon un ordre aléatoire, mais tout le texte dans l'ordre qui est le sien dans la pièce de théâtre, du début à la fin et d'une seule traite, ce qui est une tout autre paire de manches !

En 2003, le Comité des arts d'Angleterre a financé un test réel du théorème avec six singes et un clavier d'ordinateur. Au bout de quelques semaines, ceux-ci produisirent cinq pages de texte composées en grande partie de la lettre *s* (les singes ne sont assurément pas aussi bons que les ordinateurs pour produire des textes aléatoires), et pas un traître mot qui ressemblât à de l'anglais ! De surcroît, ils détruisirent le clavier et l'utilisèrent comme urinoir ! L'expérience fut abandonnée au bout d'un mois.

Certains se sont même servis du théorème du singe dactylographe pour se moquer de la stupidité humaine : « Nous avons appris qu'un million de singes tapant sur un million de claviers d'ordinateurs pouvaient recréer les œuvres complètes de Shakespeare. Aujourd'hui, grâce à Internet, nous savons que ce ne peut être le cas ! »

LE PARADOXE DE L'ÉTERNELLE RÉPLICATION PEUT-IL ÊTRE CONTOURNÉ ?

La possibilité qu'il existe un nombre infini de vous et de moi disséminés de par le vaste univers, avec des actes et des pensées qui se répètent sans fin, est si bizarre qu'il est naturel de nous demander s'il existe un moyen d'éviter le paradoxe de l'éternel retour. En fait, ce paradoxe n'a plus cours si l'univers, au lieu d'être infini, est fini. Par ailleurs, il existe des traits de finitude jusque dans un univers infini. Ainsi, nous pouvons dire que, même si l'univers est infini, le fait que la vitesse de la lumière soit limitée (300 000 kilomètres par seconde) et que l'âge de l'univers le soit lui aussi (13,7 milliards d'années) aboutit à ce que nous ne puissions observer qu'une partie finie de cet univers infini. L'horizon cosmologique, nous l'avons vu, est de 47 milliards d'années-lumière, soit 10^{27} mètres. Nous avons vu également que, dans un univers infini au contenu semblable au nôtre, la distance par rapport à notre prochain sosie est au moins égale à 10^N mètres, où N est fantastiquement grand, avec une valeur qui n'est pas que de 27, mais de 10^{27} ! Pour entrer en contact par la lumière avec ce sosie le plus proche, il faut s'armer de patience : en effet, au fur et à mesure que l'univers vieillit, nous en voyons une partie de plus en plus grande dans la mesure où l'horizon cosmologique recule et que la lumière des objets célestes dispose de plus de temps pour nous parvenir. Mais ce temps d'attente n'en est pas moins extraordinairement long (environ 10^N années, où $N = 10^{27}$) et, à moins que nous ne soyons doués d'immortalité, nous aurons tous disparu bien avant que le moment fatidique arrive ! Toutes les étoiles se seront éteintes depuis belle lurette (cela se produit à 10^{12} ans), ce qui rendra le maintien de toute vie dans l'univers terriblement difficile[1]. Le problème se corse encore davantage si nous voulons communiquer non plus avec un de nos sosies, mais avec un univers qui est la réplique identique du nôtre. La distance sera alors de 10^N mètres où N n'est plus égal à 10^{27}, comme précédemment, mais à un nombre encore fantastiquement plus élevé, celui de 10^{120} ! Ainsi, la probabilité que nous puissions entrer en contact par la lumière avec l'un de nos sosies dans l'infinité de l'univers est quasi nulle. Par conséquent, le paradoxe de l'éternel retour n'a aucune incidence pratique. La conclusion originale qu'un univers infini contenant une quantité finie de

1. Voir à ce sujet mon ouvrage *La Mélodie secrète*, Fayard, 1988 ; Folio-Gallimard, 1991, p. 264.

matière doit posséder un nombre infini de nos sosies n'en subsiste pas moins. Que nous soyons dans l'impossibilité d'entrer en contact avec eux ne change rien à l'affaire !

Une autre façon d'esquiver le paradoxe de l'éternelle réplication consiste à postuler que la probabilité que la vie émerge ailleurs que sur Terre est strictement nulle. Mais, étant donné l'universalité des lois physiques — et, en principe, des lois biologiques —, pourquoi la vie ne serait-elle possible que sur notre planète ? Affirmer que la vie serait seulement apparue sur Terre, malgré une probabilité nulle qu'elle apparaisse ailleurs, équivaudrait à dire que la vie terrestre n'est pas soumise aux lois naturelles, qu'elle possède donc une origine supranaturelle, ou encore, en d'autres termes, qu'elle relève du miracle. C'est ce que le mouvement dit « créationniste » désigne du nom d'« *intelligent design* », ou « dessein intelligent ». Cette position est anticopernicienne et ne repose sur aucune preuve scientifique.

Une autre façon encore d'échapper au paradoxe de l'éternelle réplication consiste à invoquer une infinité de formes de vie différentes dans l'univers. Si tel est le cas, la forme de vie existant sur Terre ne sera jamais dupliquée en un autre endroit de l'univers, et il n'y aura donc pas une infinité de sosies pensant et accomplissant les mêmes actes que nous une infinité de fois. Or cette hypothèse ne tient pas la route, car la vie est fondée sur des molécules chimiques (des chaînes d'ADN dans le cas de la vie terrestre) (illustr. 32), et il n'existe dans l'univers qu'un nombre fini d'éléments chimiques : les quatre-vingt-douze éléments stables de la table de Mendeleïev. Or les observations astronomiques nous disent que les galaxies, les étoiles et les planètes, et donc, en bonne logique, toute vie extraterrestre dans l'univers, sont faites des mêmes éléments chimiques que nous. D'autre part, pour être stables, les molécules de la vie ne peuvent dépasser une taille maximale. Ce qui veut dire que les configurations moléculaires sur lesquelles seraient fondées d'autres formes de vie ne peuvent varier à l'infini. Le nombre de formes de vie dans l'univers doit donc être limité[1]. Si ce raisonnement est correct, la juxtaposition de l'infini avec le fini demeure, et le paradoxe de l'éternelle réplication avec elle.

En conclusion, si l'univers est infini, nous ne pouvons pas, jusqu'à nouvel ordre, échapper au paradoxe de l'éternel retour, à moins de prêter des causes supranaturelles à l'émergence de la vie sur Terre.

1. Voir George Ellis et Geoff Brundrit, *Quarterly Journal of the Royal Astronomical Society*, 20, 1979, p. 37-41.

VI

L'INFINI DES MULTIVERS

L'INFINI N'EST PLUS CE QU'IL ÉTAIT

Il est temps de faire le point. Le paradoxe de la réplication des êtres surgit dès qu'il y a interaction entre l'infini et le fini. Ainsi, un univers infini qui contiendrait un nombre fini de particules élémentaires y serait soumis. Nous avons également appris que, l'univers observable étant plat, avec une courbure nulle, nous ne pouvons savoir s'il est fini ou infini à partir de la seule connaissance de sa courbure. Nous avons déjà abordé le cas d'un univers infini. Que se passerait-il s'il était fini ? Échapperions-nous au paradoxe de l'éternel retour ? Étrangement, la réponse est : pas nécessairement.

En effet, notre univers aurait beau posséder une taille finie, l'univers en son entier pourrait être infini — avec tout ce que cela implique en ce qui concerne l'éternelle réplication et l'éternel retour — s'il était composé d'une infinité d'univers « parallèles ». Curieusement, cette notion d'univers parallèles, qui peut paraître bizarre et non intuitive de prime abord, s'est manifestée de plus en plus souvent au cours des dernières décennies à la faveur des nouveaux développements de la physique fondamentale. Elle n'a cessé de pointer sa tête dans les contextes les plus divers. Qu'il s'agisse de la mécanique quantique (la théorie qui décrit l'infiniment petit), de la relativité (celle qui décrit l'infiniment grand), des théories qui tentent d'unifier les deux, ou des théories cosmologiques qui décrivent l'évolution de l'univers, toutes, à un point ou à un autre, nous ont amenés à considérer la notion d'univers parallèles. Le mot « infini » revêt ici un sens nouveau. Il se rapporte non seulement à notre univers, qui s'étend à perte de vue à la fois dans l'espace et dans le temps, mais aussi à une infinité d'univers « parallèles » au nôtre, formant un vaste et fantastique « multivers ». Selon ces théories, notre univers ne constitue qu'une toute petite partie de ce multivers. Ces univers parallèles peuvent être très variés, leur diversité ne semblant être limitée que par l'imagination des hommes : d'aucuns seront très semblables au nôtre, n'en différant que par la position ou la vitesse d'un proton ou d'un électron, et seront régis par les mêmes constantes et lois physiques que le nôtre ; d'autres en différeront considérablement et seront régis par des lois totalement autres ; certains seront séparés du nôtre par d'inconcevables étendues d'espace et de temps, tandis que d'autres se trouveront à proximité, distants d'à peine quelques millimètres. L'immense majorité de ces univers parallèles ne réuniraient pas les conditions propres à héberger la vie et la conscience.

Dans un passé récent, quand nous utilisions le mot « univers », nous entendions par là « le monde entier, l'ensemble de tout ce qui existe ». C'est la définition que vous trouverez dans votre *Petit Larousse*. L'idée qu'il puisse exister plusieurs univers, plusieurs « tout ce qui existe », semble entrer en contradiction avec le sens même du terme. Pourtant, les progrès en physique ont peu à peu contraint les scientifiques à préciser ce qu'ils entendaient par « univers », ce dernier mot ayant acquis d'autres significations au fil des avancées théoriques. Parfois, il désigne l'ensemble de tout, comme par le passé ; pour le démarquer de ses autres sens, je l'écrirai « Univers » avec un « U » majuscule. Dans d'autres situations, il se réfère uniquement aux parties de l'univers auxquelles nous pouvons avoir accès par nos instruments ; j'utiliserai alors l'expression « univers observable ». Enfin, il peut renvoyer à des univers qui nous sont inaccessibles soit en partie, soit en totalité, soit de manière temporaire, soit pour l'éternité ; je les nommerai alors « univers » avec un « u » minuscule.

LA MÉCANIQUE QUANTIQUE ET LES UNIVERS PARALLÈLES

La notion d'univers parallèles a fait sa première apparition en physique dans les années 1950, alors que les physiciens tentaient de comprendre les bizarreries de la mécanique quantique, théorie qui régit le comportement des atomes et des particules subatomiques. En effet, avec l'avènement de la mécanique quantique, nous avons assisté, au XXe siècle, à un véritable bouleversement dans notre façon de concevoir le monde. Après avoir dominé la pensée occidentale pendant quelque trois cents ans, la vision newtonienne d'un univers déterministe, où tout est décidé à l'avance, a fait place à celle d'un monde indéterministe, exubérant de créativité. Pour Newton, l'univers n'était qu'une immense machine composée de particules matérielles inertes obéissant servilement et aveuglément à des forces extérieures, totalement dépourvue de créativité. L'univers était une mécanique bien huilée, une horloge réglée avec précision et qui, une fois remontée, fonctionnait d'elle-même conformément à des lois strictement déterministes. Toute liberté, toute fantaisie en étaient bannies. À partir d'un petit nombre de lois physiques, l'histoire d'un système pouvait être entièrement expliquée et prédite pourvu qu'on la caractérisât parfaitement à un instant donné. Le physicien français Pierre Simon de Laplace (1749-1827) se fit le chantre de ce déterminisme triomphant dans sa fameuse déclaration[1] :

> Une intelligence qui, pour un instant donné, connaîtrait toutes les forces dont la nature est animée, et la situation respective des êtres qui la composent, si d'ailleurs elle était assez vaste pour soumettre ces données à l'analyse, embrasserait dans la même formule les mouvements des plus grands corps de l'univers et ceux du plus léger atome ; rien ne serait incertain pour elle, et l'avenir comme le passé seraient présents à ses yeux.

L'horloge cosmique était si bien huilée qu'elle marchait toute seule. Une intervention divine n'était plus nécessaire. D'où la célèbre réplique de Laplace à Napoléon, quand celui-ci lui reprocha de n'avoir pas une seule fois mentionné le Grand Architecte dans son traité de *Mécanique céleste* : « Sire, je n'ai pas besoin de l'hypothèse de Dieu ! » Le temps n'avait plus droit de cité, le futur étant déjà contenu dans le présent et le passé. Le Grand Livre était somme toute déjà écrit et, pour reprendre les mots du chimiste belge Ilya Prigogine : « Dieu était réduit au simple rôle d'un archiviste tournant les pages du Livre cosmique. » L'univers était enfermé dans un carcan qui lui ôtait toute créativité et lui interdisait toute innovation. Tout était irrémédiablement fixé à l'avance, aucune surprise n'était permise. D'où la fameuse phrase de Friedrich Hegel (1770-

1. Pierre Simon de Laplace, *Essai philosophique sur les probabilités*, Courcier, 1814.

1831) : « Il n'y a jamais rien de nouveau dans la nature ! »

La mécanique quantique fit souffler un vent libérateur sur le monde des atomes. À l'ennuyeuse certitude déterministe se substitua la stimulante incertitude du flou quantique. Le physicien allemand Werner Heisenberg découvre, nous l'avons vu, que la nature obéit à un « principe d'incertitude » à l'échelle atomique et subatomique : nous ne pourrons jamais préciser tout à la fois la vitesse et la position d'une particule élémentaire. Parce qu'une particule ne pourra jamais nous livrer simultanément le secret de sa position et celui de son mouvement, jamais nous ne pourrons parler de la trajectoire d'une particule comme nous parlons de l'orbite de la Lune autour de la Terre. Cette absence de localisation précise est appelée « flou quantique ».

Dans un atome, un électron ne se contente pas de parcourir sagement une seule orbite, mais peut être partout à la fois. Comment l'électron peut-il accomplir ce prodige ? En revêtant son autre visage, car l'électron, le photon ou toute autre particule possèdent une double personnalité. Ils sont à la fois particule et onde. La particule, quand elle est onde, peut se propager et occuper en entier l'espace vide de l'atome, tout comme des ondes circulaires provoquées par une pierre qu'on y lance se propagent et occupent toute la surface de l'étang. L'onde de la particule, telles les vagues de l'océan, présente une très grande amplitude à ses crêtes, et une amplitude bien moindre à ses creux. Elle peut être considérée comme une onde de probabilité : j'ai beaucoup plus de chances de rencontrer l'électron aux crêtes qu'aux creux, mais, même aux crêtes, je ne serai jamais certain que l'électron sera au rendez-vous. Peut-être qu'une fois sur trois (probabilité de 33 %), ou quatre fois sur cinq (probabilité de 80 %), l'électron sera là. Mais la probabilité n'atteindra jamais 100 %. La certitude est expulsée du monde atomique et subatomique, et le hasard y entre en force.

Tant que je n'utilise pas mon appareil de mesure pour observer l'électron, je ne pourrai décrire sa réalité que par des probabilités. Mais, dès que j'active mon appareil de mesure pour faire une observation en un endroit quelconque de l'atome, disons à la crête d'une onde, l'électron abandonne son habit d'onde pour se muer en particule et apparaît — ou non — à l'endroit observé. Si je le localise à cet endroit, je peux me demander s'il était là avant que l'observation ne l'y capte. En cas de réponse positive, je me heurte à un grave problème conceptuel : si l'électron était là et nulle part ailleurs, sa probabilité d'être en tout autre endroit de l'atome devait être nulle. Or l'électron, sous son aspect d'onde, avait, selon la mécanique quantique, une probabilité non nulle d'être à tous les autres endroits. La mécanique quantique serait-elle fautive ?

LE CHAT MI-MORT, MI-VIVANT DE SCHRÖDINGER

C'était l'opinion de certains physiciens, dont deux des plus illustres pères fondateurs de la mécanique quantique, Albert Einstein et l'Autrichien Erwin Schrödinger (1887-1961) (fig.). Ni l'un ni l'autre ne pouvaient accepter l'interprétation probabiliste de la réalité inhérente à cette théorie défendue par le physicien danois Niels Bohr (1885-1962) et ses collègues. Déterministe invétéré, Einstein déclara haut et fort : « Dieu ne joue pas aux dés » (tant et si bien que Bohr lui répondit un jour avec exaspération : « Arrêtez de dire à Dieu ce qu'il a à faire ! »). Selon l'auteur de la relativité, un électron est soit ici, soit là, mais ne peut avoir une probabilité d'être partout à la fois. Quant à Schrödinger, il est, par une sublime ironie du sort, l'auteur même de l'équation d'onde qui décrit le comportement de l'électron, entre autres particules. Mais Schrödinger ne la concevait pas comme une onde de probabilité. C'est pourquoi il se rebiffa quand le physicien allemand Max Born (1882-1970) donna une interprétation probabiliste à sa chère équation (selon Born, la probabilité de localiser une particule est proportionnelle au carré de l'amplitude de l'onde de Schrödinger) : « Je n'aime pas cette interprétation, et j'aurais voulu ne jamais être mêlé à cette affaire ! »

Pour faire valoir leur vision antiprobabiliste de la réalité, Einstein et Schrödinger rivalisèrent d'ingéniosité pour concocter des « expériences de pensée », c'est-à-dire des situations hypothétiques où la mécanique quantique serait prise en défaut. Ces expériences de pensée sont irréfutables sur le plan conceptuel, même si elles ne sont généralement pas menées dans la réalité physique. Elles sont souvent utilisées en science pour mettre en évidence des résultats paradoxaux dans l'interprétation de certaines situations physiques.

Schrödinger imagina ainsi une situation où les paradoxes de la mécanique quantique dans le monde atomique et subatomique envahiraient notre monde de tous les jours. Considérons, dit-il, un chat enfermé dans une chambre avec une fiole de cyanure. Au-dessus du flacon de poison est suspendu, telle l'épée de Damoclès, un marteau contrôlé par une substance radioactive, c'est-à-dire une substance dont les noyaux atomiques se désintègrent au bout d'un certain temps. Lors de la première désintégration, le marteau tombe sur la fiole et la brise, libérant son contenu qui va empoisonner le chat. Jusqu'ici, rien de bien extraordinaire. Mais les problèmes surgissent dès qu'il s'agit de prédire le destin du chat. La vie de ce dernier dépend de la première désintégration. Or celle-ci ne peut être décrite qu'en termes de probabilités : il y a 50 chances sur 100 pour qu'un noyau se désintègre (ou ne se désintègre pas) au bout d'une heure. Tant que nous ne pénétrons pas dans la chambre pour vérifier si le chat est mort ou vivant, tant que nous n'intervenons pas comme observateur, nous pouvons seulement dire qu'au bout d'une heure le félin est une combinaison de 50 % de chat mort et de 50 % de chat vivant (fig.). L'indéterminisme du monde subatomique a gagné le monde macroscopique par le biais de la substance radioactive. Schrödinger, lui, ne peut accepter cette description de la réalité : pour lui, le chat est soit mort, soit vivant. Parler d'un chat suspendu entre la vie et la mort, et qui ne se décide à vivre ou à mourir pour de bon qu'après l'entrée d'un observateur dans la pièce, lui semble être d'une absurdité totale.

Les difficultés conceptuelles ne s'arrêtent cependant pas là : même si nous acceptons le rôle souverain de l'observateur, même si nous admettons que ce dernier a le pouvoir de dissiper le flou des électrons et du destin des chats, que se passerait-il si l'objet observé était l'Univers entier ? Par définition, l'Univers englobe tout. Il ne peut y avoir d'observateur hors de l'Univers (à moins d'un Être suprême à l'image de celui de la religion judéo-chrétienne). Cela signifie-t-il que l'Univers, faute d'observateur extérieur, n'est que probabilités, qu'il n'est pas fait d'une seule réalité, mais de la combinaison d'une multitude de réalités tout aussi valables les unes que les autres ? Cette supposition ne saurait être la bonne, car elle ne cadre pas avec notre expérience du réel :

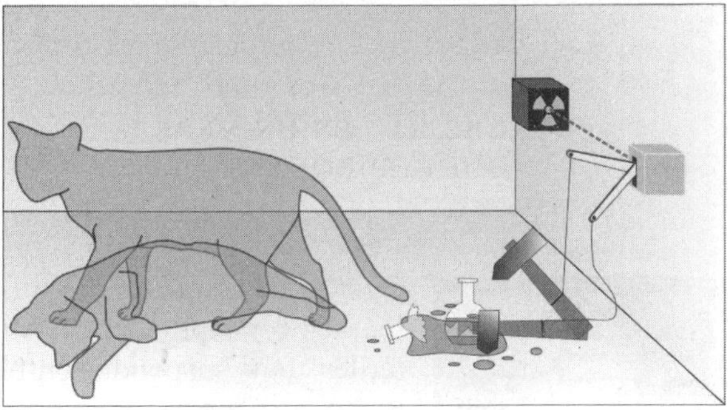

Pour mettre en défaut l'interprétation probabiliste de la mécanique quantique défendue par l'école de Copenhague, Schrödinger imagina son fameux chat mi-vivant, mi-mort (en haut). Le chat de Schrödinger a frappé l'imagination populaire. On le voit représenté non seulement dans des affiches (en bas), mais aussi dans la littérature de science-fiction, dans des films, des séries télévisées ou des bandes dessinées.

les choses qui nous entourent ont bien une réalité unique et concrète. Le flou des atomes ne se manifeste pas dans la vie courante.

BORGES ET LES UNIVERS QUI BIFURQUENT

C'est pour résoudre ces difficultés conceptuelles et éviter les chats suspendus entre la vie et la mort que le physicien américain Hugh Everett (1930-1982) (fig.) proposa en 1957 l'hypothèse radicale des univers parallèles. Selon lui, l'univers se divise en deux copies presque semblables chaque fois qu'il y a alternative pour l'action, le choix ou la décision. Il y aurait un univers où le chat serait vivant, et un autre où il serait mort (fig.). Les deux univers parallèles seraient aussi réels l'un que l'autre, ils contiendraient tous deux des observateurs identiques qui se seraient dédoublés. Ces univers seraient totalement déconnectés l'un de l'autre : les observateurs d'un univers ne pourraient jamais examiner ce qui se passe dans l'autre. De même, pour un électron, la notion d'univers parallèles place sur un pied d'égalité la position observée de cette particule et toutes les autres positions où la probabilité (donnée par le carré de l'amplitude de l'onde) est non nulle. L'électron occupe toutes les positions observées ou non, mais chaque position se trouve dans un univers parallèle différent. Parmi cette infinité d'univers, l'observateur sélectionne un univers particulier avec une position bien précise de l'électron. Chaque univers étant aussi réel que son voisin, la présence d'un observateur extérieur, nécessaire pour dissiper le flou quantique, n'a plus de raison d'être.

Dans la théorie des univers parallèles d'Everett, l'univers se diviserait en deux chaque fois qu'il y a choix ou alternative : il y aurait un univers où le chat serait mort et un autre où il serait vivant.

L'univers se diviserait en autant d'exemplaires quasi identiques qu'il existe de positions possibles pour l'électron. Au lieu d'avoir un électron qui serait ici, ailleurs et partout dans un univers probabiliste unique, il y aurait un univers dans lequel l'électron serait ici, un autre dans lequel il serait là, un troisième dans lequel il serait en un autre endroit, et ainsi de suite. Par ce constant processus de division, une variété infinie d'univers naîtrait. Certains univers ne se distingueraient du nôtre que par la position d'un seul électron dans un seul atome ; d'autres différeraient davantage. Il y en aurait un où vous seriez allé faire du sport au lieu de rester ici à lire cet ouvrage. Il existerait d'autres univers où Judas n'aurait pas trahi le Christ, où la Révolution française n'aurait pas eu lieu, où Napoléon aurait remporté la victoire à Waterloo, où le président Kennedy n'aurait pas été assassiné, où la guerre du Vietnam n'aurait pas été déclenchée, où l'homme n'aurait pas marché sur la Lune, où le Tibet n'aurait pas été envahi par la Chine, etc. D'autres encore différeraient de façon plus fondamentale : ils auraient des constantes physiques, des conditions initiales et des lois physiques différentes. Certains seraient stériles et n'hébergeraient ni vie ni conscience. Tout ce qui peut advenir advient dans ce vaste ensemble d'univers. À chaque dédoublement de l'univers, nous nous dédoublerions. Mais en aucun cas ces univers parallèles, qu'ils diffèrent d'un seul électron ou qu'ils obéissent à de tout autres lois physiques, ne seraient accessibles à notre expérience. Ces univers parallèles seraient déconnectés les uns des autres de sorte qu'il n'y aurait aucune communication possible entre eux. Aussi réels que le nôtre, ils nous seraient interdits à tout jamais.

Ces univers parallèles qui ne cessent de se dédoubler me rappellent le conte fantastique de Borges intitulé « Le Jardin aux sentiers qui bifurquent[1] ».

1. Jorge Luis Borges, *Fictions*, *op. cit.*

Celui-ci fut publié en 1941, donc bien avant le travail de Hugh Everett qui date de 1957. L'écrivain argentin revient ici sur le thème de l'infini déjà abordé dans « La Bibliothèque de Babel ». Mais, dans ce conte, ce n'est plus la bibliothèque qui est infinie, c'est un livre particulier. L'auteur de ce livre est, précise Borges, « Ts'ui Pên, ancien gouverneur du Yunnan qui renonça au pouvoir temporel pour écrire un roman et construire un labyrinthe dans lequel tous les hommes se perdraient… Tout le monde imagina qu'il y avait deux ouvrages. Personne ne pensa que le livre et le labyrinthe étaient un seul et même objet ». Le livre est en effet un labyrinthe infini, parce qu'il raconte une histoire qui bifurque à l'infini, comme les univers parallèles d'Everett. Le personnage principal explique qu'il pensait d'abord que l'infinitude du livre venait de ce qu'il était circulaire, la dernière page reprenant la première et ainsi de suite, à l'infini :

> Avant d'avoir exhumé cette lettre, je m'étais demandé comment un livre pouvait être infini. Je n'avais pas conjecturé d'autre procédé que celui d'un volume cyclique, circulaire. Un volume dont la dernière page fût identique à la première, avec la possibilité de continuer indéfiniment. Je me rappelai aussi cette nuit qui se trouve au milieu des *Mille et Une Nuits*, quand la reine Schéhérazade (par une distraction magique du copiste) se met à raconter textuellement l'histoire des *Mille et Une Nuits*, au risque d'arriver de nouveau à la nuit pendant laquelle elle la raconte, et ainsi à l'infini. J'avais aussi imaginé un ouvrage platonique, héréditaire, transmis de père en fils, dans lequel chaque indi-

vidu nouveau eût ajouté un chapitre ou corrigé avec un soin pieux la page de ses aînés.

Mais le personnage se rend compte qu'il fait fausse route et que l'infinitude du livre (qu'il appelle « roman chaotique ») vient de ce que le récit bifurque sans fin, pareil à un jardin dont les allées se dédoublent sans cesse, à l'infini :

> Ces conjectures m'ont distrait ; mais aucune ne semblait correspondre, même de loin, aux chapitres contradictoires de Ts'ui Pên. Dans cette perplexité, je reçus d'Oxford le manuscrit… Naturellement, je m'arrêtai à la phrase : « Je laisse aux nombreux avenirs (non à tous) mon jardin aux sentiers qui bifurquent. » Je compris presque sur-le-champ : le jardin aux sentiers qui bifurquent était le roman chaotique ; l'expression « nombreux avenirs (non à tous) » me suggéra l'image de la bifurcation dans le temps, non dans l'espace. Une nouvelle lecture générale de l'ouvrage confirma cette théorie. Dans toutes les fictions, chaque fois que diverses possibilités se présentent, l'homme en adopte une et élimine les autres ; dans la fiction quasi inextricable de Ts'ui Pên, il les adopte toutes simultanément. Il crée ainsi divers avenirs, divers temps qui prolifèrent aussi et bifurquent. De là les contradictions du roman. Fang, disons, détient un secret ; un inconnu frappe à sa porte ; Fang décide de le tuer. Naturellement, il y a plusieurs dénouements possibles : Fang peut tuer l'intrus, l'intrus peut tuer Fang, tous deux peuvent être saufs, tous deux peuvent mourir, *et cætera*. Dans l'ouvrage de Ts'ui Pên, tous les dénouements se produisent ; chacun est le point de départ d'autres bifurcations. Parfois, les sentiers de ce labyrinthe convergent :

> par exemple, vous arrivez chez moi, mais, dans l'un des passés possibles, vous êtes mon ennemi ; dans un autre, mon ami…

Ces mots de Borges décrivent presque exactement le concept d'univers parallèles d'Everett. Je trouve stupéfiant que la physique ait ainsi donné quelque seize ans après une justification scientifique possible à un récit issu de l'imagination créatrice de l'écrivain.

LES UNIVERS PARALLÈLES ET LE LIBRE ARBITRE

Vous objecterez à juste titre que cette notion d'univers qui bifurquent est bien étrange. Votre bon sens se rebiffe à l'idée que les caprices d'un seul électron soient à même de subdiviser l'univers en d'innombrables copies quasi identiques, où votre conscience et votre personnalité sont également reproduites à l'infini. Chaque fois qu'une pensée surgit dans notre esprit ou qu'une particule subatomique bouge dans notre cerveau, notre conscience se scinderait en deux. Chacune de nos décisions, de nos pensées aurait la faculté de créer un univers entier. Il y aurait un univers dans lequel j'aurais décidé d'aller tout droit, et un autre dans lequel j'aurais décidé d'obliquer à gauche. Autrement dit, la seule idée « J'aurais pu tourner à droite » pourrait elle aussi générer un autre univers. Vous vous dites qu'il n'est pas du tout évident que de telles divisions de notre corps et de notre esprit puissent se produire sans que nous en soyons conscients. Mais le bon sens peut-il servir de guide dans le monde insolite de la mécanique quantique ?

C'est oublier que la notion de « libre arbitre » n'a plus de sens dans un monde d'univers parallèles où tout ce qui peut arriver arrive. Supposons que, le vendredi soir, j'aie le choix d'aller au théâtre ou de rester à la maison en compagnie d'un bon livre. La théorie des univers qui bifurquent dira que je vais faire les deux à la fois. L'univers et moi nous dédoublerons. Dans un univers, j'irai au théâtre ; dans l'autre, je resterai à la maison. Tous les choix étant « obligés », il n'y a plus de choix. Je n'ai plus de pouvoir de décision. Le libre arbitre m'est refusé. Cette absence de libre arbitre a de graves conséquences éthiques et morales. La notion de responsabilité morale n'a plus lieu d'être. Dans ce monde d'univers qui bifurquent, un criminel n'est plus responsable de ses actes. Il aura beau jeu pour plaider la clémence du jury devant le tribunal : les lois de la mécanique quantique l'auront contraint à commettre son crime. Et même s'il a perpétré un crime dans cet univers, un de ses doubles ne l'aura pas commis dans un univers parallèle.

Malgré sa bizarrerie, il faut souligner que la notion d'univers qui bifurquent ne contredit aucune expérience en laboratoire. Les prédictions de la mécanique quantique ont toujours été confirmées expérimentalement. C'est le fait qu'elle soit efficiente qui permet à votre téléphone portable ou à votre GPS de fonctionner !

LA CONSCIENCE EST-ELLE NÉCESSAIRE POUR CHOISIR UN SEUL ET UNIQUE UNIVERS ?

Mais, en dehors des questions morales et éthiques qu'elle pose, que pensent les scientifiques de la théorie des univers qui bifurquent ? Il faut dire qu'elle demeure controversée et n'a pas reçu l'adhésion de la majorité des physiciens. Pour comprendre pourquoi, il nous faut examiner l'interprétation de la mécanique quantique qui est généralement admise : celle défendue par les plus illustres pères fondateurs de la physique quantique, Niels Bohr, Werner Heisenberg et Wolfgang Pauli, et connue comme l'« interprétation de l'école de Copenhague » (l'institut de physique que dirigeait Bohr, et où Heisenberg et Pauli faisaient de fréquentes visites, est situé à Copenhague). Pour Bohr et ses collègues, l'acte de mesurer joue un rôle primordial. Avant l'acte de mesurer, la position d'une particule élémentaire est décrite par une onde de probabilité (celle découverte par Schrödinger). Elle a une probabilité non nulle d'être partout à la fois. Mais, dès qu'on la mesure, une particule apparaît, localisée en un endroit et un seul. Une seule des possibilités représentées par la fonction d'onde se concrétise. On parle alors de « réduction » de l'onde de probabilité. En d'autres termes, pour Bohr et l'école de Copenhague, il n'existe qu'un seul et unique univers, celui où nous résidons. L'acte de mesurer fait disparaître toutes les autres possibilités.

Une question se pose alors : toute mesure, qu'elle soit automatisée ou déclenchée volontairement, requiert une préparation du matériel. Peut-on en conclure que, directement ou indirectement, la réduction d'onde — la sélection d'un seul et unique univers — nécessite une intervention consciente ? Il y a bien évidemment, dans l'univers, d'innombrables formes d'interactions qui ne nécessitent aucune intervention consciente. Par exemple, les protons qui fusionnent au cœur du Soleil pour l'alimenter en énergie et le faire briller, ou un aimant qui attire un clou par la force électromagnétique. En quoi un appareil de mesure diffère-t-il d'un autre objet macroscopique ? Pourquoi le premier déclenche-t-il une réduction de l'onde aboutissant à un seul choix parmi une multitude de possibilités, alors que, dans le cas d'un objet macroscopique quelconque, on aboutit à une fonction d'onde plus complexe qui prend en compte l'ensemble des possibilités de chacun des systèmes qui ont interagi ?

Ceux qui ont cherché à comprendre plus en profondeur le processus de réduction de la fonction d'onde se divisent *grosso modo* en deux camps.

D'un côté, il y a le camp des « idéalistes », aussi appelés « subjectivistes ». Selon eux, c'est la présence d'un esprit conscient qui fait que la fonction d'onde est réduite à une seule et unique possibilité. Un des plus ardents défenseurs de ce point de vue est le physicien hungaro-américain Eugene Wigner (1902-1995) (fig.). Pour lui, « il est impossible de donner une description des phénomènes atomiques sans faire intervenir la conscience. C'est l'entrée d'une impression dans notre conscience qui altère la fonction d'onde ». Mais attribuer un rôle prédominant à la conscience pose un problème majeur. Un certain laps de temps s'écoule entre le moment où l'appareil enregistre la mesure d'une particule et celui où l'observateur prend conscience de cette mesure : le temps nécessaire pour que la lumière voyage de l'appareil de mesure jusqu'à l'œil, et que l'information soit transmise par le nerf optique et traitée par les neurones du cerveau. Cela ne prend certes qu'une fraction de seconde, mais le processus n'est pas instantané. Si la réduction de la fonction d'onde ne se produit qu'au moment de la prise de conscience, les idéalistes doivent postuler l'émission d'un signal par la conscience de l'observateur, signal qui remonterait le temps et dirait à l'instrument ce qu'il doit indiquer au moment précis de l'interaction de la particule avec le dispositif. Scénario pour le moins bizarre ! Cette bizarrerie est poussée jusqu'à l'absurde quand l'observateur est remplacé par un dispositif automatique d'enregistrement dont les bandes magnétiques ne sont analysées que plusieurs mois après l'expérience. C'est seulement à ce moment-là qu'elles pénètrent dans la conscience d'un esprit humain. Comment supposer que le signal émis par cet esprit conscient puisse déclencher les phénomènes mesurés des mois avant qu'il en prenne connaissance ?

De l'autre côté, il y a le camp des « matérialistes ». Au contraire des idéalistes, ils affirment que la conscience ne joue aucun rôle, que le monde ne dépend en rien de la présence d'un observateur et qu'il existe tel qu'il est, indépendamment de tout acte d'observation. Le rôle primordial est en revanche attribué à l'instrument de mesure. Pour expliquer la réduction de la fonction d'onde, les matérialistes avancent que, lors d'une mesure, la fonction d'onde de l'ensemble « particule et appareil de mesure » évolue si rapidement qu'une seule des possibilités peut se concrétiser, cette évolution rapide étant due à la nature macroscopique de l'appareil de mesure. Cette explication n'est pas très convaincante, car elle ne s'appuie pour l'instant sur aucune démonstration rigoureuse.

Il faut mentionner également la théorie de la « décohérence », développée notamment par le physicien américain Wojcieh Zurek (né en 1951). D'après cette théorie, ce sont les petites interactions entre un système physique et son environnement (par exemple, la présence d'un photon ou d'une particule de gaz dans l'atmosphère rejaillissant sur ce système) qui provoquent la réduction de la fonction d'onde. C'est comme si l'environnement agissait comme un observateur.

La théorie de la décohérence est en général la plus admise. Je penche pour ma part du côté des « idéalistes ». La nature ne se mesure pas elle-même. Dès qu'on avance la notion de mesure, on doit prendre en compte, directement ou indirectement, la conscience qui a envisagé cette mesure, que celle-ci soit immédiatement perçue ou non. Une personne consciente doit pénétrer dans la pièce, ou visionner la scène que filme la caméra, pour savoir si le chat de Schrödinger est mort ou vivant. La conscience fait donc irrévocablement partie du phénomène interdépendant qui est étudié.

LES SCIENTIFIQUES ET LES UNIVERS QUI BIFURQUENT

Qu'ils soient idéalistes ou matérialistes, la majorité des scientifiques ont donc adopté l'interprétation de Bohr et de l'école de Copenhague : le processus de « réduction d'onde » sélectionne un seul et unique univers — l'univers dans lequel nous effectuons la mesure — parmi une infinité d'univers possibles. Existe-t-il d'autres arguments allant à l'encontre de la théorie des univers qui bifurquent ?

Il y a d'abord un argument d'ordre esthétique et philosophique : la théorie n'est pas conforme à un principe d'économie souvent allégué en science, connu sous le nom de « rasoir d'Occam », du nom du théologien et philosophe Guillaume d'Occam qui vécut au XIVe siècle. Selon ce principe, une explication simple d'un phénomène a plus de chances d'être vraie qu'une explication compliquée. L'histoire de la physique nous a appris que les théories les plus simples et les plus élégantes, celles qui décrivent le maximum de faits observés à l'aide d'un minimum d'hypothèses, sont en général les plus performantes, celles qui décrivent le mieux la réalité[1]. Or, postuler une infinité d'univers parallèles pour expliquer qu'un chat est mort ou vivant, ou la position d'un quelconque électron, n'est pas exactement faire montre d'économie.

Mais, en dehors du « rasoir d'Occam », il est des raisons d'ordre scientifique qui font que la théorie d'Everett n'est pas majoritairement acceptée. Elle est en partie rejetée parce qu'elle présente une interprétation bizarre et non économique de la réalité, mais surtout parce qu'elle remet totalement en cause la notion même de probabilité. Dans la vie quotidienne, nous faisons appel à cette notion de probabilité quand nous ne dis-

1. Voir la discussion sur la beauté d'une théorie dans mon ouvrage *Le Cosmos et le Lotus*, Albin Michel, 2011, p. 169.

posons pas d'assez d'informations pour prédire le résultat d'une action ou d'un événement quelconque. Ainsi, si nous lançons une pièce de monnaie en l'air, nous ne pouvons pas tenir pour sûr qu'elle va retomber sur pile ou sur face. Nous pouvons seulement dire qu'il existe une chance égale (ou une probabilité de 50 %) que ce soit une de ces deux possibilités. Si nous voyons un ciel couvert de nuages noirs menaçants, nous disons qu'il y a de fortes chances qu'il pleuve dans les heures à venir, tandis que si nous voyons un ciel bleu, nous disons qu'il existe une très faible probabilité qu'un orage éclate. Nous évoluons dans une réalité où le concept de probabilité a un sens, car les événements improbables (par exemple, que votre billet de loterie gagne le gros lot) arrivent très rarement, alors que ceux qui sont probables surviennent souvent (par exemple, que votre billet de loterie ne corresponde à aucun des numéros gagnants). Mais le concept de probabilité a-t-il encore un sens dans une réalité où tout ce qui peut arriver arrive ?

Or, l'interprétation de la mécanique quantique en termes de probabilités s'est révélée jusqu'ici sans faille. Celles calculées avec l'équation d'onde de Schrödinger ont toujours été vérifiées par les expériences. Parce qu'elle n'est pas compatible avec le concept de probabilité, certains physiciens ont donc décidé de reléguer la théorie des univers qui bifurquent au cimetière des théories mortes.

En revanche, d'autres ont essayé de réintroduire ce concept — sous une autre forme — pour tenter de le sauver. Ainsi, certains chercheurs ont assigné différents degrés d'importance aux différents univers parallèles. Pour bien comprendre, prenons un exemple : supposons que l'onde de probabilité de Schrödinger prédise qu'un électron a une probabilité de 40 % d'être au point A, et de 60 % d'être au point B. Les partisans de la théorie des univers qui bifurquent diront que l'univers qui contient l'électron au point B est (60/40 =) 1,5 fois « plus réel » que l'univers qui contient l'électron au point A. Mais c'est entrer en contradiction avec la théorie originelle d'Everett, qui préconise que tous les univers parallèles sont aussi réels les uns que les autres. Alors, « réduction d'onde » ou univers parallèles qui bifurquent sans fin ? Après plus d'un demi-siècle de recherches sur la nature profonde de la réalité décrite par la mécanique quantique, le débat se poursuit, moyennant — je l'ai déjà dit — un net avantage pour la première hypothèse.

En vérité, peu de physiciens se sont penchés sérieusement sur les fondements philosophiques de la mécanique quantique. Pour la très grande majorité des chercheurs, c'est simplement une théorie physique qui « marche » extrêmement bien. Elle rend compte avec une précision inégalée du comportement de la matière au niveau subatomique et de son interaction avec la lumière. La mécanique quantique est donc considérée comme un outil efficace permettant de fabriquer des transistors, des lasers, des puces et des ordinateurs, des téléphones portables et autres instruments plus extraordinaires les uns que les autres, qui ont considérablement modifié et amélioré nos modes de vie. La plupart des chercheurs ne vont pas plus loin. Je ne partage pas cette attitude. Pour moi, la beauté de la physique est bien plus que le fait qu'elle « marche », qu'elle explique le comportement de la nature et nous permette de fabriquer des appareils sophistiqués. Elle doit aussi nous donner accès à la réalité profonde du monde.

LE MULTIVERS INFLATIONNAIRE

La réalité des univers qui bifurquent en mécanique quantique est ainsi loin d'être établie. Mais ce n'est pas pour autant que nous devons jeter aux oubliettes la notion d'univers parallèles. Celle-ci ne cesse de pointer la tête dans les contextes les plus inattendus ! Ainsi, la théorie de l'inflation de l'univers nous offre une autre possibilité d'univers parallèles formant ce que nous pouvons appeler un « multivers inflationnaire ». Rappelons que la théorie de l'inflation a été proposée par le physicien américain Alan Guth en 1981 pour rendre compte de l'extraordinaire homogénéité de l'univers sur une large échelle (la température du rayonnement fossile qui baigne l'univers entier ne varie pas de plus de 0,001 % d'un point du ciel à l'autre), de sa platitude (sa courbure est nulle, et sa densité de matière et d'énergie est exactement égale à la densité critique de cinq atomes d'hydrogène, soit 10^{-23} gramme par mètre cube), et du fait qu'il contient des structures comme les galaxies et les étoiles. Au tout début de son existence, pendant une phase dite « inflationnaire » de 10^{-34} à 10^{-32} seconde, la taille de l'univers a augmenté de façon exponentielle avec le temps, passant de la taille d'une région d'espace des dizaines de millions de milliards de milliards de fois plus petite qu'un atome à celle d'une région d'environ dix centimètres. Pendant les trois décennies qui ont suivi la découverte de Guth, l'idée d'une phase inflationnaire de l'univers à ses débuts s'est solidement ancrée dans la conscience des cosmologues, et toute théorie cosmologique digne de ce nom l'a intégrée.

Cependant, parce que les conditions physiques de l'univers à ses débuts ne sont pas très bien connues, il n'existe pas une seule et unique version de la théorie de l'inflation : on en dénombre une multitude. Dans la grande majorité de ces versions, en particulier dans celles développées par les physiciens Alexander Vilenkin (né en 1949) et Andreï Linde (né en 1948), cette vertigineuse expansion de l'espace en une minuscule fraction de seconde, suivie d'une expansion considérablement plus lente, ne s'est pas produite une seule fois en un seul endroit, mais s'est répétée d'innombrables fois en une infinité d'endroits disséminés dans le cosmos. Chaque inflation en un point de l'espace a donné ainsi naissance à une « bulle-univers ». Dans ce schéma, notre univers ne serait plus unique, mais deviendrait une bulle-univers parmi une infinité d'autres dans un immense méta-univers. Ces bulles-univers seraient séparées les unes des autres par de vastes régions d'espace vide. Dans ce type de scénarios, l'inflation est un processus qui s'autoalimente. Plus elle agrandit l'espace, plus elle génère d'autres endroits susceptibles de donner naissance à d'autres bulles-univers. L'inflation est ainsi comme un virus qui se propage sans limites, ou comme un incendie de forêt qui gagne de plus en plus de terrain sans jamais pouvoir être éteint. Elle est éternelle (fig.).

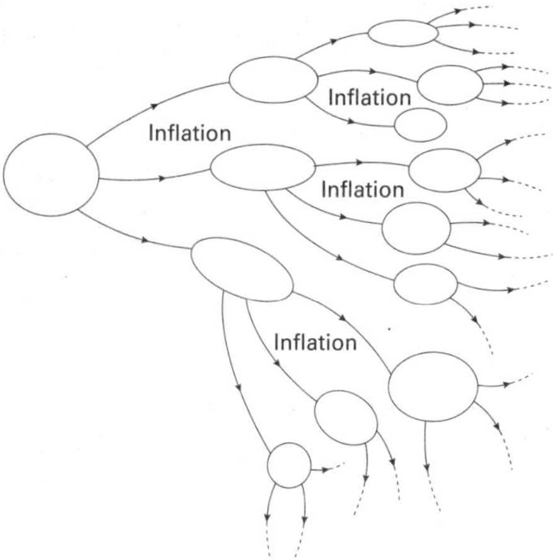

Le multivers inflationnaire est composé d'une infinité de bulles-univers dans un vaste méta-univers. L'inflation est un processus éternel qui s'autonourrit : plus une bulle-univers grandit, et plus il existe d'autres endroits susceptibles de donner naissance à d'autres bulles-univers.

Nous l'avons déjà vu : les physiciens estiment que la fantastique expansion de l'espace est due à un champ d'énergie, appelé « champ de Higgs », qui baigne tout l'univers. Dans ce méta-univers que nous appellerons « multivers inflationnaire », les bulles-univers correspondent à des régions d'espace où l'énergie du champ de Higgs est égale à zéro. En effet, dans ces bulles-univers, les fluctuations quantiques ont délogé le champ de Higgs du « faux vide », où l'énergie était légèrement positive, pour le faire évoluer vers un état d'énergie zéro qui caractérise le « vrai vide », libérant ainsi une fantastique énergie à l'origine de la soudaine, brève et spectaculaire expansion de l'espace de chaque bulle-univers. C'est cette énergie libérée qui va être convertie en une soupe de particules élémentaires qui, dans chaque bulle-univers, vont s'assembler plus tard en planètes, étoiles et galaxies. Au sein de certaines bulles-univers comme la nôtre, la vie et la conscience vont émerger. Quant aux vastes régions d'espace qui séparent les bulles-univers les unes des autres, elles sont caractérisées par une énergie positive du champ de Higgs, les fluctuations quantiques n'ayant pas encore réussi à déloger le fameux champ du « faux vide » pour le faire évoluer vers le « vrai vide ». Avec le temps, au fur et à mesure que les fluctuations quantiques délogent le champ de Higgs du faux vide en un nombre croissant d'endroits, de nouvelles bulles-univers apparaissent, disséminées aléatoirement dans l'immense méta-univers. Pour prendre une métaphore culinaire, nous pouvons imaginer le multivers inflationnaire comme une gigantesque tranche de gruyère dans laquelle les trous représentent les bulles-univers et le fromage l'espace qui les sépare. Au fil du temps, ce qui est fromage grandit sans arrêt sous l'effet du processus inflationnaire, tandis que les trous ne cessent de se multiplier.

LE GRAND RÊVE DE L'UNIFICATION DES FORCES

Les univers parallèles ont donc fait leur apparition en mécanique quantique et dans la théorie de l'inflation de l'univers. Mais c'est loin d'être le fin mot de l'histoire. Ils ont continué à se manifester en d'autres contextes tout aussi inattendus. Ainsi, ils se sont imposés dans le contexte d'une théorie très en vogue depuis 1984 dans le monde de la physique et qu'on appelle « théorie des cordes ».

Quelle est la raison d'être de cette théorie ? Pour répondre à cette question, il nous faut comprendre que, depuis les années 1930, deux grandes théories font figure de pierres angulaires de la physique. La première est la mécanique quantique, qui rend compte du monde de l'infiniment petit, où les deux forces atomiques (forte et faible) et la force électromagnétique occupent le devant de la scène et où la gravité ne joue pas un rôle dominant (rappelons qu'il existe en tout quatre forces fondamentales dans la nature). La deuxième est la relativité d'Einstein, qui rend compte des propriétés de l'univers à grande échelle : celles des galaxies, des étoiles et des planètes ; la gravité mène le bal parmi ces objets en raison de leurs très grandes masses, alors que les forces atomiques et électromagnétique y jouent un rôle secondaire. Ces deux grandes théories, vérifiées à maintes reprises par de nombreuses mesures et observations, fonctionnent admirablement bien tant qu'elles demeurent séparées, cantonnées à leurs domaines respectifs. Mais la physique s'essouffle et perd ses moyens dès que la gravité se trouve sur un pied d'égalité avec les trois autres forces. C'est le cas chaque fois qu'une entité extrêmement massive est comprimée dans un très petit volume. Or — c'est là que le bât blesse — c'est exactement la situation qui prévalait dans l'univers primordial, quand l'infiniment petit a accouché de l'infiniment grand[1].

Nous ne savons pas encore raconter l'histoire de l'univers à ses débuts, lors de la création du temps et de l'espace, car devant nous se dresse un mur qui nous interdit l'accès à la connaissance de son origine. On l'appelle « mur de Planck », d'après le nom du physicien allemand Max Planck (1858-1947) qui, le premier, s'est penché sur ce problème. La physique actuelle perd pied quand les quatre forces se sont trouvées sur un pied d'égalité, c'est-à-dire quand l'âge de l'univers était inférieur

1. Le trou noir est un autre exemple d'une entité très massive et très compacte. À ce jour, la physique est aussi impuissante à décrire la « singularité » à l'intérieur d'un trou noir.

au « temps de Planck », soit 10^{-43} seconde (soit un dixième de millionième de milliardième de milliardième de milliardième de milliardième de la durée d'un flash photographique d'une seconde), et quand toute la masse de l'univers était contenue dans une sphère d'un rayon inférieur à la « longueur de Planck », soit 10^{-33} centimètre (un dixième de millionième de milliardième de milliardième de la taille d'un atome). Afin de franchir ce mur de la connaissance, les physiciens travaillent d'arrache-pied pour unifier la mécanique quantique avec la relativité en une seule théorie dite de « gravité quantique ». Cette « théorie du Tout », comme certains l'ont appelée avec peut-être un peu trop d'emphase, constitue le Graal de la physique contemporaine.

Comme pour bien d'autres domaines de la physique, le grand rêve d'unification a commencé avec Einstein. Le père de la relativité nourrissait le grand projet de marier la force de gravité, décrite par sa chère théorie, avec la force électromagnétique. Mais, à cause de son opposition à la mécanique quantique, qu'il estimait incomplète, il n'avait pas inclus dans sa théorie d'unification les deux autres forces, les forces atomiques forte et faible, pourtant déjà connues de son vivant, si bien que ses travaux furent irrémédiablement voués à l'échec ; il avait pourtant consacré à ce problème les vingt-cinq dernières années de sa vie. La légende veut que le physicien y ait travaillé encore à la veille de sa mort, sur un lit de l'hôpital de la ville de Princeton, dans l'ultime espoir de trouver enfin la solution du problème.

Après la disparition d'Einstein en 1955, le rêve d'unification s'estompa pendant plus d'une décennie. Les physiciens étaient bien trop occupés à comprendre les propriétés de la pléthore de particules élémentaires qui proliférèrent à vue d'œil, dans les années 1950 et 1960, dans les accélérateurs de particules, et à instaurer ordre et harmonie dans le monde subatomique. Il en fut ainsi jusqu'à la fin des années 1960, quand, après avoir mis de l'ordre dans le bestiaire des particules, les physiciens se réattelèrent au projet de bâtir une grande théorie unificatrice où les quatre forces fondamentales seraient unifiées en une seule et unique « superforce ». Construire une théorie du Tout redevint l'objectif de la physique moderne.

Cette tâche n'était pas des plus aisées, car il existe une incompatibilité fondamentale entre la mécanique quantique et la relativité générale pour ce qui concerne la nature même de l'espace. Selon la relativité, l'espace à grande échelle, où se déploient les galaxies et les étoiles, est calme et lisse, exempt de toute fluctuation ou rugosité. En revanche, l'espace à l'échelle subatomique de la mécanique quantique est tout sauf lisse : à cause du flou de l'énergie, il se manifeste comme une sorte de mousse quantique aux formes perpétuellement changeantes, remplie d'ondulations et d'irrégularités qui apparaissent et disparaissent çà et là au gré de cycles infiniment courts (de la durée du temps de Planck). La courbure et la topologie de cette mousse quantique sont on ne peut plus chaotiques et ne peuvent plus être décrites qu'en termes de probabilités. Comme dans une toile pointilliste qui se décompose en milliers de petits points multicolores quand on l'examine de près, l'espace se disperse en d'innombrables fluctuations et n'obéit plus aux lois déterministes quand on le scrute à l'échelle subatomique.

Les physiciens ont franchi des étapes importantes dans leur effort pour bâtir une théorie d'unification des forces. Les Américains Steven Weinberg (né en 1933) et Sheldon Glashow (né en 1932) ainsi que le Pakistanais Abdus Salam (1926-1996) sont parvenus en 1967 à unifier les forces électromagnétique et atomique faible en une force électrofaible. Les particules messagères W et Z, prévues par leur théorie d'unification pour transmettre cette force électrofaible, ont été détectées dans l'accélérateur de particules du CERN, et les trois physiciens ont été récompensés par le prix Nobel de physique en 1979. L'étape suivante dans la voie de l'unification a elle aussi été franchie : les physiciens ont su élaborer des théories de « grande unification » pour unifier la force atomique forte avec la force électrofaible. Sur les quatre forces fondamentales, trois se sont donc pliées au moule de l'unification. Mais la force de gravité a très longtemps résisté à toute proposition d'union avec les autres forces. Combiner les équations de la relativité générale avec celles de la mécanique quantique donnait invariablement des résultats absurdes. Ainsi, les calculs prédisaient obstinément que la probabilité que tel ou tel événement se produise (par exemple, l'interaction de deux électrons) était infinie, alors même que nous savons pertinemment que la valeur d'une probabilité doit être comprise entre 0 et 100 % ! Les mathématiques perdaient pied, elles ne donnaient plus de résultats sensés. C'est seulement avec l'avènement de la théorie des cordes, en 1984, que la gravité a paru se laisser amadouer.

LA THÉORIE DES CORDES

Cette théorie a été ainsi nommée parce que, selon elle, les particules élémentaires qui composent l'univers ne sont pas des objets ponctuels ne possédant ni extension spatiale ni structure interne, comme le supposaient les théories précédentes, mais résultent de vibrations de cordes incommensurablement petites, de 10^{-33} centimètre, la longueur de Planck (fig.). D'après cette théorie, les particules de matière et de lumière qui transmettent les forces (par exemple, le photon qui transmet la force électromagnétique), qui relient les éléments du monde et font que celui-ci change et évolue, ne seraient que les diverses manifestations des vibrations de ces cordes.

Examinez de près n'importe quelle particule élémentaire, et vous découvrirez une corde en train de vibrer. Celles qui vibrent avec le plus d'énergie donneront lieu à des particules plus massives à cause de l'équivalence entre masse et énergie

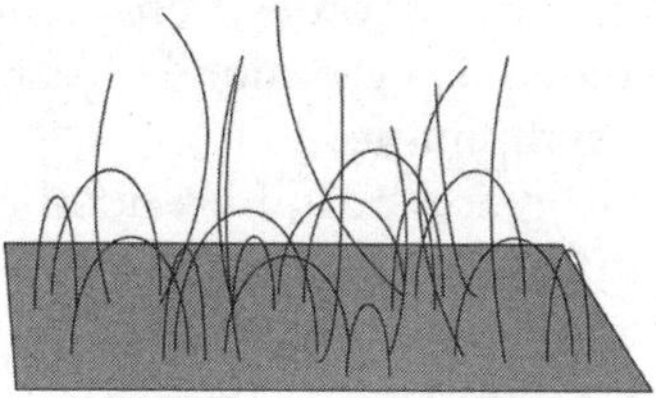

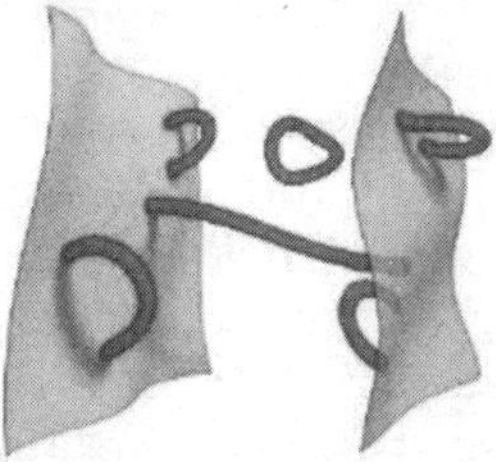

Selon la théorie des cordes, les particules élémentaires qui composent le monde matériel ne sont pas des objets ponctuels mais des bouts de corde infinitésimalement petits de 10^{-33} centimètre, attachés à des surfaces planes appelées « branes », qui vibrent (en haut). Le graviton est une particule hypothétique résultant des vibrations non pas d'une seule corde, mais de deux, formant une boucle. Les boucles, n'ayant pas d'extrémités libres qui les attachent aux branes, peuvent quitter leurs surfaces (en bas).

découverte par Einstein. Par exemple, puisque le proton est environ 2 000 fois plus massif que l'électron, la corde du proton vibre avec environ 2 000 fois plus d'énergie que celle de l'électron. Tout comme les vibrations des cordes d'un violon produisent des sons variés, avec leurs harmoniques, les sons et harmoniques des « cordes » apparaissent dans la nature et pour nos instruments sous forme de photons, de protons, d'électrons, etc. Ainsi, ces « cordes » chantent et vibrent tout autour de nous, et le monde n'est en somme qu'une vaste symphonie.

Fait extraordinaire, parmi les nombreux modes de vibration possibles des cordes, il en existe un dont les propriétés correspondent exactement à celles requises pour le graviton, particule hypothétique (elle n'a jamais été détectée) censée transmettre la force de gravité. Le graviton est, comme le photon, sans masse et sans charge, mais il tourne deux fois plus vite sur lui-même que le photon (en termes techniques, il possède un *spin* de 2 au lieu de 1 pour le photon). Cette particule, désespérément absente des précédentes théories d'unification, apparaît comme par miracle dans la théorie des cordes. L'unification de la force gravitationnelle avec les trois autres forces se révèle par conséquent possible dans le cadre de cette théorie. Elle se présente comme la théorie de la « gravité quantique » tant recherchée.

Conférer une extension spatiale aux particules élémentaires, si faible soit-elle, semble redonner de la cohérence aux mathématiques qui décrivent l'union de la mécanique quantique et de la relativité générale. Les quantités infinies disparaissent comme par un coup de baguette magique, et les mathématiques ne perdent plus pied. Situation analogue à celle où vous utilisez une calculatrice pour diviser un nombre par un autre : si vous divisez par zéro, le résultat est infini, la calculatrice ne sait que faire et affiche le message « Erreur » ; en revanche, si vous divisez par un nombre non nul, si petit soit-il, la calculatrice vous fournira une réponse.

Un des signes les plus distinctifs de la théorie des cordes est la nécessité de postuler des dimensions spatiales supplémentaires dans l'univers. En effet, si nous nous cantonnons à l'univers à trois dimensions spatiales tel que nous le connaissons, la théorie viole un des principes sacrosaints de la physique, celui de la conservation d'énergie. « Rien ne se perd, rien ne se crée, tout se transforme » pourrait résumer ce principe. Il faut nous nourrir pour compenser l'énergie que nous dépensons en travaillant. Une voiture ne roule que parce que nous faisons son plein d'essence. Or, la théorie des cordes dans un univers à trois dimensions spatiales permet la création ou la destruction spontanée d'énergie : c'est comme si une voiture pouvait rouler sans fin sans jamais être approvisionnée en essence ! Le remède miracle à cette situation extravagante est surprenant : ajouter des dimensions spatiales à l'univers ! Dans la version la plus simple de la théorie, les cordes habiteraient un univers à neuf dimensions spatiales, comportant donc six dimensions spatiales supplémentaires. Mais, si tel est le cas, pourquoi diable ne sommes-nous pas conscients de ces extra-dimensions ? Nous pouvons aller vers l'avant ou vers l'arrière, en haut ou en bas, à droite ou à gauche : voilà qui fait trois dimensions, mais certainement pas neuf ! Les théoriciens des cordes répondent que ces dimensions supplémentaires sont invisibles, parce qu'elles sont si bien « enroulées » sur elles-mêmes qu'elles possèdent une taille infinitésimalement petite et deviennent imperceptibles. La situation rappelle celle d'un fil reliant deux poteaux électriques : de loin, le fil électrique apparaît comme une ligne droite à une seule dimension, mais, vu de près, il a une forme cylindrique à deux dimensions. Supposons que le rayon de sa tranche circulaire soit infinitésimalement petit, de l'ordre de la longueur de Planck, soit 10^{-33} centimètre ; nous ne serons sûrement pas capables de percevoir cette dimension supplémentaire, et cette tranche circulaire nous apparaîtra alors comme un point (fig.).

Les théoriciens des cordes nous disent donc que l'univers a en réalité neuf dimensions spatiales, mais le processus inflationnaire à l'œuvre au tout début de son existence n'en a « enflé » et porté que trois à des dimensions perceptibles, en sus de la dimension temporelle, créant l'univers qui nous est familier. Les six autres dimensions spatiales sont restées si infimes qu'elles ne peuvent être détectées.

Cette idée de dimensions spatiales supplémentaires n'est pas nouvelle. Elle fut d'abord avancée en 1919 par le physicien polonais Theodor Kaluza (1885-1954) afin d'unifier les forces gravitationnelle et électromagnétique. Il démontra que si l'univers possédait une dimension spatiale supplémentaire, les deux forces pouvaient être unifiées. L'idée de dimensions spatiales si bien « enroulées » sur elles-mêmes qu'elles ne sont plus perceptibles fut ensuite émise en 1926 par le physicien suédois Oskar Klein (1894-1977). Ces

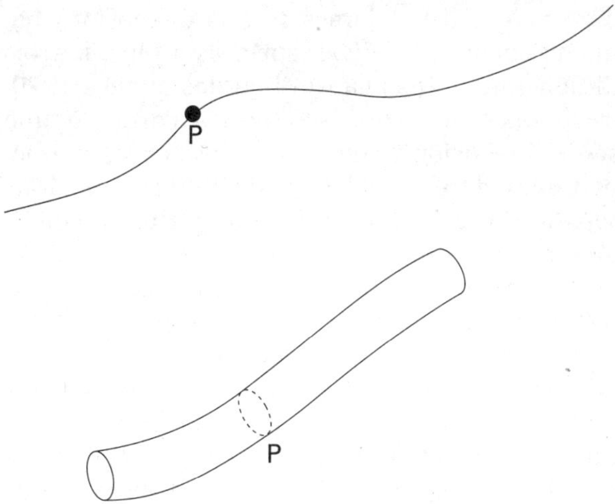

Ce qui, vu de loin, apparaît comme une ligne à une dimension (en haut), devient, vu de près, un tube cylindrique à deux dimensions (en bas) : chaque point sur la ligne est en réalité un cercle minuscule à la surface du tube. De la même façon, la théorie des cordes postule des dimensions spatiales supplémentaires cachées.

théories qui postulent des dimensions spatiales supplémentaires sont aujourd'hui appelées « théories de type Kaluza-Klein[1] ».

Avec une telle profusion de dimensions spatiales supplémentaires, nous pouvons nous demander pourquoi la théorie se borne à invoquer des cordes à une seule dimension. Pourquoi n'introduit-elle pas des surfaces planes à deux

1. Pour plus de détails, voir mon ouvrage *Le Chaos et l'Harmonie*, Folio-Gallimard, 2000, p. 388.

dimensions, des volumes à trois dimensions ou, mieux encore, des hyper-surfaces à plus de trois dimensions ? Jusqu'au milieu des années 1990, la réponse était que seules des cordes à une seule dimension pouvaient empêcher les mathématiques de s'emballer, et donner des résultats sensés. En fait, cet état de choses était la conséquence de limitations propres non pas à la nature, mais aux physiciens eux-mêmes : ceux-ci n'étaient pas encore parvenus à trouver les techniques mathématiques nécessaires pour aller au-delà des cordes à une seule dimension. Vers la fin des années 1990, les difficultés mathématiques furent enfin surmontées et les obstacles franchis, et une nouvelle catégorie d'objets à deux dimensions, ayant la forme de nappes de table ou de tapis, firent leur apparition dans la théorie, appelés « membranes » ou 2-branes (« branes » étant la contraction du mot « membranes », et le chiffre 2 indiquant sa bidimensionnalité). Mais ce n'était pas fini : les mathématiques révélèrent aussi des 3-branes, des 4-branes, et ainsi de suite, jusqu'aux 9-branes. Tout ce petit monde vibre et se tortille à qui mieux mieux, tout comme les cordes, celles-ci faisant partie de la même famille, puisqu'elles ne sont autres que des 1-branes ! Les mathématiques révélèrent aussi un fait inattendu : le nombre total des dimensions spatiales requises n'est pas neuf, comme on le pensait, mais plutôt dix ! Avec la dimension supplémentaire du temps, cela fait donc en tout onze dimensions. La théorie des cordes ainsi « relookée » acquit son nom plus générique de

« M-théorie », où « M » désigne le mot « membrane[1] ». C'est cette nouvelle version de la théorie des cordes qui va être à l'origine d'un nouveau genre d'univers parallèles : les univers-branes.

LE MULTIVERS CYCLIQUE DES « BRANES »

Nous pouvons ainsi imaginer notre univers comme une brane à trois dimensions spatiales et une dimension temporelle, existant dans un hyper-espace doté de plus de quatre dimensions spatiales. Cet état de choses nous conduit naturellement à envisager l'existence d'un multivers de branes. En effet, notre univers n'est certainement pas le seul à exister dans cet hyper-espace : il doit y avoir une infinité d'autres univers parallèles eux aussi en forme de branes, et non plus seulement des 3-branes comme le nôtre, mais des univers dotés de toutes les dimensionnalités possibles comprises entre 1 et 9. Comme nous évoluons dans un espace à trois dimensions, il ne nous est pas facile de visualiser une pareille situation. Pour stimuler notre intuition, examinons des analogies comportant une dimension en

1. Certains physiciens ont même suggéré avec humour que « M » devrait plutôt signifier « miracle » ou « mirage », selon les succès ou échecs de la théorie des branes dans le futur.

moins. Notre univers serait, dans ce cas, une brane à deux dimensions. Ainsi, nous pouvons nous représenter notre univers comme la mince couche d'eau à deux dimensions qui recouvre un océan à trois dimensions. Ou encore nous pouvons nous le représenter comme une nappe qui s'étendrait à l'infini dans deux directions, au sein de notre espace à trois dimensions. Il y aurait d'autres univers parallèles eux aussi en forme de nappes (illustr. 33), mais également d'autres univers dotés d'un nombre supérieur de dimensions et de formes plus bizarres et tourmentées les unes que les autres, que nous sommes à peine capables d'imaginer. Certains de ces univers parallèles ne seront séparés du nôtre que de la longueur de Planck de 10^{-33} centimètre ; d'autres en seront considérablement plus éloignés. Ainsi, comme le multivers des univers qui bifurquent et le multivers inflationnaire, le multivers des branes est lui aussi infini dans l'espace : non seulement chacun des univers-branes s'étend à l'infini, mais il en existe une infinité.

Mais ce qui fait la particularité du multivers des branes par rapport aux autres, c'est qu'il s'étend aussi infiniment dans le temps. Chaque univers-brane évolue en effet de manière cyclique : il ne possède ni début, ni fin. Pourquoi ? D'après les physiciens américains Paul Steinhardt et Neil Turok[1], les branes ne restent pas figées dans l'hyper-espace qu'elles habitent, mais sont en

1. Paul Steinhardt et Neil Turok, *Endless Universe : Beyond the Big Bang*, Doubleday, 2007.

perpétuel mouvement. Leurs déplacements aléatoires se traduisent inévitablement par des collisions titanesques, surtout si ces univers-branes sont rapprochés, à l'instar du choc de deux immenses cymbales dans un orchestre. L'énorme énergie dégagée par une collision entre deux univers-branes est instantanément convertie en particules élémentaires et en rayonnement, engendrant un milieu d'une densité et d'une température inimaginables. Toute structure contenue dans ces univers (comme les galaxies, les étoiles, les planètes ou les êtres conscients) sera irrémédiablement réduite à néant. Cette fantastique énergie va aussi lancer l'univers dans un rapide mouvement d'expansion (différent de celui à l'œuvre dans la théorie de l'inflation). Ce paysage n'est pas sans rappeler les conditions physiques qu'a connues notre univers lors du big bang. Après le grand choc de leur collision, les deux branes ne restent pas collées l'une à l'autre, mais rebondissent et se séparent de nouveau. Mais la force de gravité qu'elles exercent l'une sur l'autre ralentit et inverse leur mouvement de dissociation, les faisant retomber l'une vers l'autre et produisant à nouveau un gigantesque choc, avec tous les événements violents qui s'ensuivent. En d'autres termes, un nouveau big bang a lieu.

Dans ce scénario, le big bang qui s'est produit dans notre univers il y a quelque 14 milliards d'années ne serait qu'une étape dans un cycle infini de collisions entre notre univers et un univers parallèle. Dans ce schéma cyclique, le multivers de branes est infini à la fois dans l'espace et dans le temps. Steinhardt et Turok estiment qu'un cycle entier, d'un big bang au suivant, dure quelque 1 000 milliards d'années, soit environ 100 fois l'âge actuel de notre univers. Si nous vivons dans un tel multivers cyclique, les autres univers parallèles peuvent partager non seulement notre présent, mais aussi notre passé et notre futur.

LES UNIVERS CYCLIQUES À TRAVERS L'HISTOIRE

Ce n'est pas la première fois que l'idée d'un multivers cyclique, constitué d'univers qui se succèdent dans le temps, est apparue dans la conscience des hommes. La cosmologie mythique hindouiste postulait déjà un univers cyclique avec une infinité de dilatations et de contractions successives. Le créateur de l'univers est Brahma, l'un des principaux dieux du panthéon hindou. Souvent représenté avec quatre bras et quatre têtes, pour symboliser son omniscience et son omniprésence, il est le premier créé et le créateur de toute chose (illustr. 34). Brahma dort et rêve, créant ainsi le monde. Chaque cycle du cosmos correspond à une respiration de Brahma, l'univers se dilatant quand il expire et se contractant quand il inspire. Chaque cycle dure environ 8,6 milliards d'années, chiffre qui cadre étrangement avec les durées caractéristiques de la cosmologie moderne, puisque c'est environ le double de l'âge du système solaire (4,55 milliards) et environ la moitié de l'âge de l'univers (13,7 milliards d'années). Le cosmos se dissout après cent cycles, quand le rêve de Brahma se termine. Au bout de 86 milliards d'années, Brahma se met à rêver de nouveau le grand rêve cosmique, et l'univers repart dans une nouvelle phase de cent cycles. Cela rappelle étonnamment le concept moderne d'un univers cyclique avec une suite sans début ni fin de big bangs et de big crunches (grands effondrements).

L'univers mythique indien contient aussi l'idée d'une autre sorte d'infinité : l'univers n'est plus seulement infini dans le temps, mais aussi dans l'espace. Il existe également une infinité d'univers parallèles dans l'espace, chacun étant le produit du rêve d'un dieu différent. Dans le panthéon hindouiste, non seulement les dieux sont multiples, mais ils peuvent aussi prendre diverses formes. Ainsi certains bronzes indiens du Xe siècle représentent-ils le créateur du monde non pas comme Brahma, mais comme le dieu Shiva, celui qui crée le monde en dansant.

L'idée d'une nature cyclique du mouvement de l'univers et de sa transformation incessante au fil du temps est aussi présente dans la cosmologie chinoise. Comme les hindous, les Chinois pensent qu'il existe, au-delà des phénomènes observables, une réalité ultime qu'ils appellent Tao — ce qui signifie la Voie cosmique. Ils croient que, chaque fois qu'un phénomène ou une situation se développe jusqu'à son extrême, il subit un

LAO-TSE. (SIEN-FO-TSI-TSOUNG).

Lao-tseu (ici sur son buffle) est considéré comme le père fondateur du taoïsme, philosophie chinoise selon laquelle tout dans la nature (et dans le monde des humains) est en constante évolution. Tout est transitoire et dynamique, suivant des mouvements cycliques de va-et-vient.

mouvement inverse qui le transforme en son contraire. Ainsi, tous les développements de la nature — que ce soit l'évolution de l'univers, les mouvements du Soleil et de la Lune, le changement des saisons, la succession du jour et de la nuit — suivent des mouvements cycliques d'expansion et de contraction, ou de va-et-vient. Ces mouvements cycliques valent non seulement pour les phénomènes naturels, mais aussi pour les choses de la vie. Selon le philosophe chinois

Lao-tseu (VIe-Ve siècle av. J.-C.) (fig.), « le retour est le mouvement du Tao, et l'éloignement implique le retour ». Cette croyance donne espoir, courage et persévérance dans les moments difficiles, car ceux-ci ne peuvent que laisser place à des temps meilleurs, mais elle suggère aussi modestie et prudence dans les périodes fastes, car le déclin n'est jamais loin. Elle a donné naissance à la doctrine du Juste Milieu : on ne doit jamais s'abandonner aux excès, à la prodigalité ni à la complaisance.

Pour illustrer la notion de mouvement cyclique du Tao, la notion des pôles opposés, le Yin et le Yang, fut introduite (fig.). Parce que le concept d'un Dieu créateur est absent de la cosmologie chinoise, le monde est conçu comme engendré par l'action dynamique et réciproque de ces deux forces polaires. Le ciel est associé au Yang, pouvoir masculin, fort et créateur, tandis que la Terre est représentée par le Yin, élément féminin, maternel et intuitif. L'univers obéit à un mouvement cyclique perpétuel, le Yang parvenant à son maximum pour céder sa place au Yin. Le Soleil, sec et lumineux, est le Yang. La Lune, moite et sombre, est le Yin. Le jour qui suit la nuit, l'été brillant et chaud qui succède à l'hiver sombre et froid : autant d'exemples de l'interaction harmonieuse du couple Yin-Yang.

Quand l'univers scientifique émergea avec la pensée grecque, vers le VIe siècle av. J.-C., le philosophe Héraclite (v. 544-v. 480 av. J.-C.) (fig.), reprenant la notion babylonienne de l'éternel retour, fit sienne l'idée d'un univers cyclique : « À un moment donné, le monde s'embrase et, à un

Dans la philosophie taoïste, tout dans l'univers (et dans la vie) résulte de l'action dynamique et réciproque de deux forces polaires, le Yin (en noir) et le Yang (en blanc). Les cercles de couleur opposée (un cercle noir sur fond blanc et *vice versa*) rappellent que ces deux forces sont étroitement liées, l'une contenant l'autre en germe, et se succèdent de manière cyclique.

autre moment, il se reconstitue de nouveau lui-même à partir du feu, selon certaines périodes de temps dans lesquelles il s'allume en mesure et s'éteint en mesure. » Selon le philosophe grec, la durée d'un cycle ne serait que de 10 800 années, considérablement plus brève que l'âge de l'univers (13,7 milliards d'années). L'idée de l'éternel retour est inspirée par la répétition des mouvements des objets célestes :

> Lorsque chacun des astres errants [planètes] revient exactement, en longitude et en latitude, au point du ciel où il se trouvait au commencement, alors que le monde fut constitué pour la première fois, ces astres errants produisent, au bout de périodes de temps bien déterminées, l'embrase-

Pour le philosophe grec Héraclite, le feu est le principe de toute chose. Il se fit le défenseur de l'univers cyclique : comme le feu s'allume et s'éteint, l'univers traverse des cycles de vie et de mort.

ment et la destruction de tous les êtres. Puis, lorsque ces astres recommencent de nouveau la même marche, le monde se trouve reconstitué ; les astres décrivant derechef le chemin qu'ils ont déjà parcouru, chaque chose qui s'était produite en la

> précédente période s'accomplit, une seconde fois, d'une manière entièrement semblable. Socrate existera de nouveau, ainsi que Platon, ainsi que chacun des hommes avec ses amis et ses concitoyens ; chacun d'eux souffrira les mêmes choses, maniera les mêmes choses ; toute cité, toute bourgade, tout champ seront restaurés. Cette reconstitution [apocatastase] de l'univers se produira non pas une fois, mais un grand nombre de fois ; ou plutôt les mêmes choses se reproduiront indéfiniment et sans cesse[1].

Plus près de nous, et moyennant une description mathématique notablement plus rigoureuse de l'évolution de l'univers, nous avons vu que le physicien russe Alexandre Friedmann, utilisant les équations de la relativité générale d'Einstein, a construit dès 1923 un modèle d'univers cyclique avec une suite infinie d'expansions et de contractions, malgré l'opposition farouche d'Einstein qui défendait à l'origine l'idée d'un univers statique. Après la découverte de l'expansion de l'univers par l'astronome américain Edwin Hubble, en 1929, Einstein lui-même travailla, grâce à sa chère théorie, à produire des modèles d'univers cycliques. Tâche qui fut poursuivie dans les années 1930 par le physicien américain Richard Tolman (1881-1948), lequel allait découvrir un fait inattendu concernant les cycles de l'univers…

1. Némésius d'Émèse, *De la nature de l'homme*, traduit par M. J. B. Thibault, Kessinger Publishing, 2010.

DES CYCLES QUI SE SUIVENT, MAIS NE SE RESSEMBLENT PAS

Par des considérations issues de la thermodynamique, science qui étudie les propriétés de la chaleur, Tolman (fig.) découvrit que les cycles d'un univers cyclique peuvent se suivre, mais ne pas se ressembler. En effet, il existe un principe, connu sous le nom de « seconde loi de la thermodynamique », qui dit qu'au fur et à mesure que le temps passe, dans tout système isolé et fermé, le

Richard Tolman (ici avec Einstein, en 1932, lors d'une des visites de ce dernier au California Institute of Technology) fut l'un des premiers physiciens à considérer la théorie de la relativité sous l'éclairage de la thermodynamique.

désordre (mesuré par une quantité nommée « entropie » par les physiciens) doit augmenter, ou du moins ne pas diminuer. Les manifestations de cette loi abondent dans la vie de tous les jours, que nous considérions un château non entretenu qui tombe en ruine, une tasse de thé qui refroidit, ou un glaçon qui fond : dans toutes ces situations, le désordre croît avec le temps. L'organisation du château au temps de sa splendeur est bien supérieure à celle du monceau de pierres informe qu'il est devenu ; la tasse de thé a communiqué sa chaleur à l'air ambiant, y augmentant le mouvement désordonné des molécules ; le glaçon est de loin plus ordonné que la flaque d'eau qui en résulte. Ce passage de l'ordre au désordre est à sens unique et définit la direction du temps : du passé au futur en passant par le présent. Nous ne verrons jamais un tas de pierres s'assembler tout seul en un château flambant neuf, ni une tasse de thé se réchauffer d'elle-même, ni la flaque d'eau reconstituer spontanément un glaçon.

De même, dans un univers cyclique, la deuxième loi de la thermodynamique dit que le désordre total de l'univers doit augmenter à chaque cycle. En effet, chaque nouveau cycle va amener une nouvelle moisson de trous noirs, cadavres d'étoiles massives, et sa part de désordre. Les univers successifs deviendront de plus en plus désordonnés, et leur entropie ne cessera de croître. Plus d'entropie signifie plus de particules aux mouvements désordonnés, entassées dans un volume restreint lors de la phase de contraction d'un cycle, ce qui provoque un rebond plus accentué, une expansion plus importante de l'espace, donc un cycle qui va durer plus longtemps. Les cycles vont donc s'allonger au fil du temps (fig.). Cette constatation a une conséquence de poids : si nous remontons le temps, les cycles se raccourciront de plus en plus, tant et si bien que, à un moment donné du passé, la durée deviendra nulle et il n'y aura plus de cycles. Du fait de la deuxième loi de la thermodynamique, l'univers cyclique ne peut être infini dans le passé : il a un commencement dans le temps.

Le fait que le désordre de l'univers augmente de cycle en cycle a une autre conséquence liée au fait que notre univers est d'une si extraordinaire homogénéité à ses débuts. Nous avons vu que la température du rayonnement fossile, lors de sa

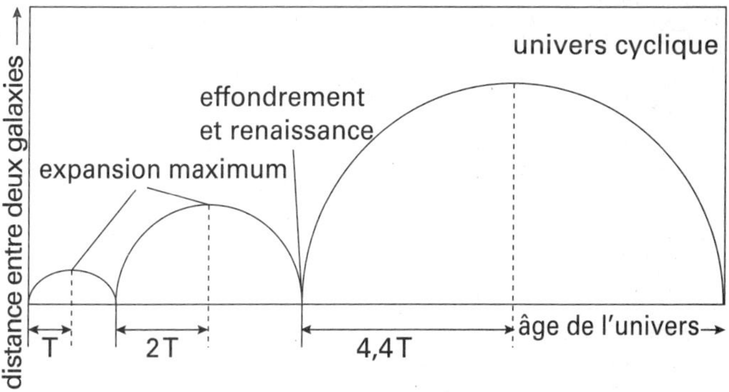

Parce que la quantité de désordre dans l'univers doit toujours augmenter (ou du moins rester constante) au cours du temps, chaque cycle successif d'un univers cyclique durera plus longtemps, et la taille maximale de l'univers deviendra de plus en plus grande.

380 000e année, ne varie pas de plus d'un centième de millième de degré d'un coin du ciel à l'autre. Autrement dit, son ordre est très élevé, son désordre (ou entropie) très faible. Si l'on suppose que l'univers est cyclique, de deux choses l'une : ou bien nous sommes dans l'un de ses tout premiers cycles, et l'entropie n'a pas pu encore augmenter trop ; ou bien l'univers, à des époques antérieures au temps de Planck de 10^{-43} seconde, a su gommer toutes les « rugosités » dues aux trous noirs produits dans les cycles précédents et remettre de l'ordre dans le désordre. Le premier cas de figure soulève un problème : il supposerait que nous vivions à un instant privilégié de l'histoire de l'univers cyclique, ce qui violerait le « principe copernicien » selon lequel l'homme ne devrait pas occuper une place singulière dans l'univers, ni dans l'espace ni dans le temps. Mais qu'en est-il de la seconde hypothèse ?

Les auteurs de la thèse du multivers cyclique des branes pensent que leur modèle peut non seulement résoudre le problème des cycles qui raccourcissent de plus en plus par le passé jusqu'à ne plus exister, mais aussi « gommer » tout désordre produit dans le cycle précédent. En effet, dans le modèle de Steinhardt et Turok, les cycles successifs ne sont plus le fait d'un seul univers subissant une série d'expansions et de contractions, comme dans le modèle cyclique standard ; ils résultent plutôt de la séparation croissante et décroissante au fil du temps entre deux branes, se traduisant par des collisions périodiques. Outre leur mouvement de séparation, ces branes sont aussi en perpétuelle expansion. L'entropie croît bien de cycle en cycle, conformément à la seconde loi de la thermodynamique, mais, parce que l'espace des branes ne cesse de se diluer, son volume ne cesse d'augmenter, si bien que la densité de l'entropie (c'est-à-dire l'entropie par unité de volume) décroît au lieu de croître, comme dans le modèle standard. L'entropie tend donc vers une valeur proche de zéro à la fin de chaque cycle. C'est comme si le compteur était remis à zéro au début de chaque nouveau cycle, ce qui expliquerait la valeur relativement faible de l'entropie de notre univers. Cette remise à zéro de l'entropie à chaque nouveau cycle fait aussi que les rebonds de l'univers ne sont plus aussi prononcés au fur et à mesure que défilent les cycles. Cela revient à dire que les cycles ne s'allongent plus dans le futur ni ne rétrécissent dans le passé. Ils peuvent donc continuer indéfiniment et dans le passé et dans le futur. À l'inverse du modèle cyclique standard, le multivers cyclique des branes n'a ainsi pas de commencement dans le temps.

UN NON-DÉBUT DE L'UNIVERS ?

La notion de début — ou de non-début — a été une préoccupation essentielle non seulement de la science, mais aussi des religions et traditions spirituelles. Selon la théorie standard du big bang, l'univers est né il y a 13,7 milliards d'années lors d'une explosion fulgurante, à partir d'un état inimaginablement petit, chaud et dense, qui aurait également donné naissance à l'espace et au temps. Depuis lors, l'univers serait en expansion et se serait continûment dilué et refroidi.

La théorie du big bang a eu du mal à s'imposer au début, malgré les efforts de quelques scientifiques défendant l'idée d'une origine. Le chanoine belge Georges Lemaître parlait, nous l'avons vu, de l'« atome primitif ». Le physicien américano-russe George Gamow (1904-1968) (fig.) et ses collègues Ralph Alpher (1921-2007) et Robert Hermann (1914-1997) calculèrent que, pendant les 380 000 premières années de l'univers, sa température et sa densité étaient si extrêmes qu'aucune des structures actuelles (galaxies, étoiles, vie) ne pouvait exister, et qu'il ne contenait que des particules élémentaires et de la lumière. Selon ces trois chercheurs, cette lumière originelle, chaude et énergétique, était censée nous parvenir encore aujourd'hui, mais considérablement refroidie à cause de l'énergie qu'elle avait dû dépenser pendant 14 milliards d'années pour rattraper notre galaxie emportée par l'expansion de l'univers. Ce rayonnement fossile serait en quelque sorte la chaleur résiduelle du feu de la « création ».

Fred Hoyle, Hermann Bondi et Thomas Gold (de droite à gauche) furent à l'origine de la théorie de l' « univers stationnaire » en 1948. Selon cette théorie, l'univers ne varie pas en moyenne avec le temps et n'a ni début ni fin. La découverte du rayonnement fossile en 1965 donna le coup de grâce à cette théorie.

Mais personne ne s'est donné la peine de rechercher ce rayonnement fossile jusqu'en 1965, quand il a été découvert, nous l'avons vu, par le plus grand des hasards par deux radioastronomes américains, Arno Penzias et Robert Wilson. Ce retard avait deux raisons. D'une part, le big bang mettait les astrophysiciens mal à l'aise à cause de ses connotations théologiques. Malaise accentué quand, en 1951, le pape Pie XII identifia le big bang au *Fiat lux* de la Bible. D'autre part, il existait une théorie cosmologique qui permettait d'évacuer la notion de création : la théorie de l'« univers stationnaire » (*steady state*), en vogue à la fin des années 1950 et due à trois astronomes britanniques, Fred Hoyle (1915-2001), Hermann Bondi (1919-2005) et Thomas Gold (1920-2004) (fig.). Selon cette théorie, l'univers, en dépit de son expansion, n'aurait ni commencement ni fin ; il serait en moyenne toujours semblable à lui-même dans l'espace et le temps : au fur et à mesure qu'il se dilate, de la nouvelle matière serait continuellement créée pour compenser exactement le vide généré par l'expansion. Nous pouvons objecter que cette théorie ne peut qu'être fausse, puisque nous ne voyons pas de la matière surgir spontanément au coin de la rue. Mais le taux nécessaire pour approvisionner l'univers en matière afin de compenser l'expansion est si faible (il suffirait d'ajouter tous les milliards d'années un atome d'hydrogène à chaque volume d'espace d'un litre) qu'il ne peut être détecté.

Les astrophysiciens furent tout heureux qu'une théorie leur offrît sur un plateau un univers sans début. Cela leur permettait de reléguer aux oubliettes le problème de l'origine, tout en gardant bonne conscience. Malheureusement, les observations astronomiques sont rapidement venues mettre à mal cette théorie. Le début des années 1960 a vu la découverte des quasars (astres situés aux confins de l'univers et émettant une énergie fabuleuse dans un volume extrêmement compact) et des radiogalaxies (qui émettent la plus grande partie de leur énergie en ondes radio). Or le nombre de ces quasars et de ces radiogalaxies semblait diminuer au fur et à mesure que l'univers avançait en âge. Une telle évolution contredisait l'hypothèse d'un univers stationnaire, ne changeant pas au fil du temps. Mais le coup de grâce fut assené en 1965 par la découverte du rayonnement fossile : la théorie de l'univers stationnaire de Hoyle et de ses collègues écartait en effet la possibilité d'un début chaud et dense, et ne pouvait expliquer la présence d'un rayonnement résiduel de la chaleur originelle baignant l'univers entier.

Le bouddhisme aborde la question du commencement de l'univers d'une tout autre manière que la tradition chrétienne. Il n'admet pas l'idée d'un Dieu « horloger » créant l'univers *ex nihilo*. Du fait du principe d'interdépendance — un des piliers de la tradition bouddhiste —, une entité qui ne dépendrait de rien ne pourrait passer de la non-existence à l'existence. Le concept d'interdépendance exprime l'idée que toute chose ou tout être ne peut exister de façon autonome ni être sa propre cause. Toute entité ne peut être définie qu'en termes d'autres entités, et n'exister qu'en relation avec elles. Une entité qui serait indépendante de toutes les autres ne pourrait agir sur rien, et rien ne pourrait agir sur elle. Dans le bouddhisme, la notion d'un Créateur existant indépendamment de tout n'est donc pas possible. Mais, s'il n'y a pas de Créateur, l'univers ne peut être créé. Dans l'optique bouddhiste, rien ne peut se manifester sans cause ni condition ; autrement dit, rien ne peut commencer à exister ni cesser d'exister. Ainsi le big bang ne serait-il plus une explosion primordiale, mais seulement le commencement d'un cycle particulier dans la succession sans début ni fin d'un nombre incalculable de cycles. Le seul univers scientifique compatible avec cette optique dans la théorie standard du big bang serait donc un univers cyclique composé d'une série sans fin de big bangs et de big crunches.

Cependant, nous l'avons vu, les observations astronomiques montrent que la quantité totale de matière lumineuse et noire dans l'univers n'est pas suffisante pour que sa gravité inverse l'expansion universelle et mène à un big crunch. Au contraire, une mystérieuse force répulsive due à une « énergie noire » va continuer à diluer l'univers pour un temps infini, ce qui exclurait un univers cyclique dans la théorie standard du big bang. Toutefois, la théorie du multivers des branes selon laquelle le big bang ne serait qu'une étape dans un cycle infini de collisions titanesques entre notre univers-brane et un univers-brane parallèle offre une alternative qui est tout à fait en accord avec la notion bouddhiste de non-début du monde.

LE PAYSAGE COSMIQUE DES UNIVERS-BRANES

La théorie de l'univers cyclique des branes ne se borne pas à nous offrir un monde sans début, c'est-à-dire infini dans le temps ; elle nous offre aussi un paysage riche d'une énorme profusion d'univers parallèles dans l'espace. Pourquoi ? Nous avons vu qu'une des caractéristiques principales de la théorie des cordes est la nécessité de dimensions spatiales supplémentaires enroulées de façon extrêmement compacte sur elles-mêmes. Dans sa version la plus simple, elle en requiert sept de plus, s'ajoutant aux trois qui nous sont familières. Selon cette théorie, ces dimensions supplémentaires ne peuvent épouser une forme géométrique comme bon leur semble, mais revêtir seulement celles, d'un type très particulier, dites de Calabi-Yau (illustr. 35-36), du nom des mathématiciens Eugenio Calabi (né en 1923) et Shing-Tung Yau (né en 1949) qui ont étudié ces formes mathématiques bien avant que la théorie des cordes n'ait vu le jour. Connaître la forme et la géométrie précises de ces dimensions supplémentaires est crucial, car ce sont elles qui déterminent le mode de vibration des cordes, et donc les propriétés des particules de matière et de lumière — telles leur masse ou leur charge électrique — qui composent le monde.

Quand la théorie des cordes surgit sur la scène de la physique, elle était porteuse d'un immense espoir : celui de pouvoir enfin déterminer toutes les propriétés du monde à partir d'une théorie unique. Il fallait pour cela que les dimensions supplémentaires n'aient qu'une seule forme possible. Tout serait ainsi déterminé, et il n'y aurait plus aucun paramètre libre. Les physiciens disposeraient alors enfin d'une « théorie du Tout » avec laquelle ils pourraient calculer l'ensemble des caractéristiques des particules. Cette théorie constituerait un grand pas en avant par rapport à la théorie existante, la « théorie quantique des champs », où les propriétés des particules ne peuvent être calculées et où elles sont introduites dans la théorie comme des paramètres libres déterminés par l'observation.

Mais cet espoir a été vite déçu. Les physiciens des cordes se sont vite rendu compte que la forme (ou « topologie ») Calabi-Yau que pouvaient prendre les dimensions spatiales supplémentaires était loin d'être unique. Au contraire, les formes possibles semblaient proliférer à vue d'œil, manifestant une variété ahurissante. Alors que les formes Calabi-Yau connues dans les années 1980 se comptaient sur les doigts des deux mains (une sphère, un tore, etc.), le nombre de formes possibles connues aujourd'hui dépasse notre imagination ! La prise de conscience, grâce à des techniques mathématiques récemment développées, que la théorie des cordes doit prendre en compte non seulement des bouts de ficelle à une seule dimension, mais aussi une multitude de branes de dimensions supérieures, a multiplié à volonté le nombre de formes possibles pour les dimensions supplémentaires. On estime aujourd'hui que ce nombre est de l'ordre de 10^{500} (1 suivi de 500 zéros). Par comparaison, le nombre total de particules dans l'univers observable n'est que de 10^{80} ! Comme il existe une grande variété d'instruments de musique, chacun produisant des sons différents, il existe une foule de formes possibles pour les dimensions supplémentaires, chacune vibrant de façon particulière et générant des particules dotées de propriétés diverses. Ce qui veut dire que, pour l'instant, la théorie des cordes n'a pas réussi à mieux faire que la théorie quantique des champs : elle non plus ne possède aucun pouvoir prédictif en ce qui concerne les propriétés des particules élémentaires. Au lieu de se rapprocher, le rêve de prédire toutes les propriétés du monde grâce à une « théorie du Tout » s'éloigne de plus en plus.

Quoi qu'il en soit, la théorie des branes offre à notre imagination étonnée le paysage cosmique d'un fantastique multivers d'univers-branes parallèles dotés de dimensions spatiales supplémentaires, épousant des formes géométriques d'une exubérante richesse.

LA CONFRONTATION DE LA THÉORIE DES CORDES AVEC LE RÉEL

La science résulte de la confrontation de l'homme avec le réel. Elle se nourrit sans cesse d'observations et d'informations tirées de la nature par des moyens divers, des expériences de laboratoire aux instruments d'observation les plus perfectionnés. Le test fondamental de la validité d'une théorie est qu'elle soit conforme à la nature et coïncide avec la vérité. En d'autres termes, elle doit décrire des propriétés du monde qui puissent être vérifiées par l'expérience ou l'observation. La théorie des cordes (et celle qui constitue son extension, la théorie des univers-branes) répond-elle à ces critères de vérification expérimentale ?

Malheureusement, pour l'instant, la réponse est non. Malgré le travail acharné mené par une armée de physiciens pendant plus d'une vingtaine d'années, la théorie des cordes reste enveloppée d'un épais voile mathématique, et aucune expérience ou observation n'est encore venue la rattacher au monde réel. Elle souffre donc du plus grave défaut qui soit en science : elle n'a jamais été vérifiée expérimentalement. Et, tant qu'une théorie scientifique n'est pas corroborée par l'observation, nous ne pouvons pas savoir si elle est vraie et conforme à la nature, ou si elle n'est qu'un produit de l'imagination fertile des physiciens, sans rapport aucun avec la réalité.

SANS VÉRIFICATION EXPÉRIMENTALE, LA PHYSIQUE A TÔT FAIT DE S'ENLISER DANS LA MÉTAPHYSIQUE

L'entrée en action du LHC (Large Hadron Collider) au CERN, à Genève, en 2009, a suscité de grands espoirs. Pourra-t-il voir des cordes en direct ? Certainement pas, car, rappelons-le, la longueur d'une corde est infinitésimalement petite, de l'ordre de la longueur de Planck, soit 10^{-33} centimètre. En lançant des faisceaux de protons l'un contre l'autre à une énergie équivalant à 10 000 milliards de l'énergie de masse d'un proton, le LHC pourra examiner des dimensions aussi infimes que 10^{-19} centimètre, soit un millionième de la taille d'un noyau d'atome, ou un milliardième de milliardième de l'épaisseur d'un cheveu. Mais, pour examiner des dimensions aussi infinitésimales que la longueur de Planck, des centaines de milliers de milliards de fois encore plus réduites, il faudrait construire un accélérateur de 100 000 années-lumière de diamètre, aussi grand que la Voie lactée, ce qui n'est pas près d'être réalisé ! Avec l'énergie dont il est capable, le LHC verra une corde comme un point sans aucune extension spatiale. Il nous faut donc tester la théorie des cordes de manière moins directe.

Certains phénomènes prédits par cette théorie peuvent en principe être vérifiés indirectement par le LHC ou par d'autres types d'expériences. Par exemple, si des dimensions spatiales supplémentaires étaient présentes, les débris résultant de la fantastique collision entre les deux faisceaux de protons du LHC pourraient être éjectés à partir des trois dimensions qui nous sont familières parmi ces dimensions supplémentaires. Ces débris emporteraient avec eux de l'énergie, ce qui se traduirait par un déficit d'énergie après la collision. Une énergie manquante signalerait peut-être la présence de dimensions spatiales supplémentaires. Autre possibilité : la gravité dans les dimensions supplémentaires enroulées sur elles-mêmes serait extrêmement forte, ce qui faciliterait la formation de mini-trous noirs (avec une masse de quelques dizaines de microgrammes) lors de la collision des faisceaux de protons. Ces mini-trous noirs se désintégreraient en un rien de temps, donnant un jaillissement de particules élémentaires qui pourraient être détectées. Cette intense gravité pourrait aussi se manifester si nous parvenions à la sonder à des échelles extrêmement réduites. À ce jour, les mesures de la gravité à des dimensions aussi petites qu'un micron (10^{-6} mètre) n'ont révélé aucun excès. Peut-être que, en ayant la faculté d'explorer des dimensions plus faibles, le LHC pourrait mettre en évidence un léger excès.

UN MONDE SUPERSYMÉTRIQUE

Autre prédiction extraordinaire de la théorie des cordes : la population des particules dans l'univers devrait être doublée. En effet, la théorie des cordes repose sur l'idée de supersymétrie (SUSY, en abrégé). SUSY a été conçue dans les années 1970 aux fins d'unifier la matière et la lumière. Elle est fondée sur un principe de symétrie reliant ensemble deux types de particules : les particules de matière de spin demi-entier (1/2, 3/2...), tels les quarks et les électrons, désignées sous le nom générique de « fermions », et les particules de spin entier (0, 1...), telles les particules de lumière (les photons) et les particules messagères qui transmettent les forces comme les gluons, désignées sous le nom générique de « bosons ». Dans un univers où SUSY peut se manifester à plein, chaque boson est associé à un « superpartenaire » fermionique, et chaque fermion l'est à un superpartenaire bosonique. Comme par un coup de baguette magique, la population des particules dans l'univers se trouve ainsi multipliée par deux. Le superpartenaire est identique à tous égards à la particule ordinaire (même masse, même charge électrique, etc.), sauf pour ce qui est du spin, qui doit toujours différer d'une valeur 1/2. Ainsi, le superpartenaire de l'électron de spin 1/2, le « sélectron » (les superpartenaires des fermions ont été désignés par leurs noms usuels, mais greffés du préfixe « s- »), possède un spin 0, alors que le superpartenaire du photon de spin 1, le « photino » (pour les superpartenaires des bosons, on a simplement ajouté le suffixe « -ino », qui veut dire « plus petit » en italien, bien que certaines des particules concernées ne soient pas aussi légères que le suggère ce suffixe), a un spin de 1/2.

Mais l'univers ne semble pas se conformer à ce schéma. Bien que nous disposions d'accélérateurs de particules assez énergétiques pour détecter de telles masses, nous n'avons jamais vu de sélectron doté d'une masse aussi légère qu'un électron. Pour sauver SUSY du cimetière des idées mortes, les physiciens ont dû postuler que la symétrie entre les particules et leurs superpartenaires n'était pas parfaite pour ce qui concer-

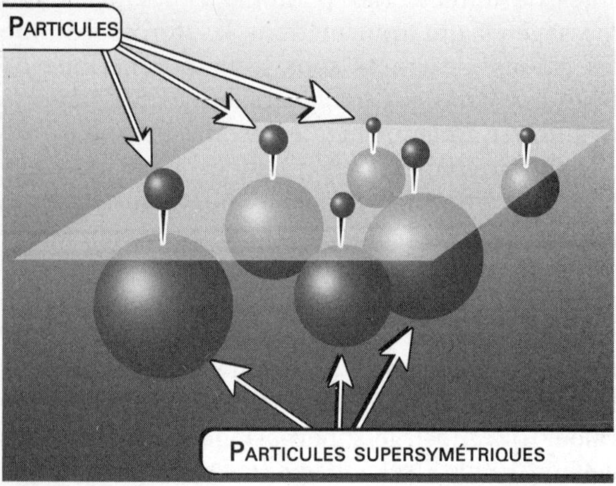

La théorie des cordes prédit que pour chaque particule, il existe une particule dite « supersymétrique » dont le spin diffère de 1/2 et dont la masse est considérablement plus grande. Pour l'instant, aucune particule supersymétrique n'a jamais été détectée.

nait leurs masses. On dit qu'il y a « brisure de symétrie ». Ainsi, les particules et leurs superpartenaires peuvent posséder des masses différentes, les secondes étant considérablement plus massives (fig.). Les chercheurs pensent que les masses des particules superpartenaires peuvent être des millions de fois supérieures à celle de l'électron. Or une grande masse correspond à une grande énergie, selon la fameuse formule d'Einstein : $E = mc^2$. Le LHC va pouvoir atteindre les très grandes énergies correspondant aux masses envisagées pour certaines de ces particules superpartenaires. Celles-ci seront-elles finalement détectées par le LHC ? Affaire à suivre...

LES UNIVERS-BRANES ET LE RÉEL

Qu'en est-il de la M-théorie, la théorie des branes qui constitue l'extension nécessaire de la théorie des cordes ? Y a-t-il un espoir de rattacher un jour les branes à la réalité ? *A priori*, cela paraît une tâche impossible. D'après la théorie, les branes sont les lieux de résidence obligée des cordes : celles-ci ne peuvent aller où bon leur semble, mais sont confinées à la surface des branes auxquelles elles sont retenues par leurs extrémités. Or, puisque ce sont les cordes (ou plutôt leurs vibrations) qui sont responsables des particules élémentaires transmettant les forces fondamentales — tel le photon, la particule de lumière qui est le messager de la force électromagnétique —, ces particules (à l'exception, nous le verrons, du graviton qui transmet la force gravitationnelle) sont aussi confinées dans les branes. Interdiction leur est faite de s'aventurer au-dehors. Si bien que, même s'il existait des univers-branes parallèles séparés de notre univers par seulement une fraction de millimètre, nous ne le saurions jamais, car nous ne pourrions jamais communiquer avec eux par des particules de lumière. Ils seraient à tout jamais hors de notre portée.

La situation est tout autre pour la force de gravité transmise par une particule hypothétique appelée « graviton ». À la différence des autres particules (comme le photon) qui résultent de vibrations de cordes et possèdent un spin 1, le graviton a un spin 2. Tel est le cas si ce dernier résulte des vibrations non pas d'une seule corde, mais de deux formant une boucle. Or une boucle, n'ayant pas d'extrémité libre, ne peut être attachée à la surface d'une brane. Elle ne peut donc être retenue dans ses mouvements et est libre d'aller où bon lui semble, d'une brane à une autre. La gravité est donc en principe la seule force qui nous permette de quitter la surface des branes et de sonder des mondes au-delà de notre espace à trois dimensions. Si les dimensions supplémentaires existent vraiment, et si elles sont considérablement plus grandes pour les branes que pour les cordes[1], il y a peut-être une chance de pouvoir détecter une légère augmentation de la force de gravité à des échelles inférieures à 10^{-4} centimètre. Ce qui permettrait d'envisager la possibilité non seulement qu'il existe des dimensions supplémentaires, mais aussi que nous vivions sur une brane !

1. Les dimensions supplémentaires des branes peuvent atteindre la taille d'un dix-millième (10^{-4}) de centimètre ; voir Brian Greene, *La Réalité cachée : les univers parallèles et les lois du Cosmos*, Laffont, 2012.

LE MULTIVERS DES BRANES ET LE PRINCIPE ANTHROPIQUE

Si nous acceptons le scénario d'un immense multivers de branes, deux questions se posent : parmi les 10^{500} univers-branes possibles du multivers, comment se fait-il que nous vivions dans un univers doté d'une configuration géométrique et d'une énergie du vide si particulières ? et qu'en est-il de toutes les autres configurations ? Pour répondre à ces questions, le physicien américain Steven Weinberg a évoqué un argument dit de type « anthropique ». Selon ce principe anthropique, les propriétés de l'univers doivent être compatibles avec notre existence. De même que la vie humaine n'a pu surgir à la surface brûlante de Mercure ou de Vénus, ni sur celle, gazeuse, de Jupiter ou de Saturne, elle n'aurait pu émerger dans un univers doté d'une énergie du vide trop positive. Son énorme gravité répulsive aurait causé une expansion si violente qu'aucune matière n'aurait pu s'assembler pour former les étoiles, responsables des éléments lourds nécessaires à l'apparition de la vie et de la conscience. De même, celles-ci n'auraient pu apparaître dans un univers doté d'une énergie du vide trop négative. Son énorme gravité attractive aurait provoqué, au bout d'une période relativement courte, l'effondrement de l'univers en un big crunch, empêchant de nouveau la formation d'étoiles, d'éléments lourds, donc de la vie et de la conscience. L'univers ne peut héberger la vie et la conscience que si l'énergie du vide est juste au-dessus de zéro. Parmi les 10^{500} univers possibles, seul notre univers possède les conditions requises, et c'est pourquoi nous sommes ici à nous poser des questions sur cet univers. Tous les autres univers sont stériles, dépourvus de vie et de conscience.

LA THÉORIE DES CORDES ET LES UNIVERS PARALLÈLES HOLOGRAPHIQUES

La théorie des cordes va encore plus loin pour ce qui concerne les univers parallèles : non seulement elle introduit dans notre esprit la notion d'un immense multivers de branes, mais elle fait aussi entrer dans le paysage de la physique le concept d'univers parallèles holographiques.

Pour comprendre ce concept, il nous faut savoir ce qu'est un hologramme. Si l'on veut saisir son principe, il convient de le comparer à une image photographique. Pour cette dernière, une lentille — celle de votre appareil photographique — est nécessaire afin de faire converger les rayons lumineux sur un détecteur électronique et y former une image. Chaque point de l'objet photographié correspond à un point unique de l'image, et *vice versa*. Pour une photographie normale, seules les informations sur la couleur de l'objet et l'intensité de la lumière en chaque point de cet objet sont enregistrées. L'information relative aux phases des ondes lumineuses est perdue. Ce qui veut dire que si une partie du détecteur se révèle déficiente, la partie correspondante de l'image de l'objet est irrémédiablement perdue. La situation est radicalement différente dans le cas d'une image holographique. Celle-ci est produite à partir d'un faisceau laser divisé en deux parties : la première partie, le « faisceau objet », est dirigée vers l'objet à photographier et est réfléchie par ce dernier vers le détecteur ; l'autre partie, le « faisceau de référence », est réfléchie par un miroir et va directement sur le détecteur, sans jamais rencontrer l'objet. En interagissant, les deux faisceaux laser produisent des franges d'interférences qui sont enregistrées par le détecteur. Le dessin des interférences ne ressemble en rien à l'objet original. Il évoque plutôt la surface d'un étang dans lequel on a jeté une poignée de cailloux, avec une multitude d'ondes circulaires concentriques qui se recoupent les unes les autres. Ce dessin en apparence sans queue ni tête contient pourtant toute l'information des phases des ondes lumineuses nécessaire à la reproduction de l'objet en trois dimensions. Il joue en quelque sorte le rôle du « négatif » d'une photographie ordinaire. Quand le dessin d'interférences est illuminé par un faisceau laser, l'objet apparaît en trois dimensions, suspendu en l'air comme par magie. L'image holographique présente un aspect étrangement réel : vous pouvez même la contourner et découvrir des parties de l'objet qui n'étaient pas évidentes, vues de face, comme dans le cas d'un objet réel. C'est seulement quand vous essayez de toucher l'objet et que votre main traverse l'hologramme, comme si de rien n'était, que vous vous rendez compte qu'elle ne recèle aucune matérialité, et n'est qu'une image.

Plus étrange encore que leur nature immatérielle, les images holographiques possèdent une autre propriété tout à fait extraordinaire : chaque partie d'un hologramme contient l'information de l'hologramme tout entier. Ce qui n'est pas du tout le cas pour une image ordinaire. Ainsi, si une partie du détecteur électronique se révèle déficiente — par exemple, la partie qui enregistre l'image de votre bras —, la photo qui en résultera vous montrera manchot. En revanche, si une personne vient à ôter une partie du dessin des interférences qui constitue le « négatif » holographique, et si vous éclairez la partie restante par un faisceau laser, vous obtiendrez non pas une partie de l'hologramme, mais celui-ci tout entier, quoique d'une brillance moindre et avec des perspectives plus limitées. Cela s'explique par le fait que, dans le cas d'un hologramme, il n'existe plus de relation unique, comme dans un négatif ordinaire, entre une partie de la scène photographiée et une partie du négatif. La scène entière est enregistrée en tous points du négatif holographique. En d'autres termes, chaque partie de l'hologramme contient le tout.

L'idée que l'univers obéit à un principe holographique a d'abord été avancée en 1993 par le physicien hollandais Gerard 't Hooft (né en 1946). L'inspiration en est venue de la découverte par le physicien anglais Stephen Hawking (né en 1942) et le physicien israélien Jacob Bekenstein (né en 1947) que la capacité de stockage de l'information (mesurée par une quantité appelée « entropie ») d'un trou noir est déterminée non par le volume à trois dimensions de son intérieur, mais par sa surface à deux dimensions. De même, dit 't Hooft, l'information nécessaire pour faire fonctionner le monde à trois dimensions spatiales au sein duquel nous vivons serait inscrite sur une surface à deux dimensions englobant ce monde. En d'autres termes, l'univers ne serait qu'une projection holographique de processus physiques se déroulant sur une lointaine surface à deux dimensions englobant tout l'univers (fig.). La situation serait analogue à celle d'un dessin d'interférences à deux dimensions contenant toutes les informations nécessaires en vue de construire un hologramme à trois dimensions. Toutes les expériences dans notre univers — aller au cinéma, savourer un repas gastronomique, résoudre des équations mathématiques ou contempler le ciel — seraient ainsi étroitement liées à des expériences équivalentes qui se dérouleraient dans un univers parallèle de moindre dimension spatiale. La réalité qui nous est familière aurait son exact pendant dans un autre monde.

L'idée a été accueillie avec scepticisme jusqu'en 1998. Cette année-là, le physicien argentin Juan Maldacena (né en 1968), appliquant la théorie des cordes à un univers de forme particulière — différente de celle du nôtre, mais dont les propriétés sont plus faciles à calculer —, a découvert mathématiquement qu'il existait en effet un principe holographique reliant l'intérieur de cet univers à sa bordure, cette dernière étant une surface impénétrable englobant cet intérieur. Comme tout point du « négatif » d'un hologramme (le dessin des interférences) contient la totalité de l'information permettant de reconstituer l'image entière, tous les processus se déroulant à l'intérieur de l'univers étudié par Maldacena sont réglés par des lois physiques régnant à sa surface. En d'autres termes, le physicien a découvert un lien explicite entre les phénomènes physiques qui ont lieu dans une région multidimensionnelle et ceux, de moindre dimension spatiale, qui ont lieu à sa bordure.

L'idée d'univers holographiques parallèles semble donc avoir trouvé une base mathématique sans faille dans la théorie des cordes. Mais pouvons-nous être absolument certains qu'opère le principe holographique selon lequel tous les phénomènes qui se manifestent dans la nature ont un pendant exact sur une lointaine surface bordant l'univers ? Nombre de questions demeurent sans réponse. Parce que les mathématiques sont ici d'une extrême difficulté, l'argumentation n'est pas aussi solide qu'on le voudrait. Par exemple, l'univers traité par Maldacena ayant une forme différente du nôtre, il faudrait arriver à démontrer que le principe holographique opère aussi bien pour la forme de notre univers. Par

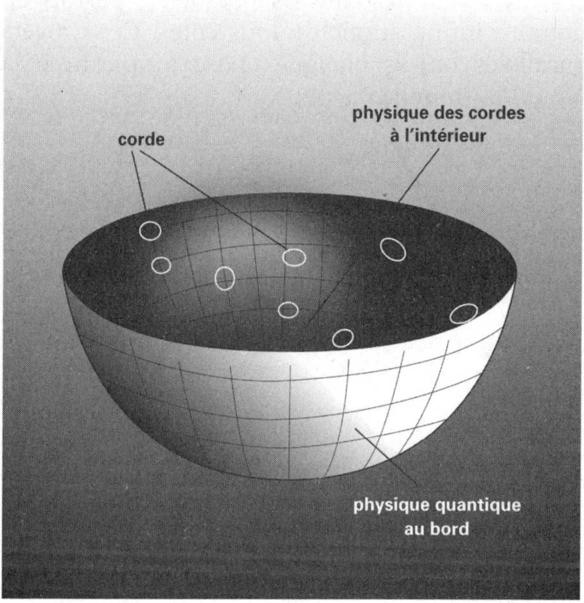

Le principe holographique de l'univers, issu de la théorie des cordes, dit que l'information nécessaire (par exemple les lois de la mécanique quantique) pour faire fonctionner le monde au sein duquel nous vivons (et qui résulte de vibrations de cordes) serait inscrite sur une surface à deux dimensions englobant ce monde.

ailleurs, nous n'avons pas la moindre idée du mécanisme de stockage de l'information sur l'hypothétique surface lointaine. Le chemin à parcourir avant de pouvoir développer une théorie holographique de l'univers est encore très long !

Au fil de nos pérégrinations dans le paysage de la physique contemporaine, nous n'avons pas cessé de voir des univers parallèles, parfois en nombre infini, surgir de tous côtés. Ces univers parallèles ont-ils quelque chose à voir avec la réalité du monde ?

VII

VIVRE AVEC LE MULTIVERS ET L'INFINI

LE MULTIVERS N'EST PAS DIRECTEMENT ACCESSIBLE À L'OBSERVATION

Des théories physiques existent donc qui nous disent que notre univers n'est pas unique, qu'il ne serait qu'un parmi un grand nombre ou une infinité d'autres univers dotés chacun de propriétés différentes, avec leurs propres combinaisons de conditions initiales et de constantes physiques, capables ou non d'héberger la vie et la conscience. L'ensemble de ces univers parallèles forme ce qu'on appelle un « multivers ».

Le premier multivers que nous ayons rencontré en chemin est né d'une interprétation très particulière et étrange de la mécanique quantique. Le but était d'élaborer une version de la mécanique quantique qui lui ôterait le caractère probabiliste dont l'a parée l'école de Copenhague (laquelle avait pour chef de file Niels Bohr) et d'éviter des situations aussi bizarroïdes que celle de chats suspendus entre la vie et la mort. Hugh Everett, l'auteur de cette version alternative, voulait insuffler à la mécanique quantique un caractère réaliste et déterministe. C'est la théorie dite des « univers qui bifurquent » : l'univers se subdiviserait en autant d'exemplaires qu'il existe de choix et de possibilités. Nous-mêmes, nous nous dédoublerions à chaque dédoublement de l'univers.

Le deuxième multivers à s'être dressé sur notre route est le multivers inflationnaire. Dans ce scénario, un processus de dilution vertigineuse de l'espace aurait produit non seulement notre « univers-bulle », mais aussi une infinité d'autres univers-bulles disséminés dans un immense méta-univers.

Enfin, un troisième multivers a surgi devant nous : celui des branes. La théorie des cordes — et son extension, celle des branes —, qui tente d'unifier la force de gravité avec les autres forces fondamentales en une seule superforce, suggère que nous vivons à la surface d'une brane. Dans cette théorie, le big bang ne serait qu'une étape dans un cycle sans fin de collisions titanesques entre notre univers-brane et d'autres univers-branes parallèles. Fait encore plus extraordinaire, à cause de la quasi-infinité des formes que peuvent revêtir les dimensions spatiales supplémentaires nécessitées par la théorie, notre univers non seulement n'aurait ni début ni fin, mais ferait partie d'un énorme multivers contenant quelque 10^{500} autres univers ! Pour corser les choses, la théorie des cordes suggère encore qu'un principe holographique serait aussi à l'œuvre, tant et si bien que tous les phénomènes qui se déroulent dans un univers ne seraient que le reflet de phénomènes se déroulant sur la surface qui le borde, doublant du même coup le nombre d'univers parallèles dans le multivers des branes !

Que penser du concept de « multivers » ? Il a suscité un débat passionnant et passionné qui a divisé la communauté scientifique. En effet, ce concept souffre du plus grave défaut qui soit en science : il ne peut être directement vérifié, du moins en l'état actuel de nos connaissances. Avec nos télescopes, nous ne pouvons observer que notre univers. L'accès direct à d'autres univers parallèles nous est impossible. Ils seront à jamais hors de la portée directe de nos instruments d'observation. Nos télescopes peuvent voir dans une sphère-horizon de 47 milliards d'années-lumière — ce qu'on appelle l'« univers observable » —, pas au-delà. Pourquoi une telle limite ? Elle n'est certes pas due à une limitation de la technologie — nous pouvons en principe construire des télescopes toujours plus grands, regardant toujours « plus faible », donc à la fois toujours plus loin et plus tôt (du moins jusqu'à l'an 380 000 après le big bang, car avant cela l'univers était opaque et la lumière ne pouvait se propager) —, mais au fait que la lumière des galaxies au-delà de cette sphère-horizon n'a pas eu le temps de nous parvenir pendant les 13,7 milliards d'années d'existence de l'univers. Les univers qui bifurquent, les bulles-univers du multivers inflationnaire et le paysage des branes resteront à jamais inaccessibles à l'observation directe.

Si c'est le cas, avons-nous le droit de qualifier de scientifique le concept de multivers ? Si nous ne pouvons jamais vérifier qu'il est conforme à la nature, s'il ne peut être soumis à l'observation directe, ne relève-t-il pas plutôt de la métaphysique ? Là-dessus, les scientifiques se sont divisés en plusieurs camps. Certains pensent que croire en un multivers est comme entrer en religion : c'est un acte de foi qui ne pourra jamais être étayé par aucune preuve expérimentale. D'autres adoptent une position médiane : ils sont d'avis que le multivers est un concept utile qui, bien que non vérifiable, permet de nous rapprocher de la vérité ultime. D'autres encore estiment que le concept de multivers, suggéré indépendamment par plusieurs théories, est si évident qu'ils sont tout étonnés que la totalité de la communauté scientifique ne s'y soit pas déjà ralliée. Le concept de multivers, disent-ils, a la faculté de nous aider à formuler de façon autre les graves questions qui ont hanté les scientifiques depuis des décennies. Or, en science, poser les bonnes questions est souvent aussi important que de vérifier les réponses proposées.

UNE THÉORIE SCIENTIFIQUE N'A NUL BESOIN D'ÊTRE VÉRIFIÉE JUSQUE DANS SES MOINDRES RECOINS

Nous pouvons cependant nous demander : si le multivers n'est pas accessible à l'observation directe, peut-être existe-t-il des moyens indirects de déduire son existence ? Après tout, pour valider une théorie, la méthode scientifique ne requiert pas que le moindre de ses aspects soit vérifiable. Au fur et à mesure que la science a progressé, que l'homme a su suppléer à ses yeux par des instruments de plus en plus sophistiqués pour explorer l'infiniment grand et l'infiniment petit, la physique s'est éloignée des choses tangibles de la vie, directement accessibles à nos sens. Ce qui rend la vérification par l'observation et l'expérience de plus en plus ardue. La théorie de la gravitation universelle d'Isaac Newton, au XVIIe siècle, parlait de concepts concrets et d'objets de tous les jours. Avec elle, nous pouvons prédire et vérifier par l'observation directe les positions et les vitesses d'objets familiers tels qu'une pomme tombant d'un arbre, un ballon lancé en l'air, un obus tiré d'un canon, ou des astres proches comme la Lune et les planètes. Pourtant, au fil du temps, la physique s'est progressivement éloignée du quotidien pour devenir considérablement plus abstraite. Un des premiers pas vers l'abstraction fut la démonstration, au XIXe siècle, par James Maxwell, que la lumière n'est rien d'autre qu'une onde électromagnétique qui se propage dans l'espace, produisant des « champs électromagnétiques ». Bien que nos yeux soient sensibles à la lumière visible, nous ne pouvons pas dire que nous percevons ces « champs »-là. Mais parce que nous sommes capables de fabriquer des instruments sophistiqués qui les détectent, et parce que nous constatons que les innombrables appareils électroniques autour de nous — postes de radio ou de télévision, téléphones portables, etc. — dont le fonctionnement repose sur ce concept de champ électromagnétique « marchent », nous avons confiance en la théorie de Maxwell. Nous pensons qu'elle est conforme à la nature et que nous baignons effectivement dans un océan d'ondes électromagnétiques.

Au XXe siècle, la théorie de la relativité générale d'Einstein nous fait franchir un pas de plus dans l'abstraction. Elle unifie l'espace et le temps, que Newton pensait être des entités totalement séparées. À nouveau, nous ne pouvons certes pas dire que nous nous « sentons » évoluer dans un continuum d'espace-temps à quatre dimensions, mais nous nous fions à ce concept, car la théorie de la relativité prédit certains comportements du temps qui peuvent être et ont été vérifiés. Par exemple, la relativité restreinte dit que, à des vitesses proches de celle de la lumière, le temps ralentit. Ce ralentissement est d'autant plus prononcé que la vitesse est plus grande. Une seconde peut prendre des allures d'éternité si vous allez assez vite. Ainsi, accélérez jusqu'à 99,99 % de la vitesse de la lumière, et la seconde devient 1,18 minute ! Allez à une vitesse de 99,9999999 % de celle de la lumière, et la seconde se mue en 6,2 heures. Vous vous dites que tout cela est bien beau, mais que ces vitesses proches de la lumière doivent être inatteignables, rendant illusoire toute vérification expérimentale. Eh bien, vous vous trompez ! La dilatation du temps a été maintes fois vérifiée, par exemple dans le comportement des « rayons cosmiques ». Ceux-ci sont des flux de particules très énergétiques qui viennent de l'espace et bombardent en permanence la Terre. Elles résultent de la mort d'étoiles massives (de plusieurs dizaines de masses solaires) dans la Voie lactée, qui, dans leurs agonies explosives, appelées supernovæ, les ont expulsées à très grande vitesse à travers l'espace. Certaines de ces particules extrêmement énergétiques parviennent jusqu'à la Terre, entrant en collision avec les noyaux des atomes dans la couche supérieure de l'atmosphère terrestre. Ces derniers se brisent alors en mille morceaux, provoquant une pluie de débris subatomiques qui se déversent sur la Terre. La plupart de ces débris ont une vie extraordinairement brève et se désintègrent bien avant d'atterrir sur notre planète. Des particules appelées « muons » survivent pourtant assez longtemps pour venir nous rendre visite à la surface du globe et faire grésiller les compteurs Geiger. Un problème se pose cependant : le muon est réputé très instable, ayant une demi-vie de seulement 2 microsecondes[1]. La population muonique diminue ainsi très vite et se trouve réduite à zéro en un rien de temps. Or, en 2 microsecondes, la lumière ne franchit qu'une distance de 600 mètres. Les muons, qui voyagent moins vite que la lumière, parcourent une distance encore moins grande. Dès lors, comment peuvent-ils vivre assez longtemps pour traverser les quelque 20 kilomètres d'épaisseur de l'atmosphère terrestre afin de venir jusqu'à nous ? Il faut nous rendre à l'évidence : parce que les muons se déplacent à une vitesse proche de celle de la lumière, leur temps de vie mesuré par les horloges terrestres se dilate considérablement — d'environ 1 000 fois —, ce qui leur confère assez de longévité pour venir faire « chanter » les compteurs Geiger à la surface de la terre.

Les muons ne sont pas les seules particules à voir leur vie s'allonger. Les particules élémentaires lancées à toute vitesse dans les entrailles du LHC, l'accélérateur au CERN, voient aussi leur temps de vie s'allonger, et ce, toujours dans les proportions prévues par la théorie de la relativité d'Einstein.

Vous demeurez sceptique : à vos yeux, tout cela reste bien abstrait ! Les physiciens ont beau parler de la dilatation du temps pour des particules élémentaires inaccessibles directement à nos sens, vous ne serez convaincu que si vous pouvez voir le temps d'objets plus proches de notre expérience quotidienne — celui des hor-

1. Cela veut dire que la population des muons diminue de moitié toutes les 2 microsecondes !

loges, par exemple — s'étirer quand ils sont en mouvement. Or, cette expérience a justement été réalisée en 1971 par deux physiciens américains. Ces derniers ont emporté à bord de jets commerciaux des horloges atomiques marquant le temps avec une extrême précision. Quatre de ces horloges atomiques ont été placées à bord d'un jet volant vers l'est, quatre autres dans un jet volant vers l'ouest. À l'issue du voyage, le temps des horloges ayant volé est comparé à celui d'horloges restées au sol. Comme annoncé par Einstein, on observe des différences de temps : parce que les avions de ligne volent en général à moins d'un millionième de la vitesse de la lumière, ces différences sont extrêmement faibles, de l'ordre d'un millionième de seconde par jour de vol. Ces minuscules différences de temps sont imperceptibles sur le cadran de nos montres ordinaires, mais peuvent tout à fait être détectées par des horloges atomiques — c'est d'ailleurs ce qui fait leur utilité. On constate que les horloges qui ont voyagé vers l'est ont 59 milliardièmes de seconde de retard par rapport à celles restées au sol, alors que celles qui sont parties vers l'ouest ont pris 273 milliardièmes de seconde d'avance. La différence numérique entre les deux groupes d'horloges est due à la rotation d'ouest en est de la Terre. Cette dernière produit en effet une dilatation du temps. Mais, lorsqu'on tient compte de cette dilatation, on s'aperçoit que le temps des horloges voyageuses s'est ralenti exactement dans la proportion prévue par Einstein. Cette mesure directe de la dilatation du temps nous conduit à accorder notre confiance à la relativité (restreinte). Si nous acceptons ses postulats de base (comme celui selon lequel la vitesse de la lumière est constante quel que soit le mouvement de l'observateur), les mathématiques nous prédisent des phénomènes qui peuvent être vérifiés par l'observation, et nous sommes ainsi persuadés qu'elle est correcte.

Fait encore plus surprenant, les équations de la relativité générale nous prédisent l'existence d'objets dont la gravité est si grande que la lumière ne peut plus en ressortir : les trous noirs. Même Einstein le révolutionnaire n'était pas disposé à accepter une conséquence aussi saugrenue de sa chère relativité. Il pensait que ses équations perdaient pied quand la gravité devenait infinie. Pour lui, la nature devait être assez ingénieuse pour nous épargner l'existence de créatures aussi bizarres. Mais, en cela, il se trompait. Les trous noirs existent bel et bien. Les astronomes les ont débusqués comme autant de cadavres stellaires résultant de la mort d'étoiles massives dans la Voie lactée ou gisant au cœur des galaxies. Ainsi, un trou noir supermassif de 4 milliards de masses solaires trône au centre de notre galaxie (illustr. 37). Si vous tombiez dans un trou noir et franchissiez le rayon de non-retour, vous ne pourriez plus jamais en ressortir. Le voyage est à sens unique ! Vous ne pourriez plus jamais communiquer avec le monde extérieur, car même les ondes lumineuses radio ne pourraient regagner ce dernier : le trou noir exerce une sorte de censure cosmique. Mais, même si nous ne pouvons procéder à aucune observation directe de l'intérieur d'un trou noir, ce n'est pas pour autant que nous pouvons dire que cet intérieur n'existe pas. Nous pensons au contraire qu'il existe bel et bien, et qu'il est décrit de manière précise par les équations de la relativité générale en lesquelles nous avons pleine confiance[1], parce qu'elles ont été soumises à la vérification expérimentale dans de nombreux autres contextes. L'observation directe pose encore plus problème quand il s'agit de la mécanique quantique, la physique qui décrit le monde atomique et subatomique. Une des bizarreries de cette théorie, propre à défier le bon sens, est que matière et lumière ont une nature duale : elles peuvent être tour à tour onde et particule. Ainsi, avant l'acte de mesurer, la position d'un électron ne peut être décrite que par une onde de probabilité. Par exemple, l'électron a une probabilité de 80 % d'être ici, et de 20 % d'être là. Il a une apparence d'onde. C'est seulement après l'acte de mesurer qu'il prend son visage de particule. En d'autres termes, l'observation modifie la réalité et en crée une nouvelle. Parler d'une réalité « objective » pour l'électron, d'une réalité qui existe sans qu'on l'observe, a peu de sens puisqu'on ne peut jamais l'appréhender. Toute tentative de capture de la réalité objective se solde par un cuisant échec.

1. Sauf à la « singularité gravitationnelle » (région de l'espace-temps autour de laquelle certaines quantités décrivant le champ gravitationnel deviennent infinies) où les équations de la relativité générale perdent pied.

Celle-ci est irrémédiablement modifiée et se transforme en une réalité « subjective » qui dépend de l'observateur et de son instrument de mesure. Les atomes forment ainsi un monde de potentialités ou d'hypothèses plutôt que de choses et de faits. La physique quantique s'éloigne ainsi radicalement du réalisme matérialiste. La réalité « objective » du monde atomique nous est à jamais interdite. Pourtant, malgré cette situation des plus inconfortables, nous avons confiance en la mécanique quantique : c'est une théorie qui est conforme à la nature, car elle décrit des phénomènes indirects qui ont été vérifiés par l'expérience. Ainsi, votre poste de télévision ou votre chaîne stéréo peuvent fonctionner dans la mesure où la mécanique quantique sur laquelle repose leur conception est une théorie qui « marche ».

La physique a ainsi glissé progressivement du concret vers l'abstrait, de l'accessible vers l'inaccessible. Pour des théories comme la relativité ou la mécanique quantique, ce n'est plus tant l'observation directe qui justifie leur architecture, que leur capacité à rendre compte de certains phénomènes indirects liés à la théorie. Dans ces cas, notre conviction que la théorie est juste n'a pas requis que chacun de ses moindres aspects soit vérifiable. Il a suffi que certains aspects variés et diversifiés de la théorie puissent être testés.

Pouvons-nous dès lors appliquer le même raisonnement au multivers ? Même si nous ne pouvons pas l'observer directement, existe-t-il des phénomènes indirects liés à ce concept qui puissent être vérifiés par l'observation ?

UN CONCEPT QUI N'EST NI TESTABLE NI FALSIFIABLE PEUT-IL ÊTRE SCIENTIFIQUE ?

Pour tenter d'y voir clair, passons en revue les divers scénarios qui suggèrent l'existence d'un multivers. Nous avons vu que la théorie des cordes prédit un riche paysage d'univers parallèles, et cela, à cause de l'hypothèse de dimensions spatiales supplémentaires (au moins sept) qui lui est nécessaire. Ces dimensions supplémentaires peuvent se traduire par une énergie manquante qui peut en principe être détectée. La détection d'une telle énergie manquante pourra valider l'existence de dimensions supplémentaires, et donc la théorie des cordes et la possible existence d'un multivers.

Une autre prédiction de la théorie des cordes est l'existence de particules supersymétriques. Le LHC pourra peut-être mettre en évidence certaines de ces particules.

Quant aux univers-branes, ces mondes parallèles qui apparaissent dans la théorie, ils pourraient peut-être se manifester par une gravité plus intense, à supposer que nous puissions explorer des dimensions spatiales inférieures à environ un micron.

La théorie des cordes est aussi associée à l'idée d'un principe holographique opérant dans l'univers, avec pour conséquence l'existence d'un multivers composé d'univers holographiques parallèles. Utilisant ce principe holographique, les physiciens ont pu calculer les propriétés de ce qu'on appelle « un plasma de quarks et de gluons », c'est-à-dire de la matière surchauffée à une température de quelques milliers de milliards (10^{12}) de degrés, soit 200 000 fois plus élevée que la température au cœur du Soleil. Ces calculs semblent être en accord avec les mesures faites dans les entrailles des accélérateurs de particules.

Qu'en est-il maintenant des univers-bulles du multivers inflationnaire ? Y a-t-il des moyens indirects de les détecter ? Il est des scénarios dans lesquels la dilatation des univers-bulles est supérieure à celle de l'espace qui les sépare, c'est-à-dire qu'ils grandissent plus vite qu'ils ne s'éloignent les uns des autres, ce qui peut engendrer entre ces univers-bulles de violentes collisions détruisant leur structure interne. Ce genre d'événements pourrait évidemment être fort dommageable pour notre santé si, d'aventure, nous nous trouvions dans un de ces univers-bulles ! Mais la possibilité existe aussi de collisions plus douces, aux conséquences moins graves. Se crée alors une onde de choc qui se propage dans notre univers-bulle. Si elle n'entraîne pas notre destruction, elle est susceptible de laisser des empreintes dans le rayonnement fossile sous forme de fluctuations de température que les astronomes pourront peut-être détecter.

Et en ce qui concerne le multivers des univers qui bifurquent en mécanique quantique ? Sa vérification expérimentale est, on s'en doute, beaucoup plus ardue : comment tester l'idée que l'univers se divise en deux chaque fois qu'il y a choix ou décision ? comment vérifier que nous nous dédoublons, que notre corps et notre esprit se dupliquent en ces instants sans que nous en soyons conscients ?

Même en admettant que nous puissions détecter expérimentalement quelques-uns des phénomènes précédemment décrits, aurions-nous la certitude qu'un multivers existe bel et bien ? Pourrions-nous tenir pour acquis que l'existence d'univers parallèles a été démontrée ? J'en doute fort. Et cela parce que, bien malheureusement, l'explication de chacun de ces phénomènes observables est loin d'être unique. D'autres explications tout aussi plausibles sont possibles, qui n'ont rien à voir avec la théorie du multivers, quel que soit le scénario envisagé. Par exemple, si nous détectons des fluctuations de température anormales du rayonnement fossile, comment pouvons-nous être sûrs qu'elles sont dues à des collisions d'univers-bulles plutôt qu'à d'autres événements violents survenus dans l'univers ? Quant aux univers qui bifurquent, nous avons vu qu'ils sont nés de l'idée que « Dieu ne joue pas aux dés », selon l'expression d'Einstein. Or, nous avons pu constater que la version probabiliste de la mécanique quantique « marche » parfaitement bien : elle peut rendre compte du monde atomique et subatomique à un très haut degré de précision sans jamais avoir recours à des univers qui bifurquent ! La possibilité que le même ensemble de faits et d'observations puisse être expliqué par plusieurs théories scientifiques différentes a été décrite ainsi par Einstein[1] :

> Les concepts physiques sont de libres créations de l'esprit humain, même s'ils ont l'air d'être déterminés uniquement par le monde extérieur. Nos efforts pour appréhender la réalité ressemblent à ceux de quelqu'un qui cherche à comprendre le mécanisme d'une montre fermée. Il voit le cadran et les aiguilles qui bougent, il entend même le tic-tac, mais il n'a aucun moyen d'ouvrir le boîtier. S'il est ingénieux, il se forme l'image d'un mécanisme qui serait responsable de tout ce qu'il observe, mais il ne pourra jamais être certain que son image soit la seule capable d'expliquer ses observations. Il ne pourra jamais comparer son modèle avec le mécanisme réel, et ne peut même pas imaginer la possibilité que cette comparaison ait un sens.

Lorsque plusieurs théories plausibles mais incompatibles sont avancées à propos d'un même phénomène, le choix entre ces théories dépend souvent de préférences métaphysiques. Ainsi, en raison de son attachement au réalisme, Einstein n'a jamais pu accepter la description probabiliste de la réalité atomique et subatomique qu'offre la mécanique quantique. Ces préjugés métaphy-

1. Albert Einstein et Leopold Infeld, *L'Évolution des idées en physique*, traduit par Maurice Solovine, Flammarion, 2009.

siques, ou, autrement dit, l'absence de l'objectivité inhérente à la méthode scientifique, ne sont pas nécessairement une mauvaise chose. Ils peuvent même être une importante source d'inspiration pour le travail du scientifique. En effet, sans opinion préconçue — en l'absence de tout « paradigme », pour employer le terme du philosophe des sciences Thomas Kuhn[1] —, comment le savant pourrait-il choisir, parmi la multitude d'informations que la nature lui fournit, celles qui sont les plus chargées de sens et les plus susceptibles de révéler des lois et des principes nouveaux ? Le tri de la réalité constitue une étape cruciale de la démarche scientifique. Les plus grands scientifiques sont ceux qui ont su le mieux exercer cet art pour aller à l'essentiel tout en négligeant l'insignifiant.

Mais les préjugés métaphysiques ne signifient pas pour autant que la science dans son ensemble soit fondamentalement défectueuse. Elle est protégée par un solide garde-fou grâce auquel elle finit toujours par revenir dans le droit chemin, même si elle s'égare de temps à autre et se retrouve parfois dans des culs-de-sac. Ce garde-fou est l'interaction constante entre la théorie et l'observation. Il y a deux possibilités : soit les nouvelles observations ou les résultats des expériences récentes sont en accord avec la théorie du moment, et cette dernière est renforcée ; soit il y a désaccord, et la théorie doit être modifiée ou

1. Thomas Kuhn, *La Structure des révolutions scientifiques*, traduit par Laure Meyer, Flammarion, 2008.

écartée au profit d'une autre qui prévoit elle aussi des phénomènes expérimentalement vérifiables. Le scientifique s'en retourne alors à son télescope ou à son accélérateur de particules. La nouvelle théorie ne sera acceptée que si ses prévisions sont confirmées.

Il faut également que les observations et les mesures qui la corroborent soient reproductibles et confirmées indépendamment par d'autres chercheurs et d'autres techniques. Cette démarche est fondamentale, surtout quand il s'agit de découvertes qui remettent en cause les théories généralement admises et font changer de paradigme.

La méthode expérimentale consiste donc en un incessant va-et-vient entre l'observation et la théorie, qui permet de se rapprocher peu à peu d'une description exacte des phénomènes, tout en courant le risque de s'engager sur de fausses pistes, de commettre des erreurs, voire de revenir à la case départ. La science progresse non pas en ligne droite, comme on le croit trop souvent de manière simpliste, mais en zigzag.

La théorie du multivers échappe à cette description de la méthode scientifique, car le va-et-vient constant entre théorie et observation ne peut ici avoir lieu. Il ne peut y avoir que des observations très indirectes dans certains scénarios. Et même, à supposer que nous acceptions les observations indirectes de ces phénomènes comme preuves de cette théorie, comment être sûr qu'elles débouchent nécessairement sur l'existence d'un multivers, étant donné que d'autres explications sont possibles ? Selon le philosophe austro-britannique Karl Popper (1902-1994) (fig.), ce concept n'est pas « réfutable », il est donc non scientifique, car aucune expérience ou observation ne peut venir le contredire. L'impossibilité d'observations directes du concept de multivers constitue bel et bien son talon d'Achille.

UN UNIVERS GROS DE LA VIE ET DE LA CONSCIENCE

En 1543, le chanoine polonais Nicolas Copernic a délogé l'homme de la place centrale qu'il croyait occuper dans le système solaire. Depuis lors, son fantôme n'a cessé de nous hanter et de causer d'autres ravages. Après que la Terre eut perdu sa place centrale, le Soleil a à son tour été ramené au rang de simple étoile parmi les centaines de milliards que compte la Voie lactée, et relégué dans une lointaine banlieue de cette dernière. La Voie lactée s'est elle-même vite retrouvée perdue parmi les centaines de milliards de galaxies de l'univers observable. Le scénario du multivers restreint davantage encore la place de l'homme : l'univers qui l'héberge se perd à son tour parmi une infinité d'univers parallèles.

L'homme est réduit à l'insignifiance face à l'immensité de l'espace. Cette réduction au néant de la conscience humaine en a plongé certains dans un profond désespoir. Bien avant la découverte des galaxies et de la véritable immensité de l'univers, Pascal poussa déjà, au XVIIe siècle, son cri d'angoisse à propos du « silence éternel des espaces infinis », auquel firent écho, trois siècles plus tard, le prix Nobel de biologie Jacques Monod[1] (1910-1976) : « L'homme est perdu dans l'immensité indifférente de l'univers d'où il a émergé par hasard », et le prix Nobel de physique Steven Weinberg[2] : « Plus on comprend l'univers, plus il nous apparaît vide de sens. »

Je ne partage pas cette vision désespérante de la place de l'homme dans l'univers. Je suis plutôt d'avis que la cosmologie moderne a réenchanté le monde. Je ne pense pas que l'homme ait émergé par hasard dans un univers qui lui est totalement indifférent. Au contraire, l'un et l'autre sont en étroite symbiose : si l'univers est si vaste, c'est pour permettre notre présence ; si l'univers est tel qu'il est, c'est parce que l'homme est là pour l'observer et s'interroger sur lui. La cosmologie moderne a découvert que l'existence de l'être humain est inscrite dans les propriétés de chaque atome, de chaque étoile, de chaque galaxie de l'univers, et dans chacune des lois physiques qui

1. Jacques Monod, *Le Hasard et la Nécessité*, le Seuil, 1973.

2. Steven Weinberg, *Les Trois Premières Minutes de l'univers*, traduit par Jean-Benoît Yelnik, Le Seuil, 1978.

régissent le cosmos. Que des propriétés et des lois de l'univers viennent un tant soit peu à différer, et nous ne serons plus là pour en parler. L'univers semble être parfaitement réglé pour l'apparition d'un observateur intelligent, capable d'apprécier son organisation et son harmonie. D'où les mots du physicien anglo-américain Freeman Dyson[1] (né en 1923) : « L'univers savait quelque part que l'homme allait venir. » Cette extraordinaire symbiose entre l'homme et l'univers est connue sous le nom de « principe anthropique » (du grec *anthropos*, « homme »), que nous avons déjà rencontré lors de notre discussion sur les univers-branes.

Comment les astrophysiciens se sont-ils rendu compte de cette étroite symbiose entre l'homme et le cosmos ? Il faut savoir que toutes les propriétés de l'univers dépendent de deux types de paramètres. Il y a d'abord les propriétés dont les « fées » l'ont doté à sa naissance, les « conditions initiales » : ce sont, par exemple, son contenu en matière (lumineuse ou noire) et en énergie, son taux d'expansion initial, ou encore la quantité initiale d'énergie noire responsable de son accélération. Viennent ensuite une quinzaine de nombres présents dans la nature, dits « constantes physiques », telles la constante de gravitation qui détermine l'intensité de la force gravitationnelle, la constante de Planck qui détermine la taille des atomes, la masse des particules élémentaires, ou

1. Freeman Dyson, *Les Dérangeurs de l'univers*, traduit par Odile Laversanne, Payot, 1987.

encore la vitesse de la lumière. Ces nombres, comme leur nom l'indique, sont véritablement constants : ils ne varient ni dans l'espace, ni dans le temps. Nous avons pu mesurer expérimentalement la valeur de ces constantes avec une très grande précision, mais nous ne disposons d'aucune théorie physique expliquant pourquoi ces constantes ont la valeur qu'elles ont plutôt qu'une autre. Ainsi, nous ne savons pas pourquoi la lumière voyage à 300 000 kilomètres par seconde au lieu, par exemple, de 3 mètres par seconde.

Ces nombres présents dans la nature et ces conditions initiales jouent un rôle fondamental dans la fabrication du réel : ils font que le monde est tel qu'il est au lieu d'être autre. Ce qui semble être ici une lapalissade reflète l'éventail infini des masses et des tailles dont dispose la nature pour bâtir le contenu de l'univers. Ainsi les planètes, au lieu d'être des boules sphériques de quelques milliers de kilomètres, auraient pu avoir la taille de minuscules grains de poussière. La plus haute montagne sur Terre aurait pu ne pas dépasser quelques centimètres, et les êtres humains auraient pu ne pas être plus gros que des microbes. Ces constantes déterminent non seulement la masse et la taille de la Terre, mais aussi celles des étoiles et des galaxies, et de tout autre objet dans l'univers : la hauteur des arbres, les contours délicats d'un pétale de rose, les formes d'une sculpture de Rodin, les longs cous des girafes, ou encore le sourire d'un nouveau-né.

Les astrophysiciens ont découvert l'intime connexion entre l'homme et l'univers en voulant jouer aux dieux créateurs et en fabriquant des univers fictifs. Ils ont appelé leurs ordinateurs à la rescousse. Avec ceux-ci, ils se sont mis à bricoler fébrilement une multitude d'univers fictifs, chacun avec sa propre combinaison de constantes physiques et de conditions initiales. Dans l'un, la constante de gravité sera moins grande ; dans l'autre, la quantité de matière sera plus importante ; dans un troisième, la masse de l'électron sera dix fois plus élevée, etc. La question qu'ils se sont posée pour chaque modèle d'univers est : héberge-t-il la vie et la conscience après une évolution de 13,7 milliards d'années ? La réponse est des plus surprenantes : la quasi-totalité des univers possèdent une combinaison perdante et se retrouvent dépourvus de vie et de conscience — sauf le nôtre, où la combinaison est gagnante et dont nous constituons en quelque sorte le gros lot. La plupart des univers sont stériles, parce qu'incapables de fabriquer des étoiles massives. Sans celles-ci, les éléments lourds comme le carbone, brique de la vie, ne pourraient exister. Parce que nous sommes tous poussières d'étoiles, sans nos ancêtres les étoiles, nous n'existerions pas.

La précision du réglage de certaines constantes fondamentales et de certaines conditions initiales est proprement époustouflante. Prenons, par exemple, la densité initiale de matière dans l'univers. La matière exerce une force gravitationnelle attractive qui freine l'expansion universelle. Si la densité initiale avait été trop élevée, l'univers aurait cessé de se diluer et inversé son mouvement. En fonction de la valeur exacte de cette densité, il se serait effondré sur lui-même au bout d'un million d'années, d'un siècle ou même d'une année. Ce laps de temps aurait été trop court pour que les étoiles naissent et se livrent à leur alchimie nucléaire. Sans éléments lourds, la vie n'aurait pas été possible. À l'inverse, si la densité initiale avait été trop faible, la force de gravité aurait été insuffisante pour faire s'effondrer les nuages d'hydrogène et d'hélium issus du big bang et former des étoiles. Sans étoiles, on aurait pu dire adieu aux éléments lourds, donc à la vie et à la conscience ! Tout s'est joué en fonction d'un équilibre extrêmement délicat. En fait, le réglage de la densité initiale de l'univers a dû être d'une précision stupéfiante, comparable à celle dont devrait faire preuve un archer pour ficher une flèche dans une cible carrée d'un centimètre de côté placée aux confins de l'univers !

Même si la précision du réglage n'est pas aussi spectaculaire pour les autres conditions initiales et constantes physiques, la conclusion reste la même : un infime changement aurait entraîné la stérilité de l'univers. Celui-ci a été réglé de façon extrêmement précise pour que les étoiles apparaissent et procèdent à leur alchimie nucléaire, que la vie et la conscience émergent, et que surgisse un observateur capable d'appréhender sa beauté et son harmonie. L'univers était gros de la vie et de la conscience dès ses débuts.

HASARD OU NÉCESSITÉ ?

Quelle attitude adopter devant un réglage d'une précision aussi stupéfiante ? Selon moi, nous avons le choix entre hasard et nécessité. Dans la théorie du « multivers », le hasard joue le rôle principal. Par exemple, dans l'hypothèse du multivers inflationnaire, notre monde ne serait qu'une petite bulle parmi une infinité d'autres bulles dans un méta-univers. Chacun de ces univers-bulles contiendrait sa propre combinaison de constantes physiques et de conditions initiales ; parmi eux, nul n'abriterait de vie consciente — car ils ne détiendraient pas la bonne combinaison —, hormis le nôtre qui, par hasard, possédait la combinaison gagnante, et nous sommes là pour en parler. C'est comme si nous avions acheté tous les billets de loterie : un des billets portait nécessairement le numéro gagnant. Le hasard va donc de pair avec le multivers.

De leur côté, les partisans de la nécessité soutiennent qu'il n'y a pas lieu de postuler une infinité d'univers parallèles, que le nôtre est unique et que son réglage si précis aboutissant à l'apparition d'un observateur ne peut être le seul fait du hasard, mais est l'expression d'un principe organisateur subtil qui se manifeste dans les lois de la nature. La nécessité est ainsi couplée à l'idée d'un univers unique.

Pour l'heure, la science n'a pas les moyens de trancher entre ces deux options métaphysiques. Toutes deux sont compatibles avec ce que nous savons de l'univers. Il nous faut donc nous jeter à l'eau et parier, comme Pascal. Je parie pour ma part sur la nécessité, et ce, pour plusieurs raisons. Nous avons vu que, jusqu'à nouvel ordre, le multivers ne peut être vérifié par l'observation. À l'aide de nos télescopes, nous ne pouvons observer que notre univers. Postuler l'existence totalement invérifiable d'une infinité d'univers parallèles fait violence à ma sensibilité d'observateur du cosmos. Sans vérification expérimentale, la science a tôt fait de s'enliser dans la métaphysique. De surcroît, je souscris au principe d'économie appelé « rasoir d'Occam », énoncé au XIVe siècle par le théologien et philosophe Guillaume d'Occam, qui consiste à éliminer systématiquement toute hypothèse qui n'est pas nécessaire à l'explication d'un fait. Or, c'est aller à l'encontre du principe d'économie que de postuler une infinité d'univers aussi infertiles qu'invérifiables, juste pour en obtenir un qui soit conscient de lui-même...

Autre raison pour laquelle je m'insurge contre l'hypothèse du hasard : je ne puis concevoir que toute la beauté, l'harmonie et l'unité du monde soient le seul fait de la contingence, que la merveilleuse organisation du cosmos que je contemple grâce à mes télescopes n'ait aucun sens. L'univers est beau : des pouponnières stellaires aux galaxies spirales, des cimes enneigées aux plaines verdoyantes, des couchers de soleil aux nuits étoilées, du ciel bleu aux aurores boréales, l'univers nous touche au plus profond de l'âme. Il est harmonieux parce que les lois physiques qui le régissent semblent ne varier ni dans l'espace, ni dans le temps. Les lois qui dictent le comportement des phénomènes physiques sur Terre, ce grain de sable dans l'océan cosmique, sont les mêmes que celles qui régissent les galaxies les plus lointaines. Nous le savons parce que les télescopes, on l'a dit, sont des appareils à remonter le temps : voir loin, c'est voir tôt.

Enfin, il existe une profonde unité de l'univers. Au fur et à mesure que la physique a progressé, des phénomènes que l'on croyait totalement distincts ont pu être unifiés. Au XVIIe siècle, Newton unifie le ciel et la Terre : la même force de gravité universelle dicte aussi bien la chute d'une pomme dans le verger que le mouvement des planètes autour du Soleil. Au XIXe siècle, Maxwell montre que l'électricité et le magnétisme ne sont que deux faces d'un même phénomène : en prouvant que les ondes électromagnétiques ne sont rien d'autre que des ondes lumineuses, il unifie l'électromagnétisme avec l'optique. Au début du XXe siècle, Einstein unifie le temps et l'espace, la masse et l'énergie. À l'aube du XXIe siècle, les physiciens travaillent d'arrache-pied à unifier les quatre forces fondamentales de la nature (la force de gravité, la force électromagnétique et les deux forces atomiques forte et faible) en une seule superforce. L'univers tend vers l'Un.

Je parie donc sur un seul univers et sur l'existence d'un principe créateur responsable du réglage extrêmement précis de l'univers. Mais attention : pour moi, ce principe ne se représente pas par un Dieu barbu ; il s'agit d'un principe panthéiste qui se manifeste dans les lois de la nature. Ce principe s'apparente à celui décrit par Spinoza (fig.) et qu'Einstein a caractérisé ainsi : « Il est certain que la conviction, apparentée au sentiment religieux, que le monde est rationnel, ou à tout le moins intelligible, est à la base de tout travail scientifique un peu élaboré. Cette conviction constitue ma conception de Dieu. C'est celle de Spinoza. » Cela dit, il faut admettre qu'il est surprenant, et même troublant, que plusieurs théories physiques nous aient conduits à envisager l'idée d'un multivers sans un effort concerté et conscient de la part de physiciens travaillant dans des domaines différents. Si un jour des observations viennent sans ambiguïté étayer ce concept, je serai prêt à réviser mon pari métaphysique.

L'ÉTHIQUE DANS UN UNIVERS INFINI

La possibilité existe donc que l'univers, sous la forme d'un multivers ou non, soit infini dans le temps ou dans l'espace, voire dans les deux à la fois. Si tel est le cas, que penser d'une telle situation ? Comment vivre avec l'infini ? L'infini bouleverse toutes nos idées habituelles en de nombreux domaines, en particulier dans celui de l'éthique. Jorge Luis Borges, grand scrutateur de l'infini, a remarqué : « C'est un concept qui corrompt et dérègle tous les autres. Je ne me réfère pas au Mal, dont l'empire est circonscrit à l'éthique ; je parle de l'infini[1]. »

Imaginez-vous dans un univers infini. Le montant total du bien (ou du mal) dans cet univers serait infini. Ce qui veut dire que rien de ce que nous pouvons faire de bien (comme sauver des vies) ou de mal (comme tuer) ne ferait la différence, car ajouter ou soustraire quelque chose à une quantité infinie donne toujours un résultat infini. Alors, à quoi bon agir si nous ne pouvons aucunement modifier le cours des choses ? Et c'est bien cela, le premier dilemme éthique d'un univers infini : si notre impératif moral est par exemple de soulager les souffrances de l'humanité, notre action n'aura aucun sens dans un uni-

1. Jorge Luis Borges, *Les Avatars de la tortue*, in *Œuvres complètes*, Bibliothèque de la Pléiade, Gallimard, 1993, p. 254.

vers infini, car elle n'infléchira nullement le cours des événements. Il nous faudra trouver d'autres motivations. Un univers infini sape les bases de l'éthique. Pourquoi un criminel se retiendrait-il de tuer quelqu'un s'il existe une infinité de copies de sa victime qui continueront à vivre ? Il pourra se dire que son acte n'aura aucune incidence. Il aura beau jeu d'implorer la clémence du jury devant le tribunal : s'il n'avait pas commis son crime, un de ses doubles l'aurait sans doute commis. Dans un univers infini, l'éthique doit mettre l'accent moral non sur le résultat des actes, mais sur leur signification même.

D'autres problèmes éthiques découlent directement du paradoxe de la réplication infinie. Dans un univers infini, rien n'est jamais original. Rien n'est nouveau, aucun acte n'est jamais accompli pour la première ou la dernière fois. S'il y a une chance qu'un événement survienne, alors il est en train de survenir une infinité de fois, quelque part dans l'univers, à l'instant même où vous lisez cette phrase. Disséminées dans l'univers, une infinité de copies de chacun de nous sont en train de faire les choix et de prendre les décisions qui auraient pu aussi être les nôtres.

À nouveau surgit ici le problème du bien et du mal. Pourquoi nous donnerions-nous la peine de bien agir si une infinité de nos copies optent pour le mal ? Quoi que nous fassions, il y aura une infinité d'autres endroits de l'univers où le mal l'emportera, où d'innombrables copies de Hitler, de Staline ou de Pol Pot exerceront leurs méfaits. Voilà qui sera source de découragement. Mais, en contrepartie, il existera aussi une infinité de mondes où le bien l'emportera. Le philosophe allemand Friedrich Nietzsche estimait que savoir que chacun de nous est condamné à renaître éternellement, répétant les mêmes actes avec les mêmes conséquences heureuses ou malheureuses, devrait nous inciter à bien agir, car mal agir pour l'éternité susciterait en nous un sentiment de honte.

Dans certaines traditions spirituelles, le paradoxe de l'éternelle réplication entraîne des conséquences qui sont inacceptables. Ainsi, dans la religion chrétienne, le Christ est venu sur Terre pour la rédemption du mal commis par les hommes ; c'est ce qu'on appelle la doctrine de l'Incarnation. Dans un univers infini, il y aurait une infinité de mondes qui auraient aussi besoin d'un Christ sauveur et rédempteur. Saint Augustin (fig.) pensait que ces autres mondes ne pouvaient exister, car « le Christ est mort une seule fois pour sauver les hommes ». Il rejetait donc l'hypothèse d'une infinité de mondes où le mal sévissait et où la présence d'un Christ rédempteur était nécessaire. Si nous acceptons l'hypothèse d'une seule et unique Incarnation, de deux choses l'une : soit l'univers est fini, et le paradoxe de l'éternelle réplication n'a plus de raison d'être ; soit il est infini, et nous nous retrouvons dans l'étrange scénario où seule la Terre connaît le mal et où tous les autres mondes hébergent des extraterrestres moralement parfaits, donc n'ayant pas besoin d'un Christ rédempteur. Du point de

Saint Augustin rejetait l'idée d'une infinité de mondes extraterrestres car cela impliquerait un Christ sauveur et rédempteur se multipliant à l'infini, ce qui serait absurde.

vue moral, la Terre serait comme un paria dans l'univers. Mais peut-être un monde extraterrestre exempt de mal est-il logiquement impossible, compte tenu de la présence d'êtres conscients dotés du libre arbitre. Dans la mesure où tout acte engendre une chaîne infinie de conséquences, il est sans doute impossible de n'avoir que des actes entraînant de bonnes conséquences.

Le paradoxe de l'éternelle réplication soulève aussi des problèmes dans la tradition bouddhiste, notamment pour ce qui concerne le concept d'esprit. Selon le bouddhisme, l'esprit est considéré comme un « continuum (ou flot) de conscience », distinct de la matière et n'en étant pas issu, ce qui diffère tout à fait de la position de certains neurobiologistes. Ceux-ci pensent en effet qu'il n'est nul besoin d'un continuum de conscience coexistant avec la matière, que la première peut émerger de la seconde une fois que les réseaux de neurones du cerveau des êtres vivants ont dépassé un certain seuil de complexité. Dans cette optique matérialiste, la conscience n'est que le résultat de courants électrochimiques circulant dans les circuits neuronaux. Selon la position bouddhiste, que je préfère de loin, les flux de conscience se propagent d'un support matériel à un autre au gré de nombreux cycles de naissance, de vie et de mort. L'idée de « retour » est ici aussi présente, mais celui-ci n'est pas éternel. Le cycle des renaissances prend fin quand l'Éveil (ou le Nirvana) — qui signifie l'accès à la connaissance suprême — est atteint. Dans le bouddhisme, des assemblages identiques d'atomes de matière ne donnent pas nécessairement des êtres identiques, car l'esprit n'est pas issu de la matière. Et parce que le paradoxe de la réplication infinie est fondé sur la répétition à l'infini du même assemblage de matière, mais n'a rien à dire sur les flux de conscience, ce paradoxe n'a plus lieu d'être. Dans l'optique bouddhiste, les flux de conscience évoluent en fonction de ce qu'on appelle le *karma* : l'ensemble des pensées, des paroles et des actes des vies antérieures. Ce *karma* constitue un lien de cause à effet entre les vies passées, présentes et futures, et diffère d'une personne à l'autre. L'idée d'êtres identiques doués du même *karma* se répétant à l'infini, avec des flux de conscience rigoureusement identiques s'incarnant dans des copies matérielles qui soient exactement les mêmes, est incompatible avec l'optique bouddhiste.

Toutes ces conséquences éthiques insolites ont conduit certains penseurs à rejeter l'idée d'un univers infini comme moralement répugnant. Quel sens donner au bien et au mal dans un monde où tout ce qui peut arriver arrive ? Pour ceux qui pensent que l'univers a un sens, l'idée d'un monde fini, et donc dépourvu du paradoxe de l'éternelle réplication, est beaucoup plus désirable. C'est l'attitude adoptée par saint Augustin, nous l'avons vu.

D'autres discernent une autre échappatoire. Pour eux, la possibilité existe que, même dans un univers infini, tout ne puisse pas arriver, car il y aurait dans les lois physiques et biologiques des contraintes régissant l'évolution de l'univers. Ces contraintes permettraient seulement l'existence d'un nombre fini, et non plus infini, de scénarios possibles. Ces scénarios favoriseraient uniquement l'existence de mondes où l'émergence de la vie et de la conscience s'accompagnerait de l'apparition de la morale et de l'éthique.

LA VIE ÉTERNELLE ET LA SOCIOLOGIE DE L'IMMORTALITÉ

Nous avons exploré les singularités de l'éthique d'un univers infini où nous serions dupliqués à l'infini en différents endroits du cosmos. Qu'en est-il si, au lieu d'un univers infini dans l'espace, nous sommes confrontés à l'infini dans le temps ? En d'autres termes, que se passerait-il si nous avions une vie éternelle ? L'immortalité est un vieux rêve humain. Comme Woody Allen l'a dit avec son humour inimitable : « Je ne veux pas accéder à l'immortalité par mon œuvre. Je veux l'obtenir en ne mourant pas. Je veux continuer à vivre non pas dans le cœur de mes compatriotes, mais dans mon appartement ! » Il n'y a de fait aucun doute que, en moyenne, nous vivons plus longtemps. Aux États-Unis, par exemple, depuis 1900, l'espérance de vie a presque doublé en un siècle, passant de 47 ans à environ 80 ans. Et cette courbe ne va pas s'interrompre. Les Nations-Unies estiment qu'au siècle prochain l'espérance de vie moyenne des femmes approchera les 100 ans dans le monde développé, et dépassera allégrement les 90 ans dans les pays en voie de développement (avec 3 ou 4 ans de moins pour les hommes). Alors que, par le passé, la mort a surtout été associée à la guerre, à la famine et aux maladies, une cause croissante de mortalité est la vieillesse. Ce prolongement de la vie a des causes multiples : non seulement l'amélioration des conditions d'hygiène et de l'alimentation, mais aussi les progrès spectaculaires de la médecine : découverte de nouveaux antibiotiques et autres médicaments, de nouvelles méthodes chirurgicales et thérapeutiques. Ces progrès médicaux ne sont pas liés directement à la recherche de moyens visant à stopper la vieillesse (comme modifier le génome humain pour créer des cellules immortelles, ou fabriquer des clones humains qui pourraient servir de banques d'organes), qui demeure un sujet de controverse dans les milieux médicaux[1], mais sont une conséquence de la lutte contre les maladies liées à la vieillesse, tels les affections du cœur ou les diabètes.

Vivre éternellement serait-il vraiment la panacée ? Je ne le crois pas. Pour le bouddhiste que je suis, le but ultime est au contraire d'atteindre l'Éveil et de ne plus renaître, d'échapper au cycle des renaissances et à son lot de souffrances. La brièveté d'une vie humaine devrait nous inciter à utiliser sagement le laps de temps relativement court qui nous est imparti sur Terre pour penser et agir le plus justement possible. Si la mort n'était pas au bout de la vie, il n'y aurait aucun sentiment d'urgence et de complétude.

D'autre part, la mort est nécessaire à la vie. La

1. Voir mon ouvrage *Origines*, Folio-Gallimard, 2003.

mort est ici définie comme la mort par causes naturelles, et n'inclut pas la mort due à la dégradation environnementale (comme le réchauffement global), au péril nucléaire, au suicide, au crime, aux causes accidentelles (comme les accidents de la route) ou aux catastrophes naturelles (inondations, tremblements de terre, tsunamis, collisions d'un astéroïde, etc.). Les espèces évoluent et se perfectionnent parce qu'elles doivent lutter pour survivre et que la mort les attend au bout du chemin. La mort permet à la vie de progresser. Elle fait partie intégrante de la vie. Elle est dans l'ordre des choses. Presque toujours, face à la mort et à la menace d'extinction, la vie a montré une remarquable résilience et rebondi en faisant preuve d'une créativité nouvelle pour trouver des solutions aux problèmes rencontrés. La mort permet à une espèce de se diversifier. Si une espèce vit éternellement et s'il n'y a plus de naissances, les gènes ne pourront plus se modifier, et la vie perdra ses facultés d'évolution et d'adaptation. Une espèce dont les gènes ne se renouvelleraient plus se verrait désavantagée par rapport à d'autres espèces dont les gènes continueraient à se diversifier. La situation est radicalement différente pour la matière inanimée : si les particules élémentaires et les atomes n'évoluent pas, c'est parce qu'ils n'ont nul besoin de lutter pour survivre, qu'ils ne sont pas menacés d'extinction et ne sont pas soumis à la sélection naturelle. Une particule de lumière créée 380 000 années après le big bang avait exactement les mêmes propriétés que son homologue née aujourd'hui, 13,7 milliards d'années après l'explosion primordiale.

Qu'en serait-il des religions qui promettent la vie éternelle, tel le christianisme ? Si les fidèles la possèdent déjà ici-bas, que pourront-elles leur proposer d'autre ? En fait, pour nombre de traditions spirituelles, la vie ici-bas n'est pas la vraie vie. Ainsi, pour la tradition chrétienne, bénéficier d'une vie éternelle dans notre monde reviendrait à être condamné pour toujours à attendre dans l'antichambre de la vraie vie, à être enfermé pour un temps illimité dans une prison dont on voudrait à tout prix s'échapper !

Sans compter qu'il y a des problèmes environnementaux insurmontables : les ressources de notre planète étant finies, pourrait-elle héberger une population humaine qui non seulement ne cesserait de croître du fait des naissances, mais surtout ne mourrait plus ?

La criminologie d'un monde où la mort n'existerait pas serait des plus bizarres. Peut-être l'éternité inciterait-elle à plus d'honnêteté et à moins de crimes, car, dans un monde où personne ne mourrait, les malfaiteurs auraient conscience que leurs chances de n'être pas arrêtés et punis pour leurs crimes seraient nulles, si la police disposait de l'éternité pour trouver les coupables. Les criminels récidivistes auraient le plus grand intérêt à s'armer de patience et à laisser beaucoup d'eau couler sous les ponts avant de perpétrer un nouveau crime, car plus le temps passerait, plus la police aurait du mal à faire le lien entre les crimes commis par un même individu. Une fois le criminel arrêté, des questions se poseraient du point de vue de la justice. Peut-on condamner à perpétuité si la vie n'a pas de fin ? Pour des condamnations à durée limitée, quelle serait la durée raisonnable ? Dans la plupart des pays, le juge inflige, pour les crimes graves, une peine de vingt à trente ans, soit environ le tiers d'une vie humaine. Mais, étant donné que toute fraction de l'infini est encore une quantité infinie, que choisir ? En fait, tout nombre fini ne représente qu'une fraction nulle de l'infini. Et qu'en serait-il des compensations financières ? En général, le juge ou le jury décide d'allouer au plaignant ou à sa famille une somme proportionnelle au manque à gagner ou au préjudice causé à cette personne. Mais que faire si ce dol est infini ?

La sociologie d'une société où personne ne mourrait serait elle aussi des plus étranges. S'il existait un strict contrôle des naissances pour limiter la croissance de la population globale, il n'y aurait plus de renouvellement des générations. La société deviendrait-elle alors de plus en plus conservatrice, tournée qu'elle serait vers le passé et l'ancien plutôt que vers le futur et le nouveau ? Ou, au contraire, s'adonnerait-elle à toutes sortes d'expériences sociétales, les hommes se disant qu'ils auront toujours le temps de faire marche arrière et de corriger le cours des événements si l'expérience est ratée ? On verrait peut-être alors la société se diviser en deux types extrêmes : d'une part, les « hyperactifs », qui veulent tout faire et tout expérimenter sur l'instant, sans jamais attendre, même s'ils disposent d'un temps infini ; d'autre part, les « indolents », ceux qui ne veulent rien entreprendre pour le présent, remettant toujours à plus tard, arguant qu'ils auront toujours le loisir et le temps d'agir[1] ! Les hyperactifs connaîtront un nombre infini de carrières : ils seront tour à tour astrophysiciens, banquiers, peintres, médecins, politiciens ou musiciens. Ils ne cesseront de voyager, d'apprendre de nouvelles langues, de s'immerger dans de nouvelles cultures. Ils ne pourront s'arrêter de lire, de philosopher, de goûter à la plénitude de la vie, de réfléchir sur son sens. En revanche, les indolents ne verront aucune raison de se presser pour aller à l'université, apprendre de nouvelles choses, lire Rimbaud ou Einstein, commencer une carrière ou fonder une famille. Ils auront toujours le loisir de le faire ultérieurement. Puisque le temps est infini, tout peut être remis à plus tard. Pour l'heure, on préfère musarder dans les cafés, discutailler, faire la cour aux filles, flâner dans les rues, entrer dans une librairie pour lire une ou deux pages, sans plus, d'un livre à la couverture alléchante. L'instant présent est à savourer. Tout peut être remis au lendemain.

La structure familiale sera elle aussi bouleversée de fond en comble. En particulier, l'institution du mariage sera totalement chamboulée. Il est difficile de concevoir qu'une personne pourrait rester mariée à une autre pour l'éternité. Quand le temps est illimité, il est beaucoup plus probable que l'évolution des personnalités des

1. Alan Lightman, *Einstein's Dreams*, Pantheon, 1993.

deux conjoints diverge plutôt qu'elle ne converge. Tout secret de famille, toute trahison sentimentale ne pourront être éternellement dissimulés. Leur révélation débouchera inéluctablement sur une dissolution du couple. La polygamie deviendra-t-elle la norme ? Les inévitables chicanes entre membres d'une famille au fil du temps distendront-elles les liens familiaux ? Le concept de « famille élargie » prendra son vrai sens, car elle inclura désormais les membres d'un nombre infini de générations ! Avec une vie infinie viendront un nombre infini de membres de la famille, car ni les parents, ni les grands-parents, ni les arrière-grands-parents, ni les arrière-arrière-grands-parents... ne mourront jamais. La vie deviendra un véritable enfer, car chacun des membres de la famille voudra prodiguer ses conseils, donner son avis sur le moindre aspect de votre existence. Chaque fois que vous entreprendrez quelque chose, vous vous sentirez obligé de consulter vos parents, grands-parents, arrière-grands-parents, et ainsi de suite, à l'infini. La pression exercée sur vous sera forte pour vous conformer aux us, aux rituels, aux conventions. La nouveauté et l'innovation deviendront rares. Une grande partie de nos actes et de nos idées ne seront jamais totalement nouveaux. Une large majorité des événements donneront une pénible impression de déjà vu, engendrant un écrasant sentiment d'ennui. Les enfants n'émergeront jamais de l'ombre de leurs parents. Il sera très difficile de forger sa propre vie et de faire progresser la société. Dans une communauté où des millions de centenaires seront encore en activité, trustant les postes de décideurs, nos enfants et petits-enfants n'auront plus accès aux emplois et aux postes de responsabilité qui leur échoient nécessairement à chaque renouvellement de génération.

Qu'en sera-t-il enfin de la connaissance ? Toute activité intellectuelle cessera-t-elle du fait que nous saurons et découvrirons tout, si nous disposons d'un temps infini ? La mélodie de l'univers révélera-t-elle tous ses secrets ? Je ne le pense pas. Nous ignorons si les lois de la nature sont en nombre infini. Si c'est le cas, nous ne pourrons jamais tout savoir. Nous savons que nous pouvons créer un nombre infini d'entités mathématiques à partir de celles que nous connaissons. En arithmétique au moins, Gödel a démontré qu'il existera toujours des propositions « indécidables », dont on ne pourra jamais démontrer par la pure logique si elles sont vraies ou fausses, quand bien même on disposerait des ordinateurs les plus puissants et d'un temps infini.

Vous l'avez bien compris : l'immortalité serait invivable, et je n'y tiens pas ! Comme Jacques Lacan l'a laconiquement remarqué : « Nous ne pouvons vivre que parce que notre existence va avoir un terme. » En 1955, sur son lit de mort, dans un hôpital de Princeton, New Jersey, Albert Einstein, agonisant d'un anévrisme abdominal, refusa l'intervention chirurgicale que ses médecins lui proposaient : « C'est de mauvais goût que de vouloir prolonger artificiellement sa vie. J'ai vécu la mienne, et il est temps de partir. Je le ferai avec élégance. »

Je ne puis être plus d'accord.

L'INFINI ACCEPTÉ

Nous voici au terme de notre long et mouvementé voyage dans le domaine de l'infini. Nous avons vu comment l'idée d'infini s'est graduellement imposée comme un concept non plus effrayant, mais nécessaire à une vision plus riche et plus complète du monde. À partir de l'horreur inspirée aux Grecs par l'infini, du rejet de l'infini actuel au bénéfice de l'infini potentiel par Aristote, les avancées mathématiques et cosmologiques des XIXe et XXe siècles nous ont conduits à une conception considérablement plus sereine et démystifiée de l'infini. Et cela, grâce aux efforts héroïques de quelques hommes remarquables qui ont payé de leur vie ou de leur santé mentale leur obsession de l'infini. Le moine Giordano Bruno périt sur le bûcher pour avoir osé imaginer un univers infini. Mais l'homme qui a le mieux appréhendé l'infini est sans doute le mathématicien Georg Cantor. Nous avons été les témoins de ses gigantesques efforts, malgré la farouche opposition de certains de ses collègues qui va le précipiter dans la dépression et la folie, pour démontrer que l'infini est une notion dont nous ne devrions pas avoir peur, mais que nous devons au contraire embrasser, qu'il ne doit pas être rejeté comme un paria, mais accueilli comme une entité à part entière dans le monde des mathématiques. Le génie de Cantor nous a montré comment résoudre les paradoxes de l'infini mis en évidence par Galilée quelque trois siècles auparavant, et qui défient le bon sens : pourquoi une collection infinie d'objets reste-t-elle infinie quand on lui en ôte une partie ? y a-t-il plusieurs sortes d'infini ? un infini est-il plus grand qu'un autre ? existe-t-il une hiérarchie illimitée d'infinis, ou y en a-t-il un qui soit plus grand que tous les autres ?

Les cosmologues ont été eux aussi dans l'obligation de se confronter à l'infini. En effet, l'univers est par excellence le lieu des infinis : il peut être infini dans le temps (un univers sans début ni fin, par exemple), mais aussi dans l'espace (un univers avec une expansion éternelle, par exemple). Il est le royaume de quantités infinies liées à ce qu'on appelle la « singularité initiale ». Ainsi, la théorie du big bang dit que l'univers a commencé d'exister à partir d'un état extrêmement petit, chaud et dense. En extrapolant la physique connue à l'instant zéro, la température et la densité deviennent infinies. L'apparition de ces quantités infinies montre que la physique connue perd pied dans ces conditions extrêmes. C'est comme si une sorte de mur se dressait devant nous pour nous barrer l'accès à l'origine de l'univers. On l'appelle « mur de Planck ». Pour franchir ce mur, il nous faut marier gravité et quantum en une théorie de la gravité quantique, entreprise qui est devenue le Graal de la physique moderne. La théorie des cordes est une telle théorie. Mais, pour l'heure, elle n'a jamais été vérifiée expérimentalement, et reste une théorie mathématique.

En procédant au recensement du contenu de l'univers (0,5 % de matière lumineuse, 4,5 % de matière noire ordinaire, 24 % de matière noire exotique et 71 % d'énergie noire), les astrophysiciens se sont aperçus que l'univers a juste la densité critique, que sa géométrie est plate et sa courbure nulle. Ce qui signifie que l'univers peut être aussi bien fini qu'infini. Tout dépend de sa topologie. S'il est infini, et comme il existe seulement un nombre fini de particules de matière dans l'univers pour constituer le monde, nous nous retrouvons face à l'étrange paradoxe de l'éternelle réplication : du fait du nombre fini des particules de matière, leurs combinaisons doivent tôt ou tard se répéter dans un univers infini. Il existerait alors un nombre infini de sosies de vous et de moi disséminés dans l'univers.

Mais ce n'est pas tout. Ce que nous entendons par l'infini de l'univers a pris un sens encore plus extraordinaire avec l'introduction du concept de multivers. Le multivers est l'ensemble de tous les univers, incluant le nôtre, mais aussi une multitude d'univers parallèles au nôtre. Il n'a cessé de se dresser en travers de notre chemin au cours de notre exploration de diverses théories physiques. Nous avons fait connaissance avec le multivers des univers qui bifurquent en mécanique quantique, mais aussi avec le multivers inflationnaire qui contient une infinité d'univers-bulles gonflés par l'inflation, avec le multivers des univers-branes, et avec celui des univers holographiques prévus par la théorie des cordes et son extension, la théorie des branes. Mais le multivers souffre du plus grave défaut qui soit en science : il n'est pas directement vérifiable. Nous serons à jamais dans l'impossibilité d'observer des univers parallèles ou de communiquer avec eux. Or, sans vérification expérimentale, la science a tôt fait de s'enliser dans la métaphysique.

Mais l'infini n'est pas la chasse gardée des mathématiciens et des cosmologues. Il est même loin d'être l'apanage des seuls scientifiques. L'art islamique a tenté d'exprimer le sentiment d'infini par la répétition périodique, sans fin, du même motif dans l'espace. Escher a représenté l'infini en jouant avec les lois de la physique et de la géométrie, et avec celles de la perspective, pour créer un subtil mélange de réalité et d'illusion. L'infini concerne aussi au plus haut point théologiens et philosophes. Avoir un nombre infini de sosies ou vivre éternellement pose des problèmes moraux et éthiques. La sociologie d'une communauté où personne ne mourrait serait des plus bizarres. Une vie éternelle ici-bas est-elle vraiment la panacée ? N'irait-elle pas à l'encontre de certaines traditions spirituelles ? L'infini prend des visages multiples et divers. Il revient à chacun de nous de choisir celui qui lui convient. Comme Georg Cantor l'a justement remarqué : « Si bornée soit en vérité la nature humaine, elle porte pourtant en elle — cela lui est inhérent — une très grande part d'infini. »

APPENDICES

Crédits photographiques

ILLUSTRATIONS INTÉRIEURES

p. 26 : DR.
p. 38 : Akg/Science Photo Library.
p. 46 : Photothèque Hachette.
p. 53 : Photothèque Hachette.
p. 57 : Photothèque Hachette.
p. 66 : DR.
p. 72 : Rue des Archives
p. 86 : DR.
p. 91 : Roger-Viollet.
p. 96 : Ullstein Bild/Roger-Viollet.
p. 114 : Imagno/Wienbibliothek.
p. 123 : Photothèque Hachette.
p. 125 : DR.
p. 130 : Akg-images.
p. 132 : Photothèque Hachette.
p. 133 : TopFoto/Roger-Viollet.
p. 137 : Photothèque Hachette
p. 138 : Akg/Science Photo Library.
p. 140 : Rue des Archives.
p. 142 : Roger-Viollet.
p. 143 : Photothèque Hachette.
p. 146 : Iberfoto/ Photoaisa/Rogcr-Viollet.
p. 151 : Roger-Viollet.
p. 159 : DR.

p. 169 : DR.
p. 177 : Akg/Science Photo Library.
p. 178 : Akg/Science Photo Library.
p. 184 : Akg-images.
p. 191 : Photothèque Hachette.
p. 203 : DR.
p. 270 : Süddeutsche Zeitung/Rue des Archives.
p. 272 : Rue des Archives.
p. 273 : Photothèque Hachette.
p. 286 : Photothèque Hachette.
p. 308 : Akg/Science Photo Library.
p. 311 : DR.
p. 312 : DR.
p. 313 : DR.
p. 321 : Rue des Archives.
p. 348 : DR.
p. 351 : Electa/Leemage.
p. 353 : TDR.
p. 358 : Akg/Science Photo Library.
p. 359 : By permission of Master and Fellows of St John's College, Cambridge.
p. 398 : Horst Tappe/Fondation Horts Tappe/Roger-Viollet.
p. 408 : Photothèque Hachette.
p. 412 : Lylho/Leemage.

Tous les croquis et dessins sont la propriété de l'auteur.

CAHIER D'ILLUSTRATIONS

1 : Photothèque Hachette.
2 : Philippe Intraligi/Ikon Images/Corbis.
3 : Akg-images/Gérard Degeorge.
4 : © 2013 The M.C. Escher Company-The Netherlands. All rights reserved.
Photothèque Hachette.
5 : © 2013 The M.C. Escher Company-The Netherlands. All rights reserved.

6 : © 2013 The M.C. Escher Company-The Netherlands. All rights reserved.
Photothèque Hachette.
7-8 : DR, DR.
9 : Akg-images.
10 : Kevin Schafer/Corbis.
11 : Nasa.
12 : Aisa/Leemage.
13 : Photothèque Hachette.
14 : Coll. part. (JR)
15 : Adam Block/Mount Lemmon Sky Center/University of Arizona.
16 : Nasa.
17 : Nasa.
18 : Nasa.
19 : CERN.
20 : CERN.
21 : Nasa.
22 : Atlas/CERN.
23 : Roger Ressmeyer/Corbis.
24-25-26 : NASA/COBE. Science Team/WMAP Science Team.
27 : Nasa.
28 : Nasa.
29 : Hubble Site.
30 : Nasa.
31 : DR.
32 : Images.com.
33 : DR.
34 : RMN-Grand Palais (musée Guimet, Paris)/ Thierry Ollivier.
35-36 : DR, DR.
37 : ESO/VLT.

Index

II

LA QUÊTE DE L'INFINI MATHÉMATIQUE

III

LA VALSE-HÉSITATION
DE L'UNIVERS ENTRE LE FINI ET L'INFINI

IV

L'INFINITÉ DE L'UNIVERS DÉPEND DE SON CONTENU : MATIÈRE LUMINEUSE, MATIÈRE NOIRE ET ÉNERGIE NOIRE

V

L'INFINI ET L'ÉTERNEL RETOUR

VI

L'INFINI DES MULTIVERS

VII

VIVRE AVEC LE MULTIVERS ET L'INFINI

APPENDICES

Extrait du catalogue

SANDER BAIS, *Une relativité bien particulière*... précédé de *Les équations fondamentales de la physique*, n° 564

NIELS BOHR, *Physique atomique et connaissance humaine*, n° 157

MARTIN BOJOWALD, *L'univers en rebond. Avant le bing-bang*, n° 492

GILLES COHEN-TANNOUDJI et MICHEL SPIRO, *Le boson et le chapeau mexicain. Un nouveau grand récit de l'univers*, n° 579

GILLES COHEN-TANNOUDJI et MICHEL SPIRO, *La matière-espace-temps*, n° 138

BRIAN GREENE, *La magie du cosmos*, n° 492

BRIAN GREENE, *L'univers élégant. Une révolution scientifique de l'infiniment grand à l'infiniment petit, l'unification de toutes les théories de la physique*, n° 451

STEPHEN HAWKING et ROGER PENROSE, *La nature de l'espace et du temps*, n° 430

WERNER HEISENBERG, *La nature dans la physique contemporaine*, n° 360

JEAN-PIERRE LUMINET, *Le destin de l'univers. Trous noirs et énergie sombre*, tome I, n° 541, tome II, n° 542

JEAN-PIERRE LUMINET, *L'univers chiffonné*, n° 449

ROLAND OMNÈS, *Philosophie de la science contemporaine*, n° 256

LEONARD SUSSKIND, *Le paysage cosmique. Notres univers en cacherait-il des millions d'autres ?*, n° 510

LEONARD SUSSKIND, *Trous noirs, La guerre des savants*, n° 572

TRINH XUAN THUAN, *Le chaos et l'harmonie. La fabrication du réel*, n° 366

TRINH XUAN THUAN, *La mélodie secrète. Et l'homme créa l'univers*, n° 160

TRINH XUAN THUAN, *Origines. La nostalgie des commencements*, n° 468

TRINH XUAN THUAN, *Les voies de la lumière. Physique et métaphysique du clair-obscur*, n° 507

COLLECTION FOLIO

Dernières parutions

5581. Paolo Rumiz	*L'ombre d'Hannibal*
5582. Colin Thubron	*Destination Kailash*
5583. J. Maarten Troost	*La vie sexuelle des cannibales*
5584. Marguerite Yourcenar	*Le tour de la prison*
5585. Sempé-Goscinny	*Les bagarres du Petit Nicolas*
5586. Sylvain Tesson	*Dans les forêts de Sibérie*
5587. Mario Vargas Llosa	*Le rêve du Celte*
5588. Martin Amis	*La veuve enceinte*
5589. Saint Augustin	*L'Aventure de l'esprit*
5590. Anonyme	*Le brahmane et le pot de farine*
5591. Simone Weil	*Pensées sans ordre concernant l'amour de Dieu*
5592. Xun zi	*Traité sur le Ciel*
5593. Philippe Bordas	*Forcenés*
5594. Dermot Bolger	*Une seconde vie*
5595. Chochana Boukhobza	*Fureur*
5596. Chico Buarque	*Quand je sortirai d'ici*
5597. Patrick Chamoiseau	*Le papillon et la lumière*
5598. Régis Debray	*Éloge des frontières*
5599. Alexandre Duval-Stalla	*Claude Monet - Georges Clemenceau : une histoire, deux caractères*
5600. Nicolas Fargues	*La ligne de courtoisie*
5601. Paul Fournel	*La liseuse*
5602. Vénus Khoury-Ghata	*Le facteur des Abruzzes*
5603. Tuomas Kyrö	*Les tribulations d'un lapin en Laponie*
5605. Philippe Sollers	*L'Éclaircie*
5606. Collectif	*Un oui pour la vie ?*
5607. Éric Fottorino	*Petit éloge du Tour de France*
5608. E.T.A. Hoffmann	*Ignace Denner*

5608. Frédéric Martinez	*Petit éloge des vacances*
5610. Sylvia Plath	*Dimanche chez les Minton et autres nouvelles*
5611. Lucien	*« Sur des aventures que je n'ai pas eues ». Histoire véritable*
5612. Julian Barnes	*Une histoire du monde en dix chapitres ½*
5613. Raphaël Confiant	*Le gouverneur des dés*
5614. Gisèle Pineau	*Cent vies et des poussières*
5615. Nerval	*Sylvie*
5616. Salim Bachi	*Le chien d'Ulysse*
5617. Albert Camus	*Carnets I*
5618. Albert Camus	*Carnets II*
5619. Albert Camus	*Carnets III*
5620. Albert Camus	*Journaux de voyage*
5621. Paula Fox	*L'hiver le plus froid*
5622. Jérôme Garcin	*Galops*
5623. François Garde	*Ce qu'il advint du sauvage blanc*
5624. Franz-Olivier Giesbert	*Dieu, ma mère et moi*
5625. Emmanuelle Guattari	*La petite Borde*
5626. Nathalie Léger	*Supplément à la vie de Barbara Loden*
5627. Herta Müller	*Animal du cœur*
5628. J.-B. Pontalis	*Avant*
5629. Bernhard Schlink	*Mensonges d'été*
5630. William Styron	*À tombeau ouvert*
5631. Boccace	*Le Décaméron. Première journée*
5632. Isaac Babel	*Une soirée chez l'impératrice*
5633. Saul Bellow	*Un futur père*
5634. Belinda Cannone	*Petit éloge du désir*
5635. Collectif	*Faites vos jeux !*
5636. Collectif	*Jouons encore avec les mots*
5637. Denis Diderot	*Sur les femmes*
5638. Elsa Marpeau	*Petit éloge des brunes*
5639. Edgar Allan Poe	*Le sphinx*
5640. Virginia Woolf	*Le quatuor à cordes*
5641. James Joyce	*Ulysse*

5642.	Stefan Zweig	*Nouvelle du jeu d'échecs*
5643.	Stefan Zweig	*Amok*
5644.	Patrick Chamoiseau	*L'empreinte à Crusoé*
5645.	Jonathan Coe	*Désaccords imparfaits*
5646.	Didier Daeninckx	*Le Banquet des Affamés*
5647.	Marc Dugain	*Avenue des Géants*
5649.	Sempé-Goscinny	*Le Petit Nicolas, c'est Noël !*
5650.	Joseph Kessel	*Avec les Alcooliques Anonymes*
5651.	Nathalie Kuperman	*Les raisons de mon crime*
5652.	Cesare Pavese	*Le métier de vivre*
5653.	Jean Rouaud	*Une façon de chanter*
5654.	Salman Rushdie	*Joseph Anton*
5655.	Lee Seug-U	*Ici comme ailleurs*
5656.	Tahar Ben Jelloun	*Lettre à Matisse*
5657.	Violette Leduc	*Thérèse et Isabelle*
5658.	Stefan Zweig	*Angoisses*
5659.	Raphaël Confiant	*Rue des Syriens*
5660.	Henri Barbusse	*Le feu*
5661.	Stefan Zweig	*Vingt-quatre heures de la vie d'une femme*
5662.	M. Abouet/C. Oubrerie	*Aya de Yopougon, 1*
5663.	M. Abouet/C. Oubrerie	*Aya de Yopougon, 2*
5664.	Baru	*Fais péter les basses, Bruno !*
5665.	William S. Burroughs/ Jack Kerouac	*Et les hippopotames ont bouilli vifs dans leurs piscines*
5666.	Italo Calvino	*Cosmicomics, récits anciens et nouveaux*
5667.	Italo Calvino	*Le château des destins croisés*
5668.	Italo Calvino	*La journée d'un scrutateur*
5669.	Italo Calvino	*La spéculation immobilière*
5670.	Arthur Dreyfus	*Belle Famille*
5671.	Erri De Luca	*Et il dit*
5672.	Robert M. Edsel	*Monuments Men*
5673.	Dave Eggers	*Zeitoun*
5674.	Jean Giono	*Écrits pacifistes*
5675.	Philippe Le Guillou	*Le pont des anges*

5676. Francesca Melandri	*Eva dort*
5677. Jean-Noël Pancrazi	*La montagne*
5678. Pascal Quignard	*Les solidarités mystérieuses*
5679. Leïb Rochman	*À pas aveugles de par le monde*
5680. Anne Wiazemsky	*Une année studieuse*
5681. Théophile Gautier	*L'Orient*
5682. Théophile Gautier	*Fortunio. Partie carrée. Spirite*
5683. Blaise Cendrars	*Histoires vraies*
5684. David McNeil	*28 boulevard des Capucines*
5685. Michel Tournier	*Je m'avance masqué*
5686. Mohammed Aïssaoui	*L'étoile jaune et le croissant*
5687. Sebastian Barry	*Du côté de Canaan*
5688. Tahar Ben Jelloun	*Le bonheur conjugal*
5689. Didier Daeninckx	*L'espoir en contrebande*
5690. Benoît Duteurtre	*À nous deux, Paris !*
5691. F. Scott Fitzgerald	*Contes de l'âge du jazz*
5692. Olivier Frébourg	*Gaston et Gustave*
5693. Tristan Garcia	*Les cordelettes de Browser*
5695. Bruno Le Maire	*Jours de pouvoir*
5696. Jean-Christophe Rufin	*Le grand Cœur*
5697. Philippe Sollers	*Fugues*
5698. Joy Sorman	*Comme une bête*
5699. Avraham B. Yehoshua	*Rétrospective*
5700. Émile Zola	*Contes à Ninon*
5701. Vassilis Alexakis	*L'enfant grec*
5702. Aurélien Bellanger	*La théorie de l'information*
5703. Antoine Compagnon	*La classe de rhéto*
5704. Philippe Djian	*"Oh..."*
5705. Marguerite Duras	*Outside* suivi de *Le monde extérieur*
5706. Joël Egloff	*Libellules*
5707. Leslie Kaplan	*Millefeuille*
5708. Scholastique Mukasonga	*Notre-Dame du Nil*
5709. Scholastique Mukasonga	*Inyenzi ou les Cafards*
5710. Erich Maria Remarque	*Après*
5711. Erich Maria Remarque	*Les camarades*
5712. Jorge Semprun	*Exercices de survie*

5713.	Jón Kalman Stefánsson	*Le cœur de l'homme*
5714.	Guillaume Apollinaire	*« Mon cher petit Lou »*
5715.	Jorge Luis Borges	*Le Sud*
5716.	Thérèse d'Avila	*Le Château intérieur*
5717.	Chamfort	*Maximes*
5718.	Ariane Charton	*Petit éloge de l'héroïsme*
5719.	Collectif	*Le goût du zen*
5720.	Collectif	*À vos marques !*
5721.	Olympe de Gouges	*« Femme, réveille-toi ! »*
5722.	Tristan Garcia	*Le saut de Malmö*
5723.	Silvina Ocampo	*La musique de la pluie*
5724.	Jules Verne	*Voyage au centre de la terre*
5725.	J. G. Ballard	*La trilogie de béton*
5726.	François Bégaudeau	*Un démocrate : Mick Jagger 1960-1969*
5727.	Julio Cortázar	*Un certain Lucas*
5728.	Julio Cortázar	*Nous l'aimons tant, Glenda*
5729.	Victor Hugo	*Le Livre des Tables*
5730.	Hillel Halkin	*Melisande ! Que sont les rêves ?*
5731.	Lian Hearn	*La maison de l'Arbre joueur*
5732.	Marie Nimier	*Je suis un homme*
5733.	Daniel Pennac	*Journal d'un corps*
5734.	Ricardo Piglia	*Cible nocturne*
5735.	Philip Roth	*Némésis*
5736.	Martin Winckler	*En souvenir d'André*
5737.	Martin Winckler	*La vacation*
5738.	Gerbrand Bakker	*Le détour*
5739.	Alessandro Baricco	*Emmaüs*
5740.	Catherine Cusset	*Indigo*

Composition Nord Compo
Impression Maury Imprimeur
45330 Malesherbes
le 19 septembre 2014.
Dépôt légal : septembre 2014.
Numéro d'imprimeur : 192765.

ISBN 978-2-07-045764-9. / Imprimé en France.

262078